|当代中国小说榜|

清泉小说集

陈清泉 著

中国文联出版社

图书在版编目（CIP）数据

清泉小说集 / 陈清泉著. -- 北京：中国文联出版社，2017.8（2023.3 重印）

ISBN 978-7-5190-3033-9

Ⅰ.①清… Ⅱ.①陈… Ⅲ.①中篇小说—小说集—中国—当代 Ⅳ.①I247.5

中国版本图书馆 CIP 数据核字（2017）第 214746 号

著　　者　陈清泉
责任编辑　刘　旭
责任校对　傅泉泽
装帧设计　中联华文

出版发行　中国文联出版社有限公司
地　　址　北京市朝阳区农展馆南里 10 号　　邮编　100125
电　　话　010-85923025（发行部）　　85923091（总编室）
经　　销　全国新华书店等
印　　刷　三河市华东印刷有限公司

开　　本　880 毫米×1230 毫米　1/32
印　　张　13.375
字　　数　279 千字
版　　次　2023 年 3 月第 1 版第 2 次印刷
定　　价　85.00 元

目录

Contents

《大禹治水玉山》

传奇

在北京故宫，陈列了好些玉雕作品，其中《大禹治水玉山》号称“玉器之王”，它以形体巨大、主题鲜明、工艺超群而闻名于世。

这座玉山子高224厘米，最宽处有96厘米，重5000多公斤。这块大玉料呈青色，通体为立雕，人们站在它面前仔细端详，可见它的四周遍布重山叠影、流泉飞瀑和古木劲松。在十分险峻的悬崖绝壁间，有深穴幽洞和开山凿石的民夫，他们有的使镐，正在刨除沙砾；有的手执大锤、铁棒去凿石；有的用简单的杠杆式机具提石打桩，呈现出火热的劳动场景。

在正面的中部山石处，阴刻“五福五代堂古稀天子宝”的篆书方印。而背面的上方为阴刻清高宗弘历所题《密勒塔山大玉大禹治水图》。下方为阴刻“八征耄念之宝”六字篆书方印，并刻有楷书七言诗，夹自注及铭文1000余字。其下部为160厘米高的、随山之底部形状铸造的嵌金丝褐色铜座。

这座精美绝伦的玉山子，是扬州艺人花了十年时间雕成的，但又有谁知道这块玉石的发现者和这座山子的设计者的身世以及他所经历的坎坷呢……

× × ×

江都县衙，十分气派。大堂上“明镜高悬”的匾额倒也写得龙飞凤舞，正面的公案上，各式应用物件一应俱全。堂之两侧，有“肃静”“回避”

牌，差役们使用的“杀威棍”等也放得整整齐齐。

此时，一老一少来到大堂前，那位老人衣衫褴褛，脚穿草鞋，皮肤黝黑，分明是一位年近五旬的农民。那年轻的却身着长衫，手持折扇，头戴小帽，脚蹬薄底靴，分明是一介书生。

只见他俩进入堂前，那书生便拿起鼓槌击起鼓来。

还在后堂卧室内穿戴衣冠的知县程逸云听见有人击鼓鸣冤，不敢怠慢，立即赶往大堂。

衙役们听到鼓声纷纷来到大堂，分列两厢，举行县太爷升堂仪式。

程逸云年方三十有五，方面大耳，仪表堂堂，来到公案后坐下，差役把他的那方官印放在公案之左侧，公案上签条、笔墨、公文纸一应俱全。

此时，衙役们齐呼“威——武——”然后就有衙役头儿往大堂下大呼一声：“带击鼓人上堂！”于是，那一老一少被带上堂来，跪在大堂一侧。

程逸云放眼望去，这一老一少，身份悬殊，心想，这两个人怎么会一起来告状呢？便以十分和善的口吻问道：“你们有什么冤情，如实说来，本官为你们做主。”

那位乡间老人从来没见过这种阵势，哆哆嗦嗦，半天也吐不出一个字来。

那位年轻的书生鼓励他：“你就把刚才跟我说的，一桩桩、一件件统统向老爷禀报……”

但那老者除了“我，我……”仍然讲不出话来。

程逸云见状，对那书生说："你可否把刚才听到的，在这里复述一遍呢？"

这书生听了，说："晚生姓尹，名蕴初，辛巳年秀才，家住广储门内。只因今日早晨在广储门外闲逛，见这位老人在护城河边踱来踱去，似有轻生之意，便悄悄在他身后守候以防万一。果然见他欲纵身跳河，急忙上前将他紧紧抱住，加以安抚，并请他诉说轻生的缘由……"

接着，尹蕴初娓娓道来，这位名叫王君安的老者的悲惨遭遇便呈现在程逸云面前。

这位老汉家住黄金埧，原来一家五口，除老伴儿外，与儿子、儿媳以及一个孙子三代同堂。凭着儿子王小龙正值壮年，租种了当地外号小张三的四亩八分薄田，日子虽然过得紧紧巴巴，但倒也可以免遭冻馁。

不料，这位外号小张三的张有财在乾隆二十三（1758）年间先遭土匪打抢，后遇祝融光顾把祖宅烧去大半。怎样才能把他损失的弥补回来？他便打起了进一步盘剥佃户的主意。他把租子涨到每亩二斗，纹银五钱。这还不算，小张三又雇人做了一只大斗，来坑害农户。

当年，王君安带着儿子小龙挑了九斗六升米，又怀揣二两五钱纹银来到张家外院，只见小张三捧了个水烟袋正在监督管家收租。不料一过斗，九斗六只剩了五斗，银子只称到一两三钱。王君安无可奈何，只好想法补交。这一年，日子就过得紧了。

没有想到，到了乾隆二十四（1759）年，王君安根据去年的状况，便多带了五斗米和一两五钱银子，心想这总差不多了吧，不料一过斗，一石五斗只量了八斗三，银子也只剩二两一。

王君安虽然觉得其中有鬼，但在东家面前却不敢多说什么，但他的儿子小龙血气方刚，往前走了两步，猛地抓住了量米的斗，气冲冲地说："这个斗有鬼！"

其他来交租的佃户，对此早已不满，有人说："我早就看出来这斗有花头！"有的讲："这是坑人啊！""吸我们佃户的血，剥我们佃户的皮，我们要算算这笔账！"

王小龙挺身而出："诸位，既然这斗有毛病，那我们请官府来查验，好不好？！"

大家齐声叫："好！"

张有财沉不住气了，厉声道："你们吼什么，种我的地，交我的租，天公地道，你们想抗租？做梦！"

大家叫道："谁抗租啦？！你用大斗小秤坑我们，这公平吗？"

小张三气急败坏："怎么，想造反？来人！"

几个打手从小张三背后冲出来。

张有财指着王小龙："把这个闹事的头儿，给我抓起来，送进水牢！"

几个人不由分说地扭住王小龙，把他押进了张家水牢。张有财仗着他的小舅子在城里为官，不仅私设刑堂，还在后院弄了个关人的水牢。从此王小龙就进入了这个暗无天日的水牢。不过一个月的工夫，这位年仅三十岁的农家小伙就含恨而终。

小龙去世之后，王家丧失了主要劳力，田地逐渐荒芜。可怜王小龙的母亲、妻子和才五岁的孩儿，也在饥寒交迫中含冤而亡。但小张三并未就此罢手，前几日又派人来逼这个孤老头还清历年来欠下的租子大米三石四、纹银十两。王君安家徒四壁，拿什么来还清这租子呢？只好投河自尽了。

程逸云听了尹蕴初当堂陈词之后，将手中惊堂木猛敲了一下："来人，将张有财锁拿至本县大堂，不能让这个为富不仁、横行乡里的家伙逍遥法外。"

有个刑房书吏在程逸云的耳朵边说了句："老爷，这小张三的妻舅是巡抚大人跟前的红人，办他的事，要多加小心啊！"

程逸云看了他一眼，没有说话，从签筒中抽了根签条掷在堂前："快，把张有财锁来！"

围在县衙外观看的人们见两个衙役手持枷锁急步从大堂来到衙门外，一边纷纷让道，一边欢呼："好！抓住小张三，为民除害！"

这时，有几位武士打扮的人，也在跟着叫好，他们就是江湖上闻名的"金陵六侠"：甘凤池、李云龙、汪庆瑚、齐华斌、宋儒沅和甘蓉珠。

只见二侠李云龙悄悄地对四侠齐华斌说："四弟呀！我来到扬州，就听到百姓议论他官声不错，看来，这个人像个清官！"

三侠汪庆瑚说："二哥，他已命人去捉拿小张三了，我们倒要看看他会怎样处置这个坏蛋！"

大侠甘凤池发了话："如果他真的是个能为百姓做主的好官，我们弟兄一定扶他一把，助他一臂。”

众侠说：“听大哥的！”

这时，派去捉拿小张三的两名差役押着小张三过来。一个差役对张有财说：“张大爷，县衙到了，我们交个底给你，这位县太爷可是个清正廉明的官，你可不要打错了主意！”

张有财说：“谢谢二位关照！”

差役呼喝着：“让开，让开！”把张有财押进大堂。

张有财倒也识相，“扑”的一声双膝下跪，不等程逸云说话，就说：“草民张有财叩见大人！”他四下张望，见一侧跪着王君安，心中便有了几分底。

程逸云：“张有财，你可知罪？！”

张有财：“小人安分守己，以勤劳发家，常做些济困扶危的事情，这是人人皆知的事情，不知罪从何来？”

程逸云：“好个张有财，你纵有一张利口，也难以把自己辩得一清二白，我倒要问你，大清律例，你都条条遵守了吗？”

张有财答道：“朝廷所有律条，我不敢越雷池一步。”

程逸云见他如此嚣张，不由心生怒气，拍了一下惊堂木，然后问道：“王小龙是怎么死的？”

张有财并没有慌张，说道：“佃户交租，天经地义，这个王小龙居然诬陷我使用大斗小秤，煽动泥腿子抗租不交。大人明鉴，这上交的租子包括了上交给朝廷的钱粮呀！抗租不交事小，抗钱粮可是犯法的呀！

如小人不管，听之任之，岂不是纵容他们对抗朝廷吗？”

程逸云：“好个张有财，你纵有一张利嘴，也难以逃脱你用大斗小秤盘剥农户、滥用私刑拷打平民、私设水牢关押民众这些致人死命的滔天大罪！”

这时，跪在一旁的王君安哭诉道：“可怜我的小龙被他们关在水牢中一个月，被他们打得浑身是伤，含冤死去了，请大老爷为小民申冤呀！”

张有财：“说我们打得他浑身是伤，证据呢？口说无凭呀！青天大老爷，这是欲加之罪，何患无辞呀！”

不料，张有财听到一声：“跪下！”转脸望去，不禁大吃一惊，只见两个差役押着他的管家李茂才进了大堂。

衙役们齐呼：“威——武——”

李茂才吓得浑身哆嗦，叩头如捣蒜，连连说道：“小人给大老爷叩头，请大老爷法外施恩！”

程逸云拿起惊堂木敲着公案：“你这个助纣为虐的家伙，快将王小龙之死的经过从实招来！”

李茂才连连称是，把张有财如何用大斗小秤盘剥农户，如何在家私设公堂拷打无辜乡民，如何将王小龙关入水牢、在王小龙浑身腐烂之后不给施治以致死亡，等等，一股脑儿说了出来。

程逸云大喝一声：“将张有财押入死牢，抄了他的家产，待秋后问斩！李茂才也应受到惩罚，押下去听候发落！尹秀才路见不平，见义勇为，应予嘉奖，请师爷办一下！”

师爷应允，尹蕴初叩头谢老爷。

至此，程逸云宣布："退堂！"

县衙大门外的甘凤池向他的义弟、义妹竖了竖大拇指，然后用眼神向他们示意。"金陵六侠"纷纷离去。虽未与程逸云见面交谈，但这件事已经为他们之间建立起交往的纽带了。

× × ×

退堂之后，程逸云有些疲乏，便想到小花园一侧的书房中读点东西。这是他多年来养成的习惯，好像读书可以驱除疲劳似的。

小书房在假山的一侧，从东面的小径蜿蜒而上，可达书房楼上的侧门。书房南面门外有一个用立砖夹着鹅卵石砌的天井，南边有一道石砌雕花镂空的栏杆，从书房正门出来，走过天井，就可以凭栏观鱼。应该说这小花园的布局还是很不错的。

书房楼上下三间，陈设简朴而又雅致。楼下当中面南有一张特别大的书案，既可以坐下来读书，又可以伏案挥毫。

程逸云进了书房，透过一扇被木棍撑起来的方窗，见到心爱的女儿瑜君在天井里舞剑。

程逸云的夫人因病已故去两年，虽有友人多次劝他续弦，但终因忘不了与夫人的深厚情感而未予考虑。

他只生一女，芳名瑜君，年方二八。瑜君曾由他亲自指导课读，不仅读了《女儿经》和“四书五经”等，还读了《全唐诗》《史记》以及有关数算的读物，又写得一手好字，擅长魏碑，所以程逸云暗中嗟叹：“可惜她是女儿身，否则定可身入黉门，中个进士，封官受爵。”从八岁起，她又师从县城驻军中的一位管带学习武术。除了学会了几套拳术外，她还精于剑术。

此刻，只见她把手中的剑舞得快如闪电、疾如飓风，只见剑光、不见人影，程逸云心中不免叫起好来。但为了不惊扰女儿，程逸云便转身来到那张特别大的书案边。

这张书案既可以放几摞好书，可以随时取来一读，又可以拾掇一下，便能铺上宣纸，写字作画了。程逸云的一位前辈——如今成为忘年交、自号板桥的郑燮就曾在这张可以改作画案用的书案上留下过他自创的“六分半书”，被后人称为“板桥体”的“难得糊涂”四个大字和一幅“竹石图”，如今都已装裱好悬在书房两侧壁间。

书房内，书架上放满了各种书籍，扬州坊间刊刻的各种珍贵版本，包括宋代的一些已经绝版的古书，都已成了程逸云的架上物，可见他爱读诗书的程度了。几个多宝架，上放置着各种质地和样式的玉器，有玉斧、玉钺、玉铲、玉锛、玉戈等，也有器型较大的玉琮和几座玉山子，表明了程逸云除了喜欢读书，还十分爱玉。

此刻，他来到书案后的椅子上坐下，眼光马上转向放在书案右首的一个玉璧，便情不自禁地拿在手中抚摸起来，玉是要“盘”的，用手来摩挲就是最好的盘玉法。若干年下来，这玉的外面便裹上了一层油脂似的包浆，显得油光水滑，熠熠生辉。

他转眼看到了书案左侧的一只白玉山子，这是用地道的和田白玉雕的玉山《苏子夜游园》，相传是扬城著名玉雕大师的遗作，但姓名已经无人知晓了。玉山高八寸有余，宽约五寸，厚约四寸。正面有一叶小舟，停泊在江中，背靠一座奇峰突兀的山峦。小舟不过三寸，船首甲板上苏轼手抚长髯，正在仰首赏月，脸上须眉清晰可见，嘴角含笑，双眼有神，冠戴齐整，衣裾飘拂。整个山子的构图静中有动，动中有静，人们仿佛可以看到悬在上空的一轮明月，听到江水流动的涛声，感受到苏子内心的颤动，以及他正在低吟浅唱“明月几时有，把酒问青天”时声情并茂的情景。这个山子，是程逸云收藏的玉器中的最爱。

然而，谁又能想到，就是这个他的最爱，却造成了他一生的宦海沉浮和坎坷的经历，也磨炼了瑜君的坚忍刚毅的品格，使她脱去了大家闺秀的禁锢，成为植根于民众之中行侠仗义的一员呢！

× × ×

清乾隆年间，户部尚未撤，设尚书掌管全国的土地、户籍、税赋、财政收支等事项，权倾朝野。当时的户部尚书高恒，是贵妃高佳氏之弟，最近受命兼理盐运督查使来扬州两淮盐运使衙门清查盐务账目。

两淮盐运使在朝廷垄断全国盐务的情况下，当然是一个财源滚滚的美差。而手持尚方宝剑来扬州查账的督查使，又是一位皇亲，更是炙手可热。扬州的一众官员都争着找门路，与他通关节，送上不菲的“孝敬”。当然，这位督查使更是“心安理得”地在扬州住下，每天等着人来送银子。而且，这位皇亲，在全国有不少知交，有人身陷官司，无论诉讼发生在何地，只要求这位督查使帮助说道说道，官司包赢不输。于是这位督查使又有了另一条财源。这一切都让他的身价成倍地上涨了。

今年冬月初十，乃高恒四十寿诞之期，扬州城内，所属江都、甘泉两县，大小官员都在议论送什么贺礼才能获得尚书大人的欢心。作为扬州府的知府裴兴仁也早早地就与师爷卜俊人商议，但至今尚未拿出一个绝妙的主意，裴兴仁为此大伤脑筋。

一日，卜俊人兴冲冲地来到知府的内宅（他是裴兴仁的亲信，不管什么时间，他都可以径直来到内宅和裴兴仁商讨机密大事的），只见他走到内室的天井就叫道：“大人，在吗？大人在吗？”

裴兴仁正躺在榻上，半歪着身子，就着几上的烟灯吞云吐雾，他新从“翠花楼”堂子内讨来的五姨太，躺在另一边为他烧烟泡。裴兴仁吸了一口烟后，拿起一把紫砂茶壶漱了漱口，然后问道：“有什么事吗？急成这个样子。”

卜俊人讪讪地说：“确有要事要禀明大人！”

裴兴仁接过五姨太为他安好烟泡的烟枪，说：“讲！我听着哩！”说完又抽起鸦片烟来。

卜俊人说：“卑职从高大人一个随从那里打探到一个重要消息，这位国舅爷生平最爱玉器。他早就知道扬州玉器的做工十分讲究，有的工匠的身份比苏州专诸巷的还要高。”说到此处便停了下来，观察裴兴仁的反应。这时，裴兴仁刚吸完一口烟，正沉浸在似醉非醉、似醒非醒的让他十分痛快的状态中哩，一时没有说话。其实，在高恒来扬州之后，就已经有不少人投其所好，给他送了一些玉器，但能够达到传世之作水准的并不多。于是，卜俊人继续说：“如果大人趁他仍盘桓在扬城之际，觅得一件玉雕珍品，给高国舅送去，比送他十万纹银还要金贵，他一定会向皇上保荐您加官晋爵的。”

裴兴仁从榻上直起身来，盯着卜俊人看了一会儿，弄得卜俊人内心十分惶恐：“难道我这个计策不行？难道他舍不得花银子去觅宝？难道……”

不料，裴兴仁放下烟枪，拊掌叫道：“好！这个主意妙，甚合吾心！”

卜俊人一听，笑了，低声说：“要觅得玉中珍品虽然不难，但毕竟要花去不少银子，如今有一个现成的佳作，就藏在江都知县程逸云衙内，如由大人出面去索取，此人一定会乖乖地敬献出来的。”

裴兴仁对他的一番说辞，内心虽然赞同，但卜俊人所指玉雕确系上品吗？那个江都知县程逸云，素来以软硬不吃闻名，他会乖乖地把它献出来吗？想到这里，裴兴仁一时没有表态。

卜俊人一见知府犹豫，便猜出了他的所思所想，再次进言说：“大人，请附耳过来。”大概怕五姨太听了有所不便，和裴兴仁咬起了耳朵。只见裴兴仁连连点头，看来已经完全同意了卜俊人的计谋。

× × ×

就在卜俊人向裴兴仁献策之际，程逸云正在升堂问案。

这个案子案情十分复杂，有几拨人夹杂在其中，既有抢劫盐船的匪徒，又有将官盐私卖的买卖两方，还有他们的后台，更有甘凤池派到船上刺探真情实况的四侠齐华斌和五侠宋儒沅。

先说打劫这艘盐船的匪徒，乃是一批在长江与运河中横行不法了多年的惯匪，而且专门抢劫盐船。这是因为他们的头头原本就是驻扎在十二圩缉私营的一个小头目。他的几个同伙至今仍藏匿在缉私营中，不时为他提供讯息。所以，他不仅对盐船的往来了如指掌，而且往往在缉私营出动之前就能获得准确消息，一次又一次地逃避了打击。

甘凤池之所以派了齐华斌与宋儒沅上了这条盐船，目的是想摸清楚这船企图私卖的官盐买主是谁，卖主及其后台又是哪个。他俩上船之后，先与船主人打得火热，然后又通过船主设局的赌博活动——推牌九，与买卖双方交上了朋友，终于弄清了来龙去脉。

原来，这买卖双方都是有来头的。买这船盐的人，是扬州赫赫有名的大盐商邹扶久，他祖父五十九岁那年有了这个宝贝孙子，便取了个小名“王九子”。上了书房，先生给他起了个大号“邹扶久”。他先在缉私营中当了个士兵，因为他长得一表人才，又善于察言观色、吹牛拍马，很得上司欢心，被破格提拔，不到十年，竟成了缉私营的管带，当然也就发了家。辞官之后，他竟然做起了盐的买卖，不但取得了买卖官盐的资格，而且还干起了专营私盐的买卖。上司得到了他的“孝敬”，自然是眼开眼闭。缉私营的大小头目，不是他的拜把兄弟，就是他的干儿子、干孙子，哪个不照应着他？也不过三五年光景，他的财富快速积聚，如今已经是扬州城的首富了。而卖这船盐的人又是谁呢？原来就是那位盐运督查使高恒府上的管家，而这位督查盐运的户部尚书就是这官盐私卖案的后台了。

正当这艘盐船从瓜洲进入运河之际，这群匪徒发动了突然袭击，控制了盐船，而齐、宋二侠为了弄清楚这些匪徒的来历与他们的巢穴并未出手干预。

不料，船行不久，从十二圩闻讯赶来的几条缉私船就把盐船团团围住，并上船将全船人控制起来。

买卖双方，一头是缉私营的老关系，一头是国舅大人，在听到邹扶久派人报信后，缉私营的头头不敢怠慢，派出全营兵丁和船只来执行“公务”了。

盐船在钞关码头靠了岸，缉私营的官兵们将船上的人押解到江都县衙。

一干人进了县衙大门，齐、宋二侠向缉私营的一个头目说明，他们与盐船上的那伙人毫无瓜葛，与那些匪徒也从不相识，并且打听到有人要将这船官盐私卖给奸商，请他们放自己去见县太爷，当面禀报所见所闻，但被缉私营的人拒绝了。说来也巧，这时瑜君在一位老妈子陪伴下正欲外出，在县衙大门口与他们迎头相遇，听到了齐、宋二侠与缉私营兵丁的说话，又看到这两位风度翩翩的模样，断定他们不是奸宄之徒。

瑜君生性好动，也十分好奇，对一些她关心的事常常要打破砂锅问到底，也常常了解到一些在通常情况下很难弄清楚的事，并因此帮助父亲审理了好几件比较复杂的案件。这次，她为了证实齐、宋二人的话，便来到牢房探访了齐、宋二侠，知道了他们的来龙去脉，便将打探到的情形一一禀报给程逸云。

过了一天，程逸云便升堂审理了此案，匪徒们供认了如何策划了这次打劫盐船的经过。而邹扶久派到船上与卖方代表接头的内账房王太顺和高恒的管家张君谋竟把事情揽到自己身上，拒不交代干这桩买卖的大老板。程逸云虽心知肚明，但因拿不出证据，对邹、高二人难以究办。即使齐、宋二侠能够出面做证，但要想扳倒这两个人谈何容易，只能从长计议了。于是，他当堂将劫匪各打六十大板，枷号在衙门外示众七天；将买卖双方各打三十大板，罚二百两纹银后取保释放；并将齐、宋二侠邀至书房，在书童献上香茶退出后，便听了齐、宋二侠所探听到的真情实况。他不禁嗟叹："官大一级压死人！"自己撬不动他们，便下了向都察院上报案情的决心。

齐、宋二侠回去后，将程逸云能秉公办案，但却对高恒与邹扶久难以究办等情由一一告诉了甘凤池，大家一致决定要保护和支持程逸云。

× × ×

卜俊人那天与裴兴仁咬耳朵时进一步说："冬月初十是高恒的四十

寿诞。高国舅特别喜欢玉器，在他看来，扬州艺人所雕琢的器件不但没有‘匠气’，而且富含‘书卷气’。江都知县程逸云得到的那件玉山，工艺精湛、质地精良，如能说动他将这个《苏子夜游图》玉山转让给知府大人，再由您亲自献给国舅，作为寿礼，高国舅自然会心存感激，如能在贵妃娘娘那里说上几句好话，大人一定会平步青云，到那时小人也会跟着您沾光的。”

裴兴仁虽然觉得程逸云这个人十分古板，不好说话，但还是想凭自己的三寸不烂之舌说动程逸云乖乖地把玉山子交出来，于是在一天下午约见了程逸云。

知府大人约见一个知县，当然十分平常。程逸云便早早地来到府衙投上名刺，未几，竟看到裴知府迎了出来，让程逸云十分意外。

二人坐定，使女送上茶来，寒暄过后便言归正传。只见裴兴仁清了清嗓子开了腔：“恭喜程大人，贺喜程大人！”

程逸云一听，怎么回事？便等待下文。

裴兴仁接着说：“闻听程大人得了一个天下奇珍，怎能不道喜？”

程逸云一愣：“奇珍？指的是什么？”未接他的茬。

裴兴仁说：“程大人出身琢玉世家，藏玉颇丰，近来又得了一个旷世奇珍，怎能不当面祝贺？”

程逸云闻言，悟出了知府大人是指什么了，忙回道：“大人所指莫非是下官近来收的白玉山子？在下官看来，这件玉山子乃平常之物，不能谬称奇珍的。”

裴兴仁说："程大人过谦了！听说那个玉山子上不仅有奇峰异石，飞流深渊，称得上山川如画，尤其是山下小舟上的几个人物，个个神采飞扬、栩栩如生，那位东坡先生更是须眉尽现、衣饰飘逸而不群，似在对月吟哦，令人叹为观止呀！"

程逸云知道，知府大人这番赞美之词，可能掩藏着什么目的，只能连连说道："大人谬赞了，谬赞了！"

裴兴仁见火候已到，便开门见山地说："不瞒你说，刚才这番赞誉之词我是说不出来的，我可是个门外汉呀！这些话，都是国舅高大人亲口对我说的，我不过是鹦鹉学舌而已。"其实高恒并不知道程逸云有座《苏子夜游图》玉山子，这都是裴兴仁的连篇鬼话。

程逸云感觉到他话里有文章，国舅并未见过这件玉山子，知府这番话又从何说起呢？他只好不置一词了。

裴兴仁说："高国舅也是来到扬州之后，听到人们夸赞这座玉山子工艺精美、不同凡响，他钟爱玉器，见多识广，大人不妨携那座玉山子面见国舅大人切磋切磋，如程大人觉得有什么不方便，我可以引荐你去见国舅呀！"

程逸云想了一下，便回说："下官与国舅素昧平生，他的行辕，哪里是我可以随便走动的？"

裴兴仁则步步紧逼："不妨事呀，有在下陪同……"

程逸云打断了他："谢谢裴大人的好意，卑职怎敢为此区区小事惊动两位大人呢？"

裴兴仁见状，想用利诱来达到目的了："程大人呀，你如能与国舅当面切磋琢玉工艺，说不定可以与他结为知交，那时，凭国舅在贵妃面前说句话，你的好运定会接踵而至，如连升三级，那在下也要仰仗你栽培了。"

程逸云站起身子，正色说："逸云不敢有此妄想。"

裴兴仁："实话对你说，高国舅很想见一见这座玉山子，你三番两次拒人于千里之外，难道不怕高大人会怒斥你不识抬举、对你做出有所不利的决断吗？"语气有点咄咄逼人了。

程逸云："高大人身为皇亲，我想，他不会因为钟爱一座玉山子而擅用朝廷赋予他的权柄的。"

裴兴仁冷笑了一声，说："程大人的意思，我全明白了。"把面前茶盅一端，以示送客。程逸云便躬身而退了。

裴兴仁望着程逸云的背影，心中骂道："好一个油盐不进的家伙，你既然无情，就休怪我无义了！"

于是，卜俊人设计的第二步计策，便悄悄地实施了。

× × ×

这一天，天朗气清，冷热适度，裴兴仁心情不错，便吩咐备轿。他将应邀赴两淮盐运司衙门，参加高恒召集的赏玉大会。他感到这是一个极好的机会，便准备了一番说辞，准备通过高恒请程逸云入瓮了。

这时候，高恒在他的临时住处两淮盐运使衙门内的花厅，将此次来江南后所得玉器一一陈列在案上，邀请了他的诸位玉友，包括喜欢藏玉的官员、富商大贾以及扬州的民间藏家和几位雕玉高手交流藏玉心得。听家人报裴知府到，他忙从座椅上站起身子。以国舅的身份本不需要如此礼遇一个小小的知府的，他的起身一站，分明是对裴兴仁给足了面子。众人见状，也都纷纷起立。裴兴仁进入花厅一见这架势，忙趋前下跪：“下官给高大人请安！”

高恒一把将他扶起：“裴大人快请起，快请起！你比我年长，高某怎敢受此大礼！”

裴兴仁站起身子，又是一躬。高恒还礼后便引着裴兴仁观赏他这次收罗来的玉器，包括玉璧、玉琮、玉环、玉瑗、玉斧、玉刀、玉瓶、玉香炉、玉宝塔以及几座玉山子。

在玉山子面前，裴兴仁连连赞道：“大人所收名种玉器都是人间珍品，连我这个在扬州为官数年的人，也没有见到过这么多、这么好的质地纯净、工艺精良的好东西呀！”

高恒忙说：“裴大人在这玉器之都为官数载，见多识广，请不吝赐教。”

裴兴仁见到了火候，忙说：“不敢，不敢。既然高大人如此抬举，我不妨说几句……”话未说完，看了高恒一眼，见他态度诚恳，便接下去说道：“大人所藏之玉，称得上都是珍品。但据我所知，扬州还有一件前无古人的玉山子——《苏子夜游图》，是一位颇具眼力的行家所藏，一旦看到了，其他的玉山子便都黯然失色了！”

高恒一听来了兴趣：“不知藏家是谁，可以让高某一睹真容吗？”从高恒所言便知，裴兴仁对程逸云说高国舅如何赞誉这座山子，完全是他按照卜俊人的计谋而编造的了。

裴兴仁说：“大人想看看，应该是手到擒来的事。”又没往下说。

高恒急了：“怎么？你说，可以手到擒来？”

裴兴仁：“藏家就是江都县令程逸云，大人想看，他怎敢拒绝？”

高恒忙吩咐管家：“快到江都县，请程大人携《苏子夜游图》玉山子前来，让大家共同欣赏。”

管家忙不迭地去了。

运司衙门离江都县衙不过几里地，国舅曾下过帖子邀请程逸云来与大家一起谈玉论艺，程逸云则借口公务缠身请了假。如今派了管家亲自登门，指定他带着玉山子与会，程逸云便觉得有些不妙，但又不能拒这位国舅于千里之外，只好命书童取出玉山子与他一起去运司衙门。

这座玉山子让高恒看得眼睛都眯了起来，放在自己面前的案上，左看右看，真的是爱不释手了。

裴兴仁乘机说道：“这玉山子碰到像国舅大人如此爱玉、知玉的知音，也是它的造化。”转脸对程逸云悄悄地说：“程大人呀！国舅如此欣赏这玉山子，你不如割爱，把玉山子作为国舅四十寿诞的贺礼献给高国舅，你步步高升、加官晋爵的机会到了。”

程逸云知道裴兴仁的意图了，他想让高国舅平白无故地得到玉山子，借机讨好这位户部尚书。怎么办？他想了一下，便上前对高恒说：“国舅如此好眼力，让下官十分钦佩，不过这玉山子也有不少瑕疵呢！”

高恒用眼神示意程逸云讲下去，程逸云见状，从高恒手中取过玉山子，指着底部用黄铜嵌金丝做成的底座说：“这底座做得不够严丝合缝，乃是艺品的大忌，有这样严重的瑕疵，自然称不上奇珍，让大人见笑了。”说完，便命书童将玉山子收进木匣中，并起身拱手：“请诸位恕下官还有一些杂务要马上处理，先告退了！”说完打了一躬，并转身离去。

高恒见他的书童捧着玉山子出了花厅，不禁有些意外和愤愤然了！

裴兴仁见状，忙上前数步，低声说：“大人请息怒，程逸云不识抬举，他将为自己的那身傲骨后悔不迭的。至于那个玉山子，下官自有办法送来献给大人的。”

高恒看了他一下，没有吱声。

× × ×

这日，程逸云退堂之后，坐在花厅中捧起一本《诗经》读，当他读到“投之以木瓜，报之以琼琚。匪报也，永以为好也”时，便不再读下去，玩味起诗中的意境来。

就在他沉醉在诗句中的时候，有人来禀报：“郑板桥先生求见！”

程逸云一听忙吩咐：“请！”说着便丢下《诗经》，站起身来，才到花厅口，便见到郑板桥已进入月洞门，来到他面前了。他们虽然年龄悬殊，但都好读诗书，常常在一起谈诗论画，所以成了忘年之交。

两人互致问候后，到花厅分宾主坐下，郑板桥便迫不及待地将自己的担心和盘托出。

原来，他已听说高恒对《苏子夜游图》玉山子垂涎三尺，而裴兴仁的居心不良也是司马昭之心，他深知这两人的秉性，嘱咐程逸云千万要小心。于是，他对程逸云说："高恒的贪婪，是人所共知的。他看中的东西，如果弄不到手，是不会善罢甘休的。"

程逸云对郑板桥点点头，说："板桥翁说得对，更何况我的那个顶头上司诡计多端呢！"

郑板桥："你将如何对待呢？"

程逸云说："防不胜防呀！"说完叹了口气。

郑板桥在告别程逸云时，特别告诉他，将回到故乡兴化度过余年，后日一早就动身了。好友即将离扬，程逸云感到有些惆怅，也为郑板桥因刚正不阿，被罢官回籍的命运愤愤不平，但这位好友能全身而退，且在他的画作中表现出他的铮铮铁骨，在道情中抒发了他的情感和向往，因而从内心中祝愿他从此可以成为一位"渔翁"，过着"无牵绊"的日子（注），但这些话都没有说出口。

郑板桥走了，程逸云将《诗经》捧在手中，却一个字也看不下去了！

也是在这一天夜晚，郑板桥担心的事终于发生了。

程逸云、瑜君及家中一众人等入睡以后，都被熏香闷倒，待大家苏醒过来，四处查看，衙内的物件一样不少，偏偏那座《苏子夜游图》玉山子却不翼而飞了，衙中巡更人员亦毫无察觉。

这东西丢得既奇怪又不奇怪，程逸云吩咐合府上下不要声张。他知道，这分明是高恒或裴兴仁所为，但无凭无据，难以查实。再一想，就是查实了，凭自己一个小小的知县，也是奈何他们不得的。

注：郑板桥这首道情的全文是："老渔翁，一钓竿，靠山崖，傍水湾，扁舟来往无牵绊。沙鸥点点轻波远，荻港萧萧白昼寒，高歌一曲斜阳晚。一霎时波摇金影，蓦抬头月上东山。"

× × ×

此事可是裴兴仁所为？一点儿不错，就是他采用了卜俊人的计谋，派了裴府的家丁，盗走了《苏子夜游图》。

程逸云虽觉得自己势单力薄，但他相信朝中还是有好几位刚正不阿、廉洁奉公、敢于进谏的朝廷栋梁的。都察院的窦光鼐就是其中的一位。于是他花了一天的工夫，将高恒勾结邹扶久等将官盐私卖的详情，写成一个禀帖，上报都察院。

这个事情，却被高恒打听到了，便找来了裴兴仁密商对策。

裴兴仁听了高恒的介绍，也吃了一惊，没有想到程逸云如同"吃了豹子胆"一般，竟敢在"太岁头上动土"。转念一想，他那颗心又落了地。兵来将挡、水来土掩，我裴兴仁有国舅大人撑腰，还怕你这个小小的县令不成？便用探口气的口吻说："高大人，听说皇上正在巡视江南，不日就要来到扬州……"就在他说这话时，一个主意已经出现在他的脑海。

高恒说："对，昨日收到的邸报传了御旨，你没有看到？"

裴兴仁忙说："看了！看了！"他是明知故问，目的是引出下文，便接着说，"程逸云是我们的心腹大患，如果能借皇上来扬州之际，就可除掉他，以绝后患。"

高恒："快说说你的主意。"

裴兴仁不慌不忙地说道："那个玉山子不是已经到了高大人手中了吗？大人能否舍弃？"

高恒沉吟了一下，然后下了决心："只要能除掉程逸云，我什么都舍得……"

于是，裴兴仁将设计好的计谋告诉了高恒，这当然是卜俊人出的主意，又经过裴兴仁丰富了的计谋。高恒听得连连点头，说："好！就这么办！"

× × ×

乾隆这次南巡，除了在河北、山东境内采用了微服私访的做法外，进入江苏则采取了公开行程的办法，威慑那些为官不正的家伙，让民众把希望寄托在这位"明君"身上，从而进一步巩固皇权。

他是乘坐了龙舟从京口出发，沿着运河来到扬州的，将在钞关的船码头登岸。已来到扬州为他的驻跸准备行宫、车驾的太监及扬州的百官，都将来到码头恭迎圣驾，他的銮驾当然也已运来扬州。

从码头台阶开始，沿钞关外街至城门，经龙头关、埂子街、南北柳巷、到龙背儿，沿天宁门街直达天宁寺，一路上用黄土遮盖了街道。天宁寺当然也修葺一新了。从北京专门运来的各种皇家用品，包括皇上经常要翻阅的书籍、时时要把玩的玉器，也都搬进了行宫。这里简直成了一座小皇宫了。

皇上龙车的卤簿（现代人称之为仪仗），由拂尘、提炉、卧瓜、立瓜、吾仗及香盒、盥盆、唾盆、水瓶、马桶、交椅、龙扇、龙旗等组成。卤簿外还有四十名侍卫、六十名亲军，骑着骏马，在龙车和卤簿的两侧，护卫着圣驾。这队伍，可称为浩浩荡荡，直奔天宁寺而去。虽然已经“净街”，但道路两侧的居民，却纷纷出了门来，跪在地上，恭迎圣驾，平添了不少喜庆的气氛。

此前乾隆已两次来过江南，对扬州瘦西湖的风光十分熟悉，为收买人心，在到达行宫，稍稍休息后，就命大太监传旨，翌日在瘦西湖的熙春台赐宴，命驻场的官员参与盛会。

这一天，瘦西湖浓妆素裹，称得上婀娜多姿、风情万种。从虹桥开始，长堤上摆满了一株连一株的菊花，上万盆的柳线、红牡丹、金狮子、绿牡丹等名种争奇斗艳；从小金山直到五亭桥的两边岸上，用彩球和各色彩灯点缀得流光溢彩；熙春台前，来此接驾的大小官员不下百人，从清晨就来到这里候驾，此刻三个一堆、五个一伙地在谈论着他们关心的话题。护驾来的亲兵，也早已将熙春台的里里外外清查了几遍，各自伫立在规定的岗位上，一点不敢懈怠。

辰时过后，从天宁寺列队而出的八旗兵五步一岗、十步一哨来到丰乐上街和下街，侍卫们和亲兵则纷纷登上龙舟；而皇上乘坐的一艘体量最大的龙舟，由乾隆的贴身侍卫和太监们担任了撑船手和护卫，他们也已各就各位。

辰时三刻，皇帝的銮驾起程，到达码头后，他轻步下了龙车，稳稳地走上台阶，一步一步地从码头上了龙舟。从此，这天宁门外的船码头便就称为“御码头”了。

龙舟经冶春、香影廊、绿杨邨过虹桥，至小金山，到五亭桥折返。乾隆在小金山登岸后，沿湖中长堤漫步，忽发雅兴，命大太监取来钓竿，坐在水边钓起鱼来。

太监们把皇上的爱好摸得一清二楚，出行的时候，鱼竿、鱼钩、鱼饵、鱼篓以及小凳子、蓑衣、凉帽等都是必须准备的。只要乾隆兴起，小凳子一放，两个太监扶着他坐下，另一位为他戴上遮阳帽，还有一位递上已在鱼钩放了鱼饵的钓鱼竿，乾隆就稳坐在那儿，等鱼儿上钩了。

这次在瘦西湖的垂钓，不到半个时辰，就钓上了十来条三四斤重的鱼儿。别人花这么多的时间，运气好的钓上两三条就是上上大吉了，难不成这些鱼儿也争着拍皇帝的马屁？或者是乾隆的钓鱼技术很高？都不是，而是太监们为了皇上高兴，采取了别人想象不到的方法。

原来，乾隆每次钓鱼，都有一班“专职”的太监伺候着，这几个人水性特别好，带着事先准备好的鲜鱼，在他垂钓的地方潜入水中，只待鱼钩下来，就把那些仍活蹦乱跳的鱼儿送到钩子上稳稳地钩住鱼唇，往下拉一拉鱼线，那水面上的浮漂就往下沉了。乾隆见状，将鱼竿一提，一条大鱼就挣扎着出了水。难怪皇上每次钓鱼都会满载而归了。

乾隆见收获不少，身子也略感疲乏，便从小凳子上站起身子，高兴地扫视眼前的情景，呈现在他面前的是碧波荡漾的宽阔湖面，远远的五亭桥既雄伟、又柔美，堪称天下的“唯一”，不禁夸赞道：“好！”回首向紧紧跟着的贴身护卫海兰察、爱隆阿和阿里衮说：“这五亭桥竟与北海的五龙亭十分相似哩！”

海兰察等齐声应道：“皇上说了，奴才们才发现真像五龙亭！”

乾隆又不无遗憾地说：“可惜呀！少了座五龙亭畔的白塔，要不然，朕会感到身在京城了！”

爱隆阿这时在一旁提醒：“陛下，赐宴的时辰快到了，是否……”话在嘴边没说下去，这是他侍候皇上多年养成的习惯，他知道，皇上聪慧之至，话不必说完，他一听就能体察到的。

乾隆一听，马上回应说：“好！”便转身向来路上走去，到小金山登舟去熙春台。

这次，皇上赐御宴，与百官和扬州的士绅同乐，当然在清史上留下了浓重的一笔，这里就不细表了。

回头再说乾隆在堤上带有遗憾的那句话，随侍在堤上离皇上比较近的官员也听到了，而知府裴兴仁对这句话听在耳里、记在心里，居然从中找到了拍马屁的办法。乾隆御驾回行宫后，裴兴仁忙召集扬州的盐商们商议，怎样在桥旁砌一座白塔。扬州的盐商富可敌国，找他们商议，不仅是让他们出主意，更重要的是让他们拿银子。大家一听，都没有说话，一个个大眼看小眼，拿不出主意来。这时，有一位五十多岁的大盐商汪伯猷站起身来说："回知府大人，老朽有一个救急的办法，不知可行不？"

裴兴仁看着他，见他欲言又止，便催道："说呀！什么办法？"

汪伯猷看了一下众人，仍然不紧不慢地说："在座的不是有盐吗？"

裴兴仁大失所望，不禁狠狠地白了汪伯猷一眼："汪老太爷呀！我们谈的是塔，与你们的盐有什么关系？"

汪伯猷："有关系呀！皇上在扬州只剩下两三天了，我们可以用盐包叠成一座白塔，塔顶可以让木匠中的高手做一个，在湖上看去，是看不出破绽的。"

裴兴仁一听，倒也是个不错的主意，便连夜开工，造出了一座与北海的白塔形状十分相像的盐塔。当然，盐包外面，是用烂泥抹平再刷上石灰，就可以以假乱真了。当裴兴仁通过大太监奏明皇上"扬州盐商为孝敬皇上，连夜造成一塔"后，乾隆再次来到湖上，果然一座白塔与五亭桥相偎相依时，龙颜大悦，下旨赏赐了裴兴仁等一众官员，真的是皆大欢喜。

那座盐塔在乾隆离扬后就被迅速拆去了，但裴兴仁做事十分老到，他请众盐商捐出了银子，日夜开工，在五亭桥旁建了一座白塔，就是有人上告，他也可以辩称说："造盐塔之举，用意是别让皇上不要为此而感到遗憾，完全是为了孝敬皇上，现在又用一座真塔来谢皇上隆恩，何罪之有？”不管裴兴仁用意如何，乾隆的一句话却给扬州留下了一个名胜，可称作歪打正着了。

回头再说乾隆从堤上来到小金山登龙舟，往五亭桥方向驶去，后面有上百条被称为“小划子”的船只紧紧相随，实为壮观。

龙舟抵熙春台前的码头，皇上在太监的搀扶下，被人们簇拥着上了岸，在熙春台前守候的官员和担任守卫的亲兵一齐下跪恭迎圣驾。他进入熙春台后，便径自在御案后的龙椅上坐下，举目向东望去，远远地，那白塔和五亭桥进入眼帘。湖上，白布篷顶的小划子与碧绿的湖水相映衬，静的桥与游动的小舟相互辉映，真乃难得一见的景色，可谓既悦目、又赏心，快何如之呀！

百官们按着品级依次登岸，进入熙春台后参拜了皇上，然后就站立在指定的位置上，他们面前也放了食案与食具，待人们到齐后，乾隆便招呼大太监传旨：“皇上有旨，百官入座，用御宴。”大家得到这个圣旨，才敢坐下，这么多人一齐动作，居然做到了悄无声息。

由裴兴仁召来的扬州名厨，拿出了看家本领，做出了各种名菜，虽没有龙肝凤胆，却将扬州的种种特色，包括驰名大江南北的扬州细点一一呈上御案。

皇上吃得高兴，把目光转向高恒，问道：“你身为户部尚书，此次又来扬州专门督查盐运，时间不短了吧？”

高恒慌忙离案跪地，说：“蒙陛下差遣，已来扬州半年多了。”

乾隆："想必对扬州的风土人情知之甚详，拣一点要紧的说给朕听听！"

高恒一听，心想机会来了，他瞟了一眼正襟危坐在一旁的裴兴仁，奏道："微臣来到扬州，把心思用在了盐政上，对风土人情知之甚少，不敢妄奏。"他这是欲扬先抑，真实目的就在后面。

乾隆轻微皱了一下眉头，但对国舅也不便当众斥责，反为他转圜了："知道多少讲多少，不妨事的。"

高恒叩头谢恩后："臣虽知之甚少，但扬州的漆雕与玉雕工艺，堪称全国之首，臣近来得到一座无量寿佛玉山，准备献给皇上以供清玩的，玉山子我已带来，可否呈给皇上御览。"他十分清楚皇上对玉雕素有爱好，把这尊玉佛献上，是比送什么都有价值的。

果然，皇上一听便来了精神，他对苏州、扬州的玉器已经收藏了很多，也有较深的研究，如今国舅有玉山子送他，他当然欢喜。

太监从高恒手中接过玉山子，郑重地捧在胸前，到了御案前双膝跪下，将玉山子举过头顶。

在一旁侍立的大太监忙把这尊无量寿佛接过去，小心地放到御案上。

这座玉山子能否进入乾隆的法眼呢？难。他对玉器的要求极高，既要玉质优良，又要雕工精湛，还要能把玉的"玉德"体现出来。

此时，他接过玉山子看了一眼，为了不让国舅丢面子，故而称赞了一下。只听他说道："玉料不错，刀法也还算好。"

高恒听得很开心。

不料，他话锋一转便指向这座玉山子的要害："可惜的是，最重要的地方没有把握好，雕佛像，脸面最为紧要，必须让人们看到菩萨的慈眉善目，体会我佛的慈悲胸怀，这尊佛像上欠缺的就是这一点。"

接着，他便借题发挥起来，说："朕相信两句话：一句是'好玉不琢'。要知道，一块上好的玉材，与其让那些手艺不高的工匠糟践了，不如不去动它，留着它的来自藏身之处的干净身子，可以让世人看到它留着皮子的地方，显得粗陋干枯，但又在一些地方露出峥嵘的原貌，不也是一桩功德无量的事情吗？还有一句就是'简约'。不要用那些烦琐的刀工，弄得雕出来的东西没有了章法，要从简单中让那些雕件显得朴素而具有大气派，这才是琢玉工艺的精髓！"

在座的臣子们，莫不为皇上精辟的论述而佩服得五体投地。

裴兴仁一看到了火候，便俯伏在地，奏道："据臣所知，江都县令程逸云爱玉、识玉，人称"玉痴"，他家中藏品甚多，尤其难得的是，闻听他最近得一玉山子——《苏子夜游图》，见过的人都说其既有简约之风，又有细腻之处，把古朴与华美集中在一起，殊为难得，堪称珍品。"

皇上一听很高兴，问："程知县可在熙春台？"

裴兴仁用手一指，陪在末座的程逸云忙站起身子："臣给圣上请安！"说着便行了三跪九叩的大礼。

皇上与身边的太监说了一句，只听这个太监大声说道："江都县令程逸云听旨，速回县衙取来《苏子夜游图》到熙春台让众人欣赏！"

只听跪在地上的程逸云奏道："微臣确有《苏子夜游图》玉山子一座，

不料在前夜竟为贼人盗走了……”

皇上一听，虽有些扫兴，但也没有斥责他，还说了一句：“那就快快破案。裴兴仁，你也应该协助他将玉山子找回来！”

程逸云忙谢恩，裴兴仁口称遵旨，事情似乎到此为止了。

不料，当天下午，裴兴仁就带来兵丁，将县衙团团围住，自己和十来个兵丁径自进了县衙。

程逸云不由吃了一惊，忙问：“裴大人，你这是……”

话未说完，就被裴兴仁打断：“你这个欺君罔上的小人，我这是来查抄剥去你的人皮的罪证。”

程逸云不甘示弱：“下官坐得端、行得正，何罪之有？”

裴兴仁：“你还要狡辩，我让你输要输得清楚，死要死得明白！”

话刚落地，便有几个兵丁进来，一个小头头手捧红包袱皮包着的什么东西说：“禀知府大人，罪证已经找到。”

裴兴仁：“在何处发现的？打开来，让县太爷心服口服。”

那个小头头说：“在他的书房里找到的。”说着把红色包袱皮打开，里面果然是《苏子夜游图》玉山子。

裴兴仁一见，怒冲冲地说：“程逸云，你好大的胆子！”

程逸云：“栽赃陷害，何人所为，我心知肚明。”

裴兴仁一拍台子：“人赃俱获，你还想狡辩？来人，将这个狗官先押进大牢，待奏明皇上后再行处置。”

几个兵丁跑上前来，不由分说，将程逸云押走了。接着，裴兴仁立刻到盐运司衙门，向国舅高恒报告了喜讯，以便他进一步行动借乾隆之手杀掉程逸云，达到永绝后患的目的。

次日，高恒持《苏子夜游图》到行宫求见乾隆，将玉山子呈给皇上，将裴知府疑心程逸云并查抄江都县衙竟在程逸云书房中抄到这座玉山子的事情，从头到尾加油添醋地说了一遍，赞扬裴知府对皇上忠心耿耿，而程逸云竟做出这等欺君罔上、大逆不道之事。现程逸云已被押在大牢内，听候皇上发落。

乾隆听了，虽对程逸云的行为极为震怒，但又因程逸云爱玉、知玉以及对玉的评价与自己相似而十分欣赏，不忍杀了他。

高恒见乾隆有些犹豫，便说道："这样一个目无君主的坏蛋，留他何用？"

乾隆沉吟了一会儿，说："就留他一条命，发配到新疆算了。"

高恒只好说了一声"臣领旨"，便退下了。他虽然对乾隆的决定有些失望，但也无可奈何，只好在回衙后找来裴兴仁商议如何处置程逸云了。

× × ×

程逸云的千金程瑜君，在父亲被拘时，正好偕使女晓林到辕门桥买东西去了。在她返回县衙的路上，听到百姓议论纷纷，都说程知县被裴知府派兵丁捉去了。主仆听到此事没有贸然回衙，在一个下处内暂避风头，并置办了男子衣服，改扮了男装，往甘凤池处求救。

个把月前，甘凤池同他的义弟李云龙、汪庆瑚、齐华斌、宋儒沅和义妹甘蓉珠曾夜访江都县衙，对程逸云当面表示了钦佩之意。

在甘凤池等人看来，程逸云能够秉公办理官盐私卖一案，严厉处置了高恒的管家与邹扶久的内账房，虽未能对他们背后的主使加以究办，但能够这么做已经很不容易了。加之，甘蓉珠从程瑜君处得知程逸云上书都察院窦光鼐详细陈述了高恒与裴兴仁的劣迹，请求都察院查办他们，更加赞赏程知县的品格。他们对程逸云表示：今后碰到什么困难，大家都愿出力相助。程逸云当然十分感谢，不料，都察院还未查办高恒等人，程逸云却已遭恶人的毒手。六位侠士听了瑜君的哭诉后，无不义愤填膺。

五侠宋儒沅血气方刚，连连说：“气煞我也！气煞我也！大哥，我们何不去至扬州，除掉这些狗官，救出程大人？”

甘凤池沉吟了一下，说：“雍正那个狗皇帝的儿子弘历已经到了扬州，暴君的儿子能够好到哪里去？听说他不但是个花花公子，而且到处勾搭奸污良家女子，简直是头色狼。过去我们弟兄三次潜入北京图谋刺杀雍正，都因皇宫警卫森严未能如愿。如今，暴君的儿子来到江南，是微服而行，正是我们动手的好机会。乾隆一死，天下大乱，我们乘乱行事，救出程大人之事易如反掌呀！”

二侠李云龙接过话头：“大哥所言极是，但我寡敌众，不可鲁莽行事，到了扬州，探听虚实后，大家再好生计议一下。”

三侠汪庆瑚也说：“听说这个乾隆自年幼就习武，我们确实不可大意。”

众人计议已定，次日就动身赴扬了。

甘凤池等人为什么要行刺雍正，未能如愿后，现在又决定刺杀乾隆呢？

明末清初浙江省有个大儒吕留良，他历来主张“华夷之辨”大于“君臣之伦”。他在明亡后便散尽家财，结交侠义之士，鼓吹反清复明，并在他的许多著作中阐明了这个观点。后来有位叫曾静的湖南秀才，读了吕留良的遗作，派了一位学生到陕西劝川陕总督岳钟琪举兵反清，不料却被岳钟琪告发而下狱。雍正早已知道曾静十分了解宫廷斗争以及雍正夺位的内情，生怕这些丑事泄漏出去，便传旨将他杀害。因为受曾静一案的牵连，吕留良死后竟被开棺戮尸，他的儿子也被斩首示众，孙子被发配到宁古塔沦为清兵的奴仆。甘凤池等人深受吕留良的著作的影响，“华夷有别”的观念十分浓厚，因而早就对清廷不满。尤其是雍正帝大兴文字狱，追罪吕留良及他的子孙，让甘凤池及他的兄弟们下了决心，要刺杀雍正，为吕留良和曾静报仇。

宏愿虽立，但未能成事。而今雍正已死，他的儿子当然应该为祖先的罪孽承担后果了。当他们得悉乾隆南巡的消息后便立即登程，从京师一路跟到扬州，但因乾隆有大军护卫，难以下手。如今乾隆入住天宁寺行宫，这里有广厦千间，他究竟住于何处，想进入都难，更不用说实施行刺了。更何况，这一路之上，他们接触过的人中，有不少夸赞乾隆为人宽厚、惩贪恤民，能够弥补祖先的过失，并发誓要创一个全盛之世。

听了这些话，甘凤池等人不免有些踌躇，倘若乾隆真的不是暴君，那为什么要刺杀他呢？于是甘凤池做了决定，大家暂不行动，严加观察，如乾隆果能革弊兴利，惩贪除暴，恤民强国，不但要改变初衷，还要帮他一把。

此番听了瑜君的诉说，大家对程逸云的遭遇十分同情，便与瑜君一起来到扬州。得知乾隆并未将程逸云开刀问斩，只是将他发配到新疆，大家这才放了心。

但是，甘凤池也估计到高恒和裴兴仁不会善罢甘休，从扬州到新疆，路途遥远，山高路险之处数不胜数，进入安徽之后，他们就可能买通了解差，对他动手。大家商定，在滁州附近救出程逸云。于是，众侠和瑜君便在程逸云起解后，悄悄地跟随在他们身后。

这一天，解差胡三丁与王大发押着披枷戴锁的程逸云来到琅琊山时已经到了申时，眼看前面山峦重叠，林木森森，人迹罕至，是个动手的好地方。王大发向胡三丁使了个眼色，说："前面地方不错。"

胡三丁心领神会："老哥哥，听你的！"也是一句暗话。

说话之间，已来到密林深处。胡三丁大叫："累死了，累死了，我得找个地方歇一会儿！"

王大发连忙呼应："我也跑不动了，呶，路边上有块大石头，坐一会儿吧。"便用手中的包袱头儿掸去了石头上的浮尘，便一屁股坐了下去。

胡三丁对程逸云说："我们要歇会儿，只好对不起你了。"说着，就拽着程逸云来到一棵大树下，取了一根粗粗的麻绳，将他绑在树上。

瑜君和晓林见二解差将程逸云绑在树上，便掩在林子中，准备随时拔刀相救。程逸云心知不对——一路上也碰到过他们要歇脚的时候，并没有把他绑起来呀，今天这么做分明有鬼，便睁大着眼，看他们的动静。

只见胡三丁对王大发努了努嘴，王大发便按照事先的约定，站起身来走到程逸云面前，说："程大人，如今这个世道，什么人都可得罪，只有国舅大人是得罪不得的呀。你在官场上也混了多年，怎么就弄不清楚其中的利害呢？我们奉上峰差遣押送你老人家，其实我们是陪着你充军，苦呀！为今之计，这万里的路程还是早早了结为好，免得大家受累，你说呢？"

程逸云听了此话，已经明白了几分，说："你们受人指使，也是身不由己，该怎么办，你们决定吧！"

胡三丁听了这话，也走了过来，双手一拱，说："程大人体谅我们出于无奈，我们在这里谢大人了。你放心，你上路以后，我们会给你立个坟头，给你焚香烧纸，叩头上供，感谢大人的成全。"

瑜君和晓林听了两个解差的话，便欲挥刀上前解救父亲。就在此时，几个身穿黑衣的人呼啸着飞奔过来，分明要与解差联手杀害父亲了，情急之下便跃出树林，护在父亲身前，随时可以挥剑拒敌。

这几位黑衣人来到瑜君面前，拿去面罩，原来是"金陵六侠"前来救助程逸云，却与瑜君巧遇了。

不料，他们与瑜君交谈时，两个解差却趁他们不备，各持一把大刀从树后绕了过来，企图杀害程逸云。

宋儒沅眼尖手快，只听“当啷”“当啷”，两个解差手中的大刀都断成了两截，并且跪倒在地连连求饶了。

瑜君这时正在为父亲松绑，程逸云见宋儒沅正欲举刀砍向解差，忙为他们说情：“这位大侠，他们也是受人指使，就饶了他们吧。”

宋儒沅收了刀，大声斥责解差：“看在程大人的面子上，饶你们不死，今后如有不轨，你们休想活命！”

这两个叩头如捣蒜，连连说：“从今往后，我们一定照应好程大人，如有半点差池，任凭大侠处置。”

甘凤池心生怜悯，喝了一声：“起来，今后不可干这种勾当了！”

这两个家伙一边叩了几个响头，一边说：“谢大侠不杀之恩！”随后就乖乖站起身来，忙为程逸云解开枷锁。

瑜君对“金陵六侠”说：“蒙侠士们拔刀相助，我这里谢过了。”

甘凤池对瑜君说：“令尊大人是被诬陷的，发配路上千辛万苦，他怎么承受得了，你们父女不如随我们去吧……”

但程逸云却连称：“不可，不可！裴兴仁等人要置我于死地，幸亏皇上英明，这些人图谋才未能得逞，在下不能违背皇上的旨意……就请诸位成全我，让我去到新疆以表我对皇上的忠诚。诸位的大恩大德，我当铭记于胸，来世做牛做马来报答吧！”

瑜君见状，忙对他们说：“家父主意已定，小女子不敢违拗，但请诸位放心，我将全程陪伴家父去到新疆，以尽孝道。”

听瑜君这么一说，甘凤池等放心地让他们上路了。

× × ×

甘凤池等回到扬州，下定决心要把高国舅和裴兴仁等在扬州的种种劣行查个一清二楚。

他们首先决定查明裴兴仁与高恒究竟因何勾结在一起。所谓纸里包不住火，不消几天，就水落石出了。

原来，裴兴仁为了巴结国舅，这位知府大人居然将自己的一名小妾送到高恒那里，高恒没有能过"美人"这一关，竟然"笑纳"了。这个从娼门里出来的女子，当然尽其所能地满足了国舅的需求，让高恒对裴兴仁心存感激。这个"督查使"虽然在查盐运外还兼有督查地方行政长官的差使，但对裴兴仁的所作所为却紧闭双眼、不闻不问了。

为了找到他们的罪证，六位侠士谋划之后，决定夜闯运司衙门内的芙蓉楼。据知情人说，高恒在扬州收受的赃款赃物，都藏在这芙蓉楼内。

这夜，已经敲了二更，甘凤池等逾墙而入，来到芙蓉楼外。甘凤池和二侠、四侠、六侠藏匿在花树丛中，三侠汪庆瑚、五侠宋儒沅，则潜入芙蓉楼。宋儒沅点亮了手中的松明子，引着汪庆瑚来到大书案前，打开了锁着的抽斗，果然在当中抽斗内发现了一封裴兴仁给高恒的亲笔信和一张二十万两纹银的银票。这封亲笔信上写明"从乾隆二十六年十月到二十七年七月间，共卖出六船官盐，按约定呈缴纹银二十万两，表示对国舅的关顾，铭感于胸"云云。这是他们赖不掉的罪证呀！汪庆瑚立即藏于贴身的小袄内。

此刻，传来巡更的梆子和锣声，已经是三更天了。宋儒沅灭了松明子，两人摸索着下楼与众侠会合，仍逾墙而出。

待他们回到下处，点亮了灯，将那些书信和银票仔细一看，无不气愤万分：这个裴兴仁在不到一年工夫内，就将六船官盐私自变卖，其中所得据为己有。这么多年来，他究竟卖了多少官盐，私吞了多少盐款，其数字应该更加惊人。如今，为了掩盖罪行，竟一次送了二十万两纹银的贿金给督查盐运的高恒，他的罪行，真的是罄竹难书了！

他们夤夜行动，刺杀了裴兴仁，随后来到运司衙门，遍寻高恒不着，抓了一个更夫询问，才知道这位国舅已于三日前去京城了，只好将他的这颗头暂留在他的项上了。

× × ×

回头再说程逸云等一行风餐露宿，从安徽入河南，到了西安以西，人烟越来越稀少，在黄土高原上，连一点点绿色也看不到了。

他们越过了好些高山，在大车印子就是路的荒野上跋涉，在只能长一种芨芨草的戈壁滩上前行，又在风沙蔽日、沙丘起伏、广阔无垠的沙漠中迈着艰难的步子，终于到达了水草丰满的南疆——塞上明珠和田。解差在向和田县递送了公文之后，程逸云便在这里落户了。

驻守在和田的有一队清兵，各有一个兵营，分设在县城与白玉河畔。

和田的知县，在了解了程逸云的案情后，产生了同情之心，又得知鉴别玉石是他的专长，便把他安置到白玉河与汉克尔尼河交界处的一所兵营内，又被瑜君的孝行所感动，对程逸云说：“你的公子和书童，陪伴你万里跋涉，孝心可嘉，就与你一同住进兵营吧！”

程逸云喜出望外。三人谢过了和田知县，便动身往白玉河畔的兵营去了。

八月的新疆，风和日丽，而和田如同大漠中的一粒珍珠，风光十分旖旎，那高高的白杨，如同顶天立地的巨人，耸立在白玉河畔，掩隐着兵营的大门。

驻守在这里的兵丁，其任务是监督山民觅玉和防止他们将玉料偷运出境。站在兵营的大门外举目四望，那远山近水，组成了一幅天然的图画，耳畔响着汉克尔尼河与白玉河交界处激起的涛声，让程逸云和瑜君陶醉了。真是因祸得福呀！如果不是发配到此间，怎么能得到这种“身在画图中”的享受呢？

到达兵营的第二天一早，程逸云就开始履行他的职责——到白玉河上游觅玉了。

昆仑山莽莽苍苍，白玉河与汉克尔尼河波涛澎湃，数不清的巨大石块裸露在河床之上，而一些分量较轻的石块从上游的溪水中滚滚而来，有的在汉克尔尼河的拐弯处卡在石头缝中再也动弹不得，而更多的石块则顺流而下，进入白玉河。这些石头，从上游翻滚而下，经过不断的碰撞和溪水的冲刷，都已磨去了棱角，外表十分光滑。而昆仑山的美玉，就藏在有些石头当中，遇到经验丰富的采玉人，它们就无所遁其形了。

当地老祖宗传下来的规矩，说是美丽的玉神，喜欢身子洁净的女儿身，在水中采玉的都是年轻、未出嫁的姑娘们。每天天还未亮，她们就来到现场，在白玉河上游的溪流中用脚踩、手摸、眼看，辨别着藏匿了美玉的原石。岸上，有清兵随着觅玉的姑娘们行进，每逢有人叫道“见宝了！”“一块好东西！”时，就会有一个清兵“咣！”的一声把手中的锣敲得震天响。据说，锣声可以震住玉，否则玉是要逃逸的。

程逸云偕瑜君、晓林夹杂在清兵中涉水登山，在绝壁悬崖间攀缘，在冰雪世界中徜徉，在姑娘们采到的玉石中获得快乐。为了安全，瑜君与晓林仍然着男装，分明是一位风度翩翩的公子，而一旁长得也很俊美的男子，分明是他的书童了。

一日，太阳刚刚升起，程逸云与瑜君、晓林就来到汉克尔尼河上游的小溪旁。一位维吾尔族姑娘阿依古丽看到他们的到来便目不转睛地看着瑜君，瑜君转脸将目光投向小溪中采玉的人时，一眼就看到了这个维吾尔族姑娘的眼光中包含着的热情，便笑眯眯地对她点了下头。这一下却让阿依古丽显得有些慌乱，连心中的小鹿儿也“嘭嘭”地跳个不停，双颊竟染上了红晕。她知道，她恋上这位公子了。从此，她便想方设法地接近瑜君，还常常怀抱一块石头，跳上岸去，请瑜君看，用并不纯熟的汉语问长问短。瑜君为了不暴露自己，只好尽自己所知向她传授鉴别玉石的知识。这一来，更增加了阿依古丽对瑜君的好感。每次，她找到了一块可能藏着玉的石头，就借故来到瑜君面前，请她鉴别。

瑜君意识到这位维吾尔族姑娘对她产生了恋情，又不便说明真相，故而故意疏远，但谁知这一来反而让阿依古丽更加紧追不舍，弄得瑜君十分尴尬。

× × ×

话分两头，暂且放下阿依古丽与瑜君的故事，说一说甘凤池等人一心要扳倒高恒，便来到北京，住进了距紫禁城较近的大栅栏的一家客栈。

前文已经说过，自从金陵六侠得知乾隆为人宽厚、惩治贪官、善待民众等情形后，不但放弃了刺杀的念头，而且要把从高恒处得到的那些证据呈给皇上，治他的贪赃枉法之罪。

大家住定以后，就齐聚在甘凤池的房内共商大计了。

见大家都坐了下来，甘凤池说："怎样才能见到皇上，呈上高恒等人的罪证？三弟你足智多谋，你先说说。"

汪庆瑚不慌不忙地说道："我们几次想进入紫禁城，都因宫禁森严而难以闯入，为今之计，需利用皇上外出的机会呈上证据……"

李云龙觉得这个办法好，说："我赞成，不过我们难以得知皇上的行踪呀！"

齐华斌说："小弟有个舅舅，在京城以裁缝为业，宫里有几个太监请他做过衣服，看看他能否找到人打听打听？"

甘凤池说："好呀！就请四弟辛苦一趟。"

齐华斌答应下午就去看他的舅舅。果然，几天之后便有了回音。据一位太监说，乾隆已经去了南方，现在已从德州出发去济南了。

甘凤池率众侠立马去到济南，不料，乾隆已离济南而去。他是微服私访，行踪不得而知，众侠怅然若失。

× × ×

乾隆此次南巡，与扈从大臣舒赫德、海兰察、爱隆阿、达音部、希尔岱等装扮成巨商大贾，经德州、济南，此刻已来到兖州。

他们找了一个酒馆坐下，想在这里打个尖。

爱隆阿深知乾隆的饮食习惯与爱好，招呼店小二说："先烫二斤酒，来两盘卤牛肉、五斤煎饼！再来一大碗菠菜豆腐汤！"他知道，皇上吃厌了御宴，对这些民间饮食反倒赞不绝口。还记得上次陪皇上南巡就吃过菠菜豆腐汤，而且这汤还被皇上称为"红嘴绿鹦哥，金镶白玉板"哩！所以就特别要了这份汤。

这一刻，大家都已又饥又渴了。酒菜拿上桌，海兰察先自己倒了一点酒喝下，又吃了一块牛肉，见无异状，才给乾隆斟了酒，侍候他先动了筷子，并吩咐大家："吃呀！"这一众人都端起了酒碗。等到那份菠菜豆腐汤送上桌来，皇上笑着对爱隆阿说："这菜点得不错！"还是海兰察先喝了汤，然后才给皇上盛了一碗，乾隆终于又一次尝到了他心目中的美味。

大家正在用餐之际，忽然听到隔桌有人愤愤然地拍了下桌子，还自言自语起来："这狗官，我真的恨不得要剥他的皮，食他的肉！"另一位则劝他："仁兄呀！小心隔墙有耳！"

不料这个书生模样的人仍愤愤地说："兄弟呀！这全城的百姓，哪个不义愤填膺，为刘知州鸣冤叫屈……"

看来，另一位也是一介书生，他比较冷静："仁兄呀！听说……"便和他附起耳来。

听了他说的话，这位书生长叹了一口气，说："只怕是远水救不了近火呀！刘知州是命悬一线啦！"

几位书生用完餐一起离去，舒赫德也随他们离开酒馆。

个把时辰后，舒赫德已探明了情况。

兖州知州刘长松为官清廉、为人刚正、怜贫恤民，百姓称赞他是"两袖清风、一身正气、爱民如子"的好官。

总督李誉的公子，行为不端，因强奸民女被人扭送到州衙。李誉派了他的一个师爷携带各色礼品来到刘长松处为李公子说情，刘长松拒收了礼物，坚守"王子犯法，与民同罪"这一信念，按律将李誉的爱子责打了三十大板，枷号示众了三天，弄得李誉下不了台。为此他怀恨在心，总想找个什么机会来报复，但却找不到把柄。

这一年，适逢大旱，从春至夏竟有一百多天没有下过一滴雨，农民失收。然而，李誉把持并串通粮商，大家关门打烊，弄得粮价飞涨，市面上连一升米也买不到，致使饥民无数，饿殍遍野。而李誉却从中坐地分赃，获利无数。这位深爱着黎民百姓的刘长松，虽早已上书总督要求开仓放粮，赈济灾民，但至今仍无回应，这该怎么办？

刘长松的母亲，是位深明大义的老人，当她得知上述情况后，便派丫鬟叫来刘长松，对他说："儿呀！你们官家的事，照理为娘不好干预，但奸商富户得到李誉的包庇纵容，利用灾情大发横财，升斗小民只能坐以待毙，不知吾儿有何良策，解百姓之倒悬？！"

刘长松说："儿子不孝，还未定下良策。如果按儿的主张去做，就怕连累了母亲和家里大小人等，所以还没下决心！"

老夫人说："数以万计的赤子徘徊在鬼门关前，如不施以援手，恐怕是尸横遍野、赤地千里了！我素知儿的秉性，你如决心用一腔热血洒在丹青之上，设法筹粮，救民于水火，这是大忠大孝之举，为娘会为你高兴的。"

刘长松跪倒尘埃，说："娘如此体贴儿子，儿子一定不负您的栽培和期望。"此时，他感到热血沸腾，站起身来，大声地吩咐："准备开仓放粮！"

州衙内的一位老书吏慌忙阻止："慢，知州大人，这事关系重大，弄得不好可是掉脑袋的事呀！还请大人三思！"

谁知老夫人听了他的话勃然大怒地喝道："你这是帮刘长松的倒忙，我儿冒险开仓放粮，解民众于倒悬，你却加以阻拦，这是为何？如果上面降罪下来，我这把老骨头愿意与忠君爱民的儿子，一同走进监牢！"

刘长松听了母亲这番话，更为激动了，他说："得母亲大人的明示，儿决不贪恋头上这顶乌纱而置百姓的生死于度外，即使杀头坐牢，我也要救活那苦苦挣扎的数万灾民，他们如得生，我死又何足惜。”说完，大步走出门去，来到州衙的公案前，亲笔书写了一张开仓放粮、赈济灾民的布告，规定赤贫、次贫与其他灾民分别发赈济粮四个月、三个月和两个月，每日按大人给米两斤、小孩一斤计算。书吏们照抄了一百份，盖上州府大印，张贴于闹市及各个乡镇。

灾民在领到赈粮之后，无不颂扬刘长松的恩德。

刘长松开仓放粮，激怒了总督李誉。李誉立刻下令拘捕了刘长松，罪名是私开粮仓，擅动皇粮，并决定将其斩首，择定在五天之后行刑。

全城百姓得知这个讯息后，无不愤慨之至，有的贴了无名状，揭露事实真相，有的到总督衙门前跪地请愿。茶楼酒肆，无论是贩夫走卒还是文人雅士，都在议论纷纷，怒斥李誉挟嫌报复，有的还拟就了状纸，呈递到巡抚衙门，呼吁刀下留人。

然而，李誉为报私仇，对这些来自民间的声音不闻不问，决心将刘长松开刀问斩。

按当时刑部的律条，巡抚衙门掌生杀大权，对现职官员的处刑，必须备文报经省一级的官员，即各省巡抚审核后上报刑部批准，才能动刑。且知州为五品，还须皇上御批，才能明正典刑。

李誉向巡抚衙门送去了呈文，将刘长松的“罪行”和百姓们闹事等情由添油加醋地写了进去，要求迅速将罪魁祸首刘长松就地正法，才能去除隐患，保一方太平云云。但他生怕百姓们揭竿而起，弄得不可收拾，已定了主意，准备在翌日就把刘长松押赴刑场，斩首示众，演一出“先斩后奏”的“好戏”。

乾隆详细地听了舒赫德的奏报，马上决定了应对之策。这一来，山东兖州，将上演一出亘古未见、名留青史的大剧了！

× × ×

昨日清晨，兖州的一名武举人张绍丰向海兰察报告：接到皇上的密旨以后，马上召集了兖州那些信得过的武举人和武秀才，带着众乡丁，于今晨潜入法场附近的茶楼、酒肆准备配合行动。舒赫德听了以后十分高兴地对他们说：“届时，大家注意藏在南边人群中的海兰察以举刀为号，接应诸位扈卫大臣，一起把人救走。”

次日清晨辰时三刻，金鸡报晓之时，舒赫德等人已来到法场，分头挤进围观人群当中，只等海兰察的号令，他们就将挤出人群奔向法场，而掩藏在酒楼中的武士们，也一起杀进法场，相救刘长松。武功十分了得的乾隆，当然也会手持金刀杀进法场的。

围在法场四周的人，有的身穿孝服，手持香烛，他们要在刘长松死后来祭奠他；有的跪在地上哭声不止，他们要看刘长松最后一眼；有的还拎着篮子，当中放了酒菜，要请他们的父母官进最后一餐……乾隆等人看了，都十分感动。

巳时三刻，几声锣声响后，只见新上任的知州、总督李誉的表兄王伯年及州同张瑾、州判陈开甲等人来到法场，在临时设立的公案前坐下，知州王伯年发话了，他用了吃奶的力气大叫："把刘长松押过来！"

这时，几十个清兵押着五花大绑的刘长松来到公案前。人们看到如此情景大放悲声。有的边哭边说："刘大人，你为了我们受了大罪了！"有的说道："老天爷啊，你睁开眼睛来看看坏人当道、好人受罪的世道吧！"一时，法场上哭声震天，连一些奉命来弹压的清兵，也跟着哭起来，甚至把手中的大刀、长枪也丢到地上了。

知州王伯年怕事情闹得不可收拾，难以向李誉交代，便对手下说："这件事，必须快刀斩乱麻了，动刑吧！"

州判陈开甲觉得不妥："王大人，刘长松即使犯杀头之罪，但总该到午时三刻才能动刑呀！"

王伯年问："现在什么时刻？"

陈开甲说："才巳时三刻……"

王伯年说："管不了那么多了，操刀手！"

两个行刑的操刀手齐声答："在！"

王伯年下令："开刀！"

陈开甲声色俱厉："万万不可，不到午时三刻就开刀，坏了祖宗的规矩，大家都吃罪不起……"

王伯年打断他的话："这是总督大人的手谕，你敢不从，耽误了行刑，你就不怕被革职查办吗？"

陈开甲猛地站起身子："我这顶乌纱帽是不怕丢的，连刘大人这样的好官，开仓救民于水火，本应受到褒奖，但却要落得个尸横法场的下场，我要问：他何罪之有？！我阻止你们提前执行，又有何罪？！不到午时三刻，你就不能行刑！”

王伯年连连拍着桌子道：“反了，反了！来人，将陈开甲的座席给我撤掉！”

陈开甲一听：“撤我的座位？我还不想坐在这里呢！你们这帮祸国殃民、蝇营狗苟的家伙，总会有报应的！”

王伯年更为震怒了，但为了迅速落实总督的手谕，便没有去理陈开甲，拍着公案大声叫道：“开刀！开刀！”

不料，从人群中蹿出了乾隆和他的扈从。只见舒赫德和海兰察等人来到操刀手面前，两人挟一个，两个操刀手动弹不得了。

王伯年气坏了：“你们是什么人？竟敢扰乱法场、阻止行刑！胆子也忒大了！来人，将他们全部拿下！”

在他的号令下，三四十名士兵拥了过来，不料却被那些武举人、武秀才以及乡丁阻挡住了。

乾隆指着王伯年说：“王大人，我劝你不要逞一时之勇，做下让你悔恨终身的事情！”

王伯年当然不明就里：“你好大的口气，我问你，你们到底是什么人？”

乾隆微微一笑说：“我姓洪名猷，蒙圣上授为苏州知府，上任途中经过贵地……”

王伯年打断了乾隆的说话，问："可有公文？"

乾隆："公文虽不在身边，但有兵部尚书舒赫德亲笔写给巡抚大人信件一封。"说着，就示意阿里衮把信递过去。

王伯年接信一看，确为舒赫德书写请求沿途官员照顾洪大人赴任等内容，并有他的亲笔签名，马上换了一副面孔："失敬了，不过，在下有公务在身，待我将这个私自动用州仓存粮、沽名钓誉的家伙斩首之后，再行为洪大人设宴洗尘！"

乾隆说："王大人客气了，你我都是皇上的臣子，我有几句话想送给大人，不知可不可以？"

王伯年说："当然可以，只是……"他想说等监斩的公务完毕之后，再请洪大人指教，但没有说出口，就被乾隆打断了。

乾隆说："刘长松开仓放粮赈灾，完全是为了成千上万灾民才如此行事，大人可否宽恕他？"

王伯年冷笑了一声："宽恕他？笑话！本官有总督大人手谕，负监斩之责，你在这里奢谈什么宽恕，天大的笑话呀！操刀手，开刀！"

但操刀手早已被舒赫德等人控制住了。

乾隆说："你既然奉了总督大人的手谕，就请你当着众人宣读。"

王伯年愣住了。

只听乾隆大声说："刘长松开仓救灾，本是善举，监斩官拿不出总督手谕，其中一定有诈。皇上对地方官能救民于水火十分赞扬，我这里有他的一首近作，题为《命加赈浙省去岁被灾州县诗以示意》，我这里读几句诗中的句子，足以佐证官员救灾，甚合圣意，皇上在诗中说：

两浙去岁灾，东较西为甚。
嗟嗟我黎民，啼饥缺餐饪。
……
为民之父母，曰惟尔及朕。
子饿父却饱，于心其奚忍。
赈济期虽溢，更发我仓廪。
博施慎无遗，庶苏吾之民。
……

可见皇上对开仓发放赈粮，是十分赞成的。刘长松的义举，不但没有罪过，如果皇上知道了，一定会让刘长松加官晋爵的！”

陈开甲等官员及场上的民众连声欢呼，陈开甲说：“皇上珍爱黎民百姓，可与尧舜相比，我等恭祝圣上万寿无疆！”

乾隆见火候已到，大喝一声：“爱隆阿，还不动手！”

爱隆阿和海兰察快步上前，将跪在地上的刘长松拉了起来，为他松了绑，扶着他便走。

不料，几十名官兵却围了过来，藏在人丛中的金陵六侠及武举人忙杀了过去，与乾隆一道，护卫着刘长松，杀出了重围。

到了兖州城外三十里铺，已经远离了追兵，大家坐在树林中稍事休息之时，刘长松向众人叩谢了救命之恩。

刘长松这时对乾隆说：“洪大人，是我连累了你。这一下恐怕你去苏州上任之事要出岔子了。请让我回兖州自首，以免今后许多事情难办。”

乾隆说：“刘大人且放宽心，恐怕王伯年和李誉等人不久就会伏法的。你不如跟着我们，待此番江南之行完毕后，随我们一起去北京吧！”

乾隆回京后，刘长松才知道这法场原来是天子劫的。后来，他又被任命为户部尚书，作为钦差大臣回到兖州，查办了李誉、王伯年等，升任陈开甲为知州。

另高恒等官盐私卖一案，窦光鼐接到程逸云的禀帖后，派了刘墉往扬州查办。乾隆得知详情后，排除了种种干扰，命刘墉秉公执法，查办了高恒，裴兴仁被开棺戮尸，卜俊人被斩首示众。

以上，都是后话，就不一一详表了。

× × ×

一天清晨，程逸云等正在兵营用餐，兵士来报，有维吾尔族老乡在密勒塔山顶封冻的石璞内，发现了一块青色的大玉。

程逸云一听这话，放下饭碗便偕瑜君等去到密勒塔山，经过几天攀爬至山顶，果然看到有块体量硕大的青玉被封冻在石璞当中。但要把它取出来，谈何容易！

夹杂在围观人群中的阿依古丽看到程瑜君随着她父亲也来到山顶，便马上迎了过去，大声对瑜君说："程公子快来看，这块被冰封冻着的大玉，是我最早发现的。"她一双大眼睛死死地盯住了她心目中的十分俊秀的书生，看得出，这双眼睛中充满了对瑜君的爱意，但瑜君还是难以对她说出真相呀！

程逸云和瑜君仔细观看，用随身携带的木榔头敲击被岁月磨去皮而露出青色的地方，肯定这是一块体积不小的青玉，但怎样才能把它取出来呢？瑜君转脸问父亲："爹，怎么把它从山崖中挖出来呀？"

程逸云说："难就难在这里，可天无绝人之路，总会想出法子的。"

这时，一位鹤发童颜、长髯逾尺的老者走了过来，说："请大人放心，会有办法的。"

瑜君转脸一看，原来是阿依古丽的父亲买买提，忙说："伯父大人，就有劳您了！"

程逸云也说："在下也在这里谢过您老，但不知您有什么办法……"

买买提说："火攻。"

程逸云一想，对呀！把玉石周围的冰川融化掉，这玉石定能脱离山岩的，便命兵丁们就地砍伐树木，劈成柴片，取来火种，让冰融雪化。

经过五个日夜，连续不断地融冰化雪，又凿去石璞，用牛皮制成的粗绳拴住这块大玉，两百多号人一起发力，硬是把它从山岩上取了出来。

把高近一丈，最宽三尺有余，重有一万多斤的庞然大物从山顶弄到山下，更是个难题。

还是买买提出了主意，他提出了用牛皮绳系住这玉石的头部、腰部和尾部，顺着山势，从山顶一段一段地坠下去，直到山下有路的地方。

把这块大玉运到京城又让程逸云犯了难。

程逸云来到和田，拜会了和田知县白玉藻，请他召集和田的能工巧匠，共同商议运输这块大玉的办法。这些人特制了一辆板车，用马匹在前面拉，人在后面推，运走这块大玉。

这些能工巧匠，花了半个多月的工夫，制成了一部两丈长、一丈宽的巨型板车，县衙调集了十匹骏马，又派了二十多位兵丁，征集了三百多个民夫，先将大玉放上板车，再用粗绳绑得牢牢的，便择日起程了。

这一天，和田好像办喜事一般，家家户户张灯结彩，板车停在南门外，人们用十几朵红彩球把大玉装扮起来，县太爷在城门口设了香案。

程逸云与和田的官员们告别后，大步走在板车的前面，马夫们手中的鞭子响起“啪、啪”声，十匹骏马迈开了蹄子，兵士和民夫们分布在板车的两旁，喊起了号子。在鞭炮与锣鼓声中，马拉人推的板车缓缓起动了。

不料，程逸云等走了不过个把时辰，突然，有一人骑着快马追来，一边叫喊：“停下！程大人请停下！”

众人不知何事，只好喝令十匹骏马和推车的人们都停下了脚步。

只见来人跳下马来，单膝跪下：“禀程大人，和田县接到邸报，皇上得悉获此良材之喜讯，晓谕和田县，命程大人不必将大玉送往京城，径自送往扬州，由扬州艺人雕琢，并由程大人亲自监制。”

从和田到扬州，要经过青海、甘肃、陕西、河南、安徽才能到达。许多地方没有道路，兵丁和民夫们只好逢山开路、遇水搭桥，经过了寒冬酷暑，排除了千辛万苦，艰难地前行，每一天只能前进五六里路。

旅途是艰辛的，但此次的心情与当时发配途中的感受完全不一样了。程逸云还清楚地记得当解差押着他走过嘉峪关时，他的心头升腾起的是惆怅与无奈。如今，再次看到这座雄关时，他的心情是欢畅与兴奋交织的。他仔细地打量着这万里长城尽头的关隘，为它的雄伟而喝彩。多少兵将就掩埋在关外的黄土之中，才造就了这钢浇铁铸的雄关呀！

回首望去，关外黄土一片，竟无一点绿意。

进入嘉峪关的西门，王昌龄《出塞》中的名句蓦地涌上他的心头，不由得念出声来："秦时明月汉时关，万里长征人未还。"然而，他却回来了，多么幸运呀！还有张衡的《四愁诗》首首离不开一个"玉"字。尤其是"我所思兮在雁门，欲往从之雪雰雰，侧身北望涕沾巾，美人赠我锦绣段，何以报之青玉案"。他今居然得到了一块硕大的青玉，他总算可以报答我的国家、他的人民了。张衡有四愁，他却可以摆脱他曾经的愁思，这是老天的眷顾呀！

程逸云一行沿连绵千里的河西走廊前行，这是古丝绸之路呀！这里雨水稀少，到了夏季酷热难当，到秋冬是令人难以忍受的寒冷。经过一年多的艰苦行程，终于到达了兰州。程逸云决定，大队人马住入了馆驿，在这里休整十天。

说来也巧，甘凤池等金陵六侠得悉程逸云从和田出发的消息后，计算着可能到达兰州的时间，提前赶到兰州。他们认为：在进入人烟稠密的地区后，大玉的运送更为困难，准备帮程逸云一把。他们入住兰州馆驿已有十来天了。

当程逸云押着板车来到馆驿前时，众侠已在门口等候多时，程逸云一见喜出望外，感谢侠士们的义举。瑜君也与众侠互叙别后的种种见闻。

甘蓉珠笑对瑜君说：“你穿男装显得十分俊俏，从此就不要改过来吧！”

瑜君说：“在塞外穿男装，是为了避开人们注目和歹徒的侵扰，如今回到关内，又有诸位侠士相帮，我与晓林将恢复原来的装束，还我的女儿身。”果然，之后她便改为女装，令那些马夫、兵丁、民夫都啧啧称奇，也引起了五侠宋儒沅的注意：这么一位美貌的女子，居然能上高山、履沙漠，帮其父觅得了宝玉，且武艺高强、剑术精良，真是一位奇女子也。他对瑜君产生了爱意。

瑜君也注意到了面前这位长得十分俊秀的年轻侠士，正在用充满爱意的目光注视着自己，不由得怦然心动。他们四目传情、一见倾心，从此步入爱情大道。

与此同时，协助运输大玉的买买提与阿依古丽父女也都在场，阿依古丽见自己心爱的人儿竟是女儿身，不免有些失落，但之后一路走来，竟对三侠汪庆瑚产生了好感，并在交往中摩擦出爱情的火花。甘凤池十分赞成这对俊男美女的相爱，自愿做他俩的媒人，说动了买买提，同意了这宗美满姻缘。

于是，程逸云与甘凤池和买买提一致决定，待到达扬州后为这两对恋人和早已与李云龙定亲的甘蓉珠办一个亘古未见的婚礼。

× × ×

运输大玉的大队人马，在西安登船，经金钱河，入湖北境内，终于到达长江，在江苏瓜州进入运河，扬州便遥遥在望了。

到达瓜州时，程逸云伫立在船头，真的是感慨万千呀！想当年，自己在江都任职时，为了那玉山子几乎丢了性命。如今，他将在这里监制一座比《苏子夜游图》大上百倍的巨型玉山子，可以不负父母生我养我的艰难和圣上的栽培了。什么叫大展宏图，这就是吧？对！这就是！

载着大玉的官船到达了扬州十三个城门之一的钞关外码头，扬州府及江都、甘泉两县的官员们守候在码头上迎接过去的江都知县——已被任命为扬州知府兼任监造玉山子大臣的程大人了。

原来，在运玉船进入长江时，各地就接到邸报，乾隆皇帝因程逸云觅玉有功，任程逸云为扬州知府，监制大玉，画稿将有专人送往扬州。

程逸云入住府衙，这十年多来，不但尝到了宦海浮沉的种种滋味，还历尽了长途跋涉之苦，也尝到了父女之情的甜美和与友人、特别是金陵六侠朋友之谊的愉悦。他似乎已经看透了人生，只待大玉雕琢完成，他就可以瞑目了。这时，他忽然想起老友郑板桥的道情曲，便低声吟唱起来：

吊龙逢，哭比干，羡庄周，拜老聃，未央宫里王孙惨。南来薏苡徒兴谤，七尺珊瑚只自残。孔明枉作那英雄汉，早知道茅庐高卧，省多少六出祁山。

接着，他又吟诵了另一首足以体现他愿望的道情：

老书生、白屋中，说黄虞、道古风，许多后辈高科中。门前仆从雄如虎，陌上旌旗去似龙，一朝势落成春梦。倒不如蓬门僻巷，教几个小小蒙童。

这两首道情，道出了他的心声。看来，他已看破红尘，有一点出世之意了。然而，他要对得起不远万里来到扬州的那块大玉，等到这大玉被雕成可以万古流芳的珍品时，他就可以找一处“蓬门僻巷”来避开“珊瑚自残”的命运了。

他冥思苦想了多日，念当今天子乾隆能体恤民众疾苦，又能励志图精，大清国的声名远播海外，就想用大禹治水的故事来歌颂这一代明君，便请了扬州著名的画师顾荣魁根据大玉的体形绘成草图，呈给皇上御览。

顾荣魁不辱使命，他根据宋代画轴，绘成《大禹开山图》。程逸云见了画稿十分满意，派了专人送往北京。

乾隆看了十分高兴，因为这画稿歌颂了大禹治水的功德，而自己法先王圣绩，功可与大禹治水相比，如制成《大禹开山图》，可作乾隆盛世之物证，于是便否定了原来的纸样，批准了这个纸样，传旨说："九千斤大玉准作《大禹开山图》，着贾铨看图样在大玉上临画！"

于是，贾铨来到扬州，向程逸云宣读了圣旨，与顾荣魁一起在大玉上临画，又做成蜡样送往京城，请皇上御览。

乾隆看了蜡样，下旨命两淮盐政图阿明会同程逸云照样雕琢，在完工后送京呈览。

于是，程逸云请顾荣魁找到扬州城及市郊各乡镇琢玉工匠三百余人，经与图阿明一一审定，发现其中的二百余人确为技艺超群的琢玉高手，在府衙辟出一座厅堂，作为琢玉的专门场所。

乾隆四十三年（1778）十月，工匠们携带了各种琢玉工具，齐集在府衙，由程逸云主持了开工典礼之后，琢玉工匠们便围着这块大玉忙碌起来。

工匠们在玉料的周围搭起了可以上下左右移动的大架子，他们可各就各位地按图样琢磨，几十个人或立或坐在木架子上，手持琢玉工具日夜施工。

这二百多位技艺精湛的高手，经过三千多个日夜，终于在乾隆五十三年（1788）四月间完工了。

程逸云在这块已经竣工的大玉前，回想起在密勒塔山山顶发现大玉，以及运输途中碰到的种种艰辛，乾隆几次下谕旨，提出琢制的要求等情景，不禁感慨万千。

包括运输和琢制在内，这用工达数十万人次、花费银两以万计的玉山子通体都为立雕，玉山的周围，有重山叠岭围绕，苍松古木、飞瀑流泉遍布其间，悬崖绝壁十分险峻，洞穴幽深引人遐思；成群结队的民工，有的用铁锤敲打铁棒凿山石，有的用铁镐在刨沙砾，有的用原始的杠杆机械拎起石头打桩。这些开山的民工，组成了十分热闹的劳动场面。

玉山子的正面与背面，有几处乾隆御笔书写的题跋及印章。正面中部山石上，阴刻“五福五代堂古稀天子宝”的篆书方印。背面上方阴刻清高宗弘历题《密勒塔山玉大禹治水图》楷书七言诗夹有自注和铭文一千多字，下部有“八征耄念之宝”篆书方印。玉山子下有二尺高的随着玉山底部形状铸造的嵌金丝褐色铜座托起这世界上最大的玉山子。

程逸云欣赏着这饱含着自己心血的巨型玉雕，不禁心潮起伏，转脸对瑜君说：“皇天不负有心人，这玉山子可以择日起运了。我想在大功告成之时，实现与甘凤池、买买提一致的决定，为三对新人择日完婚了。”

瑜君略带羞涩地说：“一切请父亲大人做主。”

程逸云查看了黄历，五月二十和二十五都是宜婚嫁、宜出行的大吉大利之日，与甘凤池、买买提商议后，定下五月二十举行婚礼，五月二十五玉山子由钞关上船起运，经京杭大运河直达北京。

于是，三对新人在《大禹治水玉山》前按照当时当地的风俗举行了婚礼，除了“一拜天地，二拜高堂，夫妻对拜”外，还增加了“四拜玉山子”，然后才“送入洞房”。这个增添的仪式，是因为这三对新人之所以能结为夫妇，跟这座玉山子有紧密的关系，这也体现了程逸云、甘凤池、买买提等人对这座玉山子的深厚情感。

转瞬到了五月二十五，玉山子披红戴花，搬上了板车，用骏马和民夫，拖拉到钞关城外的码头上了船。

到码头上送行的人们，目送着这艘载着扬州玉雕艺人琢制的天下第一大玉山逐渐远去了，内心中祝福这玉山子一路平安地到达北京。

负责押运玉山子的程逸云，在入宫奏报了玉山子已到北京的消息后，乾隆决定，将玉山子置放在紫禁城的乐寿堂内。

于是，在二百二十八年后的二〇一六年，人们仍可在首都的乐寿堂欣赏这世界第一、也是世界唯一的中华奇珍。

在《大禹治水玉山》前流连的难以计数的中外游客，不会忘记发现、运输、雕琢这座玉山子的人们。他们和这座焕发异彩的玉山子一道，屹立于东方的艺术高峰，永不腐朽……

后记

十年前，我开始酝酿给《大禹治水玉山》写个传奇，并写出了故事梗概，但迄未动笔。

住进养老院后，时间可以自由支配了，便花了近一个月的时间，将故事梗概发展为一个四万余字的小说。

小时候听扬州评话，我便被这个口头艺术迷住了，后来，又知道了许多小说开始时都是口头文学，后经有心人之手成为手抄本，然后又刊刻为书。我何不用口头文学讲述故事的方法来写这个故事呢?

实践表明，这么做并不容易。虽然我努力效仿说书艺人的表现手法去写作，但回过头来看，恐怕是画虎不成，成了个非驴非马的东西。

当中写乾隆那一大段，似乎与主旨无关，但我又舍不得删除，还是留住这些来自民间的传说吧。

2016 年 6 月 17 日

于君莲养老院

血海女英豪

又名《屠城中的魏特琳》

虎踞龙盘的南京城内，有一座高等学府，它的名字叫“金陵女子文理学院”。

学院有三座主楼，坐北朝南的那一座三层楼，是学校的中央大楼，通常人们把它叫成办公大楼。校长、教务长以及全体教职员工的办公室，都在这座大楼内。东边那一幢的两层楼房为教学大楼，而西边的那一幢则为宿舍大楼，在呈“品”字形的三座建筑物之间，有宽宽的柏油路相连，路侧高大的悬铃木遮天蔽日。而面对办公大楼和学院正门的则为一个圆形的花坛，中间有一棵高大的宝塔松，它的四周摆放着应时的鲜花，学生宿舍分布在三座大楼后边，以“一号宿舍、二号宿舍、三号宿舍……”为名。

三座大楼都是灰墙蓝瓦，翘角飞檐，上过釉的蓝色琉璃瓦在阳光照射下，蓝得分外可爱，具有一种古典美，尤其是有着紫金山的映衬，这些建筑群，便让人感到既庄重又雄伟。

今天正是 1937 年的 7 月 2 日，从昨天起就放了暑假，除了为数不多的留校值守人员外，其他师生员工都已离校度假，所以整个校园静悄悄的，几乎没有什么声息。

在院墙外的东北角，有几座相邻的草房。一个三间正屋带有半间厢屋的，就是学校的花匠邵龙根的家。距他家五十步开外，三间草房内，住着拉黄包车的外号“胡老四”的胡长顺。隔了一个水塘，是以卖汤圆为生的邱奎元的家，老邱的草房只有两间。不远处还有一户人家，住的是李家大姑娘，其实大姑娘已二十岁，并育有一子，但老邻居们仍习惯地称呼她为大姑娘，她也不以为忤。她的丈夫是一位用麦芽糖换各种旧物品的，入赘在李家，居然也姓李，人称李大个子。

这时候，邻居们都聚在邵龙根家，打探一个人的消息，与静悄悄的校园相比，这里就热闹多了。

人们聚在邵家三间草房当中的堂屋内，只见胡嫂将一个包袱皮解开，便显露出一双绣花鞋来，对邵龙根说："我紧赶慢赶赶出了这双绣花鞋，准备送给华小姐的。只要华小姐还没有动身，我的心愿就能了的！"

邱嫂在一旁帮腔："胡嫂花了功夫了，这花绣得多精神，这料子选得多好！这绱工称得上是一等一的绱工！昨天，她熬了一夜没睡，总算完了工。如果华小姐已经走了，她的心血就白淌了！"

邵龙根安慰她们说："别急，别急，我今儿一早看见孙主任陪着华小姐出校门了，他们手中没有拎行李，足证华小姐还没动身哩！"

这时，胡嫂接过话头："邻居们都知道，我生小顺子的时候，如果不是华小姐帮忙把我送到鼓楼医院，我怎么过得了鬼门关呢？恐怕我跟我家小顺子在几年前就去阴曹地府做娘儿俩了。这是华小姐的大恩大德呀！"

邱嫂说："这个华小姐呀，帮我们办了多少好事呀！"她扳着手指头说道，"成立了家政学校，我们都是学员呀，就这个学校，教我们学会了织袜子、裁衣裳、踏缝纫机……她还办了小学堂，那么多孩子不花一分钱就读了书。她做的好事数也数不完。"邵龙根听着听着，给大家出了个主意："我看，要得到华小姐的准消息，还是找一下吴校长，她一定知道华群小姐走了没？什么时候动身……"

× × ×

他们口口声声提到的这位华群华小姐，到底是何方神圣，让他们一定要加以报答呢？

这位华小姐是美籍人士，来到金陵女大执教已有数年，名字叫明妮·魏特琳。她从美国伊利诺伊州州立大学毕业后，受美国基督教传教士公会的指派，远涉重洋来到中国，先在安徽合肥一座中学任教，不久又创办了合肥女子中学，担任了女中的首任校长。因为成绩斐然，便奉传教士公会之命来到江苏南京，在当时国民政府首都著名的高等学府之一的金陵女子文理学院，又称金陵女大执教鞭，一晃已有数年了。前后相加，她在中国已经待了近二十年，能够说一口南京话，只是带有一点"美国腔"。她如今已是五十一岁的人了，由于全部心思都放在教育事业上，竟然到现在还未结婚，仍然是一位"老姑娘"哩！

昨天中午，传达室老王头将一份电报送到魏特琳的办公室。这份电报是她弟弟从美国西科尔镇打来的，上面写着："父亲病了，你能回来吗？"

魏特琳马上慌了神，她连忙跑到教务长孙瑞芬的办公室，和这位她的好友商量如何处置。孙瑞芬十分了解魏特琳对爸爸深厚的感情，便提议立刻去见吴贻芳校长说明情况。果然，吴校长立即批准她返国探亲，以便就近照顾她病中的父亲，孙瑞芬又果断地派人去购买从上海开往纽约的船票。当晚，去上海购船票的人打来长途电话说“7月13日有艘船开往纽约，船票已经办妥”，大家这才放下心来。

这一个多星期的时光怎么打发呢，又是吴校长做了个决定，为了排遣魏特琳百结的愁肠，请孙瑞芬陪她到青岛疗养一个星期。此刻，魏特琳已由孙瑞芬陪着坐在从南京开往青岛的火车上了。

在邵龙根家商量着找吴贻芳校长打探华小姐行踪的人，这时已来到吴校长的办公室。

这是办公大楼二楼正中心的校长办公室，面对着楼下花团锦簇的大花坛和正大门。推门进去就是校长办公室的外间，迎面墙上挂着几幅字画，其中有金农的书法条幅、郑板桥的墨竹、文徵明的山水，十分引人注目。另一边在十多个长长的镜框内，则放着历届毕业生与教职员的合影。除了几只沙发外，还有一大张会议桌，长方形，周围放了十来把座椅，这两大间房子便是吴校长会客与开会的地方了。东边有一个通向里间的门，门外有一张小办公桌，就是校长秘书德本康夫人办公的所在。进了这个门一看，这里几乎被书架占据了。吴贻芳的办公桌就没在当中，桌上一切办公用品齐备，一部手摇电话机也安置在右边，吴校长可以随时接听。

这时，吴贻芳校长正在审看教师们制订的1937年下半年的教学大纲，说来也巧，这份大纲正是魏特琳的大作，看到精彩处，她不由得深赞起好来——这位美国籍的教师，把她的全部智慧都凝聚在这份教学大纲里了。

邵龙根陪着这几位女眷来到办公室门前，吩咐大家在门口待着，由他进去向校长通报，得到校长的同意，他会通知大伙入内的。

邵龙根进门后，见德本康夫人不在办公室，便按了一下桌上的铃，听到铃声的吴校长见门外是花匠老邵，忙说：“进来，进来！”

邵龙根站在门口却未进去：“吴校长，来了好些邻居，打听魏特琳小姐，要给她送行哩！”

吴贻芳十分了解魏特琳和这些大妈、大嫂的关系，放下手中的教学大纲，站起身说：“让她们进来坐，我这就出去见她们。”说着，便举步迈向外间。

邵龙根忙偏过身子，让校长走过去，然后又到办公室外间门前，对着大伙说：“吴校长请你们进来。”

只见这些邻居纷纷进了门，口中说着：“吴校长好！”“吴校长我们来打扰你了！”在会议桌前坐下。

吴贻芳心情有些沉重：“魏特琳，就是你们的华群华小姐，她父亲病了，看样子病得不轻，不然的话，她弟弟不会发电报来的！”

胡嫂忙不迭地问：“她现在人呢？听说孙主任陪她出差了，她们到哪儿去了？”

吴校长笑对大家说：“大家别着急，孙主任陪她到青岛去休息几天，让她散散心，过几天就会回来，然后才会到上海坐轮船回国的。听说你们都给她准备了礼物，你们费心了！”

胡嫂忙不迭地将包袱解开，那双咖啡色缎子面，绣上一朵颇具神韵的菊花的绣花鞋便呈现在吴贻芳面前。胡嫂说："我给华小姐做了双绣花鞋，不知道她喜不喜欢。"

吴校长将这双绣花鞋捧在手中，高兴地说："魏特琳最爱菊花，我代表她谢谢你！"

李家大姑娘从后山采了一把野花，这些花扎成一束，红的红得艳丽，白的白得清新，黄的显得金贵，蓝的又十分雅致，各种色彩配着绿油油的叶子，十分好看。她叹了口气说："本来要当面献给她的，这下又……"

吴校长接过她的话头："这些花代表了你的心，我帮她收下，养在花瓶里，她会高兴的。"

邱嫂看看手中的铝制饭盒，没有说话，吴校长却猜出来了："一定是酒酿圆子吧？"

邱嫂点点头，说："奎元特为华小姐做的，华小姐最喜欢吃了。他说，等华小姐回来再给她做，让我把这份圆子带给吴校长。"

吴贻芳："奎元的酒酿圆子做得特别好。邱嫂，带个信谢谢他。"

胡嫂："吴校长，务必请你把我们的心意告诉华小姐。"

× × ×

被吴校长和大家牵记着的明妮·魏特琳，现在正坐在开往青岛的火车上，目不转睛地看着窗外的景物。这陌生而又熟悉的中国大地上的景物竟然与自己的家乡有几分相似哩！她心中这么想着，眼前仿佛出现了自己的家乡——一个名叫西科尔的小镇。她的眼前居然还出现了她爸爸艾德蒙·魏特琳那弯腰驼背、蹒跚而行的身影。

“弟弟发来的电报太笼统了，爸爸生的什么病、病情怎么样，都没有说清楚，目前的情形到底怎么样呢？叫人好不烦恼呀！

“弟弟出生后没有多久，妈妈就上了天国，爸爸又当爹又当娘，把我们姐弟俩养大成人，还没有好好地报答他，他已年老体弱，而且病得不轻。我真想生一对翅膀飞过这辽阔的太平洋，飞到爸爸的身边……”

她似乎真的飞到西科尔小镇了：在一幢漆成白色的小木屋前，才二十多岁的爸爸手拎着一把铁锤，十分麻利地扳起那匹雪青毛色小马的一条后腿，将马蹄铁安了上去，只听“叮当”一声，锤子就将一颗钉子钉在马掌上，又是“叮当”一声，两颗钉子钉上去了。

才五岁多一点的小明妮，在小木屋的窗前看到爸爸已是满头大汗，忙取了一只大碗，倒上满满的白开水，送到爸爸面前，让爸爸一口气喝了下去。

爸爸放下了碗，口中叫着“明妮”，把女儿搂进怀中，不住地亲着女儿的面颊。那时的爸爸，两臂多么有力，可如今呢……

屈指数来，她来到中国已将近二十个年头了，但从小到大，与爸爸相依为命的种种情景，是抹不去的记忆呀！

她记得，学校离他们的家并不远，那是一幢二层小楼，她就是在那里度过了十年的岁月——长知识、长身体的难忘岁月。那一年，爸爸挽着她的小手，第一次进入校园，交了一年的学杂费，领到一套崭新的课本。她高兴极了，连连对爸爸说："我可以上学了，我可以上学了。"然后就埋在爸爸怀里，流出了感激的泪水。她知道是爸爸用辛勤的劳动，换来了她进入这个学校、获取知识的机会，她决心用最好的成绩，来回报爸爸。果然，十年之后，她以全校第一名的成绩从这所学校毕业了。

她考取了伊利诺伊州的州立大学，她对曾经教给她知识和做人的道理的老师们十分崇敬，她要以他们为榜样攻读教育学，将知识献给年轻的一代，故而选读了教育系。

爸爸陪伴她来到香槟城，把她送进了州立大学。艾德蒙·魏特琳虽然才年过四十，因为长年的辛勤劳动，腰已弯了，背也驼了。

州立大学的几年学习生活匆匆而过。在学校的广场上，她戴着学士帽参加了隆重的毕业典礼。她郑重地从校长手中接过毕业证书，因为她品学兼优，取得了毕业考试全校第一名的成绩，学校又让她代表毕业生致辞。当她讲完话，从主席台上走到坐在第一排嘉宾席上的爸爸面前，将毕业证书送到老魏特琳手中时，爸爸喜极而泣，魏特琳见状，也流下了热泪。

毕业离校不久，魏特琳就接到传教士公会的通知，指派她去到大洋彼岸的中国，在安徽的省会合肥中学任教。

去那么遥远而又陌生的国度，要离开聚少离多的、身体逐渐衰弱的爸爸和还在读书的弟弟，她该怎么办？她曾想到，可不可以和传教士公会讲讲这些情况，能不能换一个离家乡不远的地方？但随即否定了这种想法。她心中升腾起的那种十分神圣的使命感，让她下了决心——到中国去。但怎么对爸爸说呢？

不知道艾德蒙·魏特琳从哪儿得到了消息——女儿要到中国去，可为什么没有对自己讲呢？虽然心中一万个舍不得，但女儿毕竟长大了，翅膀硬了，应该让她自己飞了。他克制了内心的不舍，找了个机会对她说："孩子，去吧，我会照顾好自己，照顾好你弟弟的。"多么明事理的爸爸呀！

于是，这个弯着腰、驼着背的老魏特琳，又一次帮女儿拎着沉重的行李，将她送到了去纽约的汽车站，她可以从那里登船到那遥远的东方。

当明妮·魏特琳坐在汽车的一个窗口，生怕当爸爸离去时自己会泣不成声，便让爸爸早早地离开。爸爸那弯腰弓背蹒跚而行的模样从此就镌刻在她心中了。

这一别，就是二十个年头。明妮·魏特琳离乡背井，来到了中国安徽，在合肥中学执教。由于她才华出众，与许多从西方来的教师相比，她能够融入中国学生和他们的家长之中，传教士公会认为她可以担当重任，便委托她筹办合肥女子中学并任命她担任了校长。

兢兢业业地为教学而操劳的魏特琳果然不负重托，将学校办得红红火火。她全身心地投入到学校的建设和日常的教学之中。面对各种难题，她亲力亲为，在寻找解决难题办法的过程中，进一步增长了才干。经过三年的努力，合肥女中成为中国东南各省教会学校中的模范学校之一。于是她又一次被传教士公会选中，到南京金陵女子文理学院协助校长吴贻芳博士处理校务。学院的董事会虽然还没有正式任命她为副校长，其实，她已经在这座高等学府中成为掌门人之一。她将自己的办学经验在这里发挥到极致，教职员工们都十分钦佩她，认可她在这里所做的一切。

自己这一路走来，虽然从主观上做了最大的努力，但这种力量的源泉却是万里之外那个偏僻小镇上时时刻刻关注着自己的爸爸。此时此刻，坐在向青岛飞驰的列车上的魏特琳内心在祷告：“上帝呀，请运用你无处不在的力量，让时间就像这列车一样飞跑——让我乘上轮船，驶向太平洋，飞到纽约和西科尔镇的那间小木屋，飞向我亲爱的爸爸病榻前吧。”

她哪里知道，此刻，她的爸爸艾德蒙·魏特琳已经离开了人世！

孙瑞芬陪魏特琳住在青岛海滨胜地“八大关”的一处别墅内，这里是传教士公会在青岛办的疗养院，有不少来自西方的神职人员在这里休养。

她们徜徉在山海关路、嘉峪关路、居庸关路……欣赏那些不同建筑风格的西洋别墅，在每条路上各不相同的树种间徘徊。这风景优美的环境却引不起魏特琳的兴趣，她的思绪不时地飞向大洋彼岸的故土，飞向病中的父亲。她每天清晨从睡梦中醒来，就会扳着手指自言自语：“快了，离上船的日子还有七天了。”“还有六天了。”“越来越近了，我们11号就可以到上海，13号就可以登船了。”

这一天，1937年7月5日上午，孙瑞芬从青岛电报局回到别墅，她从长途电话中得悉，有一封从美国打给魏特琳的加急电报，学校已转到青岛，请她到电报局取。这时，她已将魏特琳弟弟打来报告噩耗的电报取到手。

魏特琳看到这封电报，不禁泪如雨下。曾经在回忆中出现过的那些场景，又一次地出现在眼前。她蓦地想起了爸爸的一些话。记得在小镇的汽车站上，老魏特琳在把她送上车以后，曾经站在车窗外，自言自语地说过："好好的一个家，就这么散了。中国，你用了什么魔法，把我的明妮生生地拽走了？"本来，她曾想在信中告诉他，不是中国用了什么魔法，而是她要献身于教育事业，才决心来这个可以有用武之地的国度的。然而，这封信始终没有写，因为她相信，这个质朴的老人会懂得女儿的心的。如今爸爸离去了，原来的家是真的散了。但女儿在中国有了个更大的家，可以告慰父亲的在天之灵了……

孙瑞芳的一句话，让她从思绪中回到现实。她说："快了，你明天就可以上火车回到南京，然后去上海上船。虽然见不到他老人家了，到他的墓前献上你的一片心意，祝他在天堂里生活得安逸、幸福，也可多少弥补一点遗憾了。"转念又说，"走，我们到栈桥那边散散心吧。"

青岛的栈桥，是欣赏海景的好地方，此刻却围了一批人在观看一对父女的表演，只听女儿唱道："高粱叶子青又青，九月十八来了东洋兵，先烧火药库，后占北大营，奸淫烧杀真是凶……"

这女孩子把《九一八小调》唱得哀婉动人，饱含着对日本强盗的满腔仇恨。

歌声传到魏特琳和孙瑞芬耳中，魏特琳带着疑问说："东北的流亡学生吧？他们流亡到了青岛……”

孙瑞芬说：“可能吧，去看看。”

她们远远看到，上百个男女老少围成一个大圈，歌声就是从这个人圈中传出来的。

魏特琳人高个大，很容易地看到人圈中有对父女在卖艺。

姑娘正在表演扯铃，才把响铃在手中扯了一圈，却不慎失了手，看样子是腹中饥饿难忍，身体极度疲惫的缘故。但父亲却生气地举起锣槌，想责打和教训姑娘。魏特琳看不下去了，她大喝一声：“住手，不准打骂妇女！”迅速地挤进了人群，一把抓住父亲手中的锣槌。

人们看到这位洋女士打抱不平，纷纷叫好，并鼓起掌来，不料这“父女”俩都笑了。

只见“姑娘”的“父亲”摘下嘴上的胡须和头上的毡帽，大家这才看到，老头儿原来是位长得很体面的年轻小伙子；那姑娘也拿下长发大辫，露出了童花头，原来是个十分俊俏的小姑娘。

大家被眼前这一幕所吸引，纷纷鼓起掌来。

只见这位小伙子向大家鞠了一躬，然后说道：“我们是从东北到关内逃难的流亡学生，日本鬼子占去了东三省，我的父母都死在日寇的屠刀下，我是有家难回了……”

姑娘泪水盈眶，极度悲伤地哭诉道：“那一天，几个日本鬼子踢开我家大门，把我的母亲按在炕上，要强奸她，我父亲听到了动静立马冲进大门去救母亲，却被杀人不眨眼的日本强盗开枪打死。这班魔鬼还不罢休，居然用刺刀剖开我母亲的肚子，连我那未出世的弟弟也惨死在鬼子的屠刀之下，我不在家中才幸免于难。父老乡亲们，日本小鬼子真是禽兽不如呀！”说到这里，泣不成声。

那位扮作父亲的小伙子接着说：“我们在逃难的路上相识，只好假扮父女，想用卖艺的办法凑点路费逃往南京，参加抗战，报这血海深仇。”

人们纷纷从口袋里掏出钱来捐给他们。就在这时候，海面上两艘挂着“膏药旗”的日本军舰开过栈桥，拉起了汽笛在向岸上的中国人示威。

岸上的中国民众也不甘示弱，那个扮父亲的青年大声质问：“日本帝国主义不断侵犯我神圣祖国，在这个中华民族面临着生死存亡的时刻，我们还能退让吗？”愤怒的群众异口同声：“不能，决不能！”这个青年立刻举起手臂高呼：“打倒日本帝国主义！”人群中“日本人滚回去！”“抗议日寇暴行！”“打到东北去，把日本小鬼子消灭光！”的口号此起彼伏，声音盖过了浪涛声。日本军舰似乎意识到了什么，有点灰溜溜地向外海驶去了。

魏特琳进一步受到了感动，她抓着那位姑娘的手问：“你叫什么名字？”

姑娘从这位人高个大的女洋人眼中看到她的诚恳与善意，忙回答：“东东，东三省的‘东’。我们一家从山东‘闯关东’来到东北，我爸爸用了山东的‘东’和东北的‘东’连在一起，‘东东’就成了我的名字。我知道，他是让我记得我们是从山东来到东北的。”

魏特琳转过脸来，问那个男青年：“你哩？”

他答道："我姓沈，本来叫辉字，为了永远记住日本鬼子发动了九一八事变占了我的家乡，我改名了，改叫'沈阳'了。"

魏特琳十分赞赏他，竖起了大拇指说："好，改得好。你们都无家可归了，不如一起跟我们去南京吧！"

孙瑞芬心里想：她不是马上要到上海乘船回国的吗？怎么能带他们回南京呢？心里想着，话也随着出了口："亲爱的魏特琳，我们是要到上海送你上轮船去美国的呀，在南京耽搁的时间很短，他们……"

魏特琳一边点头，一边说："我会安排的。"她心里已经有了主意，但没有明说，便吩咐孙瑞芬带东东和沈阳买两张到南京的车票。

7月7日的上午，魏特琳和孙瑞芬上了青岛开往济南的火车，她们要在那儿转车去南京，沈阳和东东却是7月8日的票，不能与她们同行。当她们抵达济南车站时，列车却在那里停着不能动弹了。这一停就是七八个小时，在这个很长的时间中，魏特琳看到了什么呢？

济南站的十来座月台，已被列车停满了。除了几列装满乘客的列车，长时间停在那儿一动不动外，还有些敞篷的和带篷的——俗称"闷罐子"的货车也分别停在那里，动也不动。

在魏特琳乘坐的列车对面，隔着月台也停着一列"闷罐子"车，不远处一阵整齐的脚步声从远而近过来。这是一支将要上车的中国军队，在"立定、向左转、上车"的口号声中，这些军人一个一个迈向"闷罐子"车大开着的车门。

趴在窗口坐看这些兵士的孙瑞芬，忽然大叫："仰仙、仰仙，弟弟！"

那个身背着药箱的年轻军人转过身，放眼寻来，见孙瑞芬正在窗口向他招手，高兴地飞身过来，踮起脚跟，紧握着姐姐的双手。

孙瑞芬问："你们这是往哪儿开？"

孙仰仙说："开赴抗日前线呀！目的地是哪里，我们也不知道，反正是往南……我们这个师是拳头部队，我们一定要将小鬼子杀得个人仰马翻。姐姐，我这个军医可以发挥更大作用了。"他满怀战斗豪情地说完这番话后，敬了个军礼，"姐姐，我要上车了。"

一旁的魏特琳竖起了大拇指，对孙仰仙说："了不起的年轻人，走吧，去到你祖国最需要的战场上去！"

孙仰仙转脸望去："您就是姐姐在信中说起过的魏特琳女士吧？"

孙瑞芬点点头，孙仰仙对魏特琳行了一个军礼："谢谢您对中国民众的帮助。"说完转身而去。

孙瑞芬大声叫道："仰仙，到了前线别忘了给我写信。"

孙仰仙上了闷罐车，扶着门大声对她俩说："我会的，姐姐，你要多保重。"闷罐车的门，在他话音刚落就关闭了。

随后，这列军车就启程向南驰去。紧接着，停靠在另一侧的，上面放着火炮、军用卡车，都被伪装网遮蔽着的军列，也跟在那辆载着孙仰仙部队的列车南下。魏特琳看到了月台上的情景，在胸前画着十字，喃喃地祈祷："万能的主呀，请保佑这些爱国的中华勇士，让他们奋勇杀敌，阿门！"孙瑞芬也画着十字祈祷。军列开过后，她们看到另一边月台上也停着一列敞篷车，上面已经挤满了难民模样的人群，但是还有大量的人流，涌向这个列车。

想爬上这趟列车的人，有的两手拎着行李：有的一手拿着铺盖卷，一手牵着三四岁的儿童；有的提着箱子扶着一位老人；有的挑着担子，一头是他的两个孩子，一头是棉被和锅碗瓢盏。有的口呼：“小路子，你在哪里！”有的叫：“娘，脚下当心！”还有跛着腿的残废，拄着拐杖的老年女子，被竹竿牵着走的盲人。显然，他们背井离乡，希望奔向没有战争的乐土，避开日本铁蹄的践踏。

眼看着这些离开家乡的热土、丢弃苦心经营的家园、避开无情的战火、希望在南方找到一块可以生存的地方的难民，魏特琳心潮难平了。她激动地对孙瑞芬说：“凭什么！日本人凭什么要侵占他们的家园呢？可怜的人们，愿上帝保佑你们。”说着又在胸前画着十字。与此同时，孙瑞芬也在祷告：“万能的主啊！求你宽恕这些苦难的人，保佑他们平安吧！”

就在这个时候，月台的一端突然传来令人震惊的叫声，孙瑞芬分辨出这吼叫声是从好几个卖报小童口里传来的。他们叫道：“号外、号外，日本人强占了卢沟桥，攻打北平城！”“号外、号外，小鬼子进犯卢沟桥，29 军英勇迎敌！”

魏特琳和孙瑞芬将头手伸出车窗外，从报童手中接到了用大字印着的“号外”。

孙瑞芬说：“日本帝国主义野心不死，想一口吞掉整个平津、整个华北哩！”

魏特琳说：“他们的侵略魔爪越伸越长，不但要吞并整个华北，他们在华东也会有大动作哩，国际社会怎么会听任他们这样做？公理何在，正义何在呀！”讲到这里，她对孙瑞芬说：“孙主任，让学校派人把我的船票退掉吧。”

孙瑞芬不解地反问：“为什么？你弟弟会失望的。”

魏特琳斩钉截铁地说：“他会谅解我的。当我的朋友们大难临头的时候，我能回去吗？”语气坚定但十分恳切。

孙瑞芬：“吴校长亲口交代我，要把你安全地送到上海。你不回美国，我怎么向吴校长交代？”

魏特琳忙解释：“我不会让你为难的，我会向吴校长解释清楚的！”

列车缓缓地开动了。在济南停靠了这么长时间，就是为了让军列优先通过。当最后一列运载大型武器装备的军列开走后，搭乘了旅客和载有难民的列车，也一列列离开济南站各奔前程了。

魏特琳已经回到南京好些天了，果然退掉了回国的船票，说服了吴校长同意她留下来，她要把自己的全部精力，投入中华民族神圣的抗战之中，她十分动情地说：“在中国近二十年，我已经和这里的山川大地，和这里的千千万万百姓的心联结在一起了，中国人是我的好朋友，不是说朋友间友谊的最高境界就是同甘共苦、患难与共吗？我愿意努力做一个可以和中国人同甘共苦的朋友。”就是这番话打动了吴贻芳校长，同意她留在南京，让她从事一些支持前线的事务。

八一三淞沪战役开始前，她从孙瑞芬那里看到她弟弟孙仰仙的来信。孙仰仙告诉她们，他们这支部队，已经在上海宝山、罗店一带布防，还告诉她们，这里的军民如何同仇敌忾，而日本鬼子调来了重兵，他们所到之处，烧杀抢掠，奸淫妇女，极其凶残。这当然激起了她的义愤。她意识到，孙仰仙他们和日本鬼子之间必有一场恶战，果然，就在8月13日这一天，淞沪战役打响了。

此刻宿舍大楼的门厅、过道都成了缝衣工场，有上百个妇女在忙着缝制军衣。

魏特琳手里拿着铁皮话筒，用她略带美国口音的南京话，向大家介绍淞沪战役的战况，只见她说道："姐妹们，日本强盗动用了海陆空三军，发动了事变，大举进攻上海，英勇的抗日军队在宝山一带奋起反击，为保卫你们中国人的家园，正在做殊死的斗争。很快就是秋天了，寒冷的冬天也将跟着到来。亲爱的金陵女大的邻居姐妹们，你们响应中国妇女战时救济联合会的号召，为抗日将士赶做棉军衣，这是多么了不起的一片爱心啊！"

"美国驻华大使馆估计，日本强盗不久将会侵占江苏南部，进而包围南京，此前他们还会出动飞机轰炸国民政府的所在地南京。吴校长吩咐我们，一定要做好防空的准备，保护姐妹们的安全。"

胡嫂把缝纫机踩得飞快，她手中的一件棉袴已经缝好，拿起剪刀把线头剪掉，便折好放在一旁的凳子上，嘴里念念有词："哪位当兵的穿了这条棉袴，两条腿暖暖的，冲锋起来跑得快，一刀就把小鬼子撂倒！”

另一架缝纫机后面，坐的是李家的大姑娘，见状问道：“胡嫂，你叽里咕噜地说的啥？”

胡嫂笑答：“这些军衣马上会送到前线，我关照让穿着它的人多杀几个小鬼子……”

大伙一听，也都笑了起来，似乎都意识到自己的劳作是为抗日战争出了一点力哩。

魏特琳走到胡嫂面前，用赞许的眼神看着她，然后抬起了一只脚，那双绣花鞋十分耀眼。

胡嫂：“啊！合脚吗？”

魏特琳：“你怎么知道我鞋子尺码的？”

邹嫂在一旁插了话：“她呀，左看右看，天天朝你的脚上看，看得八九不离十了，才把鞋样子剪出来。看，你穿着多合适，这双鞋子和你那双脚的大小、宽厚一分不多、一分不少咧。大家说，她的眼睛毒不毒？”

魏特琳和在场的人一起哈哈大笑起来，气氛是那么和谐。

邵龙根的妻子邵嫂盯着魏特琳脚上的绣花鞋，好像有了新发现：“胡嫂绣的菊花多么神气，和我家龙根种的菊花好像一个娘胎里生出来的，更像刚从花盆里摘下来放在鞋面子上，精神得很哩！”

魏特琳笑着说：“你家老邵种的花，可比鞋子上的还要精神，何况他种的菊花品种那么多哩！”接着，她转了话题，对身背药箱、别着红十字袖标的东东说：“学校组织了一个救护小组，东东是组长，有什么事就找她。沈阳呢？”

沈阳应声而出：“在这儿哩！”

魏特琳说：“沈阳参加了服务队，教务部郑主任是他们的队长，他们有一个任务，就是把防空知识传授给大家。现在请大家到后操场参加防空演习。沈阳，把大家带过去。”

姐妹们纷纷丢下手中的活儿，跟着沈阳到后操场去了。

操场上有一条用砖块砌成的通道，顶部木板上和两侧都堆着沙袋，从入口进去直通中央大楼下面的地下室，里面可以容纳三百人左右，发生情况后把入口的铁门一关，可以抗御炮弹和炸弹，五百吨的炸弹是撼动不了这条通道的。

吴贻芳校长带领着全体教职员工已聚集在操场上，沈阳也带领着邻居们走了过来。

作为演习总指挥的魏特琳十分威武地出现在大家面前。她身高一米七，一头金黄色的头发自然地卷曲着，比烫过的头发还中看，轮廓分明的五官和挺拔的鼻梁，衬着那一双蓝得清澈、显得十分明亮的双眸，让人们觉得十分精神。

她清了一下嗓子，开始检查演习的准备情况：“急救小组，准备好了没有？”

东东和三位女同学齐声答道：“准备就绪！”

魏特琳接着问：“服务队……”

只见担任了服务队队长的教务主任郑至安从人群中应声而出，他是一个斯文人，说起话来文绉绉的，并且未开腔先向大家鞠了一躬，然后说：“请大家多多关照，演习时多用点心，给鄙人个面子，行吗？”

他说得很认真，但却引起了一阵嬉笑，有的响应他：“行，这个面子一定给。”有的说：“郑主任请放宽心，我们会配合你的！”严肃的场面这时活跃起来。

魏特琳跟着笑了：“郑主任，我是问你们服务队准备得怎样了。”

郑主任一本正经地回答：“谢谢华老师把沈阳等几个青年小伙分派给了我们，他们很努力，我们服务队一切就绪。”转过脸来对沈阳等几个青年说：“沈阳，你们说是也不是？”

沈阳等几个青年齐声应道：“我们都准备好了，只要华小姐一声令下，我们就会在防空演习中大显身手！”

魏特琳说了一声：“好，防空演习现在开始！”

大楼的中央平台上，一位校工看到魏特琳将手中红蓝两色指挥旗一挥，便敲响了平台上的那口大钟。

场上的人们，以吴校长为首的教职工的队伍在先，邻居姐妹们组成的娘子军在后，按着郑主任和沈阳的引领，秩序井然地进入防空壕，跑往地下室。

但队伍还未完全进入防空壕时，突然响起了防空警报的声音，虽然只是预备警报，告诉大家日机尚未进入南京上空，但大家必须早做准备，减少损失。这些从未经过这种场面的大男小女惊慌得四散奔跑起来，一些已进入防空壕的人反而从里面跑到操场上，场面一时乱得像开了锅似的。

魏特琳和东东、沈阳、郑主任等大声喊道："不要乱，快进防空洞。"当飞机黑压压的一片飞过金女大上空时，操场上已空无一人了。

不久，从国民政府方向传来了爆炸声，日寇用空袭的手段开始向南京伸出毒手了。

这一天，是1937年8月15日。

孙仰仙已在罗店战场的战壕内，忙着救助伤员了……

× × ×

校长办公室配备了一台美国产的落地收音机，这几天，这个收音机几乎从早到晚地开着，金陵女大的一些美国教职员凯萨琳·舒兹、德本康夫人和魏特琳以及孙瑞芬、郑至安主任等都聚集在吴校长这里收听美国、英国、日本、法国和中国电台的广播，从这里获取最新的时事新闻。

郑主任会几国语言，现在是日本东京一家电台日语广播，他一边听一边向在座的翻译，只听他说："日本国的近卫文麿首相声明：'大日本帝国已经忍无可忍，被迫采取坚决措施，它将处罚中国军队的暴行，并迅速取得胜利，将迫使蒋介石南京政府自首。'"

吴校长气愤地"吧嗒"一下关掉收音机："标准的强盗逻辑！"

孙瑞芬也恨得牙痒痒："想让中国政府妥协，那是痴心妄想！"

郑主任："癞蛤蟆想吃天鹅肉！"

“什么，郑主任说的什么意思？”凯萨琳听不懂这句谚语，转脸问魏特琳。

魏特琳用英语解释：“Aspire after the impossible.”

孙瑞芬心中想着她的弟弟，不由脱口而出：“听说上海这一仗打得很激烈，也不知……”

她不愿在大家面前说自己担心弟弟和家人，没把话说完。

魏特琳知道，孙瑞芬是在牵挂她的家人，尤其是投身淞沪战场的孙仰仙了，关心地问道：“你父母和弟弟最近来过信吗？”

孙瑞芬摇摇头：“没有，弟弟的部队正在和敌人浴血奋战，恐怕没时间写信……”

吴校长：“日本帝国主义用榨取中国人的大量赔款，养肥了一批军国主义者，他们现在凭着国势强盛、兵多将广，欺负我们这个无强兵的弱国……”说着，走到墙上挂的中国地图前，“幅员广大，有着四万万中华儿女的中国，是那么容易被灭亡的吗？他们叫嚷着要在三个月内灭亡中国，那是痴人说梦！”接着，她又吟咏起《塞下曲》中的两句话：“‘伏波唯愿裹尸还，定远何须生入关。’多么豪迈的气概呀！几千年来，中国出了成千上万的马援式的人物，他们前前仆后继地为抗击外来侵略者而为国捐躯！所谓‘怀恶而讨，虽死不服’，中国人怎么会屈服在日本恶魔面前呢？”

魏特琳在吴校长慷慨陈词的同时，把这番话翻成英语告诉凯萨琳·舒兹。她听着听着，眼睛内竟出现了感动的泪花。

吴校长又指着写字台上的一叠报纸，放在上面的是《大美晚报》，它的头版头条刊载了日军野蛮轰炸南京的报道，吴校长显然读过了这份报，她问："你们知不知道，8月15那天，轰炸南京的二十架飞机是从哪里飞来的？"

大家摇头说不知道。

吴贻芳说："这是从日本长崎海军机场起飞的。"说着把这份《大美晚报》递给魏特琳，接着说，"这是日本海军大将山本五十六亲自指导生产和组装的96型长程轰炸机。日本距中国这么近，发展这种飞机岂非大材小用？真实，敏感的战事评论家已经正确地指出，这是在不久的将来对付美国用的。"

大家听了纷纷议论起来，魏特琳小姐大声叫道："上帝呀，日本人野心这么大！"有的说："狼子野心，昭然若揭！"

魏特琳却在关心着金陵女大的中国邻居们，她自言自语："日本人对南京的轰炸越来越猛烈了，邻居们做好准备了吗？"

邻居们散居在学校外的好几个点，他们在学校内上班缝军衣时可以就地躲避空袭，但没有到学校上班的时候遇到日机怎么办？所以魏特琳请郑主任和沈阳他们帮邻居挖几个防空洞，工程进展得如何了，她记挂的就是这件事。

这时候，郑主任和沈阳正在邵龙根家的附近，指导着大家挖防空洞哩。

只见不少人用簸箕在运送防空洞作业处挖出来的土，那泥土已经堆得丈把高了。

防空洞挖在那座小山的根部，这小山泥多石头少，所以进展很快。郑主任找的这块地方很理想，只要往深挖下去，这防空洞不需要用盖子就可以躲人。如今，从洞口下去，已挖出一丈见方大的地方，只要再花几天工夫，用木桩将顶板撑起来，以防泥土松动落下，这依托小山作屏障的、可容纳上百号人的防空设施就可以完工了。

魏特琳来到洞口察看，对邵龙根说："进口处坡度太陡，老年人和小孩子容易摔倒，要想点办法解决。"

一旁的沈阳说："华小姐说得很对，我们会请大家再修一修，把坡度减小。"

魏特琳叫："郑主任！"

郑主任应声而来。

魏特琳观察得十分仔细，她发现小山前的路凹凸不平，要求郑主任在完工前一定把这条路修好，她说："如果垫上一些碎石块，再掺上泥土夯平，躲空袭的时候大家可以跑得快一点。"

胡嫂挑着一担泥土过来，她远远地听到魏特琳的话，说："华小姐想得真周到。"

李家大姑娘随后也来到魏特琳面前，关心地说："华小姐，工地上这么乱，万一碰着撞着你怎么办？你回去吧，回去吧！"

魏特琳笑着对她说："不要紧，我会注意的。大伙儿都在这，你们不怕，我为什么怕人撞？"

大姑娘说："你和我们不一样……"她原来想说"你是外国人，又是老师"，但没说出口。

魏特琳："有什么不一样，都是两只眼睛一张嘴，两只臂膀两条腿。"

众人哈哈大笑。

沈阳对东东说："华小姐跟大家的关系真好！"

东东："她和邻居们在一起，有时候像一位大姐姐，有时又像小妹妹，在年轻人面前又是一个慈祥的妈妈，就像我那已经被日本人杀害的妈妈那样！"

沈阳说："可以说，她对每一个年轻人和孩子，都是用慈祥的心来对待的。"

东东说："她这一辈子，都献给教育事业了，从来没有想过个人的事情，耽误了自己的青春，到头来，连一个可以说说知心话的人也没有……"

沈阳只是叹息了一声，没有再说什么。

× × ×

花坛里的几十盆菊花，应着时令的到来开始开花了。

这天早晨，魏特琳起了个大早来到花坛前，欣赏这些形态各异、色彩不同的"奇花"。她把菊花称为奇花是因为只有它可以在萧瑟的秋风中昂然挺立。这是一种多么有骨气的植物呀！而这种植物只有中国普遍地栽培，岂不是那些中华民族优秀儿女傲骨的写照吗？她通读过中国历史，并且读了不少野史，她为蔡文姬、花木兰、秋瑾而骄傲，她自己也想做一朵傲霜耐寒的菊花，具有经霜不凋、在恶劣的自然条件下仍巍然屹立的品格。

邹龙根今天也起得早，他手中捧着一盆名为“柳线”的菊花，要把这盆名贵的品种布置在花坛的显著地位。他见魏特琳正在花坊前赏花，便远远地叫道：“华小姐，这么一大早，你就来看花了。”

魏特琳转脸看到老邵手中的那盆花，嫩黄的颜色，细细的花瓣，一根根就像那初春时随风摇摆的柳条，似乎包含了万种柔情。她从来还没见过这种菊花哩，便问道：“这是你培养的新品种？”

邵龙根说：“花了三年工夫，才长成这个样子，因为它的花瓣像一根根柳条，郑主任给它起了个名字——‘柳线’。”

魏特琳：“‘柳线’，好名字，称得上婀娜多姿！”又指着花坛内另一盆洁白洁白的、花瓣一层一层长得十分丰满的菊花说，“这盆叫什么？长得雍容华贵。”

老邵说：“‘白牡丹’，可以和花中之王相比，今年长得比去年好哩。”说着，有些得意地笑了。接着，他又指指脚边的另一盆花说：“这盆‘金狮子’也十分名贵。”

听到这个名字，魏特琳更加有兴致了：“啊，‘金狮’子，就像狮子头上的鬃毛啊，名不虚传呀。老邵，你听说过拿破仑吗？”

老邵摇摇头。

魏特琳说："法国有个叫拿破仑的大军事家，他说过一句很有名的话，他说：'中国就像一头狮子，不过，它现在沉睡了，如果醒来，那就要改变世界。'照我看，日本人在使劲儿地让这头睡狮觉醒哩！"

老邵听得似懂非懂。

这时，沈阳从中央大楼跑了出来，远远地叫："华小姐，吴校长说要开个紧急会议，请你赶快过去。"

魏特琳跟着沈阳进了中央大楼，快步走上二楼，来到校长办公室。许多人已围坐在会议桌前。她忙找了把椅子坐下。

吴贻芳用眼睛扫了一下，知道人已到齐，用比较严肃的语调告诉大家："国民政府下了命令，所有的官员和军官的家属从即日起撤离南京。教育部也下了通知，南京各高校无限期地推迟开学。"

郑主任忧心忡忡："无限期地推迟开学？"似乎在仔细玩味其中的含义。

有人问："吴校长，这是不是意味着我们金陵女大也要停学？"

吴校长说："不，不能停学，我已经电告纽约金女大委员会和董事会，并且和各个方面磋商，根据学生的分布，在上海、武汉、成都各设一座南京金陵女子文理学院的分部，让学生们就近入学。"

大家兴奋起来，你一言我一语："这个主意好！""把金陵女大坚持办下去！"……

吴校长却有些为难地对大家说："还有一件事必须告诉大家，美国现在经济萧条，董事会没有按时把经费拨下来，但学校不能停，只有减少开支这一法，才能维持学校的运转了。从这个月起，我个人只领半薪，日常开支也要减半。”

魏特琳首先响应：“我也只领半薪。”

在座的所有人都表示从今而后只领半薪。

吴校长见状很是感动，她动了情：“在这国难当头的日子，大家愿与金陵女大同甘共苦，我代表董事会和学校委员会向大家表示谢谢了！”说着，离座向大家鞠了一躬，大家也纷纷站起来还礼。

“欠大家的薪金，日后学校一定补还。”她语调开始更为严肃了，只听她说，“作为校长，我要对同人负责。根据南京目前的形势，我请大家郑重地考虑一下是去还是留，选择离开南京的可以到上海、武汉或成都的分校，并请把你们的决定告诉我。至于我个人，已做出决定要留在南京。魏特琳女士、凯萨琳·舒兹女士和德本康夫人应该马上离开南京。”

魏特琳等人分明不同意这个决定，纷纷问校长：“为什么？”

吴贻芳说：“美国驻华大使馆已经下令，美国侨民要立即撤出南京。如果拒绝撤离，他们不能保证大家的安全。”

魏特琳说：“我们在前天就已向大使馆申明，我们不能离开金陵女大，我们决定留在南京。”

吴校长断然表示：“我不能同意。”接着，她以十分诚恳的语气对魏特琳说，“你是一位来自美国的老师，大家对你都很尊敬，你为中国已经做了那么多，我们必须对你的安全负责。同样地，我们也要对所有来自欧美国家的老师负责。”

魏特琳有些沉不住气，她大声地说道：“安全，安全，中国人有安全吗？一个信奉主耶稣的美国教师，口口声声说在上帝面前，众生是平等的，在金陵女大，不，在南京城极其危险之际，我们怎么可以弃之不顾？让我们离开南京，就是剥夺了我们的神圣权利——与中国人同生共死的权利。”

吴贻芳只说出一个“你”字，就听到防空警报骤然响起，大家纷纷起立去躲空袭，这场争议被迫暂时停止了。

× × ×

这一天的夜晚，月凉如水。在皎洁的月光下，有一个人沿着圆形的花坛踱步，睡不着的魏特琳想在这里消磨长夜。

远处，应该是长江路国民政府吧，那里传来了飞机的轰鸣与巨大的爆炸声。魏特琳举目望去，长江路的方向燃起了冲天的大火，染红了半边天。日军的飞机，近来常常夜袭南京，这中华民国的首都和她的子民们，不断经受着日本帝国主义的蹂躏，上帝呀！你可怜可怜这些多灾多难的民众吧！

然而，上帝在哪里？他能够出手帮助中国人吗？

想着想着，她看到一盆柳线的身子似乎有点歪斜，便蹲下身将这株菊花的身子扶正，用手压压一边的泥土，帮助它挺直了身躯。

她触景生情，自言自语：“你名叫柳线，你的身子那么孱弱，然而你又经得住风侵雪打。你呀，分明就是中国的化身，可以经受住强敌的欺凌而傲然挺立于世！”

她的视线又转向了那些白牡丹：“白牡丹呀，白牡丹，你冰清玉洁、美丽端庄，你与花中之王同名，拥有国色天香的美誉，你也具有中国的特色，你让我想到古老的中华，你从未侵占过别国的领土，奴役其他民族的人民，为什么，为什么那些强盗一次又一次地来摧残你，迫害你，要置你于死地呢？”

魏特琳站起身子，向花坛中的菊花继续坦露她的心声：“菊花啊！你们的美丽是花匠老邵用心和血培养出来的。你们美丽的中国，是四万万人用心和血铸成的。但是日本强盗用铁蹄来践踏你们美丽的家园，当中华民族遭受到如此重大灾难的时候，作为一个与中国人同样热爱着这个美丽国土的外国人，应该怎样来维护这个神圣的家园呢？”

在魏特琳吐露心声的时候，与她同样难以入眠的东东也来到这花坛旁，她清清楚楚地听到魏特琳这些充满情感的话语，早已感动得热泪盈眶了。这时，她再也控制不住澎湃的心潮，叫了声“华小姐”，便不顾一切地扑向魏特琳的怀中。两位紧紧拥在一起的异国女性，放任自己的感情像两股奔泻直下的山泉融合在一处，得到了升华。

还是东东打破了沉默：“华小姐，你这么热爱中国，为中国的命运担忧，你……”她本想说“你真伟大”。

但魏特琳没有让东东的话说完，就一边帮东东擦掉泪水，一边说：

"傻孩子，我在中国近二十多年了，我到过中国的许多地方，中国壮丽的山河、质朴的民众，都让我产生着无穷无尽的爱。我早已把中国看成了自己的家，我决心要和这个家庭里的兄弟姐妹携手向前，哪怕风再狂、雨再骤，都不能让我的手松开。我早就说过，我要与你们同甘共苦，共命运！"

"你有着慈母样的心肠。"东东想了一下，还是把心里话说了出来，"除了你，我已经没有亲人了，我能叫你一声妈妈吗？"

魏特琳没有半点迟疑，连连点头。

"妈！""妈！"后一声叫得特别响，在这深夜里听起来，竟让人有石破天惊之感。

魏特琳一边应着，一边敞开双臂，把东东拥入怀中。

突然，响起了紧急警报，接着从西边传来飞机声。

魏特琳十分讶异："连空袭警报也没拉，飞机就来到南京上空了。可见，这飞机是从附近什么地方飞来的，日本人又占了临近南京的某个机场，想炸得咱们措手不及。"

说话间，长江路方向又一次传来爆炸声。

"日本飞机利用明亮的月色，企图以疲劳轰炸来炸毁南京军民的抗日决心，他们注定办不到，办不到！"魏特琳抬头看了看空中的一轮明月，宣泄自己的情感，"多么好的月色呀，但我今天要诅咒你了，你的光辉给日本人提供了方便，我请求你不要再露面了。"她心中想：无情的战争，让人们对自然现象的感情也会发生变化，把本来很爱的事物，可以变成恨，感情这东西，多么奇怪呀。

东东用聪慧的眼睛，望着这位教母，似乎已经窥见了魏特琳的内心，东东心里涌动着百般的崇敬和万分的钦佩……

× × ×

局势在剧烈的变化之中，日军已从浙江回头向苏南进逼，空军对南京城轰炸的密度也进一步加强，对南京合围的态势已初步形成。

1937 年 9 月 20 日这天，美国使馆收到日本军方一纸最后通牒式的通告。

这个通告是向各国驻华使馆发出的，内容是："大日本海军第三舰队司令官通告：大日本海军的空军，将从 9 月 21 日中午起，对南京、对中国军队及其设施发动全面空袭，旨在摧毁中国的军事指挥中心，迫使中国军队和中国政府投降，迅速结束战争。为避免意外伤亡和财产损失，希望各驻华机构迅速撤离，以免玉石俱焚。"

美国大使馆接到这份通告，不敢怠慢，要采取一切必要措施保护侨民。魏特琳当然是他们的保护对象，他们特地派了使馆的二秘帕克斯顿专门来到金陵女大。

校长办公室里一片忙碌景象，大家正在整理文件，并将学校的重要文件装箱打包。郑主任陪着帕克斯顿来找魏特琳，见她不在，忙问孙瑞芬："孙小姐，魏特琳女士呢？美国大使馆有急事要找她面谈。"

孙瑞芬知道魏特琳正在宿舍大楼的临时工场里和大家一起缝制军服，便丢下手中的活儿：“我知道她在哪儿，我陪你去吧。”转脸用英语招呼：“哈罗，帕克斯顿先生，请跟我走。”

魏特琳坐在一块案板面前，缝着军上衣上的纽扣，只见她麻利地缝上最后一个扣子，便将一套已完工的军衣折好放进身后的衣柜里，笑着对坐在她对面的胡嫂说：“已经是第八件了，你可要当心，我会追上你的速度的。”

胡嫂夸赞地说：“华小姐，我相信你能赶上我。不管什么事你都很用心，都会，都会什么头赶上来着。”

李大姑娘笑道：“你就不要文绉绉的了，那叫迎头赶上。”

胡嫂：“对，迎头赶上，迎头赶上。”

大伙又笑了。

孙瑞芬和帕克斯顿走过来：“华小姐，大使馆派人来找你。”

魏特琳见是帕克斯顿，知道使馆派他来一定有重要事情，忙丢下手中的棉军衣迎了过去。

帕克斯顿与魏特琳握手致意后，刚要从公文包内取文件，见这里人多便有些迟疑。

魏特琳察觉到了：“帕克斯顿先生，我们找个地方谈好吗？”

帕克斯顿说：“好！”

但魏特琳发现在场的人都站了起来，显得有些紧张，便安慰他们：“我去去就来，有什么事我会告诉大家的。”

她的话好像定心丸，大家放心地坐下继续工作了。

魏特琳把他领进了自己的办公室，两人隔着一张茶几在沙发上坐下，待魏特琳看了那份日军海军第三舰队司令部的通告后，帕克斯顿说：“各国大使馆包括我们美国驻华大使馆决定：所有在南京的人员于今晚撤出。请你和凯萨琳小姐、德本康夫人一起撤离。”

魏特琳对这种决定，心中不以为然。在她看来，各国大使馆如果按照日本人的通告，乖乖地撤出中国的首都，不就是等于屈从日军的挑衅，放任日本飞机对南京的狂轰滥炸了吗？所以她在这位大使馆二秘面前，只好使用外交辞令了。只听她委婉地说：“时间太仓促了，我想应该和凯萨琳她们商量一下，下午三时以前给使馆回音，行不行？”

帕克斯顿：“情况紧急，还需要商量吗？”

魏特琳转念一想，不如将自己的真实想法告诉这位使馆人员，让他们了解，在美国人中也有与使馆的想法不一样的人，便义正词严地说：“我们国家的代表——驻华大使馆，就因为日本人一个通牒式的文件，顺从着他们的意志撤出南京，这将放任日本人在华的为所欲为，我觉得此举有损美国的尊严！”

帕克斯顿耸了耸肩膀：“我不能否定魏特琳小姐这个独特的见解，但我希望今晚我们能在我国的炮舰上见。”他随即彬彬有礼地告辞了。

魏特琳却陷入了沉思。

她眼前似乎出现了成百上千的衣衫破烂的中国百姓，他们一双双失神的眼睛里都喷射出两个字：“无助。”

那艘停在下关江面上的美国军舰，敞开着舱门，一批批衣着华丽的美国人，其中有大使馆的官员们，有在南京经商、传教的美国公民，他们偕老携幼，说说笑笑地登上悬有星条旗的军舰。

蔚蓝色的天空，突然有一片涂着“红膏药”标志的飞机掠过，让这美丽的天空受到了污染，她感到恶心。

……

敲门声打断了她的思绪，是吴校长进来了。她就要去上海金陵女大分部，这时候来，一定有重要的事要交代吧。

在请吴贻芳就座后，魏特琳问：“吴博士，还有什么事要交代吗？”魏特琳平时都叫她吴校长，但在特别重要的场面和时刻，她往往用吴博士来称呼她。因为她确信，在分别前的谈话一定十分重要，所以才这么称呼。

吴贻芳与她共事多年，当然懂得她的这个习惯。其实，她并没有特别重要的事情说，而是要分别了，与这位朝夕相处的友人，闲聊几句也是好的，下次见面，还不知道是什么时候呢！所以她就踱了过来，充满了感情地说：“我就要走了，这一走，你肩上的担子更重了。”

魏特琳夸大地耸耸肩：“瞧，我这副肩膀还是有点力气的。吴校长，您放心地走吧，您的担子不比我轻；您的精力要转移到下一个学期的工作和未来的计划中去，这一切您在南京是无法做到的。”

吴贻芳叹了口气：“这些事，本来是应该由你来办的，你倒好，一定要把危险留给自己，把我送到安全的上海，我拗不过你呀！”

魏特琳："上海、武汉和成都，都有金陵女大和将要进入金女大的当地学生盼望着您的到来，否则，因为各个分部缺少您的筹划而迟迟不能开学，她们岂不要失望了？"

吴校长避开了这个话题："我在南京建基立业，把金陵女子文理学院办了这么多年，金女大与我血肉相连。从今往后，我要将自己的心血注入几个分部上去，来报答你们这些支持我的同人。但离开南京，离开了我生命的根基，我这心里……"

魏特琳充分理解吴校长那种难舍难离的心情，忙安慰她："我体会到你此时此刻的心情，但我坚决地相信，日本人的日子不会长久，您也会很快回到这里的。为了让您工作方便，我们决定派凯萨琳做你的助手陪你去上海。"

吴校长仍然十分无奈，她邀请魏特琳："明天，我想去拜谒中山先生的陵墓，我们一起去好吗？郑主任会帮我们安排的。"

魏特琳："我会去的，在这样的时刻，去拜谒民国的缔造者，是很有意义的。"显然，魏特琳和吴贻芳怀有同样的心情。

吴贻芳说："凯萨琳那里，我就请你去和她说一下。"

不料，当魏特琳通知凯萨琳，请她随吴校长去上海等地时，却出现了麻烦。

凯萨琳听到学校这个决定，反应十分强烈，她问："为什么要我离开这里？"

魏特琳说："这不很清楚吗？为的是让你协助吴校长办好金女大的

分部。”

凯萨琳说:“不对,我和你,还有德本康夫人,都向大使馆做了申请,我们三人坚决留在南京,留在金女大,现在你要把我赶走,这是一种背叛!”

魏特琳:“吴博士势单力薄,她需要一个得力的助手、一个优秀的美国教师去帮帮她,学校这样做,扯得上背叛吗?”

凯萨琳也意识到刚才的话失了分寸,但还不肯罢休,改口说:“至少是不公平,不公平!”

跟魏特琳一齐来的孙瑞芬打圆场,用带有安慰的口吻说:“凯萨琳小姐,你应该理解魏特琳小姐的苦心,她是为了吴校长才这么做的。”

凯萨琳虽然不完全同意孙瑞芬的话,但又觉得自己刚才的话讲得太重,不好意思再说什么。

后来经过了德本康夫人的劝解,凯萨琳终于化解了心头的疙瘩。

× × ×

南京的紫金山,确有虎踞龙盘的气派。巍峨的中山陵,就像硕大的蓝宝石镶嵌在万绿丛中。

郑主任事先联络了陵园管理处的负责人——他的二伯父郑迺球。

郑迺球在日本早稻田大学留学时,与孙中山先生相识,受孙中山的启发,参加了同盟会,追随中山先生参加驱除鞑虏、恢复中华的革命活动，曾在大总统府担任过副侍卫长一职。

中山先生逝世，国民党决定将先总理葬于南京，着手在紫金山上修葺中山陵。他作为一名工程的负责人，为陵墓的建造花费了大量的心血。在举行了奉安大典后，他又请求批准他为中山先生守陵，从此便居住在陵园一侧的博爱坊，至今已有十二年了。

当郑主任陪着吴贻芳、魏特琳走下车时，郑迺球已经站在一旁向他们致意。看来，他已经早早地守候在这里了。

郑主任先向他介绍了吴贻芳："二伯，这位就是我们金女大的吴校长吴贻芳博士。"

郑迺球热情地躬身："吴博士，久仰，久仰！"

吴贻芳回道："不敢，老早就听郑主任说起过郑老伯是一位忠诚于中山先生的革命元勋，早就想来拜访您老，一直因校务缠身，未能如愿。今日得见尊颜，真是仙风道骨，让人仰慕。"

郑主任又忙着向二伯介绍魏特琳，说："二伯，这位就是我和你说起过的明妮·魏特琳女士，在学校里人人都称她为华群华小姐。"

郑迺球听了，十分高兴地伸出手来与魏特琳握在一起："华小姐不远万里来到敝国，一听您的中国名字，就知道您是把自己融进中华民族这个大群体之中了！了不起呀，了不起！"

魏特琳对中国太了解了，她的用词也是中国式的，只听她说："郑老伯您过奖了，是你们这个伟大的民族，让我希望变成你们中的一员，可是我知道，我离这个目标还远得很哩！"

郑老伯连连说：“你过谦了，过谦了，要不要先到寒舍稍坐片刻？”他指着自己和守陵卫士们居住的博爱坊。

郑主任对她们说：“别看我二伯上了年纪，他每天都要从博爱坊上山清扫陵园哩！十二年了，从未间断过。”

吴校长：“郑老伯对中山先生的崇敬与忠诚令人感佩！”

郑迺球：“哪里哪里，这不过是一个老同盟会员一点心意罢了。”

魏特琳面对巍峨的中山陵，充满了情感地说：“这壮丽的山河孕育着美好的心灵，了不起，山山水水了不起，像郑老伯这样的人也了不起！”转念一想，对着吴贻芳说：“吴博士，我们素知你擅长丹青，但从来没有见过你画的画，面对如此大好的河山，您能否为我们画一张呢？”

吴贻芳有些为难：“没有带画架和画笔呀！”

郑迺球：“这里都有，待我取来。”

吴贻芳：“我们先去谒陵，下来后，我一定献丑。”

于是，大家在郑主任引领下，一步一步迈向中山先生的陵墓。

一行人来到中山先生铜像前，郑主任充当了司仪：“向中山先生铜像一鞠躬，再鞠躬，三鞠躬！礼毕！”

大家进入陵墓，围着中山先生的水晶棺又一次鞠躬致敬。他们哪里知道，为了安全起见，中山先生的遗体已被国民政府悄悄地转移了。

吴贻芳心中在默祷：“愿中山先生在天之灵保佑我们这个备遭摧残的国家，保佑那些无助的民众吧！”

魏特琳怀着崇敬的心情也在心中说了这样的话：“中山先生呀！你

是缔造共和的伟人，你是创造中华的斗士，你留下了和平、奋斗、救中国的遗训，然而，和平却被日本人破坏了。我想，中国人一定会奋起斗争来救这个伟大的国家的，一定会，对吗？”

大家怀着异乎寻常的心情，慢慢地沿着台阶离开了陵墓。

郑迺球早已从家中取来了画具，他选择了一个斜对中山陵的角度，放好了画架，铺上了铅画纸，对走过来的吴贻芳说：“就画一张速写吧。”

吴贻芳点头：“好，单色可以把中山陵表现得更庄重。”走到画架前，挪动了一下位置，说：“这个角度可以更好地表现山势的雄伟，当然也会显示出中山先生陵墓的庄严了。”

在大家围观下，吴贻芳从容作画。

魏特琳对孙瑞芬说：“我现在知道你弟弟为什么叫仰仙了。”

孙瑞芬说：“在中国，人人都敬仰的孙中山先生又叫孙逸仙，弟弟十分敬仰他，才取名为仰仙，你一定是这么理解的。”

魏特琳点头说：“对！孙先生给中国留下了十分丰富的精神遗产，告诉大家革命尚未成功，要求中国同志仍须努力，他的眼光是多么深邃呀！”

郑迺球禁不住夸赞道：“华小姐的理解十分正确，孙先生留给我们的遗产十分宝贵，他曾经主张并制定过联俄、联共、扶助农工的政策，就是具有远见卓识的主张。那时候中共毛泽东先生担任了国民党中央的宣传部长就是明证。如今，中共中央发出了通电，号召国共两党摒弃前嫌、团结抗日，让我们感到孙先生的遗愿——通过团结奋斗来拯救中国的时刻已经到来，老朽也为之振奋！”

魏特琳听得连连点头。

吴贻芳是个画速写的快手，在郑老伯跟魏特琳的谈话画上句号时，她的那幅中山陵速写已经完成了。

吴贻芳从画架上将这幅画取下来，双手送给了魏特琳：“送给你，算是临别纪念吧。”

魏特琳没有推辞，郑重地接下了这幅画。她知道，这不仅仅是一件画作，而是饱含了吴博士的嘱托，沉甸甸的……

第二天，金女大留京的教职员工们将吴贻芳送到下关，她登上了一艘悬着美国国旗的商船离开了南京。

魏特琳回到了宿舍，坐在书桌前，她不得不将一件大衣披在身上，去做每天必做的功课——写日记。今年秋天来得快，一到晚间就感到凉气袭人。

这是她多年养成的习惯，每天，她都要把日间所见所闻以及她的感受用打字机记录下来。

在十分宁静的夜晚，打字机的“嗒嗒”声分外清晰，随着她手指的动作，一行行日记留在了纸上，字里行间都是她真情实感的流露。她写道：

吴贻芳博士将在明晚离开南京。今天，我陪她瞻仰了中山陵，这是一位中国杰出的女性对他们的民族英雄表达的最崇高的敬意。但是，在战火已逼近南京的时候，我的脑海里有无数个没有答案的问题，南京会被彻底摧毁吗？中国军队会被迫撤退或被困在南京吗？日本人如果占领了南京，他们会恪守国际条约吗？尽管有九个在比利时集会的公约国也在积极地工作，但他们能够阻止日本人在华东地区的疯狂进攻和最野蛮的烧杀抢掠和奸淫妇女等恶行吗？

写完了日记，魏特琳伸了下懒腰，忽然又想起了一件事。她打开房门，走到孙瑞芬宿舍门前，边敲门边叫：“密斯孙，密斯孙！”

孙瑞芬也还没有睡，打开门：“华小姐，有什么事？”

魏特琳：“我们办的那个小学就要停课了，我想明天去给他们上一课，恐怕是最后一课了！”她的语调有些苦涩。

× × ×

这座小学也是魏特琳提议举办的，已经办了好几年，但在这兵荒马乱、日军正张牙舞爪地袭来的时刻，只有先停课再说了。

学生们都是学校附近穷人家的孩子，他们在这里读书，不但学杂费全免，而且课本和作业本也都是免费提供的。

在同一个地方，晚间还办过家政班，胡嫂、邵嫂、李家大姑娘都在这里学习过；邵龙根、胡老四、邱奎元、李大个子等，也都在这里识了几百个字。

魏特琳和孙瑞芬一齐来到简陋的教室中，这里不但坐满了小学班的同学，连家政班的妇女听消息后也赶来要听华小姐的课，没有座位的人就站在空隙处，还有挤不进这小小教室的就站在课堂外的走廊里，教室的窗口也趴了不少人。

孙瑞芬来到讲台上，对大家说："日本人对南京的轰炸已经持续了好些日子，他们的军队也从四面八方包围了南京城，我们只好将学校停一段时间，避免发生什么意外，华老师今天坚持要到这里来看望你们，叮嘱你们几句话，下面我们就请她来上课。"

魏特琳："小朋友们，邻居们，大家叫我华小姐，我的中国名字叫华群，谁知道我为什么叫华群吗？"

胡嫂悄悄地和小顺子咬了下耳朵，小顺子举起了手说："华老师，我知道，你要和我们中国人在一起。"

李大姑娘说："你是我们这一群人当中的。"

"说得对！"她又问，"你们知道我爸爸是什么人吗？"

大家都摇头了。

魏特琳："他也是个劳苦人，是美国的一个铁匠，他的马蹄铁就是你们说的马掌子，打得特别好！"

大家听得有些诧异，一个个心中都在想，这么个有学问的人，居然也是手艺人的孩子，也是苦出身哩！

魏特琳又提了一个问题："你们知道，他是哪国人吗？"

小顺子、邵嫂、李大姑娘纷纷抢答："美国人呀！"

魏特琳说："他虽然是美国人，可并不是生在美国。他是从法国移民到美国的伊利诺伊州的。前不久，他去世了……"说到这里，她的声音有些哽咽，但马上控制了情绪，继续说，"为了纪念我出生在法国的爸爸，今天，我给大家讲一个法国小说家都德写的故事。"

魏特琳在黑板上写了四个中文字："最后一课"，指着黑板，大家跟着念："最后一课！"

她说："我们今天这堂课，就跟都德先生写的那个不朽的故事差不多。他们是在第一次世界大战时，在敌人步步紧逼中，上了这永远难以忘却的一课；今天，我们是在日本帝国主义的大军压境的时候，上了这一课，也是最后的一课，也是会让我们永远记在心头的一课。"

接着，魏特琳说："上了最后一课的法国孩子，后来都把自己的一切的一切，贡献给了法兰西。我相信，上了最后一课的孩子和你们的家长，一定会从都德先生的作品中汲取到无穷的力量——为你们美丽的家园而献身中华的力量。"

接着，她声情并茂地朗读了都德这个不朽杰作的全文，开始讲述课文了。

但低空掠过的敌机，却让魏特琳的最后一课中断了……

也是这天晚上，吴贻芳博士离开了南京，魏特琳送她到下关的一个码头上了船。

这是一艘名叫"巴特菲尔德号"的商船，外国侨民们在纷纷登船，这时，传来一声汽笛声，但在吴贻芳听来，这声音悲壮而凄凉。

她与魏特琳等人依依不舍地握了手，便扭转身子，头也不回地走上船去，凯萨琳拎着小手提箱与她一齐上了船。吴贻芳分明不想让朋友们看出自己内心的痛楚与悲愤。直到走到了轮船头等舱外的甲板上，才面对着南京，面对着一张张她十分熟悉的脸挥起了手。

她心中重复着这样几句话："别了，南京！""别了，金女大！""别了！我亲爱的同事们！""你们将面临怎样的艰辛，也许还有苦难呢？""当我回到南京的时候，我们还能见面吗？"所有这些话，都加重了她内心的苦痛与酸楚。

她站在甲板上，将近一个小时，凯萨琳也站在一旁，码头上为她送行的人虽然多次向她摆手，请她当心江风，回到船舱内，但吴贻芳不为所动，送行的人也陪着她站了一小时。虽然有一段距离，彼此已听不到对方在说什么，但码头上的人知道，吴校长在叮嘱大家："南京的事，就拜托大家了。"而此时的吴贻芳也清楚地知道，她的这些同事要告诉她的千言万语，聚集在一起便是一句："你放心吧，你放心地到上海、武汉、成都的金女大分部吧，我们一定把南京的金女大保护好，一定！"

"巴特菲尔德号"又一次鸣响汽笛，缓缓地离开了码头。

魏特琳等却没有离开，直到轮船逐渐远去，船上的灯光和船体的轮廓都看不清楚了，才慢慢地转身，黯然地离去。每个人的心里都感到空落落的。

× × ×

局势的紧张程度与日俱增，那些不知从哪里传来的谣言往往使人心神不定，不少人每天都聚在校长办公室里收听广播，从这些信息中判断局势发展的趋向。当然，广播的内容往往让人感到失望与无奈。

与往常一样，还不到七点钟，魏特琳、德本康夫人、孙瑞芬、郑至安等便来到这里，等待收听七点钟档的新闻节目。

时钟敲过七点，广播里那位熟悉的女播音员的声音准时响起，只听她首先播了电台呼号："中央广播电台，中央广播电台。"然后说："现在播报中央社发布的重要新闻……"播音员今天的声音显得十分凝重！只听她继续说道："上海淞沪战场消息，中国朝野军民齐心协力、同仇敌忾，和日本侵略军浴血奋战三个月，给侵略者迎头痛击，彻底粉碎了日本帝国主义三个月内灭亡中国的梦想。可是，日寇亡我之心不死，不断增兵，凭借海陆空军武器装备的优势，狂轰滥炸，上海市郊八平方公里内的县城乡镇俱遭严重破坏，近二十五万男女老少遇难死亡，我军被迫后撤。11 月 15 日，上海不幸沦陷！"

听到这里，只听"啪"的一声，魏特琳关掉了收音机。

没有一个人说话，空气像凝结了起来，一片死寂！

魏特琳看了一眼同人们，轻轻叹了口气，打破沉寂说："南京恐怕朝不保夕了。"

郑主任喃喃地，又似自语又似说给大家听："不是说蒋委员长已经部署，任命了唐生智为南京卫戍司令，唐将军也口口声声说，将死守南京，报效国人吗？"

孙瑞芬说："话是这样说了，但唐生智靠得住吗？"

魏特琳的脑子里霎时出现了许多念头，但种种念头都围绕着两个问题：如何保全金女大的骨干力量，如何在危难时刻向中国人伸出援助之手?

孙瑞芬提醒她："今天下午，我们要去鼓楼医院，慰问受伤的将士！"

魏特琳说："慰问品都准备好了？"

孙瑞芬已经听郑主任说过，慰问袋里包括一块毛巾、两块肥皂，还有牙刷、牙膏，以及一份点心，便告诉了魏特琳。

魏特琳说："郑主任想得很周到。说完满意地笑了。

吃过午饭，大家没有休息，就都上了车，很快就到达鼓楼医院。

医院的病房中、过道里、厅堂内，到处塞满病床，住满了负伤的中国军人。

魏特琳等人首先来到了一间大病房，这里病床靠着病床，几乎没有落脚的地方。

魏特琳一眼就看到了全身缠满了绷带，只留着一双眼睛和嘴可以与外界接触的伤兵，她知道，这是一位全身都被烧伤了的兵士，便马上走到他跟前问："孩子，你疼吗？"

这位伤兵摇摇头，嘴巴也张合了几次，但听不出他在说什么。

魏特琳从东东手中接过了慰问袋，放在这位伤兵的床头："你分明是被日本人扔的凝固汽油弹烧伤了，其实，你的全身都让你痛苦难当，但你却摇头说不疼。你是位勇士，我们尊敬你、钦佩你，因为你为中华民族做出了杰出的贡献，你好好养伤吧！"

听到这位洋女士一口气说了那么多话，而且是标准的南京口音，这位负伤军人双眼里的泪水转呀转呀，终于淌在了绷带上。

孙瑞芬停留在失去一条腿的伤兵床边，魏特琳走了过去，对他说："孩子，你受苦了！"

这位伤兵语气坚定："小鬼子让我失去了左腿，我的命还在，我的右腿还在，我要和他们拼到底！"

"有骨气！"魏特琳转过脸对大家说，"日本人非常非常愚蠢，他们的暴行，将会让中国人作为一个民族，彼此信任，比任何时候都英勇顽强，团结得更加紧密，参加到抗日的洪流中去，这是他们做梦也没有想到的。"

另一边的病床上，有一位被蒙住双腿、胸部的衣服一直褪在肩头的人，看得出他胸前有一大块被敌人炮弹削去皮肉的伤口。一位医生已将他胸前的纱布轻轻地揭去，准备给他清洗伤口的脓血。当他听到一位带有外国口音的洋女士说的话，马上接过话头："这位女士说得好，中国是打不垮的，中国人就是保卫国家的铜墙铁壁！"

魏特琳走过去说："威尔逊医生，让我来帮他换药行不行？"魏特琳认识这位美国籍的医生。

威尔逊将手中的镊子交给她。魏特琳从瓷盆内取了一块药水棉花，一边轻轻地清洁这位军人伤口上的脓血，一边问道：“疼吗？如果疼就喊出来吧……”

这位军人摇摇头，一声也不吭，但他的双颊和脖子上都渗出了黄豆大的汗珠。此时的魏特琳如万箭穿心似的痛楚到极点，眼泪也禁不住夺眶而出。

沈阳跑了过来，对魏特琳和孙瑞芬指着外间说：“那边，那边……”东东嗔怪地说：“什么那边，你到底要说什么呀！”

沈阳缓了口气：“我在那边看到了孙先生，孙仰仙！”

孙瑞芬：“仰仙？带我们去，快！”

几乎所有的人都跟着沈阳到了另一间病室，孙瑞芬老远就看到了斜躺在病床上的孙仰仙，大声叫着：“仰仙，小弟，小弟！”扑了过去。

孙仰仙听到姐姐的声音，忙磨身下床，拿起了床边的双拐夹在腋下，慢慢走了过来：“姐，你怎么来了？”又对魏特琳说：“华小姐，你也来了。”

魏特琳：“上次在济南火车站看到过你，可惜没能够聊聊，你就义无反顾地上前线去了，你是在淞沪战场上负伤的？”

孙仰仙：“给日本小鬼子的子弹咬了一口，没伤着骨头。”说完，把拐杖扔在一边走了两步，但因有些痛，脚步有些踉跄，差点摔倒。

魏特琳与孙瑞芬忙过来扶着他。

孙瑞芬捡起拐杖递给他：“看你，又想逞能！腿伤还是要注意的。

什么时候到的南京？也不跟我说一声。”

孙仰仙抱歉地说：“这不是怕你担心吗？我们这个师是最后撤出防线的，为了兄弟部队安全撤离，我们有两个团的人几乎全部牺牲在宝山和刘行了。路上很难走，前天才把我们这批人安排到这里。听说师部也撤到南京了，我这伤没什么了不起，再过几天我就可以找部队去了。”

魏特琳：“到我们学校来一次吧，给我们留守的员工讲讲前线的情形，好吗？”

孙仰仙满口应承：“一定去，一定去，就怕我笨嘴拙舌，讲不好。”

孙瑞芬关心他们的爸妈，便问孙仰仙：“爸爸妈妈怎么样？”

孙仰仙叹了口气：“一点音信也没有。”接着又说，“日军在实施进攻南京的计划，一路之上他们烧杀抢掠，奸污妇女，成片成片的村庄被他们烧得片瓦不存，我们亲眼看到尸横遍野的景象，惨不忍睹呀！就算有些人逃出去了，可爹娘死了，妻儿亡了，都是痛不欲生……至于我们的爸妈，恐怕是凶多吉少。”

魏特琳画着十字祈祷：“上帝呀！保护这些不幸的人吧！”

孙仰仙咬牙切齿：“我恨不得把医药箱换成步枪，长上双翅，飞向前方，跟鬼子拼个你死我活！”

魏特琳：“好样的仰仙！但你现在最重要的是把伤养好。放心吧，我的朋友威尔逊医生，是一位著名的伤外科专家，他不但有一颗仁心，把救死扶伤作为自己的格言，而且技术精湛，他会还给你一双行走如飞的腿脚的。”

威尔逊医生谦逊地说：“您过誉了，过誉了！”

空袭警报又在上空发出震耳的响声，人们帮助伤员们离开病室去防空洞，魏特琳对孙瑞芬大声地说：“快扶着你弟弟去防空洞。”说着往外便跑。

孙瑞芬急了：“你这是去哪儿？”

魏特琳头也不回：“我回学校！”

不料，一枚炸弹落在病室门外，孙瑞芬：“这班强盗，连悬挂着红十字标志的医院也敢扔炸弹！”

而魏特琳却不顾一切地冲向火海，向学校的方向奔去，东东、沈阳也跟着冲了过去……

日本空军的这次轰炸，是制定了十分精确的计划的。他们从长江边开始，一个街区一个街区地扔下炸弹，同时对逃散的人群用机枪扫射，不仅造成了南京城内许多街区成为一片废墟，而且剥夺了成千上万个南京普通居民的生命。

他们经过的所有马路，两侧的房屋仍在冒着烈焰，一路上到处是东倒西歪的尸体，不少尸体的胳膊或大腿被炸飞了，有的身子只剩下了半截，有的女子伸着双手，张着大嘴似乎仍在呼喊自己的丈夫、子女的名字，有的在责问苍天：“老天爷，你为什么不开开眼？”有的怀中还搂着一个孩子，但母子俩都睁大着眼睛，似乎应了“死不瞑目”这句话。

这一切，让魏特琳心头出现这样的一句话：“什么是人间地狱，这就是！”而且在心里重复了很多次。

她路过一家电影院门前，一张贴在门口的海报让她停下脚步。

这张海报上一行英文大字，写着“TURN OFF THE MOOM”和中文“遮住月亮”等字样，背景是一轮明月，被云雾遮住了整个面孔，只有几处露出了显得暗淡的月光，还有一行大字写着“最后一次放映”。

魏特琳顿生感慨，对东东说：“这是两个多月前放映的影片，但这个名字含有深意。还记得那天我说过的话吗？我真的希望月亮永远被云块遮住，好让中国老百姓度过平安的夜晚。”

东东语速很慢，她说：“妈！我记得，你从那天起就对月夜的出现很敏感，对大晴天也特别反感，越是这种时候，你越是不安，你的心里，装的是中国老百姓的命运；你真是我的好妈妈！”

马路上，有几辆满载着士兵的卡车疾驰而过，看样子，他们的目的地好像是南京城的南面，是到中华门加强防守的吗？

孙瑞芬说：“华小姐每天都在祈祷，愿天气不利于日军的飞行，愿中国军民平平安安！”

魏特琳：“除了这个，我还能做什么呢？”

沈阳突然发现那条横马路上难民的行列，不由得惊呼：“啊！这么多逃难的人。”

难民的队伍陆续走了过来，大家注意到，在这批难民当中，有一位白头发老太太，裹着一双小脚，搀着一个不满十岁的女伢子，蹒跚而行，除了肩头的一个小包袱外，其他什么东西都没有了。

魏特琳走过去问她：“老太太，你们从哪里来？”

老太太答道："常熟，日本鬼子把我们村子一把火烧光了，我的儿子被他们开枪打死了，我的媳妇反抗他们的凌辱，竟被鬼子砍了十七刀，十七刀呀！可怜她浑身上下都血淋淋的没一块好肉啦！这些不得好死的小鬼子呀！"

魏特琳："早就听说日本军人没有人性，没有想到他们这么残暴，这么凶狠！老太太，你们去哪儿呢？"

老太太回答："采石矶，我小儿子在那里做生活。"

魏特琳："采石矶虽然离南京不远，路上也不好走啊！万一碰到困难，你们就到金陵女子学院来找我。"

东东对老太太说："这位女士的中国名字叫华群，只要提到她，人们就会给你们指路的。"

老太太念了一声"阿弥陀佛"，然后说："这个世道，还是有好人呀！"千恩万谢地走了。

魏特琳目送他们远去，心里像打翻了五味瓶似的，酸、甜、苦、辣、咸什么味道都有，同时，那乱乱的、像潮水一样起伏的心情，难以平息……

敌机又飞了过来，向着密集的人群用机枪扫射，又一批人在"嗒嗒"声中倒下。

魏特琳亲眼看到的这些，促使她产生了一个计划，她认为，在这个时刻，她必须向苦难的中国人伸出援助之手，这是主耶稣赋予自己的神圣职责，这是间接地向日本军国主义表示反抗的一种方法，这是一个从人道主义出发的光荣使命。

当天晚上，她起草了一封致美国驻华大使馆的信，在打字机的嘀嘀嗒嗒声中，这封起着重要作用、为数以十万计的难民提供了庇护的信写完了。这时，魏特琳审视着信的内容，看一看还有什么地方需要修改和补充。

这封信的全文是：

南京美国驻华大使馆：

在日本军队逼近南京之际，我认为预先为那些无法避难的妇女、儿童以及其他市民设立一些对他们来说较为安全的场所（类似“安全地区”或“安全中心”）为好，我期望事先能就此事进行商讨。

我认为：从地理位置和建筑物的牢固性来说，我们金陵女子文理学院作为中心是再合适不过的了。

若本校被指定为安全中心，我将立即腾出一些校舍，以备万一。

这封魏特琳亲笔署名的信送到大使馆后，受到约翰逊大使的充分注意，他邀请魏特琳到大使馆来商量落实这个计划的若干细节，郑主任也陪同她去了。

参加商讨的除了大使先生，还有参赞W.R.佩克、二秘帕克斯顿等人。在魏特琳详细介绍了金女大建筑物的分布、可容纳难民的人数、各项生活必需品的储备情况和需要补充的数量及学校员工及可以成为义务人员的情况等以后，约翰逊大使觉得金女大的准备工作无懈可击，同意支持在金女大设立一个难民救助中心。

魏特琳对约翰逊说：“我想向大使馆借样东西。”

约翰逊：“只要大使馆有，您借什么都行。”

魏特琳说：“使馆有一面大大的国旗，如果不用，可以借给我们吗？”

郑主任：“这不应了一句话——扛大旗作虎皮吗？”

约翰逊与魏特琳都没有听懂这句话，忙问：“你说什么？”

郑主任笑着用英语解释：“Use the great banner as a tiger skin，让日本人不敢对金女大轻举妄动。”

大家都明白了，约翰逊还笑出了声，魏特琳对郑主任说：“你说得对，日本人对美国财产应该守规矩一点。”

约翰逊大使告诉魏特琳，她写给大使馆的信写得很好，请新成立的南京安全区国际委员会的主席拉贝先生看了，他对魏特琳女士的率先承担救助中心难民的决定，表示十分钦佩。他要将她信中有关设立安全中心的意见，推荐给委员会的全体成员。

魏特琳产生了疑问：“拉贝不是德国西门子公司在南京的总裁吗？日本在亚洲燃起了战火，德国和意大利在欧洲也蠢蠢欲动，他们在 1936 年就发动了侵略西班牙的战争，日、德、意这三个法西斯主义者当权的国家沆瀣一气，正在筹划建成同盟，由这位德国人来当主席，合适吗？”

佩克参赞做了解释，他说：“我们欧美国家的驻华使节经过认真磋商，为了应对日本人占领南京后的局面，我们要统一行动，所以成立了这个委员会。拉贝先生与希特勒政见不合，而且考虑到日本与德国的微妙关系，由他来和日本人打交道可能方便一些，所以国际安全区十六名委员一致推举他当了主席。”

魏特琳听到这里，心中有了数，她表态说：“既然如此，我们一定和拉贝先生协调行动。”

× × ×

回到金女大，魏特琳把金女大留校人员集中起来，向大家宣布美国驻华大使馆同意支持在金女大设立一个难民救助中心，使无辜的中国平民免受伤害。接着，她将几项任务分别布置到人，金女大立即投入与“备战”有些相似的热潮之中。

一面有三十英尺长、二十英尺宽的，从大使馆借来的巨型美国星条旗放置在中央大楼的屋顶上，又用瓦片压着以防被风吹走。大门口旗杆上方和往常一样挂了旗，又在四周的围墙上插了十多面美国国旗，希望日本人注意到这里是美国的机构。

郑主任和沈阳一前一后，抬着一块学校的牌子来到大门口，准备挂在左边的门柱上。与原来的“南京金陵女子文理学院”的牌子不同，深刻在木板的七个大字上，涂有蓝色的颜料，十分醒目，这七个大字是“大美国女子学院。”

孙瑞芬说：“这是一块 1915 年以前使用的校牌，那时我们刚进这所学校，还没有向政府注册哩！”

魏特琳感慨地说：“这么说来，这块牌子已经有二十二岁了！”

郑主任：“也可以说历经沧桑了。”

魏特琳将校牌反过来，原来，反面用油漆刷了四个大字：“金陵学院”。

孙瑞芬说：“北伐胜利后，学校顺应局势的发展，去掉‘大美国’三字，改称‘金陵学院’，这是为了避免刺激中国民众的民族主义情绪。这一改改得很聪明，也为后来顺理成章地改称‘金陵女子文理学院’定了个调子。”

魏特琳：“名称的更改，反映了一段历史哩！我们现在挂‘金陵学院’，如果日本人真的进了城，我们就反过来挂。”

郑主任：“美国办的学校，日本人应该有所顾忌吧？这办法如果真的可以制约日本人，真像一出悲喜剧呢！”

他们正在说话间，总务老陈等人押着马拉大车和十几辆独轮车过来，车子上的麻袋里盛的是大米，也有几辆独轮车装的是面粉。

孙瑞芬问老陈：“今天买到多少？”

老陈说：“两百多石米，七十多袋面粉。”

孙瑞芬说：“还差了很多哩！”皱起了眉头。

老陈说：“米店全都打烊了，这还是从下关的仓库拉来的……”说着，便赶着车子进了校门。

郑主任：“幸亏华小姐有远见，个把月前就开始做准备，我们现在已经有一千多石粮食了。”

魏特琳心中算了一本账，不禁把眉头皱了起来："不够呀！现在胡嫂、邵嫂他们九十多个邻居已经住到学校里来了。按每人占地十平方英尺计算，我们腾出来的房子，可以收容两千七百五十人。这些粮食，只够他们吃两个多月，恐怕陆续还会有人涌到这儿来，就更紧张了，不行，得想法子弄粮食。郑主任呀，你办法多，请你亲自出马，好吗？"

郑主任夸张地说："得令！"惹得大家哈哈大笑。

魏特琳招呼大家："我们去九号宿舍楼。"

人们手持簸箕、扫帚、抹布等清扫工具，一起来到这幢学生宿舍，大家各就各位。魏特琳趴在一扇窗户前擦玻璃。她已擦好了这扇窗户的第一块玻璃，她仔细地观看这块明显比其他五块明亮得多的玻璃，很有一些成就感，问胡嫂："胡嫂，你看，行不行？"

胡嫂瞄了一眼，高兴地说："擦得很干净！"

魏特琳听了很高兴，她说："还不是你手把手教的吗？我长到这么大，几乎从没擦过玻璃，现在我可以自豪地说，我能干这个活儿了，我擦玻璃这门功课的成绩还不错哩！"

大家都很高兴，邱嫂说："我们给华小姐打打分吧，我给她 85 分。"

李大姑娘说："邱嫂给的分数低了，我打 90 分！"

很多人响应："90 分！""对，应该得 90 分！"

东东他们和邱奎元、李大个子、胡老四等人抬着双层架子床进来，沈阳指挥说："放这儿，放这儿！"

郑主任对李大个子和另一位工友说："你们这一张床放到这边来。"

东东手拿一叠写有号码的纸，另一只手拎着糨糊桶进来：“郑主任，床号从东面编过来，行不行。”

郑主任说：“就照你说的办！”

东东把写有床号的纸一张床一张床地贴过来。不一会儿，每张床上，都贴上了清晰的床号，宿舍楼这一层居然可以住八十四人哩，虽然床挨着床，十分拥挤，但还是留了一定的空间。这要归功于郑至安量好尺寸，画了一张床位的位置图，才能充分地利用宿舍的空间，多了十多个床位。

传达室里，六位工友也在开会，大老王原本就是一位班长，现在，这六位工友成立了小小的警卫队，魏特琳指定了老王为队长。他现在正主持着会议，决定每班有两个人一起值勤，而不是原每班一人，这样一来，互相有个支持和照应。

会议的最后，老王说：“张小培当过兵，请他帮我们加强训练，每天一早五点我们在后操场集合操练，将来好对付日本人。”

张小培很爽快地接下这个任务，但提出了一个问题：“沈阳他们二十多个青年，不也在后操场训练吗？我们干的活儿和他们有冲突呀！”

老王说：“我们是警卫队，弄不好要来武的，他们是纠察队，负责维持秩序，各有各的责任。”

老王说的这个纠察队，现在正在后操场操练着哩，沈阳与队员们面对面地站着，口中发出了口令：“立正！”

二十几位男女青年“哗”的一声，双脚并拢了。队伍排列得很整齐，动作也麻利。

沈阳："报数！"

队列中传出了"一、二、三、四……"的报数声。

沈阳像指挥官："稍息……华小姐说，原来的服务队扩大为纠察队，负责校园内的秩序，尤其是在大批难民来校的时候，一定要引导他们去指定的宿舍，决不允许发生混乱的现象。平时，我们每八个人为一组，二十四个人组成三个小组，轮流在校园内巡逻，并且要配合警卫队的工作，防止任何不测事件的发生，大家听明白了没有？"

大家齐声："明白了！"

沈阳："好，明日清晨早饭前在这里集合操练，现在解散！"

沈阳的纠察队、老王的警卫队的刻苦训练是有成果的，其他各项工作也在有序进行，对应付南京沦陷后的局面，将发挥很大的作用。

德本康夫人经过操场来到九号宿舍，向她打招呼的人有的仍然叫她"德本康夫人"，为了应对大量难民涌进学校的管理，她已经被魏特琳任命为总舍监，有的人已经改口称她为"总舍监"了。

德本康夫人进入九号宿舍后，问："魏特琳女士在哪儿？"

已经擦好两扇玻璃的魏特琳忙叫道："我在这儿呢！"

德本康夫人告诉她："约翰逊大使亲自打电话过来，说国际安全委员会主席拉贝先生找你，请你马上去一趟。"

魏特琳心里想："国际委员会来找我，而且约翰逊大使亲自打电话来，一定有什么重要的事情商量，可怠慢不得。"匆匆离开九号宿舍，回到自己的宿舍洗手换衣裳，匆匆赶去了。

国际委员的正式称呼是南京安全区国际委员会，设在湖南路上一座别墅内。

这名字冠以“南京安全区”，既要告诉难民们，你们住在这里，有一支国际的力量来保障你们的安全；又要告诉日本人，这是受国际人士保护的地方，你们不要试图破坏这里的安全。

这里是拉贝先生的私人别墅，十分宽大，近乎宏伟。四周围墙有丈把多高，上面竖了两尺多高的铅丝钢，并可以通电以防盗贼逾墙而入。

围墙内，林木扶疏，有一条水泥路通向四面八方，成为主楼通向各功能区——花房、杂物间、工人住处和一个车、钳、铣、刨等各种车床俱全的小小工场，主人喜欢在这里制作自己喜欢的用具和组装一些玩意儿的元件。他曾经当过车工，发达之后忘不了自己的老本行，也是为了自己的手艺不致荒废，所以常常要到这工场中制造一些他想制造的东西。

这条小路并不小，可以容许汽车通过和会车，小路的两侧，有为数众多的草地和花圃。在主楼面前，那个花圃则围着一座菱形的水池而建，水池中的喷泉可以喷射两丈多高，夜晚，在彩色灯光照射下格外美丽，婀娜多姿、千变万化的喷泉就不仅美丽而且迷人了。

魏特琳乘车来到，远远地就看到拉贝别墅门前那块写着“南京安全区国际委员会”的大牌子，原来放在大门两侧立柱当中高处的，用生铁铸成花纹衬着“拉贝别墅”四个字的标志上，悬着一块白布，上面两行红字，一行是英文，一行是日文，也写有“南京安全区国际委会”字样。

车子在主楼外停下，有仆人为她开了车门。

别墅大厅已经不像开派对、宴请宾客、接见人员……的场所，倒像一个作战指挥部了。正面墙上悬着一幅很大的南京城厢图，地图前面居然放置着一个大沙盘，南京城中部偏西一角的街道、房屋、小山、水塘等地标地物全部包括在沙盘里面了。

美国大使馆二秘帕克斯顿迎了过来，随在他身后的就是别墅的主人拉贝了。梅奇牧师、威尔逊医生也跟着他们迎接魏特琳。

帕克斯顿正要向魏特琳介绍拉贝，魏特琳便主动说："我们认识！"上前一步，与拉贝握手，随后又接着说，"我们去年就认识了，那次金女大的开学典礼，董事会曾邀请拉贝先生出席，他作为德国西门子公司驻南京的总裁，还赠送给我们学校一个西门子大冰箱。"

梅奇牧师笑着说："那我们国际红十字会、基督教青年会得多多地邀请拉贝先生为贵宾，我们也想得到拉贝先生的大冰箱哩！"

大家都笑了，拉贝却惋惜地说："很遗憾，今年，我们却不可能到贵校去参加那种令人难忘的、别开生面的开学典礼了。"他的话是指金女大的开学典礼仪式庄严而隆重，还有金女大学生乐队演奏铜管乐、歌咏队的独唱、合唱等，节目丰富多彩。

魏特琳点头说："是啊！金女大现在一个学生也没有了，不过，金女大不会忘记与拉贝先生之间的友谊的。"说完后，便走向国际委员会的委员们，与他们一一握手，互致敬意。

国际委员会的法国委员对魏特琳说："拉贝先生是一位热心公益的企业家，我们十六个委员一致推举他担任主席一职。"这位法国人显然已抛弃了德法两国在第一次世界大战中的恩怨和目前十分紧张的关系，而是从救助中国难民这一道德高度来处理在世界大战中形成的恩恩怨怨了。

“这主席比西门子总裁难当呀！”他说，“你们法国的饶神父在上海建立了难民收容所，对国际社会启发很大。梅奇牧师和金陵女子文理学院的董事长卡特先生，建议我们仿效上海的办法，建立一个受国际人士保护的安全区。请大家过来……”说着，便走向沙盘，人们也围在沙周围，听他的说明。

拉贝从地图前取了一根比乐队指挥棒长得多的木棒，指着沙盘上的上海路开始说：“从上海路这个路口，延伸到汉中路和中山南路的交叉处，一直到金女大所在地，这一圈共约三点八六平方公里的地方，就是我们国际委员会圈定的南京安全区。我们现在已经争取到中国政府的认可，南京市市长同意国际委员会在这个安全区拥有行政权，还将调派四百五十名警察，在我们的统一指挥下处理治安方面的问题。答应供给安全区四万石米粮和八万元法币现款。但是，虽经我们与日本驻华使馆多次交涉，日本人却至今没有对安全区加以认可……”

许多人愤愤地说：“可恶的日本人！”“他们凭什么不认可？！”

梅奇牧师插了一句：“让魔鬼改变本性，比登天还难！”说完，又十分担心地说，“现在的形势，比我们估计的严峻得多，我们委员会只有这么多人，恐怕……”他说不下去了。

拉贝对魏特琳说：“所以，梅奇牧师和金陵大学的教授贝兹博士向我们郑重推荐，请魏特琳小姐帮助我们，与大家一起来挑重担，因为，你也是国际红十字会的会员。”很明显，拉贝对魏特琳寄予厚望。

魏特琳听拉贝对金女大讲了他的希望后说：“我只是一个弱女子，虽然挑不起沉重的担子，但在我后面有许多中国同事，我们大家一起来，再大的困难，我相信我们也可以从容应对的。拉贝先生，有什么工作请交给我吧！”

拉贝赞许地点头说：“好！”走到大地图面前指着右边，“从上海撤退的国军、难民和苏州、无锡、常州、镇江沿线的难民，已经涌到南京，日军已分三路包围南京城。我们安全区共计设立了二十个难民收容所，由国际委员会的朋友们分头管理。我们想让金女大成为一个专门收容妇女和儿童的收容所，请你负责。”

魏特琳毫不犹豫地答应：“行，拉贝先生，就把设立妇女、儿童收容所的事交给我们。”

拉贝问：“金女大可以收容多少人？”

魏特琳说：“我们已经腾出了八幢楼房，除了现在已经收容的芜湖和苏南一带的八百多位难民外，还可以收容两千多人。”

拉贝十分满意：“好，就这么定了！”

× × ×

魏特琳从拉贝别墅回到金女大后，虽然已是晚间九点了，但她还是召开了一个紧急会议，向大家介绍了国际委员会开会的情况。接着，她语气十分沉重地说："在三个阶段中，我们必须针对三种情况做周全的准备。第一个阶段是中日双方的军队在南京作战的阶段。不少难民可能会向我们求助。第二个阶段，中国军队撤退了，我们要准备应付最为凶险的局面。这个时候，城里没有军队，也没有警察了，我们要防止治安状况失去控制。第三个阶段，日本军队进城，我们无法预见可能会发生的一切，但许多事实已经证明，日本军队是一个不讲人道、无恶不作的军队，他们在苏南一带的暴行将会在南京重演，甚至还会做出人们难以想象的、禽兽不如的事情。我们要从最坏的方面去设想、去做准备。为了应付未来的局面，我们金女大要成立一个'非常委员会'，请德本康夫人、孙瑞芬女士、郑至安主任、纠察队队长沈阳和警卫队队长王保国担任委员，我来召集这个委员会，处理非常时期的各种问题，郑主任精通日语，与我一道专门对付日本人。"说完，又问大家："还有什么补充的吗？"

大家热烈鼓掌，金女大的非常委员会正式成立了。

散会时已是晚上十一点多了。魏特琳回到宿舍，写好了当天的日记，在洗漱完毕后便躺上了床，已经辛苦了一天，本来想好好地睡上一觉的，不料，躺下以后，却半天也合不上眼睛，她又一次失眠了。

她脑海中堆满了各种事情，她想把这些念头排除掉，但不能。正当她为此感到烦恼之际，一些奇怪的声音传进她的耳鼓，她一凝神，那些杂念便一扫而光，再注意听，她分辨出在传来的声音中，有战马的嘶鸣声、有机枪撞击着军用水壶的响声、有"嚓、嚓、嚓"的脚步声、有吆喝着"跟上、快点"的命令声，原来是院墙外军队走过的声音。在这寂静的深夜里，这些声音组成了一支兵士行进曲，听得她心潮澎湃，但远处大炮轰鸣的声音，又进入她的耳中。她坐起身躯，手画十字，为这些中国军人祈祷：“主啊！为这些将要走上战场的孩子祝福吧，保佑他们能够平安地回来吧！”

这时，她又想起了与今晚情景吻合的诗句来：“……车辚辚，马萧萧，行人弓箭各在腰……”她读过中国的许多古诗，这几句所包含的意境与当前部队行进时所形成的气氛多么相似。

再也睡不着了，不如到院子中走走吧。

她举目四望，弯弯的月亮，射出朦胧的光辉，四周，不仅有隆隆炮声，还有火光闪耀，有的地方烈焰冲天。

她走向花坛，远远地，看到有一个人蹲在那里侍弄菊花，她知道，一定是邵龙根，便走了过去，问：“是老邵吗？”

邵龙根因为战火已燃在眼前，而难以入眠，不曾想，魏特琳也没睡得着：“华小姐，你也没睡？”

魏特琳不由自主地叹了一口气：“心里烦，来看看菊花，可能心情会好些。”

邵龙根忧心忡忡：“有些菊花已经开始败了，但我担心炸弹会落到花坛上，这些菊花也会遭殃！”

魏特琳：“我们只有恳求上帝的庇护了。”

邵龙根问：“华小姐，这仗要打多长时间呀！”

魏特琳：“难说呀，很难说。”

邵龙根：“要打上一两年吗？我们穷人受不了呀！”

魏特琳感到无言以对，想了一下，说：“第一次世界大战打了四年多，既漫长又激烈，有三十三个国家、十五亿以上的人口卷入这场战争，死伤了三千多万人。这一次，发生在亚洲的中国人抗击日本人的战火，要多长时间才能灭呢？”

邵龙根一脸的绝望：“天啊，我们还有活路吗？”

魏特琳告诉他：“日本人占了上海，也许很快就会占领南京。他们好像是胜利者，可是从国际法和道德的高度来看，这是日本作为一个国家的耻辱和失败。他们发动战争是国家犯罪，是违背上帝创世精神的一种罪恶。”

邵龙根虽然不能完全听懂魏特琳的话，但从魏特琳铿锵有力的语调中获取了精神力量。

他们在说话的过程中，火光不时照亮着他们的脸面和身躯，枪炮声似乎更近、更响了。

这时，传来了东东的叫声：“干妈！妈！”

魏特琳瞥见东东和胡嫂走了过来，东东手中还抱着什么东西。

魏特琳见她们走近：“怎么，你们到现在也没有睡？”

东东说：“可不是嘛，胡嫂刚缝了最后一针，我们就把它送过来了。”

魏特琳想看东东手中捧着的到底是什么东西，但月光比较暗淡，却看不出所以然来。

东东将手中的东西一抖开，魏特琳这才看出这是一件女式棉袍。

说时迟，那时快，东东手脚麻利地将这件蓝布棉袍披在魏特琳身上，打量了一下，说："真好看！"然后帮她套上袖子，系上扣子，再一次端详："真合身，干妈穿起来，再配上胡嫂做的那双绣花鞋，就更美了。"

魏特琳纠正说："就更像中国人了！"

胡嫂："华小姐那颗心，早就和中国人连在一起了。"

弯弯的月亮，好像看到了眼前动人的一幕，比刚才明亮多了。但枪炮声也更加密集，而且又近得多了。

时间过得似乎很慢，但又似乎很快，终于等到天亮了，魏特琳一夜未眠，但她仍然强打起精神进行例行的巡查。这时她巡视到校门前，一眼看到了坐在传达室内的王保国，王保国也看到了她。

王保国习惯地说："华小姐，早！你这么早就起来啦！"他看着传达室墙上的钟，才五点半，平时，她是六点半才会来到学校大门口做例行巡查的呀，今天怎么早了一个钟头？所以有此一问。他哪里知道，魏特琳一夜没合眼呢！

魏特琳说了实情："睡不着呀！"

王保国说："天亮之前，有一批从前线撤退下来的当兵的从这里经过，有的还受了伤，他们向邻居们讨要老百姓的衣裳，大家把能够给的都给他们了！"

魏特琳看着学校大门外空荡荡的街道，叹息道："可怜的人们，他们能逃到哪儿去呢？"

空荡荡的街道，现在悄无声息，没有人可以回答她的这个问题。但，从南边突然响起的更为猛烈的枪炮声却在告诉她，日本人侵占南京的日子不会太远了。

× × ×

魏特琳在完成当天对校区的例行巡查后，看到所有的值勤人员都能恪尽职守，坚持在自己的分工负责的岗位上，心里感到十分踏实。她相信，这支可靠的队伍一定会给难民们以安全保障的。此刻，她回到校长办公室，想在椅子上打个盹——虽然已经感到极度疲乏，但她放不下心来去绵软的床上睡上一觉。

就在她似睡非睡之际，郑主任等带着梅奇牧师闯了进来，她的睡意立刻消失得干干净净。

梅奇牧师急匆匆地说："魏特琳小姐，凌晨四点多，日军攻进了光华门！"好几个人也一齐跟来。

魏特琳猛地站起身来："他们进了南京？！"

孙瑞芬气愤地说："豺狼终于扑来了！"

梅奇牧师说："国际委员会通知安全区的所有收容所，立即向难民开放。尽可能多地接纳难民和放下武器的中国军人。另外，有四百多名妇女和儿童被困在中山门小学，处境危险，需要想法子将他们接到安全区。拉贝先生认为魏特琳小姐一定能设法将他们救出来的，请你们讨论一个万全之策吧。我现在就直接到那里去，一来是以防不测，二来也是为了接应你们。”说完就匆匆走了。

德本康夫人眉头紧锁：“四百多名妇女儿童呀，落到日本豺狼手里就糟了！”

魏特琳：“我们被逼上梁山了，孙小姐、郑主任，还有沈阳、东东随我走，我们只好冒一次险了！”

德本康夫人：“我反对你们冒险，尤其是魏特琳，你是代校长，是金女大的当家人，万一出了事怎么办？”

魏特琳胸有成竹：“相信我，我会有办法的。”说着就离开了办公室，郑主任亦步亦趋地跟随着她。不料，反对“冒险”的德本康夫人却大声叫着：“等等我，我要跟你们一起去，死也要死在一起！”

郑主任向孙瑞芬做了个鬼脸，冲着随后下楼的德本康夫人说：“慢点、慢点，可不能在楼梯上摔一跤，那可不合算。如果您有个什么，我们怎么向您的先生——美国驻沪总领使交代呀！”这话说得并不错，但从他嘴里吐出来，就带有一点调侃的味道了。

德本康夫人白了他一眼：“油嘴滑舌！”

郑主任不忘幽她一默：“德本康夫人的中国话越来越好了，这四个字说得十分地道哩！”

话音刚落，又引得大家笑起来。

门口，一辆小车、一辆吉普车已经守候在那里，上面插有美国国旗和国际安全区旗帜。大家上车后，便向中山门急速驶去。魏特琳拉起了窗帘，她实在不想看到马路上鲜血流淌、尸骸横陈的景象。这些都是日军飞机轰炸造成的严重后果，但魏特琳没有想到，在未来的日子里，她将面对比现在更凄惨千倍万倍的人间炼狱。

这时，中山门小学内外，真的到了剑拔弩张的程度了。

门外，有十来个日本兵，他们持着枪对着小学的大门，嘴里叽里咕噜地用日语在骂“巴格牙鲁”的同时威胁说：“开门、开门，再不开门我们就要开枪了！”

学校教室前的操场上，有四百多名妇女，不少人抱着孩子，睁大着一双双恐惧的眼睛看着紧闭的校门。

有一个叫燕子的姑娘，准备打开大门，带领着大家冲出去。

已经来到这里的梅奇牧师制止了燕子：“不要做无谓的牺牲，我刚才进来的时候，就看到日本兵远远地冲过来，这一开门，肯定让大家跌进火炕了！”

正要拿下门杠的两名妇女住了手。

中山门小学的校长孟超也劝告大家：“听梅奇牧师的，他已经联络了南京安全区国际委员会的人来接大家，到了那里，大家就安全了。”

忽然，“哗啦”一声，学校大门被凶神恶煞的日本兵砸开了。几个日军端着上了刺刀的三八步枪冲了进来，吓得妇女们个个后退。

一个日本兵狞笑着：“哈哈，花姑娘大大地有！”

梅奇牧师和学校的校长孟超手携手挺立着，试图阻止日本人冲向妇女和儿童。

日本兵的刺刀对着他俩的胸膛，逼得他俩一步步往后退。

魏特琳他们的车子到达中山门小学的门口。一路上虽也遇到几个日军，但他们看到了悬着美国国旗的汽车倒也没有干预。他们一见眼前的情形，便按响了汽车喇叭。日军听见汽车的喇叭声，回头望去，只见两辆汽车开进门来。

梅奇牧师和孟校长趁日本人注意力转向汽车，拨开对着他们的枪，把日军推向一旁。

郑主任首先下了小轿车，将车门打开。

梅奇牧师不知郑至安葫芦里卖的什么药，用疑惑的眼神看着他。日本兵一见美国国旗，也有点不知所措。他们的上司告诉过他们，南京有许多欧美国家的使馆，不要轻易触犯他们，以免引起外交纠纷。所以，在西洋人面前，他们要规矩一些。

只见郑主任用日语说道："尊敬的魏特琳小姐，请！"这是有意说给日本人听的。

东东和沈阳也下了吉普车，跑了过去，一左一右搀扶着魏特琳，这也是郑主任安排的，目的是让日本人注意这位西洋女士是有身份的人，让他们不要轻举妄动。

郑至安的目的达到了，日本兵果然没有做出任何动作，只是懵懵懂懂地站在那里。

梅奇牧师悄悄地问魏特琳："怎么办？"

魏特琳大声地说："把难民全部接到金女大。"

日本兵听不懂英语，郑主任把她的话翻成了日语："魏特琳女士吩咐，这批中国难民归南京安全区国际委员会管，现在决定，把他们送到安全区。”

魏特琳又指示：“沈阳、东东，把美国旗和安全区的旗子交给难民。”

早就制作好的纸质旗子从小轿车的后备厢中取了出来，梅奇牧师、东东、沈阳把它们分发给难民们。

魏特琳继续说话：“郑主任，你坐那辆轿车，在前面开道。德本康夫人，你乘坐吉普在后面压阵。沈阳和东东带领难民手拉手前进，保证没有一个人掉队。”

梅奇牧师和德本康夫人齐声问：“你呢？”

魏特琳：“我和郑主任坐开道车！”随即，她下令出发，便登上了首车，坐到副驾驶的位置上。此时的她，宛如一位在战场上指挥千军万马的大将军。

汽车发动了，日本人却呆立在一边，眼睁睁地看着到手的“猎物”被两个西洋女人救走了。

一路之上，到处都有被日本人杀害的男女老少，魏特琳只能抬起头来仰望天空，不忍心去看遍布南京的人间地狱。

走在开道车后面的妇女们，紧张地跨过横躺在路中央的遇难者的尸体，孩子们吓得大哭大叫，做母亲的只好用手捂着孩子的眼睛前行。

这支难民队伍行进的时候，日本兵正在南京实施着惨绝人寰的暴行。

在新街口，几个日军围着一位中国姑娘，只听姑娘的号叫声：“你们这些狗强盗，你们不得好死！”然而，日本鬼子的奸笑掩住了姑娘的哀鸣，不幸的姑娘呀！羊入虎口，你怎么能逃得出这班畜生的蹂躏！

转过弯去，一个日军正在追赶一位老者，日本兵端起了步枪“砰”的一声，老者应声倒地，日军跑到近前将老者的遗体翻了个身，从老者怀中掏出一块金表，打开表壳听了听秒针走动的声音，揣在怀中。他的肩头，还挎着一个包袱，也是从这位老者家中抢来的细软。

山西路口，一队已被解除武装的中国军人大约有四十人，站在山西路正中的圆盘边，路旁站着几个日军，只见一个少佐模样的军官将手中指挥刀一挥，端着机枪的士兵便一阵扫射，中国兵士应声倒地，他们的鲜血淌了一街。

这里有一个被炸飞了头颅和双腿的市民，那边有一个被剖开胸膛的女子，她的肚子里还有一个未出生的婴儿。

一间店铺的大门被炸得一片狼藉，十几个日军从店铺内陆续出来，他们有的肩头扛着整箱的肥皂，有的背着成袋的白糖，有的将香烟、洋烛、火柴作为“战利品”……他们见什么抢什么，在走出店门时，又放了一把火，这座商铺立刻便被大火吞没。这批鬼子见走过来一批妇女，正欲拦下她们，但其中一个鬼子看到开道车上插有美国国旗，便示意他们不要动手。这批杀人不眨眼的魔鬼，只好站在一旁了。

这支难民队伍走到山西路口，遇上了那批枪杀中国军人的日军，他们看到远远过来的难民队伍，便排成一行拦住去路。只听那个少佐在大声吼叫：“停车、停车，不停车我们就要开枪了！”

郑主任告诉魏特琳：“他们要我们停车。”魏特琳：“好！我倒要看看他们还要耍什么伎俩。”

开道车停下，队伍受阻。

那个少佐举着枪跑过来：“下车！”

魏特琳下车，大声地问：“为什么要挡我们的道？”郑主任立刻翻译成日文。

这个少佐见状，意识到碰上了难缠的对象，但仍不愿示弱：“你们不知道皇军的戒严令吗？”语气十分傲慢。

“皇军？”魏特琳针锋相对，“你们有什么权利管制美国公民，你们懂不懂国际法的有关条文？”

这个少佐听了郑主任的翻译后：“什么美国人、国际法，你们如果不服从皇军的命令，我会立刻逮捕你们。”

魏特琳用一声冷笑来表示对这伙日军的轻蔑，然后说："胆量不小啊！你们知道吗，因为你们对美国的无礼行为，你们的近卫首相，近日特地向我们美国总统罗斯福先生道了歉，你们还想让近卫首相再道歉一次吗？”

原来，魏特琳已在一份日文报纸上看到了近卫的道歉声明，正巧这份报纸放在车子上，郑主任忙取来递给魏特琳。

魏特琳没有接，对郑主任说：“让少佐先生看，也许他可以从这份声明中学到点什么！”

少佐瞄了一眼，勉强向魏特琳敬了个礼，表示了歉意。他将手一挥，挡着道的日军让开了路。

魏特琳说：“走！”却没有上车，她对郑至安说：“我到后面看看。”

不料开道车刚启动马达，魏特琳才迈开步子，那个少佐却挡住了后面的队伍，日军再次排成一列，把开道车与大队人马隔离开来。

魏特琳责问他："你这又是为什么？"

没有了翻译，这个少佐听不懂魏特琳的问话，继续说道："美国人，可以走，中国人，通通留下，我们要逮捕他们。"

郑主任挤了过来，把这个少佐的话翻译给魏特琳，她勃然大怒地说："什么！你敢扣押美国金女大的难民？他们现在受到国际委员会的保护，我倒要看，谁敢动他们一个指头！"

难民队伍中有人沉不住气了："这可怎么办？救苦救难的观世音菩萨，快救救我们呀！"东东劝慰大家说："放心吧，华小姐就是观世音，她一定想出法子救你们的。"

就在这个时候，一辆黑色大奔驰轿车急驶而来，在日军前面一个刹车停了下来。轿车上插着一面德国国旗和国际安全区的标志旗。

车门打开，从车里走出了身材魁梧的德国人拉贝，那个少佐和日军见了觉得来者不善，但又不能主动挑战，毕竟德国是日本的盟友嘛。

拉贝很有高级长官的派头，他没有拿下双手戴着的白手套，右手握着一根拐杖，一步一步踱到少佐面前，将手杖指向他问道："你叫什么？"郑主任忙翻日文。

这个少佐竟毕恭毕敬地说："山口又文。"

"哦，山口少佐。"拉贝吩咐郑主任，"告诉他，我是德国人拉贝！"

这位少佐来了一个立正："是拉贝先生，失敬了！"

他的上级曾传达过日本驻华大使馆的通知，如果碰到一个南京安全区国际委员会叫拉贝的主席，千万不要得罪他，必须以礼相待，所以山口少佐才对他这么恭敬。

拉贝：“你在阻拦我的朋友。”语气生硬而严厉。

“不，不是！”山口听了郑主任的翻译，连忙解释，“我是奉命戒严，抓捕支那人！”

拉贝指着沈阳和东东手中的标志旗问：“你没有看见我们国际安全区的标志吗？”

山口申明说：“我是在执行皇军司令部的命令。”

拉贝这时下命令了：“请你向你的司令部报告，我，德国人拉贝，请你们松井石根大将、朝香宫鸠彦王司令长官，马上到我们德国大使馆来谈谈。”语气居高临下。

少佐当然知道拉贝提到的这些日军高级将领的显赫地位，连连说：“是！是！”还不住地敬礼。

拉贝又一个一个地巡视所有日军，他们见自己带队的少佐对这个德国人如此恭敬，也纷纷地敬了持枪礼。

这时，山口少佐命令日军：“立正！向右看齐，开步走！”尽管嘴里低声骂了句“巴格牙鲁”，但还是知趣地离开了现场。

拉贝转过身来，到魏特琳面前，抚慰地说：“你们受惊了！”

魏特琳伸出手去，拉贝忙褪下右手的白手套，与魏特琳紧紧握手，魏特琳发自内心地说：“拉贝先生，谢谢你！”

拉贝先生："请！"让这支难民队伍迅速离开，他则两手一背，叉开双腿，像一位将军检阅部队似的让难民在自己面前通过。

魏特琳没有再上车，她发现一个小姑娘弯着腰在系鞋上的鞋带，好半天才系上，她掉队了。魏特琳见状赶紧跑过去警告她说："你绝对不可以掉队离群。"拉着她进入队伍，将她的手递到另一个妇女手里，为的是大家紧紧把手拉在一起，不至于被人冲散。

魏特琳见这个小姑娘长得很秀气，问道："你从哪里来的？"

这个姑娘刚才已经很惊奇，这个洋女士说的南京话很好听啊，现在有了交流的机会，便答道："我从昆山一路上逃难过来的，走了十多天终于到南京，没有想到又碰到了鬼子。"

魏特琳打破砂锅问到底："你叫什么名字？"

"我姓吴，叫燕子。"怕这位洋女士听不懂，她伸开了双臂做着鸟儿飞翔的动作，"燕子，明白吗？"

魏特琳笑着说："知道，在屋檐下做巢的燕子。"突然，她发现了燕子胸前别着一枚校徽，感到眼前一亮，"你是合肥女子中学的？"

燕子点点头："我们这个教会学校也停课了！我们担心鬼子的铁蹄践踏我们神圣的学堂！"

魏特琳："别发愁，学校会受到当地教会保护的，你们也一定可以重新回到学校读书的。现在，你就在南京读一下这里的社会学校，读一读在教科书上还未写过的日本军国主义的大东亚圣战造成的后果，把悲伤和仇恨化成消灭日本法西斯的力量吧！"

燕子对魏特琳很有好感，她说：“你也是一位洋女士，您可能不知道，俺安徽合肥女子中学也有一位传奇人物，一位洋女士哩！她创办了安徽全省第一所女子中学。你听说过这个人吗？她叫明妮·魏特琳。”

魏特琳只“噢”了一声，没有说什么。远远地，她看到了金女大校门口，已经有不少人守候在那里，等待这支妇女大军的到来，她急步向前走去。

守候在门口的是胡嫂等一批老难民以及纠察队、警卫队的队员。

胡嫂等跑出门来，大声地叫着：“受尽苦难的姐妹们，欢迎你们！”“你们到了这里就安全了！”有的拉着新难民的手，“一路上受苦了，快进来，先去办公室登个记。”

燕子见状十分欢喜，她指着魏特琳告诉胡嫂他们：“这个美国人是位外交官吧，真棒！她三下五除二，就把来抓我们的小鬼子制住了！”

一旁的孙瑞芬告诉燕子：“她不是外交官，她是我们金女大的代理校长！”

燕子：“啊呀！我，我……”想说“我小瞧了她”又觉得不妥，便没有往下说。

孙瑞芬忽然发现了燕子胸前的校徽，点着她的小鼻子：“我，我什么？她就是创办了你们合肥女中的华校长呀！”

“你说什么？华群华校长还在中国？”燕子兴奋得跳起来。

孙瑞芬对魏特琳说：“你看你这位高足。”

魏特琳过去将燕子拥入怀中。燕子口里喃喃地说：“华校长，我见到你了！”流下了热泪。

魏特琳不住地拍着她的背：“到了这里，就是到了家了，孩子，快，快到郑主任那里登个记。”

大家排着队，挨个儿在登记簿上留下了自己的姓名、年龄和籍贯等情况，便被纠察队员领到宿舍。

× × ×

四百多名妇女和儿童得到了安置，获得了安全，但日军在南京已持续了多日的血腥屠杀，仍未停止。

为了向国际社会揭露日军在南京的暴行，拉贝找到了金陵大学的教授贝兹博士，希望他帮助撰写一个报道。贝兹博士引用了一句中国话说：“耳听为虚，眼见为实。如果没有亲眼见到事实，不但写不出什么东西，就是勉强写出来，也不会感动人心的。”他在中国多年，是位中国通，说话的时候喜欢引用中国的谚语和成语。

拉贝说：“完全同意您的见解，不过，南京城在日本人的铁蹄下，他们到处杀人、放火。我是不怕他们的，但我担心您的安全……”

贝兹不以为然：“你以为我是胆小鬼，不，我不但可以做到处变不惊，而且我一定要入虎穴，得虎子，把真实的南京，在日本铁蹄践踏下的南京，告诉所有的反对法西斯主义的人士！但是，文字的力量还是有局限的，如果有人将日军暴行用摄影机记录下来，那这个报道就会产生更巨大的作用。”

拉贝笑着拍手，也用了一句中国成语：“英雄所见略同。我已请了梅奇牧师将我们的所见所闻，用摄影机记录下来，他愉快地接受了。”

贝兹高兴地说：“既然如此，那就事不宜迟。”

拉贝接茬儿：“爽快，今日下午如何？如果你同意，我就去约梅奇牧师。”

贝兹点头应允。

他们三人在当天下午，从拉贝别墅出发了。拉贝驾驶着那辆大奔驰，贝兹为了观察方便坐在副驾驶座上，梅奇在后座，窗帘可以起隐蔽作用，帮他随时用摄影机拍下必须记录的场景，马路上的人还不容易发现他。

在转弯上了中山路后，种种惨绝人寰的景象一桩桩呈现在他们眼前。驾驶着车的拉贝，一声也不吭地沉默着，贝兹博士板着脸，但掩盖不住他内心的愤慨，梅奇牧师端着手提小型埃姆摄影机，拨开窗帘的一角，不断拍摄那些骇人的、血腥的场面。

他们看到并记录下。

几辆满载着中国战俘的军车驰过，中国军人不断高呼：“打倒日本帝国主义！”“抗议日军的暴行！”有辆军车上，还响起了“大刀，向鬼子们的头上砍去……”的歌声。

押车的日军用刺刀戳、用枪托打，但制止不了中国军人的抗日歌声和口号声。

两个日本兵拖拽着一名年轻的中国女子，那女子怒骂：“强盗！”“日本小鬼子你们不得好死！”但在日军的狞笑声中，被拉下身上的棉袍……

日军在追赶一对老年夫妇，开枪把老头打倒，老太俯身哭叫：“孩子他爹，孩子他爹！”被赶来的日军用刺刀刺杀在老头的尸体上，他俩双双遇难了！

马路上到处是中国军民的尸体，鲜血染红了整条马路，这些遇难的同胞，有的身首异处，有的浑身都被日军刺刀刺过，还有一个五六岁的儿童，死在妈妈的怀中，妈妈也已遇难。

几个日军，从一家商铺门内走出，他们手拎、腰挎、肩背着抢来的东西。只见一个日军将一桶汽油泼在商店门上，又点起了一把火，这间商铺便燃烧起来。

一个住宅前，几个日军口中骂着“巴格牙鲁”，用枪打砸开了大门。

几个日军，围着一个中年男子，先把他打倒在地，然后剁了他的手臂，从血淋淋的手腕上取下手表，并开枪把他打死。

几个日军从一个居民家中，拉出一个满脸涂了锅灰的女子，狞笑着说：“花姑娘，你往哪儿逃！”

又有两辆卡车驶过来，车上满载着被捆绑着的中国女子……

这一切，都被梅奇牧师用35毫米的胶片记录下来，后来，成为施行南京大屠杀的日本战犯的重要罪证。

拉贝开着车子来到日本驻中国大使馆前，他要以耳闻目睹的事实，来责问日驻华大使。

汽车在门前停下，但两个站岗的日军用枪阻拦拉贝等进入。

拉贝正要发怒，门内传出笑声，问道：“是哪位贵客光临呀？”说话的是大使馆参赞井上，他的英语说得十分流利。一见拉贝，他马上躬身致意：“原来是拉贝先生，欢迎欢迎！”

拉贝等人进入大门，迈进客厅。

大厅正中，两面像红膏药贴在白布上的日本国旗陪伴着裕仁天皇肖像，但显得不伦不类的是，在裕仁肖像的对面，却悬了一幅孔夫子的画像。

拉贝坐下后，便问：“大使阁下呢？”

井上说：“十分抱歉，大使先生被军方找去了。”其实，大使就在楼上，他得知拉贝要来的消息，知道这个德国佬很难缠，便采取了避而不见的策略，派了井上参赞来应付。

拉贝一语道破：“大概是不愿见我这个老朋友吧！”

井上不免有点尴尬：“怎么会呢？”但转瞬就恢复了常态，“你是西门子公司的大老板，又是我们的老朋友，我们是不敢怠慢你的……”

“井上先生，老朋友现在变成新对手了！”

“不，老朋友依然是老朋友……”井上是个老谋深算的家伙，他感到拉贝这次来者不善，所以用拉关系的办法来缓和气氛。

梅奇牧师已经对井上的外交辞令和虚伪的那一套产生反感，有点沉不住气了：“老朋友？我们已经领教了‘老朋友’的所谓友谊了！”

井上：“梅奇牧师，有话好好说，不要那么激动嘛！”

梅奇反唇相讥：“激动，我能不激动吗？你们的飞机在长江扫射和轰炸了美国和英国的船舰，炸沉了美国的 Panay 号，我们的外交官三死三伤。”他把带来的一份《芝加哥每日新闻》报纸扔在井上面前，“你自己看看。”

报纸上印着“日军炸沉我国船舰，外交人员三死三伤，全美国愤怒，要求日本道歉赔偿”等字样。

这事情，井上已经知道了，他故作姿态地把报纸拿在手中，装着读报的模样，然后说：“误会、误会，完全是误会，近卫首相已经向罗斯福总统和英王乔治六世道了歉。”

梅奇牧师挖苦他：“你们的道歉并不真诚，不过是因为日本需要美国的石油和经济上的支持，才做的姿态而已！”

井上：“请不要怀疑我们的诚意，至于商业上的来往，包括你们供应石油，那是执行我们双方签订的《日美通商条约》中的条款，大家都是尽自己的义务，按条款办事，这很正常嘛！”

一直没有说话的贝兹博士这时突然哈哈大笑起来。

井上不服输：“我们尊敬的金陵大学历史学博士贝兹教授，我哪一点说错了？”

“《日美通商条约》？没有错呀！井上先生是一位知识渊博的外交官，我们要请问：日本是国际上关于陆军法规惯例、交战法及有关规则等相关条约的签约国吗？”

井上愣了一下，马上回答说：“贝兹教授的知识很渊博，不过那只是过去，已经成为历史了。”

“直到现在，这些条约都还有效。”贝兹说，“今天，拉贝先生约我们一起来这儿，就是代表国际社会向你们提出抗议，谴责你们的军队在南京的所作所为，并且要求贵国立即承认安全区国际委员会。你们还应该知会军部，停止日军在南京的暴行。”

这时，拉贝先生见达到了火候，便从皮包里取出抗议书和一份协议，协议明确规定了：日军不得侵犯国际安全区。

拉贝将两份文件递给井上时说：“根据我们的调查，日军第六师团攻进南京的第一天，就集体屠杀了三万两千三百多名中国战俘和脱离了部队的军人，在城内捕杀了一万七千多名无辜男女老少，还闯到我们安全区胡作非为。城外被日军杀害的人还没有统计在内。”

井上不以为然：“言过其实吧？”但因底气不足，说得不那么振振有词了。

拉贝又从皮包里拿出了《纽约时报》和《曼彻斯特报》：“这是美国记者但丁和英国记者提撅利实地采写的报道，看看吧！”

井上色厉内荏：“这纯粹是夸大宣传。”

轮到贝兹来驳斥他了：“日本兵和军官，不但在国际安全区以外胡作非为，还跑到安全区来强暴妇女。在神学院，我的一位朋友亲眼见到十七个日本兵轮奸一个妇女，致使这个不幸的女子在他们的兽行下丧生。在金陵大学的校园里，连一个九岁的女孩和七十六岁的祖母也遭到日军的强暴，禽兽不如呀！”

井上矢口否认：“我从来没有收到过这样的报告，尊敬的贝兹先生，您是一位学者，您可不要听信谣言呀！”

梅奇牧师指着摄影机和照相机："谣言？你们的暴行都在这里，我会公之于世，全世界的人都会看到的。"他愤然站起身子，指着孔子像说，"你们不是尊崇孔子吗？儒家的学术崇尚什么？"

贝兹接过话头说："儒家崇尚仁义，孔子对子路说过，他的志向是'老者安之，朋友信之，少者怀之'。你们在占领南京后所做的一切，不但破坏了中国老者和少者的安宁，残害他们的生命，更是失信于全世界，为一切主张仁义的朋友所不齿！"

梅奇牧师："总有一天，普天下的男女老少都会唾弃你们，你们还有什么资格悬挂孔子画像，你不觉得让孔老夫子面对发动侵略战争的裕仁，是对孔子的一种亵渎吗？我奉劝你们，赶快把孔子像拿下来吧！"

贝兹意犹未尽，他怒气冲冲地说道："我研究历史，历史是公正的，将来有一天我会写一部中日战争史，真实地记录下你们的种种罪行。"他招呼拉贝和梅奇："走，我们走！"

这时电话铃声大作，井上说："慢，请让我接一下电话。"既掩饰了他的尴尬，又想通过听电话的机会，考虑一下如何还击这两个美国人。

电话是从楼上打来的，那个没露面的大使已经知道了楼下发生的唇枪舌剑，不得不向他的部下"电"授机宜了。

井上听电话时，不断地"哈伊、哈伊"，还点头弯腰，在放下电话后问拉贝："拉贝先生，你们不想签安全区协议了？"他在执行大使在电话中的指示哩。

拉贝在客厅门口停步，转过身来，似乎在问井上"你们还想签这个协议吗？”但没有说出口。

井上从拉贝的眼神中看出他的疑问：“这份协议我方还是想签的，不过用你的商场用语，应该‘等价交换’。”

拉贝：“你出什么价，想和我交换什么？”

井上说：“我们想请拉贝先生运用你在南京的人脉，找到发电厂的工程师和工人，把发电机组修复。”

原来，在南京沦陷前，电厂的工人破坏了发电机组，工程技术人员也都纷纷逃离工厂，日军占领了南京，却陷入了无电可用的困境，他们急需电厂恢复运输，能够给他们的军事机器以强大的动力。他们知道这事情不可能用武力来解决，只好求助拉贝了。这当然也是大使对参赞在电话中的指示，而且是按军方的要求，作为紧急事项请大使馆迅速解决的。

拉贝成竹在胸，问井上：“你准备拿什么来交换？”

井上说：“你要保证在 12 月 16 日晚间南京恢复供电，我保证 17 日上午在这份协议书上签字，而且是由我们的大使来签字认可安全区，并且马上会派人将协议书送到你们国际委员会。主席先生，你满意了吧！”

拉贝郑重地说：“你们要言而有信！”

“当然，我们一手交钱，一手交货，但违约是要受处罚的。”他站起身来送客了。

拉贝也随之从沙发上起身，见井上递过来一个信封，问：“这是什么？”

井上说：“一份请柬，12 月 17 日下午 2 时，我们要在国民政府门外的广场上举行南京战役的胜利庆典，到时务必请拉贝先生参加。”

拉贝不置可否，但接过了请柬，当然，他是不想参加的。

× × ×

时间老人不停地向前飞奔，每一天，都有日军继续在南京强暴妇女、烧杀抢掠的纪录。这个纪录从 12 月 16 日晚间直到 17 日的上午，又达到了创纪录的程度。

16 日的午夜，几十辆日本军用卡车停在国民政府门外广场和附近的街道上，上千名全副武装的日军列队站在广场上。

用木头搭成的小方台上，站着七八个日军的高级军官，其中一名就是以谷寿夫为师团长的第六师团的参谋长，此时，只听他用破锣般的嗓音叫嚣着：“……任务大家都清楚了，现在，我宣布师团长谷寿夫的命令……”

话音还未落，就听见日军的皮鞋相碰的声音，全体日军立正听令。

命令声继续：“第十六师和第九师，以中山路为界，十六师负责中山路以西的南京市区，第九师负责中山路以东的城区，分别从不同的方向，在南京全城实行拉网式的清剿……”

日军齐声回应：“哈伊！”

“明天下午，大日本帝国皇军为庆祝占领中国首都南京的辉煌胜利，将举行一次盛大的庆典，我们必须确保司令长官和参加庆典的将领们的安全，这就要提前把一切反抗势力和可疑分子彻底清除掉。这幢大楼附近的街区更是清剿的重点，你们在全城清剿之前，先把这里所有的中国人通通押到江边处置，一只猫狗也不许留！”

日军齐声高呼：“哈伊！”大部分人纷纷登上卡车驰去，一个中队的日军从大楼开始挨家挨户地破门而入，搜捕中国民众。只见，日军的机关枪喷吐出火舌，对着紧闭的民居扫射，许多房内立刻传出惨叫。有的日军押着被捕的民众登上卡车，押送到江边，实施集体枪杀。

在一间民居的厨房内，几个脱了军帽、已经没有了武器的中国军人，听到外面的枪声准备开门转移。但日军破门而入，这几个军人和房东老太立即倒在血泊之中。

从午夜到上午不到十二个小时的时间内，谷寿夫和他的部下竟屠杀了中国军民数万之众，他们双手沾满中国人的鲜血，是永远也洗不干净的，直到抗战胜利后，谷寿夫们虽然伏法，但永远偿还不了欠中国人民的这笔血债。

× × ×

在这次谷寿夫发动的大清剿中，鼓楼医院也深受其害。在日军向医院伸出魔爪之前，威尔逊医生等就为孙仰仙等人的安全而思考对策。当他将自己的忧虑对孙仰仙等讲述时，孙仰仙告诉威尔逊医生说，他们已有对策了。

第二天清晨，南京城仍笼罩在黑幕中时，孙仰仙联络好的几位官兵便开始了行动。

他们换上了便装，悄悄地从后门上了山。孙仰仙对这一带地形比较熟悉，他带领着几个伤已痊愈的同志七拐八拐，顺利地来到金女大的校门前。

王保国正在传达室值班，见几个男子要闯进金女大，便将他们拦住了："弟兄们，虽然你们换了便装，但我知道你们都是军人；这里是妇女儿童的收容所，你们还是找另外的地方避难吧。"

孙仰仙对老王说："我叫孙仰仙，孙瑞芬是我的姐姐，麻烦你通知她一下。"

魏特琳从中央大楼来到花坛前，孙仰仙隔着铁门的栅栏看到了她，大声叫道："华小姐，华群华小姐！"

魏特琳见是孙仰仙，便快步来到大门前。

孙仰仙说："日本人要到鼓楼医院搜查中国军人，我们是化了装逃出来的。姐姐在吗？"

魏特琳："她在办公室，老王，快，让他们进来。"

王保国让孙仰仙等人进了门，但担心地说："华小姐，如果日本鬼子发现金女大有中国军人……"

魏特琳打断了他的话："他们已经负了伤，放下了武器，就不是军人，是伤员。”

这时，有一队日军从马路那边追了过来。

魏特琳：“老王，快领他们去见孙瑞芬，把这几个伤员藏起来。”

老王有些迟疑：“这大门……”他想说大门由谁来守。

魏特琳急了：“这里有我，你们走，快走！我来对付日本人。”

与此同时，花匠邵龙根正在花房里忙活着，他的妻子也正在这里帮忙。他们根据郑主任的要求，将靠东面墙外的花架子上的花盆全部移往西面的花架子上，然后把花架子移开，掀开靠墙的芦席，现出了一个大地窖。他们下了地窖，把散放的空花盆堆放在一边，便露出了一片可容纳十来个人的地方。

邵龙根从上面取来几张芦席，铺在地面上，不但可以让不少人席地而坐，并且可以让他们躺下睡觉了。眼看一切都已弄妥当，便和妻子说：“可以了，我们上去吧！”说着，就沿着木梯往上爬。

这时，孙瑞芬带着弟弟来了，正在问：“老邵，你在吗？”

邵龙根已爬上地面：“在这儿啦！下面我们已经收拾好了。”一见孙瑞芬引着几个人进来，便笑对孙瑞芬说：“这么快，已经有客人来了？”

邵嫂听到他们的话，不急着上来了，在地窖里叫：“孙老师，请他们下来吧！”

孙仰仙紧握着老邵的手：“谢谢！谢谢！”率着他的战友下地窖。

邵嫂见他们陆续下来后，对孙仰仙说：“你们尽管住在这里，无论外面有什么动静，都不要出声。”

孙瑞芬又跟弟弟说："放心住下吧，每日三餐，胡嫂会送到这来的。"

邵嫂说："待会儿，我们会把铺的、盖的给你们送过来。"指指旁边放着的镰刀、锄头："有什么特别要紧的事，就用镰刀敲三下锄头。龙根大部分时间在花房里侍弄花，他会听见的。"

从这天（1937年12月17日）起，孙仰仙就在这地窖内躲藏起来了。他们不知道，他的姐姐和魏特琳等正面对着极大的难题。

郑主任曾经测算过，金女大腾出来的房子，可以收容两千七百五十多位难民。如今，进入金女大的已有四千多人了。

办公室里，学校中的骨干人物正在就这个问题进行严肃的讨论。郑主任指着金女大校舍分布图说："……八号宿舍可以再挤进去一百人，全部校舍通通加起来，顶多也就是四百多，还是我打的如意算盘，可是，还要来的人不是四百而是个未知数呀！我这个如意算盘再也打不下去了呀！"

魏特琳郑重地说："这如意算盘是我们一齐打的，打不下去也要打！"

郑主任："这四千多人已经把我准备的粮食吃掉了五分之一，往后怎么办？"

魏特琳："仁慈的上帝呀，你赐予我们智慧，让我们解决这个难题吧。"

孙瑞芬建议："把午饭改成稀饭，把稀饭中的水分再加多一点，三天的粮食改成五天吃，行不行？"

郑主任："这倒是个好主意……"

魏特琳："只要能维持生命就行，这样做，可以在更长的时间内，让更多的人免除饥饿之苦。"

德本康夫人："让更多的人，你什么意思？难道还要让难民涌进金女大？"

魏特琳："我们不能见死不救呀！"

德本康夫人："我们不应该无节制地让难民涌到金女大，上帝再仁慈也不会给我们变出几座房子和几斤大米来的。"

孙瑞芬："那怎么办？"显得一筹莫展。

郑主任："华小姐，请拉贝先生设法支援，试试看嘛！"

魏特琳虽有点犹豫，但还是踱到电话机旁，拨了电话："拉贝先生吗？魏特琳向您报告，金女大妇女儿童收容所，原计划收容两千名，现在收了四千多名……"

拉贝在电话那头说："好呀，这应该受到褒奖！"

魏特琳："我们不要褒奖，只希望得到国际安全委员会的援助。"

"援助是应该的。"拉贝说，"不过，我们这里的困难可能不比你们小！浙江、江苏、安徽，有二十多万难民，已经涌到安全区了。"

大家一听惊呆了："二十万，这怎么办？"

拉贝在电话中告诉魏特琳："国际委员会的委员们自告奋勇，每一家再收一万人，他们说两个人的地方三个人住，地方就腾出来了。我们不能要求金女大也和他们一样再收一万人，但再收六千恐怕是一定要完成的。”

“我……”魏特琳进退维谷，“我和我的同事们商量一下，再回答您吧。”她刚放下话筒，只见有人满身血迹地跑进来。他是胡老四，已失踪十来天了，胡嫂也来问过几回，大家分析，他可能回了安徽老家。

孙瑞芬问：“你上哪儿啦？胡嫂都快急疯了。”

胡老四说：“那一天，我把华小姐的信送到美国大使馆后，刚出使馆的大门，就碰到了日本兵，我这个拉车的跑得快。他们追不上我就向我开枪，也算是我的运气好，一枪也没打中，眼看小鬼子被我撂在后面很远了，没有想到，对面又来几个小鬼子，我被他们逮住了！”胡老四从郑主任递来的杯中喝了口水，又接着谈他的历险记，他说，“他们把我和一批难民关在下关的一个仓库里，每天押着我们将他们抢来的东西——看样子都是一些古董和其他值钱的东西，还有一箱箱的银洋钱——装运上挂着日本膏药旗的大轮船。日本人还在江边上对上百成千的中国军人用刀砍、用刺刀捅、用机关枪扫，尸首堆成了山呀！他们逼着我们把这些尸首往江里抛，满江的浮尸呀！江水都被血染红了！昨天夜里，在鬼子把我们押回仓库的时候，我趁着小鬼子不注意，悄悄躺在死人堆中，又在身上涂上了血。在人走光了以后，我才爬起身直奔金女大，幸好夜深了，没有再碰上鬼子。”

“你是死里逃生！”魏特琳安慰他，“中国人不是有句话叫‘大难不死，必有后福’吗？老胡，我祝贺你！”

孙瑞芬说：“胡嫂在六号宿舍，快去，用水把身上的血迹洗干净，换一身衣服……”

魏特琳特别关照：“邱奎元在厨房帮厨，你到大厨房吃碗面，暖暖身子，压压惊！”

胡老四：“谢谢华老师。”

魏特琳看着他的背影：“多么残酷啊！”从老胡的身影，她想到了难民们，自语地说：“老胡还可以与胡嫂在一起，有落脚的地方，可那些难民呢？他们能在哪儿？就是睡在露天，睡在草地上，也不能让他们留在安全区的外面，成为日军捕杀的对象！”

这时，邵龙根急匆匆地跑进来，上气不接下气地说:“华……华小姐，门口的老王让，让我向你报……报告，有一队日……日本兵要闯进大……大门，梅奇牧师请你赶……赶快去！”

魏特琳飞奔下楼，直奔校门。

在学校的大门口，日军冲撞着铁门，还有挺轻机枪也正对着大门，他们狂叫着：“巴格牙鲁，快快地开门。”“不开门，死拉死拉的！”

梅奇先生对他们说：“这里是安全区难民营，你们不能进来。”

跑得快的郑主任，还没停步，就把梅奇牧师的话翻译成日语，声音很大，盖过了日本人的狂吠。

日军一名军官对梅奇说：“我们要进去搜查中国军人……”

魏特琳已到达门口，她手挥美国国旗：“这里是美国办的学校，里面只有妇女和儿童，没有中国兵。”

那个军官指挥日军用枪托砸大铁门上那个可供人进出的小门。

魏特琳把小门打开，她用又高又大的身躯堵住了小门，将那面不大的美国国旗放在自己的胸前，义正词严地说：“我们和你们日本大使馆有过协议，这是美国学校，美国在南京的所有产业，都必须得到保护。你们如果一定要进去，就从我的身上，从这面美国国旗上面踩过去！”

听到郑主任翻译的这段话，日本军官看看这个无畏的美国妇女，嘴里骂了一句“巴格牙鲁”，然后下令撤退了。

× × ×

星期日（1937 年 12 月 19 日），日军在南京的暴行并没有因星期天而停止，在校园内可以看到南面和东面空中，都有烈焰和浓浓的黑烟，枪声不断、此起彼伏。

校园西面的小礼拜堂内，坐满了妇女，有的人还带着孩子，邵妻、胡嫂、邱嫂、李大姑娘、东东、沈阳、燕子等都在其中，也夹杂着几位男士，他们是李大个子、邱奎元、胡老四等。

魏特琳手捧圣经主持“主日祷告”。她嘴里念着祷告词：“慈爱的上帝，我们遇到了生死存亡的灾难，我们听到凄惨呼救的哭声。眼泪是心痛的结果，我们看不到前途有多遥远，难熬的苦日子有多无奈！求主耶稣把我们的眼泪装在皮袋里，愿主指引我们涉过流泪谷，将泪水变成甘露的源泉，洒遍人间、覆盖全球，阿门！”

魏特琳起身，走到钢琴前，准备教难民唱诗。

王保国气喘吁吁地跑进来，向坐在末排座上的孙瑞芬报告："两个日本兵来到校门口闹事，他们不但把墙上贴的日本大使馆发布的保护美国财产的公告撕掉了，还不顾纠察队的阻拦，冲进门来了！"

他声音很大，魏特琳听到了。她站起身来，跑到孙瑞芬面前："你带领大家唱诗。老王，我们走！"

两个日本兵已闯进校，吼着："花姑娘，花姑娘！"往五号宿舍大楼跑去，这里住着三百多名女难民。如果让他们找到，后果难料。魏特琳和王保国以百米赛跑的速度猛追他们，一边大声喊叫："站住，你们站住！"

两个日军已跑到五号宿舍门前，里面的女难民们惊恐万状，这两个家伙回头一看，见一位金发碧眼、身材高大的西洋女子狂奔而来，后面还跟着一群年轻男子——沈阳得到消息，领着十多名手持棍棒的纠察队赶来了。

两个日本兵一愣，没能迈进宿舍楼。

魏特琳来到他们面前，指着五号宿舍门口悬着的星条旗警告他们："这里是美国学校，你们出去！"

和沈阳等一起赶来的郑主任翻译成日文。

两个日军见人多势众，进退维谷。

魏特琳语气更严厉："你们胆敢胡作非为，我马上把你们的宪兵叫来！"

郑主任还没翻译完，两个日本兵嘴里说着"哈伊、哈伊"，灰溜溜地走了。

魏特琳等回到了小礼拜堂，总算把这个“做礼拜”的仪式继续下去。

过了一会儿，王保国又来到小礼拜堂，这一回，他手上拿了一封信，对郑主任说：“这是刚才从大门外塞进来的。”郑主任见信封的上面写有南京金陵女子学校，当中是魏特琳女士亲收，下首是一个基督徒，沉吟道：“这是一封什么样的信呢？”

等到仪式结束，做礼拜的人都散去后，郑主任将这封信交给了魏特琳，还说了一句：“不知道这葫芦里卖的是什么药。”

魏特琳打开信封，从中抽出一份报纸来，见是日文，忙交给郑主任：“是日文报纸，请你帮我们将内容翻译一下。”

这时，孙瑞芬、德本康夫人、东东、沈阳等也围了过来，想听个究竟。

郑主任说：“这是一份前几天出版的《日日新闻》。”指着日本裕仁天皇的大幅照片和头版上的大字标题，翻译成中文说，“这标题写的是：裕仁天皇昭告天下，松井石根战功赫赫，彪炳千秋。他妈的，杀人魔鬼遗臭万年，还彪炳千秋哩！做梦！”

魏特琳：“他是双手沾满鲜血的刽子手，但在裕仁天皇嘴里却成了英雄，他们是一丘之貉！”

郑主任愤愤然地说：“丧尽天良，猪狗不如呀！”

大家纷纷问：“还有什么？读给大家听听！”

郑主任指着报纸上的照片，只见两个全副武装的日本军官，手拄指挥刀，威风凛凛地被他们的战地记者拍摄了下来，并刊载于报纸的头版。

大家不解地问："这两个家伙是什么人？"

郑主任："两个罪恶滔天的魔鬼，一个叫野田岩，他是日军第十六师团富山大队的副官；另一个叫向井敏明，是炮兵小队长。他们在南京的紫金山下比赛杀人，还美其名曰"百人斩"！他们一个杀死了一百零五个中国人，另一个杀了一百零六人。他们比赛的目标，是谁先杀死一百五十个中国人。"

魏特琳愤怒至极点："最最野蛮、最最残酷的野兽！"

"畜生！"郑主任两眼流泪，"还有比这更凶残的吗？上帝呀！你就这样眼睁睁地看着这些刽子手胡作非为吗？"

沈阳等愤怒了："血海深仇呀！此仇不报，枉为中国人！"

魏特琳："这个基督徒，冒险把这份报纸寄给我们，他是上帝的信徒、正义的使者，代表信奉上帝的人向我们揭露真相，我们要注意一下，他到底是谁？"她想了一下，又说，"把这张报纸送给拉贝先生。"

沈阳说："我马上派人送去。"

拉贝接到这份报纸，只读了一半就看不下去。他怒冲冲地奔向车库，开上那辆大奔驰，便以最快的速度驶向日本大使馆。

他刚进门，便大声问："井上，井上你在哪里？你在哪里？！"

井上听到他气呼呼的吼声，听出他内心的愤怒，便不敢怠慢地应道："我在，拉贝先生，请在客厅坐，我就来，我就来。"

拉贝见井上来到客厅，把报纸扔给他："你自己看吧！"大使馆的翻译把他的话翻译成日文。

井上扫了一眼报纸，和没事一般：“您就为这事？”

拉贝怒目圆睁：“国际法不允许任意杀害俘虏，更不允许杀害平民，你们是怎么做的？”

井上：“这有什么值得大惊小怪的，两国交战，以消灭对方的人数作为战果，我们英勇的战士，发扬武士道精神，力求更多地消灭敌人，这有什么不对？我们褒扬这种精神，正是为了迫使蒋介石政府放下武器，他们如果这样做，中国人就会死得少一些，这就是我们的人道主义观……”

拉贝：“强盗逻辑，你可以讲点人话吗？”

井上不屑地说：“我讲的都是人话，你们德国人，也好好地审视一下自己吧，你们是如何对待犹太人的，你们在建造的那些集中营里，把成批的犹太人驱赶进焚尸炉中，把活生生的人变成了灰烬，剥夺了他们生的权利，我说的这些也是强盗逻辑吗？”

拉贝：“那是法西斯分子干的！”

井上：“他们难道不是德国人吗？”

拉贝一时语塞。

井上见状更来劲了：“犹太人、支那人，他们都是劣等民族。他们每个人活着，就要吃掉很多粮食，让地球难以负担，威胁到我们优秀的民族——大和民族和日耳曼民族的高贵的子民的生存，如果可以把他们消灭掉一半，我们岂不是为全世界做了一件好事，你这位日耳曼的子孙，难道体会不了你们的元首正在做与我们同样的好事吗？”

拉贝从井上的话中获得一个全新的认识：“我知道了，你们制造断瓦残垣、一片废墟的城市，制造遍地荒芜、生命绝迹的农村，就是你们想要的那个‘支那’，就是你们的‘王道乐土’和‘大东亚共荣’。可是，你们知道吗？那剩下来的一半，那两万万中国人就会俯首听命吗？”说到这里，他霍地站起身来，连一句“再见”也没说，就愤然离开了。

望着他背影的井上，倒是记住了他最后的那句话，有点不寒而栗了。两万万呀，比日本人要多得多。

井上在想到两亿中国人时，有些吃惊，但他们那些深受军方煽动宣传中国“排日”“侮日”教育的士兵，怀着对中国人的憎恶，个个成了狂热的杀人机器。今天，他们来到军部十分仇视的国际安全区挑衅了，而且，首先来到了金女大，他们的长官告诉他们：这里花姑娘大大地有，去吧，去占有她们吧。

魏特琳正在办公室里用早餐，她与德本康夫人面前各有一大碗稀粥，清汤寡水的，没有多少米。她不禁叹了口气，说：“这个稀粥，能够让难民们吃饱肚子吗？”

德本康夫人忧心忡忡：“我们的存粮，虽然可以让难民们熬过冬天，但只能是这样的稀粥。往后的日子长着呢，我们怎么办？”

魏特琳感到了压力：“是啊！”

老王慌慌张张地跑过来：“华小姐，鬼子冲了进来，把郑主任他们抓了！”

“走！”魏特琳拉着德本康夫人下了楼，来到大门口。

十来个日本人将郑主任等十来个人团团围住，用刺刀逼着他们下跪，不远处，几个鬼子押着孙瑞芬过来。

魏特琳拔开鬼子，走到郑主任等身边。

日军小头目问："谁是学校的负责人？"

在日军随军翻译译成英文后，魏特琳说："我！"说的是中文，让日军十分诧异。

这个小头目指着跪在地上的人："他们是什么人？"

魏特琳："我们学校的员工呀！"语气中显出了她的不耐烦。

日军小头目说："不，他们是逃兵！"

魏特琳："不是逃兵！"她一把拉起郑主任："凭什么给他们下跪？"转脸对这个小头目："他是大美国学校的教务处主任，他会几国语言，能是逃兵吗？"

郑主任随即用日文翻译了魏特琳的话。

魏特琳："起来，你们都起来！"

郑主任随着用日语指认："这位是园丁，他是传达，这位是清洁工……"

日军小头目，举手打了郑主任一个耳光，同时怒斥道："巴格牙鲁，你的良心大大地坏了！"

这时，魏特琳发现，另一队日军押着三十多个女难民——她们个个被捆绑着——走了过来，那个叫燕子的姑娘也在其中。这些妇女挣扎着，有的痛骂日本人："你们这些强盗，都是挨炮子儿的。"有的人哭叫：

“救命！”有的挣扎着：“我跟你们拼了。”

东东等人领了一群身强力壮的女难民追了过来：“这里是安全区，不许抓难民。”

几个日本兵停步，手中三八大盖上的刺刀在阳光下闪闪发光，东东等也寸步不让，与他们对峙着。

燕子姑娘猛地冲向一个日军，用头撞向鬼子的腹部，这家伙应声倒地，燕子用力过猛，也未能停住脚步。

另一个日军从侧旁用刺刀刺向燕子。

东东转身想援救燕子，却被一个鬼子用刺刀逼住，难以向前。

两个日军用刺刀连连向燕子刺去。

魏特琳发出怒吼：“住手！”她和一起来助阵的威尔逊医生、梅奇牧师、贝兹教授、德本康夫人等一群洋人奔过来，挟持着女难民的日军眼见洋人们人多势众，押着三十多位女难民快步离去。

倒地的燕子胸部血流如注，已经休克。威尔逊医生忙给她包扎：“孩子，忍住痛，你会没事的！”

昏过去的燕子似乎听到了魏特琳亲切的声音，睁开了眼，叫了一声：“华校长！”又哆哆嗦嗦地从内衣袋里取出一个牛皮纸袋，“这是两百多张照片，一个日军到我家开的照相馆中冲印，我爸爸看到照片上都是日本小鬼子在中国烧杀抢掠和强暴妇女的罪行，就多印了一份，让我藏在身上，到时候就交给靠得住的人。”将这袋照片交给魏特琳，它便又昏过去了。

魏特琳扶住燕子的身子："燕子，你要挺住，我们会想尽一切办法救你！"

燕子在昏迷中断断续续地说："我，合肥女中……华校长……我爸是被日本鬼子用大刀劈死的……替我爸把……把照片……公之于世吧！"她似乎用生命的全部力量，才把想说的话说完，话刚说了出来，又昏迷过去，再也没醒来。一个花样年华的少女，就被日军用刺刀夺走了她生的权利。

魏特琳搂住燕子："燕子，你醒醒……"

燕子无言，双目微张，但已失去光彩，呼吸也停止了。

魏特琳帮她合起双眼，她心中说道："你是死不瞑目呀！"便哭出声来，号叫着："燕子呀！燕子！"

在场的人，无不义愤填膺，这时，王保国又来报告："有两个鬼子闯进了二号楼！"

魏特琳带着几个警卫队队员冲进了二号楼，见一个日军持枪在女厕所门口，他还背着另一支枪。

厕所内，一个日军将一个妇女按倒在地，企图施暴。魏特琳冲了进去，踢了这个日军一脚，大骂："你们还算人吗？你们是一群不知羞耻的畜生！"

这个日军被魏特琳的气势镇住了，拉着裤子就要往外逃。但他逃不掉了，王保国和几个青年男子一把将这个鬼子按倒在地，卡住这个企图狂叫的鬼子。

他们在女厕所外先解决了那个拿枪的鬼子，现在，另一个鬼子也报销了。

王保国用脚踢了两下，见这个鬼子不动弹了，便对一齐来的人说："先把尸首和枪弄到地窖里藏起来，晚上，再悄悄处理掉。"

魏特琳扶起惊魂未定的那个妇女，原来是邱嫂，她抱着魏特琳放声大哭起来，真是百感交集。她没有受到日军的凌辱，躲过了一劫，犹如死而复生！

当天晚上，王保国等人从地窖中将两具日军尸体抬走，悄悄地埋在院墙外的南山上了。而地窖中陪着尸体度过了半天的孙仰仙等，虽然面对小鬼子的尸体感到恶心，但送上门来的两支步枪和装满子弹的弹匣以及两套军服，却可能会派上用场的。说动手就动手，便将两套军服从尸体上剥了下来。孙仰仙欣赏着手中明晃晃的刺刀，高兴地对同伴们轻声哼唱着"大刀，向鬼子们的头上砍去"，但改了词儿，成了"刺刀，向鬼子们的胸膛刺去"，大伙也呼应起来，惹得正在花房内拾掇的邵龙根拨开芦席说："小声点，小声点！"

与此同时，在宿舍中的魏特琳，回忆着白天发生的一切，取出牛皮纸袋里的照片，一张张地看着，接着，在打字机上写下了她的心声。

这是恶魔们的自供，他们犯下的罪行，世所罕见，他们将在末日的审判中得到应有的惩罚……

“上帝呀！在这个暗无天日的时候，我还能为中国人做些什么？”这时，一个念头从她的脑海中产生了：她要当面斥责日本人的兽行。

我们要感谢她给后人留下的日记，正是这些日记中真实记录下的材料，让日本人在南京大屠杀中犯下的滔天罪行难以遁形，也揭示了一个美国公民爱憎分明的内心世界，使我们读了她的记述后，对这个美国女性产生了发自内心的崇敬。

× × ×

这天下午，魏特琳来到了日本大使馆。接待这位不速之客的仍然是井上，大使又一次回避了。

魏特琳没有理睬井上的问候，便气冲冲地从手提包中取出燕子留下的那个牛皮纸口袋：“井上先生，先别做任何辩解，看看吧！”

井上十分不情愿地从纸口袋中取出照片，一张一张地看。未几，他就面色僵硬，十分尴尬了。本想不再看下去，怎奈魏特琳板着面孔看着他，他又不得不硬着头皮往下看。

此时，一张强暴中国妇女的照片出现了，几个日军士兵在一旁嘻嘻哈哈地发出狞笑。魏特琳怒斥道：“这就是你们大日本皇军的忠勇之风！这就是你们宣传的王道乐土！”

井上：“这……”却难以申辩，丢下了照片。

魏特琳：“不敢往下看了？你们日本军人在光天化日之下闯进安全

区，绑架了收容在金女大的三十二位中国女青年，野蛮地杀死了我的学生吴燕子，这就是你们裕仁天皇的皇道？！”

井上嗫嚅着，想说点什么，但没能说出口，他意识到，在这些证据面前，任何解释都是无力和苍白的，不如“免开尊口”了。

魏特琳见他不出一声，继续说：“我严重抗议日军的违法行动，这是我们的抗议书。”她把一个封面上写有“致日本大使馆”、署名为“南京金陵女子文理学院代校长、国际安全区妇女儿童收容所所长魏特琳”、信封当中赫然用较大字体写有“抗议书”三个字的抗议书交给了井上。她又说：“另外，还有一份三十二名被绑架妇女的名单，也一并交给你。”

井上接过了抗议书和名单准备站起身来送客了，不料魏特琳还有话说。

她一字一句地：“我们强烈要求日方立即释放被绑架的难民，严惩杀害吴燕子姑娘的凶手！”

在井上看来，这个魏特琳原来是个不好对付的洋婆子，上次已经领教过了，但这次更加咄咄逼人了。为了变被动为主动，他招呼一个穿着和服的侍女送上茶来，试图缓和一下气氛，以关心的口气问魏特琳：“那两个杀死吴燕子的日军士兵叫什么名字？”

魏特琳没有想到对方有这么一问，当然说不出来。

井上又问：“绑架了女青年的，是哪个部队的？你知道部队的番号吗？”

魏特琳猛地站起身来：“井上先生，这样的问题亏你说得出口！”

“不，我是要命令负有责任的部队查找这些士兵，即使大海捞针，我也要把您在抗议书中提出的问题查个水落石出，我们大日本政府是个尊重国际安全区的政府。”说着让一名工作人员拿来几张布告，告诉魏特琳：“这是大使馆出的布告，严禁有军人违纪和肇事，你回去后贴在金女大门口，一定可以高枕无忧了。”

魏特琳看了这个布告，上面写着日文，当然一个字也看不懂。

井上进一步安抚她：“相信日本大使馆的权威吧！”并转了口气说，“为了保证南京市民的安全和合法的居留身份，我们决定进行市民登记，给每个人颁发一张安居证。大家拿着安居证，就是和平的居民，可以回家安居乐业，共建东亚的和平与繁荣。”

魏特琳心中想起一句话：“说的比唱的还好听。”

井上并没有察觉，挑拨地说：“我要忠告您，拉贝是靠不住的，您应该依靠我们，这才是长久之计。”停了一下，又补充说，“妇女登记站就设在你们金女大吧。”

当翻译把井上的话翻成英语后，魏特琳琢磨井上这些话的弦外之音，她问自己：“这家伙到底怀着什么鬼胎？”但并没有琢磨透。

× × ×

登记站果然设在了金女大。

放着“安居证登记站”木牌子的长条桌后面，两个日本大使馆人员正在给排队的妇女登记领证，条桌的两边，各站着一个持枪日军。

日军还放了两个流动哨，大概是防止袭击吧，他们在排队的妇女身边来回走动，色眯眯地看着这些姑娘。其中一个来到一位年轻貌美的姑娘面前动手动脚，这个姑娘愤而离开队伍。另一个日军竟然手持画笔，在一位中年妇女脸上乱涂乱画，她大声叫着抗议，队伍出现骚动，有的人叫道："姐妹们，回吧，不登记了。""要这个劳什子'安居证'做啥？日本人哪一天让我们安居过？"

条桌旁边的日本兵嘴里骂着"巴格牙鲁"，冲向骚动的队伍。

魏特琳向这两个日军大声呵斥道："你们想干什么？！"

日军见状，想跑过来威胁魏特琳，但被刚走过来的一个青年军官制止了。

这位日军青年军官向魏特琳立正、敬礼，然后用英语说："对不起，我为我的部下的无礼，向您道歉！"

魏特琳有些诧异。

这青年军官继续说："我有两个亲人，都是中国人，一个是我的妻子，一个是我的岳母，我被征入伍后部队开赴浙江，我和她们失去了联系，我刚打听到她们的下落，就在这队伍中登记领证呢。"说着把他的岳母和妻子都指认给魏特琳并接着说，"是金女大帮助她们免遭我们那些反人道的同伴的侵犯，谢谢了！"

这真是一桩奇事，连日本军人也保护不了自己的亲属，反倒来求这位洋人了，因为他如果公开了与中国人结亲，他就会遭到同伴的歧视和唾弃。当然，胸怀博大的魏特琳，并不因为她们是日本军人的亲属而歧视她们，后来，在金女大收容所，她俩一直得到魏特琳的关心和照顾。

× × ×

回过头来再说藏在地窖里的孙仰仙，这时他正在听东东讲述吴燕子的遇难经过，东东的声音逐渐低沉：“……燕子姑娘死了，她把父亲冒着生命危险藏着的记录着日本鬼子各种暴行的照片保留下来了。”

孙仰仙：“这些照片不但浸染着那些遇难者的鲜血，也包含了燕子和她父亲不屈的灵魂。”

听到孙仰仙的话，几个人都站立起来，高举右臂，像宣誓似的：“此仇不报，誓不为人！”有的对孙仰仙说：“孙军医，弟兄们准备跟着你，找部队去！”

孙仰仙：“对，找部队去，这血海深仇一定要报，但时机要选好！”

这时，孙瑞芬气急败坏地下了地窖，哭着说：“张家伯伯托人带来了信，爸爸给日本人的狼狗咬死了，浦东的房子也被鬼子放火烧了。”

孙仰仙惊问：“娘呢？”

孙瑞芬哭得更伤心：“妈妈也死在大火中！”

孙仰仙欲哭无泪，咬牙切齿地说：“国恨家仇呀！”转身对孙瑞芬说：“姐，把眼泪擦干，总有一天，我们要和他们把这笔血泪交织的账算清楚，我要背上医药箱，拿着手中枪，跟他们真枪实弹地干一场。”

沈阳要求：“孙先生，把我也带走。”

东东也请求："我也跟你们一道，杀鬼子！"

孙瑞芬："外面都是日军，怎么出得去？"

孙仰仙指着那放在一旁的日军军服："我已经想好了主意。"

大家心领神会了。

那些经过登记、拿到了"安居证"的男女难民，满以为可以回家过那虽有屈辱感，但可恢复农商活动的人，完全失望了。

他们有的回家以后，刚过了一天，就有日本军人冲进他们的家门，男的遭到抓捕，女的备受摧残，家中仅有的一些生活用品和少量钱财也被抢劫一空。很多人家被一把火烧光，还有不少人失去了性命。他们愤怒地控诉："'安居证'，'安居证'，是真正的'杀人证'。"

活路在哪儿？只有再回安全区的收容所了。于是，大量的难民又重新回到安全区，妇女和儿童都奔向金女大，但她们面对的却是端着上了刺刀的步枪、一脸杀气的日本鬼子。

日本兵一边叫骂着："巴格牙鲁，回去，统统回去。""不肯走的，死啦死啦的！"他们嘴里骂着，用枪托、刺刀驱赶着女难民，不准她们进入金女大。

梅奇牧师、贝兹教授、郑主任等陪着魏特琳跑步来到校门口。

胡嫂搀着儿子小顺子，发现魏特琳他们飞奔而来，便大声叫道："华小姐，快救救我们，让我们回金女大收容所吧！"

魏特琳问："怎么回事？"

胡嫂泪流满面："华小姐呀，你要给我们申冤呀！我们拿了'安居证’，刚回到家，孩子他爸就给鬼子抓走了，连房子也被他们烧了，往后俺娘儿俩没法活啦！”

另一个老太太说：“鬼子抓了我的儿子，还强奸了我这个老奶奶！”她跪在地上哀求，“华小姐，让我们回收容所吧……求你发发慈悲，救救我的儿子呀！”

魏特琳扶着这位老太太站了起来，只听另一个女难民也在诉说：“鬼子把我们的难民所封了，可怜我一个从安徽来的孤儿寡母，连藏身活命的地方也没啦！”

日军却不顾她们的哭诉继续驱赶他们，有一个白发苍苍的老太太被她们打倒在地，爬不起来了。

魏特琳大声喝道：“住手！”指着门口日本大使馆的布告说：“这是你们大使馆的布告！”

一个面目狰狞的日军走了过来，一把将布告撕去大半，用枪对着魏特琳。

魏特琳按下日军手中的步枪，梅奇和贝兹也同时用手按下日军的步枪。

鬼子猝不及防，有点手足无措了，他们心中想，这几个洋人是什么人物，不敢造次了。

一个军官模样的家伙，嘴里骂着“巴格牙鲁”，跑过来就打了魏特琳两个巴掌——他没有对两个洋男人动手——柿子拣软的捏。

魏特琳愣在那里。

三四个日军围着郑主任拳打脚踢。

梅奇和贝兹上前制止，大声抗议：“我要控告你们！”“你们是一群野兽！”给郑主任解了围。

那个军官下了个撤退的命令，鬼子在“哈伊！”声中离去。

梅奇和贝兹跑上去安慰魏特琳：“魏特琳小姐，您受惊了！”

魏特琳愤愤地说：“这是对我人格和尊严的亵渎，这是我生平从未碰到过的奇耻大辱。这世上还有公理吗？我要控告他们！”她想，到日本大使馆讨个说法吧，但又觉得和这班日本流氓般的浪人打交道是浪费唇舌，怎么办？在电话中让他们听听我维护正义与公理的声音吧！

她回到办公室，立即拨通了井上的电话，以十分严肃的口吻说：“井上先生，我严正地向你们提出抗议，你们的军队居然跑到安全区，跑到我们金女大来施暴，郑主任和我本人都被你们的兵士殴打，这是对一个美国公民的侮辱，损害了我的尊严，亵渎了我的人格。”

井上在电话那边说：“有这种事？一定是发生了什么误会。”

魏特琳十分生气：“误会？这是你们惯用的托词，抵赖罪行的借口！我要把这个事实公之于众，让国际上的正义人士来声讨你们的恶行！”

井上：“话不要说得这么绝对嘛，魏特琳小姐也不必这么激动嘛！”

魏特琳从座椅上猛地站起身来：“激动？就在我的眼皮底下，那些曾经拿到‘安居证’的人、那些被你们大使馆在布告中郑重申明要保证他们绝对安全的人，不是被抓、被抢、被奸污，就是成了你们的刀下鬼。布告上说得多么冠冕堂皇、信誓旦旦，竟然都是骗人的鬼话，遮掩罪行的障眼法！”

井上：“好了，好了，您的话说得太过分了。”

魏特琳：“过分吗？你们的胡作非为，超过我说的一千倍一万倍。安全区，还有一丁点儿安全吗！”

井上听得很不是滋味，但仍不得不故作镇定：“为了您，为了金女大的安全，我们会派宪兵来保护你们。”搁下了电话，不再理睬魏特琳的严厉呵责。

魏特琳见井上将电话挂断，嘴里恨恨地说：“无耻的家伙，卑鄙的小人！”无可奈何地挂上了电话。

井上那边电话又响了起来，他以为还是魏特琳的来电，便不想再接，但电话铃声不断，他只好拿起话筒：“魏特琳小姐？”不料，电话那头却传出拉贝的声音：“哈罗，井上先生，我是拉贝，不是魏特琳。”

井上马上道歉：“对不起，拉贝先生，我还以为……”

没有等他说完，拉贝便打断了他的话头，声调也高了起来，拉贝在电话中以十分严厉的口吻说：“真没有想到呀，你原来是个言而无信的伪君子！”

拉贝在电话中这么骂井上是有道理的。

按照井上的要求，国际委员会出面做了南京电厂工人和工程师的工作，他们按时修复了南京发电厂，恢复了供电，可是日本军方不仅没有按协议发给他们工资，还把工人们逮捕起来，除了一位工程师和几位工人十分机敏地逃出了牢笼，其他四十二位工友都被日军秘密杀害，让拉贝感到无法向这些遇难工友的家属交代，所以打了个电话来责问井上。

井上听了拉贝的控告，假惺惺地说：“有这种事？让我调查调查。”

拉贝说：“这事你心知肚明，还用得着调查吗？还有，安全区的难民，拿着你们发的‘安居证’回到家中，他们得到了安居吗？”

井上：“这个事……”

拉贝打断了他：“这个事也是不争的事实，你不必再装腔作势了。我警告你，日本人的种种恶行，必将受到国际舆论的谴责！”

井上：“我的老朋友，你太天真了，你也相信什么舆论！”

拉贝更加气愤：“我再次警告你，你们必须立即阻止日军的暴行，释放无辜，惩办凶手，否则……”

井上：“否则？否则怎么样？”口气转为强硬了。

拉贝：“我们国际委员会，会向英、美、法等十多个国家的政府报告，联合向你们日本政府抗议！我也会报告德国元首的。”

“哈哈……”井上在电话中笑出声来，阴阳怪气地说，“我尊敬的拉贝先生，你应该清醒一点，更不要太激动。作为老朋友，我奉劝阁下适可而止，不要深陷泥潭而不能自拔。也许，国际安全区主席拉贝先生的任职时间不会太长了吧……”分明有弦外之音。

井上已经得到拉贝即将去职的情报。在此之前，井上将拉贝在南京所做的、与日本的希望背道而驰的一切，多次向日本政府做了报告，日本当局通过外交途径将这一切以及对拉贝的不满通知了希特勒当局，并申明说如德方不采取措施，将影响两国盟友的关系，德方已郑重考虑日本方面的态度，所以井上可以对拉贝说出这样的话来。

不到一个星期，拉贝将奉命调回国的消息在国际委员会中传开了，魏特琳也在这时病倒了。

她的病虽然只是感冒，但拉贝就要回国的消息让她心中更加郁闷，与病情的加重多少有一点关系。

此时，她躺在宿舍的床上，浑身酸痛而潮热。

孙瑞芬从她口中取出体温表，一看，不由得一惊："三十八点九摄氏度，您发了高烧。"连忙让她把药吃下去，并喂了她一杯水，叹了口气说："您这是急的，急火攻心嘛，也是被日本小鬼子气的……"

魏特琳并不担心自己的病："放心，我扛得住，不需几天就会好的。但是，拉贝先生走后，国际委员会少了根顶梁柱。日本人已发出话来，要强迫解散安全区，而且他们会得寸进尺。现在不是已经封掉收容所的粮站了吗？他们下一步的动作呢？"

孙瑞芬："他们是要困死安全区的所有难民收容所……"

"唉！"魏特琳深深地叹了口气，转念问道，"孙老师，现在还买得到食品和饮料吗？"

孙瑞芬说："对，你应该多喝些饮料让体温降下来……"

魏特琳："不是我需要，我想开个茶话会，给拉贝先生送行。"

孙瑞芬："好！我马上找人去办！"

魏特琳嘱咐她："千万不要到日本商店去买日本货！"

孙瑞芬知道魏特琳的意思，马上说道："中国商店都关门了，但郑主任知道可以从哪儿弄。”

魏特琳：“如果东西不够，把吴校长留给我的香肠和火腿都拿出来，再想办法做些点心。比如，请邱奎元做点酒酿圆子。”

孙瑞芬说：“这个主意好。”

魏特琳又说：“快过年了，能不能借欢送拉贝先生的机会，让收容所的姐妹们和孩子们也包一次素饺子和吃一次汤圆呢？”

孙瑞芬见她如此为难民着想，十分感动地说：“我和郑主任一定会想办法的，您好好休息，好好养病吧，别再为这些事操心了！”说完，为她盖好毛毯，便离开宿舍去办魏特琳嘱咐的那些事了。

这天的夜间，校园内一片漆黑。

病中的魏特琳仍然没有忘掉每天记日记的习惯，今天，她在日记中写的是：“……五台山那边，不断传来枪声，不知又有多少农夫和苦力被他们枪杀，又有多少不幸的妇女遭到他们的强暴……有位西方记者说得对，现在的南京是个活地狱，假如地狱果然存在，经过南京浩劫的人是不会害怕进地狱的了。”

与此同时，正在巡逻的警卫队看到有人翻墙进来，举起手中的棍棒追去，他们大声喊道：“有人跳墙进来了！”“不要让他们逃了！”“快，鬼子进了三号宿舍！”

这声音传到魏特琳的耳中，她猛地站起身子，也不知道哪里来的力气，居然快速地跑下楼去，向着三号宿舍楼飞奔……

三号宿舍楼门口，鬼影幢幢，他们闯进三号楼后，楼内的女难民们便发出惊呼与求救的声音和着日军的号叫:“花姑娘,花姑娘,大大地有!”

东东拽住一个日军和这家伙扭打起来，一个鬼子见状用刺刀捅向东东。

胡嫂奔了过去，一把抓住鬼子的步枪，鬼子未刺到东东。

和鬼子扭打在一起的东东，向胡嫂叫道：“胡嫂，不要管我，你们快走！”

那个鬼子把对着东东的步枪抽出，向胡嫂刺去，胡嫂倒地。

沈阳及警卫队的人飞奔过来，胡老四见状，扑向胡嫂。

只见胡嫂两只愤怒的眼睛对着天空，胸口不断流出鲜血。胡老四哭着叫着：“顺子的妈呀，你死得好惨啊！”转身朝鬼子扑过去。

一声枪响，胡老四倒在妻子的身边，夫妻俩双双遇难了。奔进门的魏特琳见此惨状，昏倒在地上。

日军面对沈阳等几十号人，端着刺刀步步后退，离开了三号楼。楼内一部分人叫着：“华小姐，你怎么样了？”忙着给魏特琳掐人中，扶她坐起来，一部分人口中呼唤着“老四、长顺、胡嫂”，但夫妻俩已毫无反应了。

魏特琳苏醒过来后，与大家一起将胡老四和胡嫂的尸体上的血迹冲洗干净，给他们夫妇俩换上比较整洁的衣裳，放进薄板钉成的棺木中，于第二天下葬了。

坟墓就在学校院外南边的小山坡上，送葬的人们沉默地排列在他俩的墓前，郑主任找了块木板用毛笔写了胡长顺、胡周氏之墓，就是他俩的墓碑了。这时，这对夫妇的遗孤小顺子穿了一身孝服与东东一起跪在墓前，小顺子虽然年幼，但知道爸爸妈妈都死了，在那里大声号啕，叫着："爸爸、妈妈！你们醒过来呀，你们怎么不睁开眼睛看看小顺子哪！"令人听了伤心之至。

东东泣不成声："胡嫂呀，你们夫妻俩是为了救我才被鬼子杀害的呀！"

魏特琳为了哀悼这对善良的夫妇，特地穿起了胡嫂与东东合作为她做的棉袍，又着了胡嫂为她做的绣花鞋。她在胸前画着十字，悲痛地说："万能的上帝呀，你一定清楚地看到日本人是怎样对待无辜的中国人的了。难道你就眼睁睁地看着他们任意制造悲剧而不去加以制止？如果连上帝也无力制止他们的暴行，还有什么力量可以制止他们呢？"

昨天，她以一个孱弱的病躯，为救助三号楼的难民而奋不顾身以致休克。今天，仍然不顾发烧带来的病痛，为胡长顺和胡嫂安葬。但回到了宿舍，她便感到体力不支，躺上床后，似乎再爬不起来了。

魏特琳强忍着病痛，从床前地板上捧起那双胡嫂做的绣花鞋，她似乎看到鞋面上的菊花伸展着花瓣，为她怒放。她用一把刷子刷干净鞋底，又轻轻地用一块毛巾把它包起来，并打开箱子，将鞋子郑重地放在当中。

她的毅力战胜了病魔，她又爬起来写日记了。今天，她通过打字机留下的文字是："……这就是一位没有什么文化的中国妇女和她的十分敦厚的丈夫的优秀品德，他们以自己的殉难告诉人们什么才是民族的脊梁，他们对真理和正义的了解，比那些日本军人高出一百倍，甚至一千倍。一个连自己名字也没有的胡周氏，一个平时被人们忽略了他的名字的胡长顺，就像菊花那样经得起凛冽的寒风和暴雪！傲然屹立，绝不低头。这就是中国人的风骨！我要告诉这些日本强盗，中国人压不垮，中国不会亡！”

× × ×

拉贝先生归国的日子快到了，病中的魏特琳仍然十分关心欢送拉贝先生这一桩大事，她先后数次与郑主任、梅奇牧师、孙瑞芬等商量欢送仪式的所有细节，她要让这位德国朋友从压抑的心态中解放出来，并且感到他身后有那么多欧美人士在道义上对他的支持，她希望这个仪式成为鼓舞他与德国法西斯战斗的力量。

这一天终于到来。

在金女大的小礼拜堂里，讲台上方挂了一条中、英、德三种文字的横幅，红底白字，上面写着：“热烈欢送拉贝主席。”

讲台前，有几张长条桌拼成一长条，礼堂的飞来椅被拿走了几排，放置着四张圆桌，桌子上都覆盖了洁白的桌布，摆放着鲜花和几瓶青岛啤酒。

拉贝、梅奇、贝兹、威尔逊、帕克斯顿等人和安全区国际委员会的委员们已在长条桌前就座，德国大使馆派来了代表，也坐在贵宾席上。

孙瑞芬、德本康夫人、郑主任、沈阳等人权充招待，他们端上了德国风味茶点，只听郑主任说：“请大家品尝一下我们的厨艺，这道黑森林火腿可是费了心思的——战乱时期，物资匮乏嘛！”

所谓黑森林火腿，不过是卷心菜上铺了一点火腿与香肠。

接着，大家又端上了奶油蛋糕，郑主任再次介绍：“鸡蛋、奶油，可是十分稀有的东西，蛋糕，是金女大特色产品，而奶油呢，对不起，是人造的，也是金女大的特别创造。至于人造奶油的成分，那可是我们学校的机密，不得外泄的。”他的话被翻译译成了英文和德文，引起了哄堂大笑，欢送仪式的气氛一下子变得活跃起来。

钢琴声悠悠地响起，魏特琳在讲台一侧弹起了钢琴。沈阳和东东站在魏特琳身旁，唱起了一支声音凄楚的中国歌曲：

泣别了白山黑水，
走遍了黄河长江，
流浪逃亡，逃亡流浪，
流浪到哪年，逃亡到何方？
我们的祖国正在沦丧，
我们已无处流浪，也无处逃亡。
哪里是我们的家乡？
哪里有我们的爹娘……

歌曲的内容也随时翻译成英语和德语。

拉贝从内心中涌出了悲愤的情感。

魏特琳站起身子，沈阳和东东跟随她一齐来到拉贝面前，东东手捧一个画轴。在魏特琳示意下，两人把画展开，呈现在拉贝面前的是中山陵的速写图，但已经装裱成画轴，并在上端加了几行中文字。

魏特琳心底荡漾着离别时的愁绪，对拉贝说："这是我们金女大吴贻芳校长辞别南京时的手笔。现在，我代表金女大全体教职员工和收容在金女大的全体中国姐妹，赠给我们尊敬的安全区国际委员会主席拉贝先生。吴校长在上面题的一首七言律诗，是中国宋代的民族英雄、诗人文天祥被俘后，在途经南京时写的，诗名为《金陵驿》。"接着，她用英文吟起这首诗来，如没有扎实的中文功底和对中国诗词的了解，是很难将中国七言古诗译成英文的，但魏特琳做到了：

金陵驿

草合离宫转夕晖，孤云漂泊复何依？
山河风景元无异，城郭人民半已非。
满地芦花和我老，旧家燕子傍谁飞？
从今别却江南路，化作啼鹃带血归。

拉贝无比激动地接过了这份厚重的礼品，他觉得，他能把象征着中华民族之魂的中山先生陵寝的画作带回去，是自己莫大的荣幸，拉贝激动地对大家说："我感谢魏特琳小姐，感谢国际安全区委员会的同事们，以及所有中国难民的合作。在日军强迫解散安全区的不利形势下，为了继续帮助中国难民，我们委员会经过慎重的讨论决定，改名为南京国际救济委员会。遗憾呀，我今后不能来金女大和魏特琳小姐一起保护那些无助的难民了。幸亏我们委员会留下了两个米粮库和一些经费，梅奇牧师、贝兹教授、威尔逊医生今后会继续关心并照顾你们的。”最后，拉贝从皮包中取出那张安全区的大地图摊在桌上，含泪抚摩着，“这张安全区地图和我们一起度过了艰辛的岁月，我带回德国已经没有用了，我把它留赠给金女大和所有生活在安全区的人。请告诉他们，拉贝即使身在德国，心里也会永远想着南京，想着安全区，想着你们的。”

魏特琳被拉贝这番发自肺腑的话感动了，不觉泪水盈眶，她郑重地接过安全区地图，深情地说：“安全区、安全区所有的人——包括中国难民，也绝对不会忘记拉贝主席的……”

邱嫂端来一只锅子，来到条桌后的拉贝前，用带来的小碗盛出一碗酒酿圆子，桂花的香味马上四溢，她对拉贝说：“这是奎元和我给您做的酒酿圆子,吃了这圆子,您回国后日子一定过得圆圆满满,甜甜蜜蜜！”

拉贝用双手接了过来。

东东说：“为了弄到做酒酿和圆子的糯米，邱嫂他们费了很大的劲！”

拉贝点头，在碗里用调羹舀了圆子放进嘴里，同时他的泪水也滴在碗中，他把和着自己泪水的圆子汤喝得一干二净。

魏特琳：“每一颗圆子代表着一颗善良的中国心，拉贝先生，这炽热的心将会鼓舞我们这些外国朋友，下定决心与中国人患难与共！”

这时，郑主任跑来报告：“收容所的难民，都齐坐在金女大的门口！”

魏特琳问：“出了什么事？”

郑主任万分感慨地：“他们跪在地上不肯起来，恳求拉贝主席不要离开安全区。”

拉贝听了一愣，随即对郑主任说：“走，我跟你去对他们讲清道理。”

魏特琳阻拦：“你不能去，难民们如果见到你，绝对不会让你离开的！孙老师，德本康夫人，你们陪拉贝先生从后门离开。”

她伸出手去，和拉贝紧紧相握，拉贝激动万分：“再见了，魏特琳女士！”说完，和在场的国际委员会的委员们一一握手，互道珍重，便随孙瑞芬与德本康夫人离去。

魏特琳来到大门口，深入浅出地向大家介绍了拉贝不得不回国的苦衷，一再表示国际安全委员会，现在叫救济委员会的委员们，将继续完成拉贝的使命，保护大家的安全。在她的劝说下，众姐妹站了起来，大门口的难民终于散去。

病并没有好透的魏特琳，忙完了这件大事，感到疲惫万分，又一次瘫软下来。

× × ×

起初魏特琳不过是感冒、发烧，如果能够很好地休息、服药，是可以很快地痊愈的。但在将近半年的日子里，她持续奔忙在各种事务之中，还受到各种各样的刺激，她的病也就时好时坏，健康每况愈下了。

但到了1938年的春末夏初，风和日丽，魏特琳常常感到神清气爽，体力有所恢复，便又投入到忙碌的事务之中。

这一天，她正坐在办公室内写字台后的大转椅上，只见孙瑞芬喜滋滋地进来，将手中一封信扬了扬，说：“是凯萨琳从成都寄来的快信。”便递给了她。

魏特琳急切地把信拆开，同时说道：“我们已经有很长的时间听不到外面的消息了。”打开信看了一遍，便高兴得叫了起来，“我们打了大胜仗！”她把中国人打胜仗说成“我们打了胜仗”，她与中国完全融为一体了。

孙瑞芬和德本康夫人几乎同时说：“念吧，让我们也听听。”

魏特琳高兴地念道：“一个星期以前，传来一个让人振奋的消息，中国军队在台儿庄会战中取得重大胜利。国民政府在第三战区集中了四十万兵力，包围了进攻台儿庄的日军，歼灭了日军两万余人。”

德本康夫人：“感谢凯萨琳给我们带来如此令人高兴的消息。”

魏特琳说：“还有哩！八路军也打了个大胜仗。”

孙瑞芬：“八路军？”

魏特琳解释说：“就是共产党领导的军队呀！现在国共实现了合作，这支军队改编成了国民革命军第八路军。”

德本康夫人急不可耐地说：“念下去呀！”

魏特琳继续念信："去年九月，八路军一一五师在山西和日军的王牌部队板垣师团打了一场恶仗，歼灭了日军一千多人，击毁了汽车一百多辆。"

"太好了！"孙瑞芬激动地拉起德本康夫人的手，又补充说，"前几天，不是从安徽来了一位医生吗？听他说，合肥、芜湖城外都有游击队，他们打鬼子、灭土匪、帮农民，老百姓说，这支队伍叫新四军，人人都夸他们纪律严明，从不侵扰百姓。"

"连南京的日军都担心受到游击队的袭击。"魏特琳显得很激动，"这也许就是中国人的希望。如果到处都有游击队，日本人就很难控制中国了！"

德本康夫人："我们要感谢凯萨琳给我们带来这些好消息。"

但魏特琳却担心地说："日本人在军事上失利之后，中国的民众又要遭到他们的报复了！"

她的话音刚落下,就有人敲门,原来是沈阳,他见屋里人多,欲言又止。

魏特琳见状，说："这里没有外人，什么事？说吧。"

沈阳说："孙仰仙他们打算明天就走，东东也决定跟他们一齐……"

魏特琳："不行，不能让他们冒这个险。"

孙瑞芬已经知道他们的计划，但不便在这里公开，便对魏特琳说："我弟弟不是那种莽撞的人，他想离开这里，一定想好了万全之策。"

沈阳说："听说他们有一个计划，但孙先生说，要由郑主任配合才行。"

魏特琳咀嚼着沈阳的话："把郑主任请过来。"听口气，她似乎放弃原来的意见了。

× × ×

孙仰仙的计划是：他和另一位难友穿上日军的军服，东东等人则化装成被押送的囚徒，而郑主任则充当军中的翻译。

在地窖中避难的日子里，孙仰仙与另外几位难友，向郑主任学习日语会话，几个星期下来，他们不但学会了日常用语和一些军事术语，还可以对一些问题进行答辩，孙仰仙的日语则达到十分流利的程度，并带有日本关西口音，与从小生长在关西地区的日本人不相上下了。

郑主任熟悉南京的大街小巷，尽可能避开日军的关卡，争取在天亮以前出中山门，那就万事大吉了。

一个月黑风高的夜晚，他们按计划行动了。孙仰仙他们虽然碰到几个日军岗哨，倒也没有出现过险情，总算顺利地出了城，来到中山陵的郑迺球家中，魏特琳等人早已守候在那里。

在孙仰仙尚未抵达的时候，孙瑞芬的心七上八下，十分不安，她不时地看表，嘴里念叨着："怎么还不来！怎么还没到呀！"

郑迺球则不时打消她的不安，说："我侄儿是个机灵人，会日语，又熟悉南京的大街小巷，放心吧，不会出事的！"

孙瑞芬在焦躁不安中度过了一个下午和夜晚，这情绪当然也影响了魏特琳，她也有点坐卧不宁了……

还是孙瑞芬眼尖，她隐隐约约地从山路上发现了七八个人影。“不会有旁人，肯定是弟弟他们。”一颗悬着的心放了下来。

魏特琳听了这话，连连画着十字：“主啊，感谢你的庇佑，感谢你的庇佑。”

郑主任和孙仰仙等人终于来到郑府，他远远就见到魏特琳，三步并作两步地奔过来，孙仰仙把枪背在了肩上，空出了右手与魏特琳紧紧相握：“谢谢华小姐！”

魏特琳说：“我们应该感谢郑主任的伯父，同时也要感谢郑老伯的侄儿郑至安。”这句原来很简单的话，被她说得像绕口令了，惹得大家都笑起来。

郑迺球十分讨厌孙仰仙和另外一个人身上穿的日军军服：“快，快把这身老虎皮剥下来烧掉！”

东东说：“多亏了郑主任，如果没有他领着我们穿大街走小巷，机警地应付了岗哨上的小鬼子，我们根本没法来这里。”

孙仰仙：“今后我们一定加倍努力，用手中这把小鬼子的枪，多杀小鬼子，来报答在座的各位！”

孙瑞芬恋恋不舍，将一个包袱交给孙仰仙：“这里有邱嫂和邵嫂为你们做的干粮，路上垫垫饥。”

孙仰仙紧紧地抱住姐姐：“你和华小姐在南京，处境十分危险，千万要保重。”

孙瑞芬含泪说："如果可能，就多写几封信。"

魏特琳胸中怀着母爱："去吧，去吧，勇敢地面对未来吧！"将包袱里的棉袍递给东东，"现在虽然用不上，但山区气候早晚都很凉，穿了它，暖在身上，记在心头。"

东东扑向魏特琳怀中："妈，我的亲娘，我永远不会忘记您给我的爱！"泪流满面了。

郑逎球嗟叹地说："这是打破了民族、国家界限的母女情，骨肉般的爱呀！"

孙仰仙对大家说："那我们就出发了。"说完，头也不回地走去，东东等人紧紧跟随。他们将拿起枪，保卫祖国保家乡，投入抗日战争的战场……

× × ×

日军磨刀霍霍，他们把国际安全区看成是眼中钉、肉中刺，下令解散难民收容所。

一个阴森的早晨，几名日军就来到金女大，叫出了魏特琳，恶狠狠地说："我们早就向你们宣布过，所有难民必须在6月5日前返回自己家中，直到现在，你们这里还有四千多人，这是对大日本皇军的公然对抗！"

魏特琳听了郑主任的翻译后说："告诉他，我们已经向你们的大使馆做过说明，这些难民大都来自上海、苏州、无锡、常州和其他一些地方，他们的家已被烧毁，他们的亲人已经遇难，让他们怎么回家？”

一个军官模样的家伙凶狠地说：“我郑重地重申皇军的命令：一、所有难民必须立刻回家，当地的自治会或维持会将保护他们的生命财产。二、假如丈夫被抓或房屋被毁的赤贫者，可报告自治会或维持会获得帮助。三、金女大难民收容所无权保护难民，在6月15日以前必须关闭。安全区不存在了，今后不会受到任何保护。”说完，又补充了一句：“你们西方人在这里没有特权了！”

魏特琳据理力争：“你们大使馆承认的南京国际救济委员会仍然存在，原来的二十五个难民收容所保留了六个，金女大就是其中之一，这是与你们大使馆共同商定的，这是我们国际社会拥有的权利，你们不能不遵守。”

这个日军小头目又说：“我已奉命将皇军的决定通知了你们，你们如果不遵守，要对自己的行为造成的后果负责。”说完，便头也不回地走了。

那些听到消息的难民，纷纷围着魏特琳：“华小姐，这可怎么办呀！”

一个中年妇女突然跪倒在地：“华小姐，你就是一个活菩萨，你一定要好事做到底，不能让日本鬼子把我们赶走啊！”

“我们无家可归啦！”另一个满头白发的老太太也给魏特琳下跪恳求。

“华小姐，出了这个门，我们就进了鬼门关。”一个三十来岁的女子，拽着身旁的孩子，“跪下来给华小姐磕头，华小姐会可怜我们孤儿寡母的！”

还有人大声祷告：“阿弥陀佛，华小姐呀，你就是大慈大悲的观世音呀，你慈航普度，救救众生吧……”

魏特琳把跪在地上的妇女一个一个拉起来，她大声地、坚定地告诉在场的人：“请大家放心，我从来没有想过要你们回家，你们能回到哪里呢？我会把这里的情形报告给救济委员会，请他们和日本人继续交涉。”

有人叫了一声：“开饭了，大家领饭去吧。”

所谓“饭”，不过是一碗稀粥，仅仅够维持生命的稀粥，然而，除了在收容所，穷人们还能弄到一碗粥吗？当难民们从施粥的地方领到这赖以活命的东西，无不在内心中祈祷：“阿弥陀佛，求菩萨保佑华小姐长生不老！”教徒们则画着十字：“感谢主耶稣的恩典！”

人们回去拿了碗，纷纷来到施粥处。

大厨房就在宿舍大楼，里面还有一个员工大饭堂。施粥处设在宿舍大楼的门口，每天上午七点，中午十二点，下午五点，就在这里供应难民食用的三餐，人们排着队，秩序井然地从这里领到一碗稀粥。

郑主任、孙瑞芬、德本康夫人、王保国四人，分两组给难民们盛粥。

长队成了短队，然后只剩下十来个还未领粥的人了。有些人领到了粥，就端着碗，蹲下身子喝起粥来，饥饿难忍的人们霎时就把大碗中的稀粥喝光了。

这时，粥桶已经见底了，孙瑞芬在为最后的一位难民碗中盛粥，孙瑞芬见魏特琳拿了个碗过来，忙招呼她："华小姐，这是你的一份。"将粥盛在她的碗里。

魏特琳说了一声"谢谢"，端起碗来。

只见那个曾被日军强暴过的老太太走了过来，她来迟了一步，粥桶已经空了，面现失望之色，叹了口气，回头就走。

魏特琳拉住她，将自己的一碗粥倒在老太太碗里，老太太见到这情景，两眼泪水滚滚，鞠了一躬转身要走，但忽然又想起让魏特琳查找她儿子的事情，便问道："华小姐，我那苦命儿子的下落可曾查到？"

魏特琳："我们请人查了，原以为他会被关在南京模范监狱，可监狱在册人员的名单里没有你儿子，我们还要到其他关着中国青壮年的地方去找。"

老奶奶问："有希望吗？"

魏特琳十分同情她，但又不能隐瞒实情："老奶奶呀，日本人在南京杀了几十万中国人，但愿您的儿子不在其中，我们求上帝宽恕他吧。"

老奶奶一声哭叫："我的儿啊！"连手中的碗也拿不住了，落在地上摔得粉碎！

魏特琳呼叫："孙小姐，快，扶老太太回八号宿舍。"而她自己，也像被人打了一闷棍，觉得昏昏沉沉。这当然是这位老奶奶的悲剧，使她的内心也受到打击。

但，让她内心受到更沉重打击的是：如何面对日本人那个解散收容所的命令，眼看只剩下几天工夫了，大家还是一筹莫展。

郑主任来到办公室，找她商谈这件事。他告诉魏特琳，倘若收容所关闭，有45%的人在调查摸底时说，只好上街乞讨；不知往后该怎么办的人占36%；只有14%的人想回老家种地，5%的人想靠手艺吃饭和做点小生意，但有谁会雇用这些手艺人，他们又从哪儿弄到做小生意的本钱呢？

魏特琳接过统计表："那就是说将有两千人沦为乞丐，想要自食其力也无能为力呀！"

"收容所不能关闭！"孙瑞芬说，"我们一定要想法养活他们。"

还是魏特琳思路比较开阔，说："光养也不行，要给他们一条谋生之路，培养他们掌握一些技能。"

德本康夫人："你想对他们进行培训？"见魏特琳点了下头，觉得不能不表示异议了："金女大有这条件吗？再说经费从哪来？"

魏特琳："对几千个难民的命运前途，我们绝不能不闻不问。"语气十分坚定。

德本康夫人："中国人常常说，巧媳妇难为无米之炊呀！"

魏特琳沉吟了一下，说："办事情当然不能没有经费，我想请一些人解囊相助。"

德本康夫人问："谁能给我们经济上帮助？"

魏特琳："上海的美国朋友呀，上海基督教青年会不是请我去开会吗？开完会我就在上海筹募经费，聘请培训班的老师，一举而两得嘛！"

这时，郑至安走了进来，对魏特琳说："华小姐，德本康夫人，学校后面那块荒地与荷塘的主人，想把荷塘与荒地卖给金女大。”

魏特琳一听来了精神，她早就希望学校有一块用来垦荒的地，这不是正中下怀吗？她马上说：“快请他进来！”

郑主任说：“他想请你们到他那里去，以便实地看看，好做判断。”

魏特琳也觉得这样更好，便邀请大家：“走，一齐去看看。”

德本康夫人坐着不动，提醒道：“魏特琳小姐，学校连一分钱也拿不出来。”

魏特琳听了一愣，但还是请郑主任和她一起去了。

出了校门向左拐，经过了几片稻田，顺着田埂往里走，就见到荷塘内的荷花娉娉婷婷地迎风摇摆，那荷叶上的小水珠儿滚来滚去，就是不会落在塘中，大自然仍然按季节把各种美丽的植物送进人们眼帘——哪怕是烽火连天的日子里，自然界的演替仍然按自身的规律进行。魏特琳看着荷塘景色，不由感慨万端，荷花啊，战火没有让你们失去往日的端庄和美丽，你们比人类要幸福多了。

主人出门相迎：“欢迎，欢迎！”

郑主任介绍：“这位就是金女大的代校长魏特琳小姐，她有一个中国名字叫华群，学校里的人都喜欢叫她华小姐。”

主人名叫孔包忠，十分客气地说：“久仰，久仰！”

魏特琳懂得中国人的礼节，忙说：“您太客气了。请问贵姓大名？”

孔包忠很有礼貌地答道：“免贵姓孔，贱名包忠！”

郑主任一旁插嘴：“孔先生是孔子的第六十八代孙、我的伯父郑迺球在日本早稻田大学读书时的校友，又是南京发电厂的总工程师。”

孔包忠连忙申明：“我已经辞职了！”

魏特琳有些诧异：“为什么？”

孔包忠说：“我带着五十位工友将发电组机修好了，日本人竟违背了与拉贝先生的协议，将四十多位工友杀害了！他们现在，还不断来找我的麻烦。”

魏特琳：“他们想让孔先生回电厂？”

孔包忠：“那倒不是，他们要征用我这块土地，包括荷塘！”

魏特琳不解地问：“日本人要这块地干什么？”

孔包忠愤愤地说：“要在这里建一座慰安所，一个日军发泄兽欲的所在，我能答应吗？”

魏特琳存心想帮助他：“孔先生，把地卖给我们吧，他们想占据美国的财产，办不到！”

孔包忠明白了：“华小姐想一举两得，既帮我解决了难题，又可以扩大金女大的范围多收一些难民，我猜得对吗？”

魏特琳点头。

孔包忠说：“这可是我祖上传下来的风水宝地，我不能卖！”

魏特琳不解：“怎么变卦啦？”

孔包忠：“没有变卦，这地我决定送给金女大！”说着，便将桌子旁边立橱抽屉的锁打开，取出了地契。

郑主任喜出望外，刚要伸手去接地契，便被魏特琳制止了：“这不行！”

孔包忠、郑主任几乎同时问她：“为什么不行？”

魏特琳指着地契说：“上面写着孔先生的名字，日本人仍然可以据此发出征用令。”

孔包忠反应也很快：“那就写一份文书，写明我孔包忠自愿将这块地捐给了金女大。”

魏特琳仍然反对：“金女大无功不受禄，我们不能这么做。再说，孔先生如今辞去了工作，生活也很艰难，还是由我们买下这块地，只不过价钱可能要出得低一些……”

郑主任悄悄地提醒：“德本康夫人说了，学校里已没有余款了。”

“把我的积蓄拿出来，有些首饰我从来不带，也可以变钱的。”她邀请孔包忠，“走，劳孔先生的驾，到我们学校去办手续。”

郑主任为魏特琳心疼，他说：“这些积蓄，是你将来回美国后的生活费呀，怎么能这样做？”

魏特琳：“孔先生宁死不肯把这块地让出来给日本人造慰安所，我们怎么可以袖手旁观呢！放心，我这回去上海，一定可以得到支持，也许我想动这些积蓄也动不了哩！”

× × ×

这座被称为“东方的巴黎”和“冒险家的乐园”的大都市，魏特琳已来过几回，但抗日战争中的上海，又是怎样的景象呢?

他们从北火车站下了车，就见到了青年会来接她的卡德先生。这里是闸北，日本人显然没有对火车站实行严格的控制——毕竟这是国际人士经此上下火车的场所，他们还有所顾忌。但一路之上，仍然见到如狼似虎的日军巡逻队和满载着日军飞驰而过的日本军车以及到处都挂着的膏药旗，她为此感到十分恶心。

车过泥城桥，进入了租界，她才感到轻松了一些。她拉开车上的窗帘张目望去，车子已经驶过南京路与西藏路的交叉路口。大新公司仍巍然屹立，跑马厅门口挤满了购马票的人群，马路上的人熙来攘往，既有手持司的克、挽着时髦女郎的英国绅士，也有赤着脚、拉着坐在车上跷起二郎腿的客人在马路上飞奔的黄包车夫，还有那头上缠着布、满脸大胡子的印度巡捕，奥司汀轿车中显然坐着达官贵人，在马路上飞驰，也有人行道边上跪地行乞的中国难民……

车子在基督教青年会的门前停下，卡德先生帮她开了车门，然后请她进入青年会大门，郑主任和沈阳也随之进去。

青年会里倒是另一番景象，有一支小小歌咏队正在练唱，在钢琴的伴奏声中，他们唱着："高粱熟，大豆香，遍地黄金少灾殃。自从战乱平地起，奸淫掳掠苦难当……"歌声悲怆，令人唏嘘。顿时引起沈阳的共鸣，他潸然泪下。

魏特琳被引入会议室，会议很简短，主要对京、沪两地及沿线地方的难民救助工作进行了商讨。教会认为：秉承上帝的意志，坚持人道的宗旨，各地教会及教会办的学校、医院等实体，应该帮助难民们学习一些可赖以生存的手艺，来缓解目前救助经费短缺的困境。

魏特琳的内心有豁然开朗之感，她这次来，是想通过青年会的渠道，向各方请求援助，争取募集到一批经费的。会议研究的结果，与她原来的打算不谋而合。这让她下决心把工作重点从募捐转为举办技能培训班。为此，聘请一些老师教难民掌握谋生技能，就成了当务之急。

当会议结束，她从会议室楼梯缓步而下时，又传来另一首歌曲，还是那支歌咏队，唱的是《大刀进行曲》，她和郑主任、沈阳一道，在练歌房外停下了脚步。

这是一支不到二十人的小合唱队，都是二十多岁的年轻人。小伙子们一律穿着深灰色马裤呢的学生装，头戴一顶有鸭舌的学生帽，姑娘们都穿着蓝灰色的竹布短上衣、黑裙子，个个剪了童花头，都显得精神焕发、洋溢着青春活力。而指挥，则是一位长得十分精干、两眼炯炯有神的女子，也不过二十三四岁的年纪。弹钢琴的是一位长得十分秀气的男子，也是二十岁左右的模样。这时，弹钢琴的小伙，随着指挥者手中的指挥棒弹起了“1·1……”的音符，合唱队齐声唱道：“大刀向鬼子们的头上砍去，全国武装的弟兄们，抗战的一天来到了。前面有东北的义勇军，后面有全国的老百姓，咱们中国军队勇敢前进！看准那敌人，把他消灭，把他消灭，冲啊！大刀向鬼子们的头上砍去！杀！”

这支歌唱得慷慨激昂，唱得人们血脉偾张，唱得大家豪情满怀。魏特琳听得分外激动，郑主任则心潮起伏，而沈阳是泪雨滂沱了。魏特琳这时心中翻腾起滚滚热浪，她几乎要大声喊出“打倒日本帝国主义！”这个口号，但又怕影响合唱队的练习，控制住自己，但仍忍不住鼓起掌来。这一下，在场的人，包括合唱队的青年小伙和姑娘们也一起鼓起掌来，他们不是为自己鼓掌，而是与大家一起为前线的将士们鼓掌。

回到了他们住的大东旅社，魏特琳告诉郑主任，她决定放弃募捐，在上海寻找几个手艺人做师傅，回南京金女大办几个培训班，让难民们自己去努力获得生活来源。郑主任和沈阳都认为这是个十分明智的主张。

从南京来上海之前，孙瑞芬曾经托郑主任到浦东找一找她的舅舅，询问一下她父母遇难的具体情形。于是郑至安建议：“魏特琳小姐，上海是手艺人集中的地方，掌握各种技艺的人肯定不少，而且现在可能都处于失业状态。我们虽然人生地不熟，但可以先找到孙瑞芬的舅舅，我想他一定会有办法的。”

果然，他们根据孙瑞芬提供的线索，在浦东孙桥，找到了这位名叫张世明的一辈子做篾匠活儿的老人。

他们不仅从老人那里得知，孙瑞芬的父母死于日本狼狗之口，而且了解到好些织袜工、木匠、裁缝师傅的下落，并一一见了面。大家听说这位洋老师请他们到南京办班带徒弟，都欢喜得合不拢嘴了。

× × ×

魏特琳先一步回到南京，经过两天的努力，已经将教学楼中的几个教室腾了出来，分别在教室门外贴上织袜培训班、木匠培训班、竹制品培训班的纸条。

上海请到的几位手艺人，也带着织袜机、劈篾刀和木工工具随郑主任来到南京，郑主任还从基督教青年会借了一点钱，采购了十几台织袜机一起带回金女大。

各种培训班热火朝天办起来了，根据报名的人数，除了听大课外，学员们则分批参加实习操作。

在织袜班开学的那天，教室的讲台上放了一台手摇织袜机，教室内课桌上，每一排也放置了两台织袜机。

孙瑞芬向大家介绍了从上海请来的织袜工吴大姐，然后问大家："姐妹们，你们知道这是什么吗？"

"织袜机！"大家纷纷回答。

孙瑞芬说："对，这是魏特琳小姐请郑主任从上海买回来的织袜机，这位就是特地从上海请来教你们学习织袜技能的吴师傅。"

吴师傅是一位五十多岁的织袜工，她在袜厂里做了四十年，很有经验，这时，她站起来，向大家鞠了一躬。

姐妹们鼓起掌来。

孙瑞芬说："你们学会了这门手艺，就可以掌握一门可以养家糊口的技艺。所以，务必请大家专心地学、认真地学，早日成为一个熟练的织袜能手。"

大家又鼓起掌来。

与此同时，其他各班也在郑主任、沈阳等主持下，开始了学习活动。

在学校后面那块荒地上，是另一种课堂，报名蔬菜栽培班的学员竟有一百多人，他们都围在魏特琳的周围，听着华老师的介绍，只见魏特琳用她特有的大嗓门说："站在我边上的，是一位十分高明的老师，他就是邵龙根。"

老邵向大家点头致意。

魏特琳说："在座的姐妹们，有好些人认识老邵，知道他是位养花的老把式。可是你们不知道，他还会种蔬菜、瓜果，腌菜，做泡菜、风干菜和美味豆瓣酱、豆腐、粉皮、豆干，养鸡、养鸭，做符离集烧鸡、盐水鸭、板鸭……手艺高明，味道精美。从今天起，他就要把他的这些本领全部教给大家……"

姐妹们欢呼起来。

在大厨房内，几位大厨分别教姐妹们烹饪菜肴。

还有一批人，在学做烧饼、油条、麻花、菜包子……

在教妇女们各种手艺的同时，根据自愿的原则，有几十位女青年报了文化班，郑主任负责给大家上课。

此时，郑主任正在发言："同学们，你们是收容所中比较有文化的，要记住，救我们的中国有很多办法，科学救国才是一条正道。你们知道日本人为什么这么胆大妄为吗？这个人口比我们少得多的小国，为什么敢欺负我们这个大国？"

学员们没有回答。

郑主任说：“因为他们科学发达，能够自己制造飞机、大炮、坦克。我们金女大的德本康夫人学过化学，我们请她来讲化学和化工产品的制造。”

女青年们鼓掌欢迎。

德本康夫人说道：“上课之前，我要告诉大家，我们通过学习，可以制造一些产品，比如肥皂、洋蜡烛等，郑主任已经开拓了一条销售产品的渠道，织出的袜子、制作的竹器、桌子、板凳以及我们大家将要制造的产品，都可以销售到上海一带的商铺中，对改善大家的生活，会有很大的作用。我希望大家都能定下心来，努力学习。”

大家都感到十分兴奋。

德本康夫人：“好，我们今天就开始上第一课——肥皂成分的构成和化学原理。”

从此开始，这个班的女青年们便逐步掌握了很多知识，除制造肥皂，还学会了制造蜡烛、头油、痱子粉等小商品。

培训活动搞得热火朝天。在不到半年的时间里，收容在金女大的女难民们都经过了培训，分别掌握了一门手艺。她们制造的各种产品，靠着郑主任的营销手段，从附近南京的天长扩散到安徽东南部，又沿着京沪线销售到苏南各个城市，在日本人控制下，为日用品普遍缺乏的中国人，缓解了日常生活困难，并且让这批妇女开辟了生活来源，保障了生计的维持。金女大本身，也获得了一些经济收益，能够发给员工们一些最低的报酬了。

在这种情况下，人们怎么会忘记这位“洋菩萨”“活观音”的功绩呢！

但是，日本侵略者也没有“闲着”，他们了解到金女大的这种情况，认为此举不但笼络了中国人的民心，而且有损于日本当局在共存共荣口号下征服中国人的计划。

他们不断派来小股日军闯入学校，抢夺产品，侮辱妇女，而且，还操纵南京傀儡政府雇用的青红帮中的流氓充当打手，不断到金女大来滋事。为此，魏特琳向日本大使馆提出抗议，并要求与井上面谈，但井上没有同意与魏特琳见面，只和她通了电话。

井上在电话中说：“你们在金女大所做的培训活动与生产活动，既没向我们通报，也没有向南京自治政府登记备案，这样做合适吗？”

魏特琳告诉这个家伙：“金女大是一个美国人开办的学校，让妇女和大龄儿童——请注意，他们都是无家可归的难民——学点谋生的知识是上帝赋予我们的天职！我们要求，你们的军队不应干涉我们的教学、生产活动，我们请你们制止所谓‘自治政府’派地痞流氓到这里来滋事。我们还强烈要求，那个所谓的‘自治委员会’不要干涉金女大的校务。”

井上：“自治委员会是在维护南京的秩序，保护社会治安！我早就劝告你们，金女大应该根据自治委员会的规定，到教育部门注册登记，可你不理不睬，自行其是。如果能听从我的劝告，你们就不会有什么麻烦了。”井上这个劝告，其实是请君入瓮的伎俩，如果金女大去登记，就意味着这个美国女人——这个桀骜不驯的女人在他的面前低下了头，就是井上与她多次较量中取得的最后胜利。所以他一再“劝告”魏特琳根据他的意见行事，用意就不言自明了。

魏特琳早已识破了井上的这个花招，于是她义正词严地说：“我已说过多次，金女大是美国创办和管理的学校，早已注册登记，为什么还要重新注册？”

井上：“我也郑重地告诉你，现在的南京是日本帝国的南京。如果不登记，你们就会面临解散的后果，几千妇女儿童的命运，现在就掌握在你的手中，应该怎么办，请你三思吧！”说到这里，他挂断了电话。

魏特琳只好求助于美国大使馆了，经过帕克斯顿与井上极其艰苦的讨价还价，井上终于答应不再强制金女大关闭各种培训班。这天晚间，听到这个消息的魏特琳回到宿舍，虽然感到身心俱疲，但还是打起精神，写下了日记：

这场风波，由于大使馆出面，终于平息了。现在，日本人有求于美国，会做些让步，但将来呢？

圣诞节快到了，中国人有句话叫‘每逢佳节倍思亲’，我没有想我的弟弟，但很想我的东东和仰仙，他们现在在哪儿？好吗？

日记还未写完，郑主任和孙瑞芬进来报告：“我们收留了十几个中国游击队，他们在江宁一带被日本人打散了，冒险逃到了南京。”

魏特琳：“十几个？究竟多少？”

郑主任：“十八位，都是二十来岁的小伙子！”

魏特琳沉吟了一下："准备把他们藏在哪儿？"

郑主任："还是藏在地窖里吧，虽然挤一点，但没有比地窖更安全的地方了。"

魏特琳叮嘱："绝对不能暴露目标。"

郑主任说："一定！"

魏特琳又问："万一被日军发现了，怎么办？"

孙瑞芬说："郑主任已经想了一个办法，得事先做一些准备。"

魏特琳放心了。她现在全部心思，都用在圣诞联欢上面了。她希望把这次联欢办成一个大家终生难忘的活动，希望这种活动多少能将难民们的伤口抚平一些。于是，她问郑主任："圣诞节的活动准备得怎么样了？"

郑主任说："放心吧，已经准备就绪。"

魏特琳郑重地说："今年的圣诞节不比往年，工艺培训班姐妹们毕业了，就要离开金女大走上自食其力的道路，不少来宾也要来祝贺。"

郑主任胸有成竹："圣诞大餐由厨艺班和农业组准备，有蔬菜色拉、烧鸡、板鸭和各色点心，色香味俱全。手工组和化工班提供了礼物和奖品，送给来宾的礼物有毛巾、手套、帽子和彩色蜡烛，奖品有肥皂和厨艺班制作的蛋糕、香肠、肉馒头。"

魏特琳："表演节目呢？孙老师和沈阳排练好了吗？"

郑主任说："排得差不多了，但大家最为期待的节目是哪个节目，您听说了吗？"

魏特琳当然不知道，表情茫然。

郑主任揭开谜底："大家特别要欣赏的节目是……"故意停顿了一下，"是金女大的大明星——"又停顿了一下才说，"华群华小姐演的小话剧《从黑暗到黎明》。"

大家都乐了，这时，电话铃响了起来。

魏特琳拿起话筒，那头传出了日本大使馆井上的声音："魏特琳小姐，准备圣诞节啦？"

魏特琳不满地说："怎么，要向你们登记吗？"

井上："不，我很想参加你们这个活动，你怎么不邀请我们呢？"

魏特琳："高攀不上呀！"

"不，现在是我高攀不上你呀！金女大是南京的一颗耀眼的珍珠，连东京、大阪都知道南京有个金陵女子文理学院，学校的校长是来自美国的明妮·魏特琳！我国政府已经组成了妇女代表团、文化代表团来访问，有不少记者也随团采访！"

魏特琳没有搭腔。

井上说："代表团到来时，我也将陪着他们来拜访的。"说完便搁下了电话。

魏特琳却因此而烦恼起来，这两个代表团来访问金女大的目的是什么？日本的记者很刁钻，怎么应付这些家伙呢？这些都使她伤脑筋。但来就来吧，虽有句中国古话——"兵来将挡，水来土掩"，但也不可掉以轻心啊，应该和大家商量一下应对之策吧。

于是，德本康夫人、贝兹教授、梅奇牧师、孙瑞芬老师和郑主任一齐，商量了一个预案。

× × ×

1938年圣诞节终于来临，小礼拜堂被打扮得焕然一新，讲台上的横幅写着“欢庆1938年圣诞和金女大工艺班毕业联欢会”两行美术字，这又是郑主任的大作。

台侧，圣诞彩灯闪烁，但灯光不够亮。

十几排飞来椅上，坐满了工艺班的毕业生，大都是女青年，也有些三四十岁的妇女，各难民宿舍也派代表来参加。

前面留出了三排座椅，左边坐着国际救济委员会的委员们、美国大使馆官员和梅奇牧师、贝兹博士等人。右侧坐着井上及两个日本代表团的成员和随团记者，郑主任搬了一把椅子坐在中间的过道上，他要当翻译并处理现场可能发生的问题。

日本人派来这两个代表团及记者是有险恶用心的，他们希望这些所谓民间人士可以看到在他们占领下的南京社会秩序多么良好，金女大的难民们生活得多么自由自在，大东亚共荣圈的建设取得了多么良好的进展。记者们就可以大造舆论，为“王道乐土”、为日本皇军歌功颂德。

正因为魏特琳和郑主任等人，已看穿了日本当局组成代表团来访的真正目的，这个圣诞及毕业联欢活动，便调整了一些内容，借机揭露日本侵略者丑恶嘴脸。

联欢会上，魏特琳和国际救济委员会的委员们，向优秀的学员颁发了奖品，这当然使井上很难堪，因为他曾威胁这些培训活动必须向伪政府注册，硬是被魏特琳顶住了。现在金女大这么做，这不明明是向大日本帝国示威吗！

联欢会的第一个节目，是妇女合唱队的大合唱《铃儿响叮当》，这当然引起鼓掌，日本妇女代表团的掌声尤为热烈，恨得井上连连白了几眼做翻译的郑主任。

从上海来的吴师傅，拉得一手好二胡，今天，她的节目是二胡独奏《二泉映月》，可以说是抑扬顿挫，人们沉浸在二胡声意境中。国际友人也努力在领会、体验二胡声所传达的语言，有的还感动得流出泪水。

在后台的魏特琳已经化好妆、穿上戏装准备候场，这时突然闯进来一个人——美国驻华大使馆的副大使威林登先生，他压低了喉咙说："中华民国政府为了表彰您在救助中国难民特别是妇女、儿童时的见义勇为，特地从地下管道将一枚彩玉勋章从武汉送到南京，但因为无法举行隆重的授勋仪式，只有托我们将勋章秘密地交给您。这是中国人民和政府给予您的殊荣。"

魏特琳郑重地伸出双手，从威林登先生手中接过了勋章。她请来了孙瑞芬，为她临时保管一下这充满中国人情义的、让她感到无上光荣的勋章，便匆匆登台了。

她是小话剧《从黑暗到黎明》的主角，扮演了一个美国乡村女老师，在解放黑奴的运动中，她从一个同情者转变为一名与黑奴并肩作战的勇士，经历了重重打击，终于取得了胜利，迎来了黑人的未来。这当然隐喻了控诉日寇罪行、争取中华民族解放的思想，让人触景生情。演出结束，在座的姐妹和欧美人士都对她的精彩演出报以长时间的掌声。郑主任当然将重要台词翻译成日语，让井上格外恼火。

回到了化妆室，孙瑞芬告诉她："有个人托一位姐妹送来了一封信，署名还是基督徒。"

魏特琳拆开信封，从信封内取出一张照片，拍的是一个临街房子的大门，两旁挂了两块木牌，一块写着"圣战大喜の勇士大欢迎"，另一块牌子上写的是日文"大日本陆军慰安所"。她想：这个有良知的人，好像是主耶稣派来的信使，让我们得到了揭露他们的铁证。

她卸好了妆，台上的演出已进入尾声，下面又该她上场了。

当魏特琳又一次走上舞台时，观众席上不少人鼓掌欢呼，只见她稳步走到台前，用她的大嗓门说道："尊敬的国际救济委员会的同人们、尊敬的来宾们、我亲爱的金女大的妇女姐妹们，在这个圣诞来临之际，各个培训班的姐妹们就要走上自食其力的道路……"

井上预感到魏特琳将会说些什么，便支开郑主任，自己充当起翻译来。

魏特琳接着说："舞台上的演出结束了，现实生活中的苦难还在继续。金女大和南京一样，并没有从黑暗走到光明。"她沉默了一下，用更加凝重的语气说，“南京被日军屠杀了那么多人，金女大收容所也有不少妇女和儿童死在日军的刺刀下。南京有十多万妇女遭到强暴，我们这里也有几十个妇女被抓走，至今也没有下落。前天清晨，日军又冲进金女大，杀气腾腾地威胁我，强迫我交出一百个青年女子，我当然不能答应，但他们居然用武力掳走了一百多位妇女，把她们关进了慰安所，请看……”说着，举起手中的照片，“这就是许多慰安所中的一个，他们可以随便在那里发泄他们的兽欲！坐在台下的日本妇女朋友们，你们也有姐妹、母亲，你们会同意她们任人宰割吗？”

日本妇女代表团有人不解地问井上：“她为什么激动？”

井上笑了：“她在表演！”

但坐在记者席上的一位懂得华文的记者，却悄悄地把魏特琳的话翻译给前排座上的一位妇女代表团成员。

魏特琳怒不可遏地说：“这就是你们的‘王道乐土’？”

文化代表团和记者中又有人问井上：“她在说什么？”

井上随口编造：“她说中国需要皇道。”看了一下手表，“走吧，大使的欢迎晚宴的时间到了。”他迅速离席，招呼代表团离场。

人们用讽刺的掌声欢送他们，但魏特琳仍在继续说：“《圣经》告诉我们：人人都有一死，死后且有审判。灵魂有两个去处，‘一处是永生（就是进天堂），一处是永死（就是入地狱）’。”

井上还是听到了她的话，咬牙切齿地说：“太可恶了，魏特琳你别高兴得太早！”他发狠归发狠，但还是落荒而逃了。

× × ×

果然，井上向日军军部诉说了魏特琳的“恶行”，他们要采取报复行动了。

一个名叫竹下健的日军士官，知道了他所在的小队将在明日向金女大执行任务的消息后，秘密地将这个重要的信息用电话通知了魏特琳，让她早做准备。

这个竹下健就是几次三番用基督徒的名义向魏特琳报信的人。

他原来是上海一家日本洋行中的职员，因为业务上的关系，与好几位中国人成了朋友，又在一位好友的帮助下，在中国成了家，娶了一位美丽、善良的中国太太，因而对中国产生了感情，对日本的国策很不以为然。

但战争发生了，他被征入伍，连自己的岳母和妻子也照料不了。

他随部队来到南京后，他的两位中国亲人来到南京与他相见，但军营里不能容留家属，听说南京有个安全区，便暗地里护送她们来到金女大，得到了郑主任和魏特琳的相助。他的妻子和岳母有了安身立命之所，竹下健为此铭感于胸，立誓要尽力回报金女大，但又怕为人察觉，故而用了“一个基督徒”的名义。

× × ×

一队日军牵着狼犬冲进了金女大，大门外还有几个端着机枪的日军防止有人由这里逃出校外。

一百多名日军进门后，兵分几路冲往各幢楼舍，他们砸开大门，进行地毯式的搜索。

魏特琳虽然布置了各宿舍楼的难民，于次日上午集中，让所有员工各持棍棒以备不测，她与几位欧美人士，将携手站在队伍前列，以尽保护之责。但没有想到，日军来得这么早，这么快，真的措手不及了！

当魏特琳得到信息时，日军已将各宿舍中的难民驱赶到室外了。她赶忙下楼去，但被一个日本少佐带了十几个士兵将她堵在楼梯上，并命令她交出钥匙，带他们去她的办公室。

在办公室中，他们一无所获，又命魏特琳带他们去宿舍。虽然也搜不到什么，但办公室和宿舍中的不少家具、用品，都被他们砸坏了。

魏特琳最担心的，莫过于仍藏身地窖中的那批中国军人了。她与郑主任他们一道设想的解救办法如不能成功，那麻烦就大了！

她的担心竟成了事实，当她被鬼子押往楼下时，一个日军匆匆过来向这个日军头目报告说："少佐阁下，我们在一个地窖里抓了一批男子，看样子，都是中国军人。"

这个少佐恶狠狠地看了魏特琳一眼，推推搡搡地将她逼下了楼。

花坛附近，那十八位男子被绳捆绑着，持枪的日军将他们围在当中。

日军少佐见状，扬扬得意地说："魏特琳小姐，你一直否认金女大窝藏中国军人，现在你还想否认吗？"

魏特琳反问："少佐先生，你就那么自信，你没有抓错人？"

“哈哈，我会抓错人？”他脸一板，走到一个男子面前，检查他手上的虎口，“魏特琳，别再抵赖了，只有拿枪的手，这里才会有老茧。”

这时，手持锄头的老邵走到这个家伙面前：“请你睁开眼看看，哪个种地的手拿锄头的农民，这里没有老茧啊？我是金女大的花匠，长年累月用锄头，看，我这里也有老茧，我也是军人吗？”

这个少佐见半路杀出了个程咬金，恨得牙痒痒，骂了一句：“巴格牙鲁！”无计可施了，便凶蛮地下令，“带走！”并转脸对魏特琳说：“你也必须跟我们走，我会把你交给日本大使馆，看你怎么狡辩。”

“我不需辩解，少佐先生，请把幕后的日本使馆官员请出来吧，我们在这里面对面地处置不是更痛快吗？”她早知道，这批日本人就是井上带过来的。

这个少佐色厉内荏：“走，通通押走！”

不想就在这时，一群妇女和儿童哭喊着奔了过来，孙瑞芬也在其中，这些人是按照原计划由她领过来的。

少佐一见，忙命令几个日军：“拦住他们，不许他们过来。”

突然，一辆插着美国国旗的轿车，鸣笛进门。

这是美国大使馆的车子，这个少佐认识，便站立迎接，心想：美国人来了，不好对付。

不料，下车的是个中国人——金女大的郑主任。他拉开车门，请出了身穿和服的日本妇女代表团团长和一名女记者。

少佐见状忙立正行军礼。

这位代表团团长见几个日军正在弹压哭叫着的妇女，问道：“少佐先生，你在这座大学里兴师动众的，是何道理？”

“吉田女士，我正在搜捕中国军人。”

魏特琳郑重申明：“他们是善良的平民，都是这里难民的兄弟、丈夫和儿童的爸爸、母亲的儿子。”

吉田女士：“为什么抓这些平民百姓？”

少佐振振有词：“我们得到情报……”

魏特琳听到这里，大声对难民们说：“姐妹们，这位是日本妇女代表团团长，来访问过金女大，大家可以告诉吉田女士，他们到底是什么人，吉田女士一定会替你们做主的。”

邱嫂跑到一个男子面前：“泉根，孩子他爸。”

小顺子跑到另一个青年面前叫：“爹，爹呀！”倚在他的胸前。

刘老太举步维艰地走过去，一把将一个小伙子搂在怀里，哭道：“我的儿呀！”

吉田和那位女记者看到这场面，以异样的表情看着少佐。

日军少佐表情尴尬地看着这认亲场面，但日军却仍在将认亲的妇女和孩子拉开。

这位妇女代表有些不满了，她指指少佐腰间指挥刀，以训导的口吻说：“少佐阁下，军刀是军人的军魂，不是用来对付手无寸铁的这些人的。”她是皇族的一名远亲，依持这个身份，她的话分明带有训斥的味道了。

少佐心存疑窦，不觉自语道："难道大使馆的情报……"

魏特琳乘机说道："要提防有人为了邀功，就制造谎言借刀杀人！"

日军少佐似乎开了窍："巴格牙鲁，井上居然骗到我头上来了……"一不小心，泄露了天机，证实了魏特琳的分析。

在少佐的命令声中，日军撤走了。

孙瑞芬领着一些妇女，包括刘老太等为这批军人解开了绳索。

魏特琳紧握吉田女士的手："中国人将会铭记，善良的日本妇女，特别是您对他们的帮助。"

吉田团长感叹地说："战争啊，平民百姓总是不幸的，日本的妇女对此也有深切的体会。"

魏特琳也感慨地说："难道妇女儿童的命运，就应该这样的悲惨和不幸吗？"

那个日本女记者在沉思，无可奈何地摇了摇头。

她们上了美国大使馆的那辆车，与魏特琳等挥手而别。魏特琳在郑主任、孙瑞芬和姐妹们的配合下，圆满地实现了救人的计划，上演了一出感天动地的悲喜剧。

当天晚上，魏特琳在日记里是这样写的："我们的猜测没有错，井上之所以提前来到圣诞联欢的会场，以参观作为借口，到处查看了金女大的楼舍，就是为了今天的行动。但是，聪明机智的郑主任和孙小姐及伟大的中国妇女儿童，克服了世俗观念、发挥了聪明才智，在这些中国军人危险之际挺身而出，表现了大智大勇、令人钦佩……"

× × ×

中国人常用“光阴似箭，日月如梭”这八个字来形容时间的飞逝。从报纸的不同标题中，人们看到了时局的不断变化。

一份报纸的标题这样写道：“大日本皇军向西南挺进，势如破竹。”

“日军出动飞机轰炸延安”，过了一阵，报纸上又出现了这样的大标题。

有个大字标题，活现了日军的骄纵与狂喜，上面写着：“轰炸重庆，重庆一片狼藉。”

过了一阵，英文版《字林西报》上赫然出现：“汪精卫已向蒋介石提出和平建议。”

随着时间的推移，汉奸报纸上套红大字标题变成了“南京国民政府宣告成立，汪精卫任主席”，还刊登了汪记“国旗”的图样——在青天白日满地红的旗帜上端，加了一面黄色三角小旗，上面写有“和平、反共、建国”等字样。

魏特琳每一次看到这样的标题，都感到她的心被日本人的军刀猛刺了一下，这大概就是揪心之痛吧。

× × ×

家政班的培训活动虽然早已结束，但课堂并未闲着，魏特琳利用这里给姐妹们上起了时政课。

近来，她虽感到身心俱疲，但每逢到这里讲课，她都强打起精神，不让姐妹们察觉到她的身体状况，以免她们担心。

这时，她对大家说："前年，我在这里讲过法国作家写的一个故事：《最后一课》。今天，我要讲一个中国作家写的故事，这个故事跟南京有关，这位作家的名字叫孔尚任，大家听说过吗？"

大家齐声回答："知道！"

魏特琳说："他是孔子的第六十四代孙，写了个名叫《桃花扇》的故事，这是一部可以演唱的戏曲剧本，讲的是中国明朝快要灭亡的时候，秦淮河有个著名的歌女李香君和复社的一位才子侯方域相爱，后来又不得不分手，包含了爱、恨、情、仇的动人故事。前几天，孙老师和郑主任陪我到新都大戏院看了这个戏，让我十分感动，好几次都流下了眼泪。"说到这里，想起了剧情，魏特琳又是泪眼模糊了，但马上控制了感情，"戏里有两个奸臣，一个叫阮大铖，一个叫马士英，他们狼狈为奸、残害忠良，让我切齿痛恨。姐妹们，现在的南京有没有类似马士英、阮大铖这些人？"

姐妹们几乎异口同声："有！"有的说："前几年还人模狗样的，当行政院长呢！现在变成日本人的看家狗了！""这些坏种，良心让狗吃了！""他们成了日本小鬼子的干儿子了！"

魏特琳："说得对，他们都是背叛国家的狗汉奸！"

一个女青年拿着一份报纸站了起来，以责问的语气说："华老师，既然如此，你为什么要帮日本人说话呢？”

魏特琳十分惊诧：“我为他们说话？”

这个女青年把报递给她，魏特琳打开一看，一面是汪精卫在成立南京汪伪政府时与日本军政要人的合影，另一面刊载魏特琳圣诞节那天在金女大小礼拜堂演说时的照片，还配有培训班上德本康夫人讲课以及孙瑞芬和姐妹们织袜子的照片。在魏特琳演讲的照片说明上，印有：“明妮·魏特琳女士说：‘南京社会安定，经济繁荣，家家幸福，人人快乐！’金女大获得新生，中国需要东亚共荣。”

魏特琳气愤到极点，大声叫道：“无耻的造谣。”突然气得休克了。

郑主任和沈阳扶起了她：“快送华老师去医院。”

孙瑞芬辟谣说：“华老师那天的讲话，在座的当中就有人亲耳听到过，这种低级的造谣手段，你怎么分辨不出来呢？”

但这个涉世不深的女孩子，没有想到自己因缺少识别能力会造成对魏特琳的严重伤害，后悔得痛哭起来。

魏特琳经过抢救，体征还算平稳，但仍昏睡不醒，大家知道，她太疲倦了，就让她多睡睡吧。

但她已经在特护病房昏睡两天了，很多人都为此担心，来探视的人川流不息。

邱嫂拎了一个饭盒，盛着魏特琳爱吃的酒酿圆子，隔着加护病房的玻璃窗，低声地呼唤着：“华小姐、华小姐，您怎么还没醒过来呀？奎元特地为您做的酒酿圆子，您醒来吃一口吧……”然而，魏特琳没有任何反应。

下午，那位刘老太来了，见魏特琳仍然昏睡不醒，跪下来呼唤苍天：“老天爷呀，你睁开眼睛吧！你保佑这个华小姐，这个大好人吧！”

邵龙根夫妇俩捧着一盆叫“大红袍”的菊花来到病房外，见魏特琳仍在昏睡，便低声地呼唤着：“华小姐，这是我特地为你培养的大红袍，我采用了新的方法，至今它还未凋谢呢！你快点醒来吧，看了这个大红袍，你的心情一定会好起来的。”他委托护士把花带进病房，请她帮忙把菊花放在魏特琳的床头。

小顺子也来了，他踮起脚哭叫着：“华小姐，华阿姨，你最喜欢我了，我来看你了……”

然而，魏特琳没能醒过来，直到一个星期后的下午，一位护士见她眼睛眨了一下，马上叫来威尔逊医生。

魏特琳终于睁开眼睛，但很吃力。

威尔逊非常高兴：“天哪，我的老朋友，你终于醒来啦！”

坐在病房外走廊里的孙瑞芬马上跑了进来，连连叫着：“华小姐，华小姐，你的感觉怎么样？”

魏特琳有气无力地问：“这是怎么啦？”

孙瑞芬说：“你昏睡不醒，不吃不喝，已经七天了，可把我们吓坏了！”

魏特琳说：“有这么严重吗？”

威尔逊一旁点头说：“魏特琳，你的病来势凶猛，看样子，你得住一段时间医院了。”

魏特琳没有再说什么，她感到吃力了，又闭上了眼睛。

尽管如此，孙瑞芬还是马上跑到医生办公室，借用医院的电话，把魏特琳已经苏醒过来的消息通知了郑主任。

学校里的人包括难民们听到这消息沸腾了。刘老太马上跪地祷告："救苦救难的观世音菩萨，你显灵了，我要到庙里烧香谢谢你，保佑华小姐快点好起来吧。”所有在场的人都怀着这种情绪期盼着。

一天、两天、三天、五天……半个月过去了，从医院传来的消息让大家并不乐观。魏特琳的病情时好时坏，一直稳定不下来。

这天，魏特琳似乎好了一些，她想坐起来，但用双臂撑着身子，试了几次，没有成功。

孙瑞芬进了病房，见状忙托着她的背，再垫上几个枕头，让她半卧半躺，魏特琳感到舒服多了。

病房外，一名白人护士见一个日军军官走了过来，要进魏特琳的病房，忙拦住了他："对不起，先生，这里是重症加护病房，您不能进去。”

竹下健用英语告诉她："请允许我见一见魏特琳小姐，我有重要的事情要和她谈。”

护士说："不行，不管什么理由，你都不能进去。”

魏特琳听见了，跟孙瑞芬说："去看看，什么人要见我。”

孙瑞芬走出病房，见是日本军官，便心生厌恶，瓮声瓮气地问："你找魏特琳干什么？”

这个军官说："请告诉她，我是一个基督徒。"

魏特琳听到了他的话，忙说："孙老师，请他进来吧。"

这个自称基督徒的人随孙瑞芬进了病房，那个护士耸耸肩，觉得有点匪夷所思。

读者已经知道这个叫竹下健的人的种种情况，魏特琳曾从他那里得到过很大的帮助，所以让孙瑞芬带他进来，她心想：这个人此时来找她，一定有重大问题来与她商量，否则，他何必到医院来呢？

竹下健到病床边，热情地问候："魏特琳小姐，你好，我到金女大拜会你，知道你住院了，特地来看你。"他的左臂用绷带吊在脖子上，显然受过伤了。

魏特琳说："您就是那位基督教徒？谢谢你对我们金女大的帮助。"

竹下健说："该说谢谢的是我，如果不是金女大收留了我的妻子和岳母，她们恐怕早就成了冤魂了。我的名字叫竹下健，以后可以不再用基督徒的名义与魏特琳小姐联络了！"

魏特琳由衷地说："我们要感谢你及时告诉我们日军要对金女大实行大搜捕的消息，要不然，那十几个解除了武装的中国军人就会被杀害的，金女大也会因此遭殃。"

竹下健："我们是抱着效忠天皇的想法出征的，在我们还是孩子的时候，我们就受到这种教育。后来，老师要我们用心读一下 1927 年日本首相田中义一的奏折。读了以后，我才悟到天皇上谕让日本军人出征的目的就是征服中国，向全世界扩张。后来，我来到中国成了一家洋行的职员，交了一些中国朋友，认识了我的妻子，他们都是十分善良的中国人。我对田中奏折产生了怀疑。但我还是被迫服役，成了侵略军中的一员，可我决不参与杀戮中国人的暴行，装作一个胆小如鼠、害怕血腥的胆小鬼来瞒过我的同伴和长官。我清楚地知道，明治天皇的遗策，就是要在征服中国后，向世界扩张，这种野心是难以得逞、注定要失败的。现在，我把田中奏折送给你，这是一个历史的见证，请好好保存，也许可以帮助您揭露日本的侵略野心。”

魏特琳重新打量他，大有刮目相看的意思。

竹下健继续说：“感谢新四军游击队对我开了这一枪，我可以退役回国了。但我现在还带不走我的妻子，我祈求您能继续帮助她和她的母亲，我会在不久以后来接她，那时，日本军国主义的路应该已经走到尽头了吧！”

魏特琳答应了他的请求，竹下健带着满意的笑容和感激的心情离开了医院。

过了一天，魏特琳的身体状况又趋向恶化，她感到自己的身体状况发生了微妙的变化，便哆哆嗦嗦地从内衣口袋中取出了燕子交给她的照片，郑重地交给孙瑞芬：“这都是日军的罪证，现在把它交给你，务必请你保存好。在适当的时候，要把这些罪证公之于众，公布给全世界的人看看，日本法西斯是怎样凶残，让世界上所有的善良的人携起手来，杜绝一切发动战争的根源，不再发生罪恶的战争！”她想起了燕子的惨死：“可怜的燕子呀！那么一个可爱而善良的姑娘，死在了日本人的屠刀之下……”说到这里，她悲愤得难以抑制，号啕痛哭起来。

孙瑞芬劝慰她：“华小姐，不要过分悲伤，自己的身体要紧。”

不料魏特琳突然全身抽搐起来，孙瑞芬一边收起照片，一边叫：“护士小姐！”

经过威尔逊医生的努力抢救，魏特琳的病情虽然好了一些，但不久却陷入歇斯底里的状态。

她时而大声尖叫：“快快，日本兵到金女大来了，他们要劫走全部妇女！”

有时，她忽然跟孙瑞芬说：“刘老太遭到了强暴，快找人去救她。”

有时，她不声不响，但眼前却出现了南京城横尸遍野、血流成河的惨象，她狂叫着：“我抗议你们这些杀人魔鬼！”

有时，她辗转反侧，狂呼：“井上，你这个强盗，你不要逼我！”她的眼前，出现了井上对她冷笑着扑过来的画面。

有时，她耳畔出现了猛烈的爆炸声，她觉得头顶上有日本飞机飞过，“啊！”地大叫起来……

她的眼中，一幢幢大楼在炸弹呼啸声中坍塌。

她的脑海里，想的尽是燕子的悲惨死去、一大批年轻的女子被日军捆绑着押上汽车、几十位中国青年在日军机枪扫射下纷纷倒下……

于是，她夜不能寐，已经五天五夜没有合眼了。

威尔逊医生找来了德本康夫人和孙瑞芬，十分严肃地对她俩说：“魏特琳小姐的病情十分严重，需要马上送她回美国去治疗。”

德本康夫人也十分焦急："纽约金女大委员会在上个月就发来电报，让她回国休假一年，可魏特琳说，在这个黑暗的日子里，她怎么能离开与她一起经历过许多风暴的金女大呢！不久以前，纽约基督教传教士联合会选举她担任副主席，来电请她去纽约就任新职，也遭她婉言谢绝了。她呀！把自己的生命与金女大绑在一起了，金女大就是她的一切！"

威尔逊说："我郑重向您报告，魏特琳小姐的身心受到严重创伤，她面对杀人如麻的刽子手，面对一桩桩血腥而又惨烈的人间悲剧，她看到那么多无辜的善良的中国人，包括妇女和儿童，在刽子手的枪口下失去宝贵的生命……能够一直挺到现在，已经是个奇迹了。如今，她的精神彻底崩溃了！她可能得了妄想症……不，不是妄想，而是那些惨绝人寰的事件，一直盘旋在她脑海中难以排除，成了她的心病。我已经和美国几位著名的心理医生联系过，他们都认为，如果不马上把她送回美国治疗，她的生命就会危在旦夕！"

德本康夫人急了："我马上去找梅奇牧师和贝兹教授商量。"

商量的结果是：一致同意威尔逊医生的建议，马上送她回国治疗。

魏特琳在回国之前并没有在病房中休养，而是利用了短暂的时间，完成了她计划中要办的事。

为了解决小顺子等几十个难民子女的读书问题，她计划兴建的金女大附属小学和中学已经在孔包忠的那块荒地上兴建；她计划创办的综合性小工厂，包括肥皂、蜡烛生产工场，内衣、毛衫、袜子、手套的制作工场，中式与西式缝纫小工厂，日用化妆品的生产作坊，已经用第三宿舍改建成功。这都是她——一个美国女教师为金陵女子文理学院留下的遗产。

在一周前，她专门来到胡长顺和胡嫂的墓地，按照中国的习俗，给这对夫妻焚烧了纸钱。她郑重地把胡嫂做的绣花鞋放在木制墓碑前，恭恭敬敬地对这两位逝去的朋友磕了三个头，嘴里还喃喃地说着：“胡嫂、胡老四呀，我要走了，我不知道还能不能回来看你们，但我永远不会忘记你们的！”

然后，她把那双绣花鞋用一块丝巾包裹起来，带了回去。

魏特琳终于踏上了归程。

孙瑞芬专门陪她去上海，送她上归国的轮船。当火车从昆山站开出时，孙瑞芬看着往后退去的昆山站牌，不觉把心里的话说出了口。

魏特琳没听清楚便问道：“孙老师，你在说什么？”

孙瑞芬说：“经过昆山，我想起了燕子姑娘，这是她的家乡呀！”

魏特琳也动了感情：“燕子，她一定在天国里面问我们：‘世界上消灭了暴力和战争了吗？’”又对孙瑞芬说，“我想仰仙和东东了！”

孙瑞芬警惕地看了看四周，悄悄地对她说：“我接到过他们的来信，他们到了西北，参加了游击队。”

魏特琳憔悴的脸上露出了一丝笑容。

孙瑞芬又说：“他们都惦记着你！”

已经是四月份了，窗外成片的油菜花黄灿灿的，显现出强盛的生命力。

魏特琳在上海只休息了十天，就离沪回国了。

这一天，她在凯萨琳、梅奇和孙瑞芬的陪同下，登上了远航美国的“亚洲皇后号”巨轮。

她是1940年5月离开中国的，她当然很想重返中国，她临行前对梅奇牧师和贝兹教授说：“假若我能有第二次生命，我仍愿为中国人服务，中国是我的家……我深深爱着金陵女子大学。”

也许，她已经预见到自己的病体难以痊愈，对自己信任的友人，深情地表达她这个意愿。

但，回到美国后，她的身体每况愈下，几乎彻夜难眠。

她的眼前，常常出现幻觉。

有时，她似乎又回到了金女大，一队日军押着几十个中国妇女哭叫着从她眼前走过，一个日军冲上来打她的嘴巴。

有时，她眼前出现了燕子被日军杀害的惨状。

有时，她竟感到一个十分凶狠的日军，端着枪向她猛刺过来，她感到胸前剧痛，便昏死过去。她整个人往下沉、往下沉，似乎在无底洞中沉沦……

有时，她居然看到，胡长顺和胡嫂从坟墓里坐了起来，她欣喜地认为，他们复活了。

有时，她看到了一大批中国军人，在下关江边被日军用机枪扫射纷纷倒进长江，江中大片浮尸遮住了江面，江水被染红了……

有时，她又好像看到在中山路上，到处是遇难的中国人，一个孩子在满身是血的已经遇难的母亲身边呼叫着：“妈妈！你醒醒！”

……

严重的忧郁症吞噬着她的灵魂，她的精神开始错乱了，她对这个世界失望了，她失去了生的要求。

她穿上了胡嫂与东东为她做的棉袍，从箱子里取出那双绣花鞋穿在脚上。

她在日记上写上了最后的一段话："战争笼罩整个世界，罪恶弥漫全球，我这个弱女子，怎样才能与之抗争！"

她悄悄地打开煤气，满怀忧愤地向这个世界告别。这一天，是1941年的5月14日，地点是她在印第安纳州租的一间公寓内，正好是她回国的一年之后。

纽约联合传教士公会主持了她的葬礼，梅奇牧师正好回国参加传教士公会的一个会议，也来到了墓地。

传教士公会秘书居里在致辞中说："魏特琳小姐是个真正的战争牺牲者，她好比任何一个战死沙场的战士！"

梅奇牧师十分动情地将魏特琳怀着深情对他说的那段话告诉了在场的朋友们，他指着墓碑上的几行字，除了"MINNIE VAUTRIN GOODESS OF MERCY MISSI ONARY TO CHINA 28 YEARS"外，还刻着"金陵永生"这四个大字。梅奇牧师用中文读了这四个字之后，又用英文阐述了这四个字的意义。

"金陵永生"这四个字有着丰富的内涵，作者不想做任何诠释，聪明的读者一定会从这四个字中感悟到其中含义的……

后记

明妮·魏特琳（Minnie Vantrin），是一个美国的奇女子。在中国人民遇难的时候，她伸出了双手，用她的智慧和勇气，在日寇的屠刀下，救助了一万四千多名中国妇女、儿童和一些军人，使他们在南京大屠杀中免遭蹂躏，人们称她为“活观音”“洋菩萨”。她的事迹动地惊天，让人产生由衷的赞佩。但，中国人知道她的并不是很多，这就让我产生了用小说的形式把她介绍给中国读者的念头，也许这是一种对七十八年前那场骇人听闻的大屠杀中遇难的三十万同胞的纪念。

这个念头，从读《魏特琳日记》《拉贝日记》《程瑞芳日记》《史东郎日记》和《圣女魏特琳》之后就产生了。小说的许多材料也是取自这些作品，但既然是小说，又是记录了这段历史的小说，就不能违反历史中那些重大的事件，同时，又必须根据历史事件所形成的条件，虚构一些情节，塑造一些并不存在但可能存在的人物。我力求在写作中遵循这些原则。

2015 年 6 月 16 日—7 月 12 日，我们去了浙江西天目的“红日农家”度假。趁此机会，我用了 20 天的时间，写成了初稿。返沪后，在 8 月 17—22 日进行了修改。

在写作过程中，我一方面被魏特琳的所言所行感动，并一次次地感慨，她有一个极其崇高的灵魂；另一方面，日军的种种暴行，又让我一次次地愤慨，他们是一群凶残到极点的野兽。而中国人民在南京屠城中的悲惨遭遇，让我心中流血，并不断地流血……三者的交织，成就了这个作品。

历史虽然已经翻过那一页，但我们绝对不能忘掉那段历史。君不见，那个名叫安倍的家伙不是一而再地企图彻底否定那段历史吗？何况企图逆潮流而动的不只是安倍一人呢！

可以告慰在南京大屠杀中遇难的同胞们的是：今日的中国不再是任人宰割的羔羊，而是已经醒过来的狮子。如拿破仑预言的那样，这头睡狮如果醒来，那就要改变世界。真的，我们这代人以及我们的子孙是幸运的，我们正在改变自己，已经对全世界产生了巨大的影响，我们一定珍惜，万分地珍惜这种现实与我们的未来。

2015 年 8 月 22 日晨

于南窗下

天梦

根据电视剧《天梦》文学本
改编又名：第一代航天人

前言

那是1991年的事了。

当时，我在文联工作，从上海市航天局一位领导那里得知我国长征火箭即将发射的消息，应研究室姚扣根等同志的要求，安排了他们到发射基地深入生活，以便用文艺形式，反映我国航天人的精神面貌。他们返沪后，便投入了创作，由孙祖平、杨展业、姚扣根三人合作，写出电视连续剧剧本《天梦》。

在《天梦》摄制成功并在中央电视台放映时，我曾对姚扣根说："你们完成了编剧任务，我一定根据你们的剧本把它改编为小说。"

这个许诺，因许多事务缠身，一直没有兑现。但，对朋友所做的承诺，是不应该食言的。因此，我一直在寻找机会，实现这个诺言。

今年9月1日起，我与陈蝉正式入住了闵行君莲养老院，可以有点自己支配的时间了，此时不完成这个任务更待何时呢？于是，从9月5日起，我开始了践约的行动。

电视剧送京审查的时候，有一位中央领导同志带着遗憾的口吻说："如果把片名调一调改为《梦天》可能更好，但戏已拍成就不必改了。"

这位领导同志的意见是十分高明的，上下这么一动，剧中人的主动精神就呼之欲出了，故而这部小说取名为《梦天》，也许能弥补一点过去留下的遗憾吧。

长征航天公司的总设计师肖越乘坐着的吉普车，正在航天城的公路上飞驰。

今天，由申江机器厂承造的长征火箭，将要把我国自行设计和制造的科学实验卫星送上天空，让它在预定轨道上庄严地向全世界宣告：“从此，中国将通过这颗卫星，用它不断发回来的科学数据，为今后航天事业的更加迅猛发展创造更好的条件。”想到这里，这位火箭制造的总设计师的心情自然更加激动。

这座航天城究竟有多大面积，对肖越来说，并不重要。重要的是：要有足够的空间，要有一切必备的设施，要有足以应对所有难题的优秀人才。这一切，都由公司总经理楚天成准备好了。这时，楚天成正坐在发射基地的地下控制室内，等待着肖越的到来，一同见证在中国航天史上写下浓墨重彩一笔的时刻的到来。

但肖越居然没有来到地下控制室，他乘坐的吉普车仍在群山环抱的公路上急驶，他要找一个合适的、面对着发射基地的山头，而不是通过大屏幕来观看他为之努力了很长时间、耗去了他大量精力所创造的成果，是怎样负载着另一批科学精英的杰出贡献——人造科学实验卫星飞向苍穹。

吉普车内，肖越的双手紧紧抓着前面的椅背，身体随着颠簸的车身不住摇晃。他透过车窗望去，公路两旁，有三步一岗、五步一哨的解放军战士们警戒，哨兵们见到闪着红色警示灯的吉普车急驰过来，将手中的绿色指挥旗“唰”的一下挥向前方，让这辆吉普车飞驰而去。

这时，吉普车上的广播器，传出了一个激动人心的声音："中央人民广播电台、中央人民广播电台。亲爱的听众同志们，现在，我们在中国卫星发射中心向大家做现场直播……"

肖越听到这里，下意识地挺直了身躯，他的心飞到发射基地的地下控制室和发射现场了。

在发射现场，长征火箭白色的身躯上漆着四个红色大字：中国航天。火箭的顶端就是那个要遨游太空的科学实验卫星了，整个箭体被发射塔的工作平台围拥着显得十分庄重。所有为它的上天而付出辛勤劳动并在发射现场等待它升空的人，此时此刻无不心潮澎湃。他们对火箭的情感，经升华，已到神圣的境界。在这里，一切都是静悄悄的，可以毫不夸张地说，静得连一根针掉在地上也能听得到声音的。

而在地下控制室内，则又是另一番景象。

工作人员放置的跟踪显示屏，可以实时观察到火箭升空后的种种动作。有许多各司其职的指示灯和显示器，灯光在不停地闪烁，将有关资料发送给工作人员，在一台宽且大的彩色电视屏幕上，即将升空的长征火箭的雄姿赫然在目。

与静静的发射现场相比，控制室是比较喧闹的，我们此时听到有关工作人员正在向发射总指挥报告。

"五分钟准备！"这是指令长的声音，庄严中带着些许激动。

屏幕上跳动着各种数据和线条，传话器则传出了各系统的报告："10 号正常，20 号正常，30 号正常……"

各系统的总工程师凝神静听报告，目不转睛地注视着屏幕上的各种数据。

发射就要进入倒计时……

× × ×

肖越呢？这位经基地批准，没有来到地下控制室的总设计师现在在哪儿？他仍在飞驰的吉普车上。

广播中继续播着那位播音员的声音，只听她以更为激动的话语告诉人们："……火箭像一柄利剑，直指蓝天！乳白色的箭体上，书写着'中国航天'四个鲜红的大字！听众们！听众们！现在，发射架正在徐徐地从火箭的两旁分开，长征火箭载着科学实验卫星马上就要飞向太空了……"

听到这里，肖越对驾驶员说："快，向那边……"指着一处高岗。

"停！"听他这么一声吼叫，驾驶员忙踩下刹车，没等车完全停稳，肖越就跳下吉普车，三步并作两步地向一个高岗奔去。他看到了，在两座山的交会处，正好有一个面对发射场的缺口，巨大的乳白色的火箭，仿佛就在他面前。

已经离开了吉普车，并没有听到"……6、5、4、3、2、1，点火！"等倒计时及下令点火的实况广播，然而，他在心里默念着倒计时的指令，果然，在他默念"点火！"后，山岗那边的火箭徐徐升起，喷射着熊熊的火焰直刺蓝天。

肖越习惯性地叉着腰，站立在山岗上目送着火箭远去，直至消失在视线中。晨风吹乱了他已经有些斑白的头发，但他久久不肯离去，似乎看到了火星分离，看到了卫星进入太空轨道。

他没有在控制室从大屏幕上观看发射，而是选择了在此处目送火箭远航，觉得有着难以形容的愉快和异样的体验。

× × ×

在发射基地地下控制室外，一大群中外记者在守候着此次发射卫星的那些关键性人物。

长征航天公司的总经理楚天成走了出来，被人们称为“三剑客”的工程师刘家骏、庄云贵、欧阳纯也随之出来了，记者们立即把他们围了起来，只见闪光灯不断闪烁，手举话筒的记者们纷纷向他们提出各种各样的问题。有的问：“楚总，你对这次发射满意吗？”有的问：“您给这次发射打多少分？”还有的问：“你们下次的发射任务是什么？已经准备就绪了吗？”但楚天成却笑而不答。

当有记者再次问到“楚总，这次发射成功的关键是什么？”时，楚天成用手往前一指说：“瞧，他来了，这才是你们应该采访的主角。”

大家朝他手指的方向看过去，肖越已从吉普车上走下，向这里大踏步走过来。

记者们认识这位总设计师，他们一拥而上将他团团围住了。闪光灯、录音话筒、摄像机等，“长枪短炮”纷纷对准了他，记者们的那些提问又一次向肖越抛了过来。

肖越仔细分辨着他们的提问，他从杂乱的声音中听到了一位外国记者比较生硬的普通话，他知道，这是一位来自欧洲的记者，只听这位记者问道：“总设计师先生，当美国的挑战者号、欧洲的阿丽安娜号火箭发生爆炸的时候，你们产的火箭取得了如此的成功，你是否觉得特别兴奋？”

肖越觉得，此时此刻，作为伟大的中华人民共和国的一位航天人，绝不能在回答此类问题的时候露出任何以胜利者自居的情绪，更不能用别人的失败来反衬我们的成功，他字斟句酌地说：“不，我愿意告诉你，中国航天是人类共同事业的一部分，我们对挑战者号和阿丽安娜号火箭的失事深感痛惜。”

有一位中国记者问：“肖总，火箭升空的那一刹那，你脑子里在想什么？”

肖越：“想什么？婴儿落地的时候，母亲想什么？”

一位中国女记者问：“……长征号入轨半长轴误差只有理论误差的十分之一，好比是高射炮打着了蚊子，太准了！肖总，记得上次发射成功时，你说最成功的发射是下一次……”

与此同时，肖越的夫人古玲娣和他们的儿子肖一平，正在家中的电视机屏幕上观看中央电视台的直播——这次发射，由中央电视台与中央人民广播电台一道进行了实况转播。

古玲娣从电视屏幕上看到了肖越接受记者采访的场面，忙叫儿子："一平，快来看，你爸爸……"她想说"正在基地接受记者采访"，但一想，这不是显得多余吗？便打住了话头。

肖一平应声从卧室中出来，坐在妈妈旁边。这时，那位女记者接着问："……那么，我要问肖总，这一次发射是不是最成功的呢？"

肖越毫不犹豫地回答说："不，还要看下一次。"

在家中看电视的古玲娣看在眼里，一种甜丝丝的味道涌上心头，情不自禁地对一平说："你爸爸还是挺上镜头的哩！"

儿子说："那是！"语气中带着自豪的成分，但转念又对他妈妈说，"我知道，妈你心里在想什么……"

古玲娣："你说，我想什么？"

一平答道："军功章有你一半也有我的一半嘛！"

这时，屏幕上那位女记者又问肖越："据我们了解，你们将发射一颗由我国自行设计、制造的气象卫星……"这个发问，引起另外一位名叫苏云湖的女作家的注意。

苏云湖是一位单身女子，她和她的舅妈住在上海浦东的一处三居室的房子里，因为人少，房子收拾得干净、敞亮而宽舒。

苏云湖按日常习惯烧好了开水，给舅妈沏上了茶，从厨房将茶送到坐在沙发上看电视的舅妈面前，她听到电视机传出的竟是一个十分熟悉的声音，便转脸望去，见肖越在电视屏幕上说："对不起，我要纠正你的说法……”苏云湖呆住了，已经多年不见了，但他说话的神态、语气居然一点也没有变。于是，她连眼也不眨地盯着电视机屏幕。这时肖越继续以坚定的口气回答记者的提问：“下一次火箭升空的时候，你会看到发射的不是一颗卫星，而是三颗！”

这语气，分明和过去一样，显得那么自信、坚定，还有一些豪迈。这时，屏幕上的镜头已推向特写，连肖越额头的并不明显的皱纹和双鬓上几根白发也看得清清楚楚，苏云湖不由得在心头嗟叹：“岁月不饶人呀，他也变老了。”

这时的肖越，气宇轩昂地告诉那位记者：“是的，一箭三星，昨天，在北京，和我们国际合作伙伴进行了一次成功的谈判，中国的下一枚火箭，除了发射我们自己的卫星之外，还将搭载两颗国际IAF空间发展公司的实验卫星。”

一位外国记者：“……全世界都注意到了，贵国正在和一些国家签订卫星发射合同，您是否认为，中国的长征火箭将对国际卫星市场构成威胁？”

肖越：“威胁？你用了一个富于刺激性的词汇。不过，中国的长征火箭确实将以自己的实力在世界航天市场占有一席之地，为造福于人类的和平事业，做出自己应有的贡献……”

记者的采访仍在继续，但苏云湖却不想再看下去了。这时，她忽然想起了什么，放下茶壶，走至屋角，从一皮箱里翻出一本相册，打开，满满一页都是肖越年轻时代的照片。

她的思绪飞到了那年青时与肖越同在清华大学读书的时代。

那时，每逢苏联十月革命周年纪念日的时候，学校都要举行纪念活动，活动的最后当然是文艺演出。苏云湖作为大二的学生，肩负着为主要演员献花的任务。

演出已到了尾声，台上，有位身穿哈萨克绣花衬衫，脚蹬马靴，留着八字胡的男人在人群中踢脚拍头，在尽情跳着欢快的苏联水兵舞。

舞跳得太好了，苏云湖目不转睛地看着这位舞者，起劲地喝彩鼓掌。

跳舞的男人收住了舞步，向大家鞠躬致谢，苏云湖捧着一束鲜花跑到他眼前："叔叔，请收下。"

这位舞者不禁一愣："叔叔？"不由笑了起来，扯下嘴唇上化装的八字胡，原来是位年轻的男子，他就是肖越。

全场观众也跟着笑起来，这下轮到苏云湖愣在那里了。这次晚会上的邂逅，成了他俩从相识到相知，从相知到相爱的"开始曲"。

从此，每逢假日，在颐和园的长廊中、在天坛的祈年殿前、在故宫的后花园里、在卢沟桥的石狮子旁……都能看到他俩的身影。他们谈功课，一个谈文学，一个谈物理，虽然内容不同，但都包含着青年人的梦想。一个说：托尔斯泰如何如何，一个说居里夫人怎样怎样；一个说，应该像保尔·柯察金那样，坚定而执着地为了写作而献出青春，一个说应该以牛顿为榜样，对任何事物做到见微而知著……他们谈得豪情满怀、激情澎湃，都为自己有明确的理想与追求而感到自豪与骄傲。

一天，他俩在小石桥头依栏而立，那高挂在天上的圆圆的月亮，将他们依偎在一起的身影，投在石桥之上。

肖越问："云湖，你想到月亮上去吗？"

苏云湖："你真会幻想，我可不是嫦娥，怎么奔月？"

肖越深沉地说："我学到的专业知识启发我去想这个问题，如果有一天，上月亮就跟现在乘公共汽车似的，买一张票，说去就去了……那时，我和你，在月亮上相会……"

苏云湖嗔怪地说："你又在幻想了。知道吗？我就喜欢你会幻想！"

肖越："既然喜欢我，就嫁给我吧！"

苏云湖含情脉脉地看着他，肖越将她拉到自己的身边，两个人拥抱在一起，任由幸福的情感像血液一样流淌在全身。

肖越在苏云湖的身旁悄悄地说："学校里决定在我毕业后，送我到苏联去学习，我希望在我学成归国的时候——那时你也大学毕业了，我们就结婚。"

苏云湖陶醉了，她轻轻地回答："好，我等你。"

果然，肖越从清华毕业后，由于成绩优异，被有关方面送到苏联深造。在出发前，他俩在北海的白塔前留下了合影，确定了"非你不娶、非我不嫁"的关系，决定等肖越学成归国——苏云湖也从清华毕业了时，就缔结良缘，组成属于他俩的小家庭。

在分别的前夕，他们来到学校一侧的小石桥旁。

"咔嚓"一声，肖越将锁锁在桥旁的铁链上，拔下钥匙，将一把钥匙放在苏云湖的手心："它锁住了两颗相爱的心！"

他一个转身，把自己手中的钥匙向湖里扔去，系着红飘带的钥匙在空中漂亮地画出一个弧形，飘落在湖面，悠悠地打转，慢慢隐入水中，闪出涟漪……

苏云湖将手中的钥匙交给了肖越：“还是放在你这儿吧……”

× × ×

沉浸在那些回忆中的苏云湖，突然想起了什么，匆匆走到自己的卧室中，打开旋转在小柜子上的皮箱，翻出本旧相册来，又匆匆打开这本相册。

已经有好几年没有翻动过了，然而每打开一页，她都感到甜蜜与酸楚交织在一起。

看，这就是他们在北海拍的那张定情照。在巍峨的白塔前，肖越坐在石凳上，苏云湖则依偎着他，多么般配的一对年轻人呀!

看，这是在天坛祈年殿前的留影，苏云湖记得，正是在这个帝王祭天的所在，肖越曾对她诉说过自己对她的爱，爱得那么深切。同样地，苏云湖也悄声低语地说她对肖越的爱，可以说爱得刻骨铭心。

这是一张在颐和园长廊中留下的踪迹，那时候，他们手挽着手，肩靠着肩，在喁喁细语。她对他说，在毕业以后，她希望能进入长征航天公司的宣传部门工作，以便和他朝夕相处。但她又怎能料到他们俩决心厮守一生的愿望，竟然成了泡影呢?

想到这里，她不由自主地拿起电话，她要把心中埋藏了许久的话向他倾诉。

这时的肖越，正在航天城的小礼堂内参加一个舞会。

小礼堂的主席台前，悬挂着“庆祝科学实验卫星发射成功”的横幅，参加发射的研制人员济济一堂，年轻人成双成对在翩翩起舞。

在国际上有一些知名度的IAF公司的总裁罗伯森先生和他的高级助手伊丽丝女士举着酒杯走向肖越和楚天成。

罗伯森十分高兴地对肖越说：“我们对中国火箭的精确性和可靠性留下了深刻的印象，长征号将搭载我们IAF公司的两颗实验卫星，但恕我直言，我唯一担心的是你们火箭的运载能力。据我所知，中国目前好像还没有这样大推力的火箭……”

肖越不卑不亢地说：“我对罗伯森先生如此真诚的坦率和信任表示感谢，我们正在改进我们的火箭……”

长征公司的老总楚天成进一步表示：“我们会如期将我们的两位珍贵的乘客送入预定轨道，到那时你们将会看到更为壮观的场面。”

罗伯森：“OK！全世界都将为之瞩目。我们等待着这一天。”握手。伊丽丝也伸出手来与楚天成相握。

这时，公司办公室的一位秘书挤进跳舞的人群，来到肖越身边，压低了声音说：“肖总，您的电话。”

肖越问道：“谁打来的？”

秘书说：“是位女同志，长途……”

肖越挤出人群，来到小礼堂门口的电话室：“喂，喂，我是肖越……”

苏云湖听了听肖越的声音，答道：“喂，喂，你……”但对他说些什么呢？一时反倒拿不定主意了。

肖越在电话那头说：“喂，你是哪位？”但没有回答，只好再问，“哪位？怎么不说话？”但只听“啪”的一声，那边电话挂断了。他有点莫名其妙，只好也挂了电话。

他哪里知道，来电话的是苏云湖呢？

……

苏云湖在继续翻看着照相簿，那是一张准备贴在结婚证书上的单人照，笑眯眯的肖越，似乎满怀对未来的向往，笑得不可抑制地留下了这张照片。那时的他，穿着一件刚缝制的、准备做新郎时穿的蓝灰色人民装，一头乌黑的头发梳成一个小分头，平添几分精神。

在他从照相馆中取回这张照片后，又向苏云湖讨了她的近照，当时他说：“一方面是领结婚证的需要；另一方面是在向领导打结婚报告时，也要给领导看一下我未来的妻子是个怎么样的人。”

她记得，肖越是第二天向研究所的领导提出申请的。

长征航天公司的前身是航天科技研究所，那一天，肖越来到所长楚天成的办公室，向他递交了结婚申请报告。因为肖越在学校读书时就入了党，那时候党员结婚，是需要获得组织上的审批的，而楚天成是兼着研究所支部书记一职的，向他提出报告，就是同时向党、政两方面申请结婚了。

当时，所长兼支书楚天成接过书面报告看了一遍后，念道："苏云湖，女，汉族，籍贯为江苏苏州，于1935年9月2日出生。家庭出身：自由职业。本人成分：学生。政治面貌：团员。文化程度：大学。本人职业：中学语文教师。本人历史：清白。我俩经数年恋爱，感到彼此志趣相投，能互帮互助，特请求组织批准结为夫妇。又：为支付结婚费用，请批准借用下个月的工资。申请人：肖越。"念完，楚天成用带调侃的语气说："要请我们吃喜糖了？"说着，又将苏云湖的照片端详了一下，说，"很漂亮的女孩呀，怪不得许多人帮你介绍对象，你一概拒之于千里之外呢。这个事，你连我也保了密。"

肖越只好嘿嘿地笑着，不好搭腔。

楚天成说："报告我收下了，你就静候佳音吧！"

肖越礼貌地向楚天成鞠了一躬，说了声："让你劳神了，谢谢！"便转身离开了。

但后面的发展，却让他十分意外，至今仍有"丈二和尚"之感。

预定结婚的日子就要到了，他在等待着苏云湖的翩然而至——她毕业后被分配到山东德州的一个中学工作，得坐几个钟头的火车才能来到北京哩！

每天，他掰着手指头算："还有六天了！""还有五天了！"……"还有一天，明天，她就可以来到北京了！"

他还住在研究所工作人员住的筒子楼内，房间在邻居们的帮助下，已经打扫得干干净净，不需要的东西已被清理出门，新添了一张四尺半的架子床和一只可当书橱、又可放置其他物品的两用橱，一张方桌和四把靠椅。墙上糊上了湖绿色花纹的墙纸，挂上了两人在白塔前拍摄的放大照片，一切都显得那么清新、明亮。他想：“云湖一定很喜欢这间小屋的。”

她应该在这一天的下午五时许到达北京，于是，还不到下午两点，他就踩着自行车来到前门车站。

等呀等呀，大钟敲了五下，他完全摆脱了等待时的焦急而兴奋起来，再有二十分钟，他心爱的云湖就要来到自己身边了！

从南京开来的火车，经过长途跋涉，喘着粗气，停在月台上了。肖越知道，载着从德州上车的苏云湖的列车已经安全抵达，他便站在出站口目不转睛地观看着出站的人流，生怕漏掉了苏云湖。

然而，当旅客们都走光了，他也没有等到苏云湖，只剩下一位打扫站台的清洁工在用扫帚清除着地上的垃圾，但肖越仍未死心，问道：“老师傅，请帮我看看里面还有人吗？”

清洁工摇摇头：“人都走光了。”

肖越仍在心中嘀咕，不可能呀，明明说好了是这班车嘛！然而，这不可能却是实实在在的可能，苏云湖始终没有出现。

他失望地返回了研究所，一路上不住地向自己提问：“难不成她生了病？”随即否定了这个提问，“有什么重要的事影响了她的行程？”但又推翻了这个假定，“难道是她疏忽大意没乘上这趟车？”可这不是苏云湖的行事风格呀……直到回到研究所，他才结束了这些自问自答。

因为，他刚进了大门，就被门房中的警卫叫住了：“肖越同志，这里有你的一封信。”

肖越接过一看，信封上那些娟秀的字迹，分明是苏云湖的手笔，她到底为什么没能按时来京履行双方的约定呢？他用手一摸，里面分明有一把钥匙，他有了不好的预感。

他迫不及待地拆开这封信，把里面的钥匙取了出来。果然，就是他在小石桥边将这把“锁住两颗相爱的心”的钥匙亲手交给云湖的，现在还给他了，为什么？这是为什么？

他急于从信中获取答案了，只见那张信笺上写着不长的几行字：“肖越，我也喜欢幻想，可幻想毕竟不是现实，我也只是你的一个幻想。我们永远不可能在月亮上相会……请原谅我的不辞而别，我到大西北去了，你不要来找我，你也找不到我……我唯一的请求，是你应该安下心来，继续造你的‘大爆竹’……”

肖越痛苦地揪着自己的头发，心中仍然重复着自己的提问：“为什么？这究竟是为什么！”然而，他理不出头绪，找不到答案……

从此，苏云湖的身影离他越来越远，越来越远了，但一直没有消失在他内心的深处。

有一天，他又一次企图寻找到问题的答案，沉浸在那些过去的回忆中时，被他的妻子古玲娣发现了。

古玲娣问他：“肖越，你坐在那里发呆，是不是工作上碰到了什么难题了？”

肖越摇了摇头。

古玲娣说："那就不要呆想了，出去散散步吧！"

他现在的家庭是美好的，他们夫妻俩十分恩爱，他怎么能因为过去那段情去伤害这和谐的家庭与夫妇关系呢？

他与古玲娣的结合，是发生在肖越陷入跌宕之中和饱受煎熬的"文革"期间。

"文革"开始不久，肖越就被造反派揪了出来，作为"反动学术权威"来批判了。但肖越以自己的一身正气，顶住了那些莫须有的罪名，被那些造反派污蔑为地地道道的资产阶级分子"抗拒交代、顽固不化"的帽子不断飞来。他成了必须"打翻在地再踏上一只脚"的审查对象。

过了一阵，有人从人事档案中查到肖越曾经在苏联求学并获得过博士学位的材料，便以《剥去"苏修特务"的伪装——揭开肖越的真面目》的耸人听闻的大标题，写了一张震动全所的大字报，其署名为"斗苏修战斗队"。那时候，只要有那么一点所谓"线索"，就会被无限夸大地上纲上线为"阶级斗争新动向"，或向"反革命修正主义路线"开火的重大"行动"的。这张大字报还列举了肖越从苏联学成归国后在一次报告会上介绍苏联开发太空的一些情况，以及他平时在谈话中述及在苏联学习空间技术的经过，都被上纲上线为"美化苏修""为苏修张目""失去了中国人的尊严""成为赫鲁晓夫的传声筒"等罪行。于是，他成了"造反派"口中的"苏修"特务。

但是，这位秉持着绝不人云亦云，在事实面前敢于说真话以及相信群众、相信党等态度与观点的正直知识分子，绝不为这些污蔑、诬陷所屈服，在批判会上，那些抛过来的大帽子，他会一个个地顶回去，这不但引起了“造反派”们的愤怒，高呼“肖越不投降，就叫他灭亡”，而且宣布对他的“待遇”升级，他被隔离审查了，就关在研究所原来存放器材与资料的地下室内。

一天，情报资料室的管理员古玲娣到地下室来找一份资料。她的父亲是工人，属于出生在“红五类”家庭的革命群众，虽然没有参加“造反派”，但那些夺了权的造反派也没有把她看成另类，仍然让她处理情报资料方面的工作。

她开了地下室的门锁，沿着长长的水泥阶梯往地下室深处走来。

她拉开一扇小门的插栓，开门，见里面的墙上贴着“坦白从宽、抗拒从严，肖越不投降，就叫他灭亡”之类的标语。双层铁床下铺躺着被隔离审查的肖越。他面容憔悴，胡子拉碴，见有人进来，忙起身坐在小铁床上。

肖越吃惊地说：“怎么是你？”

古玲娣：“是我。”

肖越：“你怎么进来的？”

古玲娣说：“看门的是我读中学时的老同学。”

肖越：“你来干什么？”

古玲娣：“看看你。”

肖越内心涌起一阵激动，在这样的一种时刻，她能够冒着极大的风险来看望他，是多么不容易——患难之中见真情呀！

他们在“文革”前，已经有过不少交往。

在科学研究中，了解国内外的情报和资料，是重要的工作内容。分配到研究所后，肖越经常来到情报资料室阅读那些与课题有关的文献资料，没有多少时间，古玲娣就从他的阅读范围中了解到他的需要。有时，肖越还没有提出要求，她就把已经整理好的资料送到他的手中，一边问：“你看看，这些东西需不需要？”肖越接过来一看，果然是他急需获得的最新资料，便十分感激地说：“太好了，正是我想要的。”一次，两次，这种情况重复了多次后，肖越心中不禁冒出了一句话：“真是心有灵犀呀！”

他们之间的感情，就从这句话为起始，逐步升华了。

今天，古玲娣冒险来到他被隔离的地方，岂不是用行动来证明她对他感情的深厚吗？

古玲娣的深情嘱咐在继续，她慢言细语地说：“你一个人关在这里，可千万不能胡思乱想啊。”

接着，她从军用挎包里掏出用毛巾包裹的两个包子：“吃吧，还热着哩！”

肖越接过，刚想说什么，古玲娣又掏出个小泡菜坛子。

她递上一双筷子：“吃吧，快点吃，别让包子凉掉。”

肖越盘腿坐在床上，拿着一个包子吃了起来，古玲娣又从衣袋里掏出一份外文报纸，递了过去。

肖越："这是什么？"

古玲娣示意他自己看，他打开报纸，一幅照片赫然映入眼帘，照片说明上写着："美国宇航员登上月球。"

他仿佛看到照片中的宇航员活动起来，在月球上蹒跚行走……

肖越激动地说："他们登上月球了！"他突然感到寒冷，抄起被子裹在身上。有一句话他没有说出来，他心中的话是："我们呢？我们却在你斗我，我斗你，把大好时光白白浪费了。"因此，他感到一阵凉意猛袭心头。

古玲娣望望他，背过身去，脱去外套，褪下毛衣。肖越奇怪地望着她，不知她想干什么。

古玲娣穿上外套，手握毛衣走近他："天冷，你穿上它吧。"

肖越嘴里含着包子，一股热流涌上心头，眼眶蓄满了泪水。

古玲娣将毛衣递过去。

但肖越没有马上去接，泪水却夺眶而出了。

在他被打入"另册"以后，在那一次又一次的批判声浪中，在"造反派"们歧视的眼神里，连他自己也有点怀疑自己的过去，还有谁会同情他、理解他、关心他、以平等的口吻来待他呢？但有一个人，就是来到隔离他的地下室、站在他面前的情报资料室的古玲娣，仍然把他当作"人"来对待，默默地给他以精神上的支持，给他以继续生存的力量。在自己身处逆境的时候，还有什么样的情感比这种情感更值得称道呢！因此，他流下了感激的泪水，这泪水顺着脸颊流淌，湿了他的衣襟。

古玲娣伸手轻轻地为他擦去脸颊的泪水；肖越闭上眼睛，泪水反更汩汩地涌出……他一把搂住她的腰，将头埋在她胸前，像一只受伤的野兽低沉地抽泣着。

古玲娣并没有因此感到吃惊，她内心中早已断定，这是迟早都会来的拥抱。今天肖越的表现，似乎是顺理成章的事情。这几年来，肖越在科技攻关中的贡献，他胜不骄、败不馁的精神，以及他待人接物的真诚、工作上的一丝不苟，都在她心中留下了印记。其实，她已暗暗地恋上了他，只不过没有机会和勇气向他表白而已。现在，肖越难道不是在说她想对他说的话吗？难道不是表明了他对她的爱吗？

他们俩的关系，就在这隔离室中被确定了下来，为进入婚姻殿堂而走上一条虽不平坦却充满了阳光的大道。

× × ×

“文革”的噩梦终于过去，但古玲娣却“失踪”了。

又是一次“不辞而别”，他难不成又要像失去苏云湖那样失去她？不可能呀！因为他知道，在这样一个特殊的系统里，有许多不能告知家人的事项，甚至，有的妻子连她的丈夫在哪儿都说不出个所以然来，何况是还未结婚的恋爱对象呢？

古玲娣究竟到哪里去了呢？就像肖越猜测的那样，她被调到一个鲜为人知的地方，位于大漠深处、群山起伏的一座新城——航天城中的发射基地去了。那里的建设正如火如荼地进行，急需一位懂行的资料员去到那里。

真的是“无巧不成书”，不久，肖越也来到基地，作为总设计师，他要为长征航天公司所属新神州机器厂制造的长征火箭发射任务保驾护航，这就给了他们一个“巧遇”的机会。

那一天，肖越和楚天成还有新神州机器厂的厂长王零实乘了一部吉普车开往航天城。

突然，坐在司机旁座的楚天成叫了一声：“停车。”

司机刹车。楚天成跳下去，紧跑了几步，从地上捡起一个“飞马”牌烟壳，他跑回来，将烟壳伸到王零实面前：“王总，你看！”

王零实一摸口袋：“对呀，刚才我扔的，我们又跑到老地方来了，我们迷路了！”

楚天成观察一下方向，手一指：“往那儿开。”

吉普车又往前开去。不料，只开了里把路，在戈壁滩上，吉普车又停下了，楚天成问：“又怎么了？”

司机愁眉苦脸地说：“油没了。”

他们下车，茫然四顾。天地空寂，渺无人迹。

真的是前不着村，后不着店，怎么办？

夜晚来临了，戈壁滩上飞沙走石。

沙子和岩石上马上渗出了阵阵凉意。

他们蜷缩在岩石凹陷处，又饥又冷又渴。

楚天成将自己的军大衣盖在王零实身上，

问道："王总，你没事吧？"

王零实："没事呀。"

楚天成说："你要有个头疼脑热的，聂荣臻老总知道了，非把我们骂个狗血喷头不可！"他双手撑腰，操四川话，学样地说："哪个冻坏了我的科技人员，我就要他赔。"

王零实："我可没那么娇贵。现在，要来两个热馒头就好了。"

肖越补充："再来点泡菜，就十全十美啦。"

楚天成揶揄："我真奇怪，你怎么会喜欢吃泡菜？那一股味儿，跟蹲茅坑差不多……"

肖越："不能说两句文雅点的？"

王零实："赶明儿回到基地，我请你们吃饺子！"

这位王零实也是肖越的老搭档了。

将近二十年前，新神州机器厂还处于草创时期，但我国的第一枚火箭在这座貌不惊人的工厂中诞生了。肖越作为一名设计师，见证了这枚火箭的升空。

那一天，他们早早地来到发射场所。

在这一片辽阔的荒滩上，有一个用填装满沙土的麻袋垒成的指挥所。已是寒冬季节，指挥所洞口挂着好几根冰凌。那时的楚天成和肖越都还年轻，他俩伏在洞口，目不转睛地望着远处。那边，荒芜的海滩上，竖立着一枚两米高的小型火箭。那可是一件宝贝呀，一件耗费了在座的和不在座的同志们心血的宝贝呀，它能成功地飞向蓝天吗？它能负载着亿万中国人的心愿和期待飞向成功吗？

洞内的木桌上，放着一只老式闹钟，四周静极了，大家除了可以听到自己的心跳外，还能听到这闹钟走动时的“嘀嗒嘀嗒”的声音。

作为这次发射的指挥长王零实见已到预定时间，向肖越做了一个手势，肖越忙推上面前的闸刀。

只见那枚火箭颤抖了一下，便喷射出火焰，腾空而起，蹿上了蓝天，飞向了大海。

大家兴奋得跳了起来，欢呼着：“我们成功了！”

于是，他们写下了我国航天史的第一页。

二十年过去了，他们不断更新着航天人创下的纪录，并且将要在这座航天新城里，开创更加辉煌的未来。

王零实和肖越挤在一起，他已经入梦了，而肖越却在似睡非睡中度过了这一晚。

到了清晨，他们却挤靠着睡熟了。“丁零丁零……”远远地，隐约可闻清脆的驼铃声，惊醒了楚天成，他连忙起身寻找，远远地，可以看见一个人骑着骆驼朝这儿走来。

他连忙叫醒大家。终于有人来了，他们得救了，于是，他们朝着骆驼呼喊：“我们在这儿呢！”“我们迷路了！”

骑骆驼的人也朝他们呼喊:“别着急，我来了！”分明是女子的声音，挥着手，越走越近了，竟是古玲娣，背着支步枪，英姿飒爽。

肖越惊呆了，是她吗？是我日思夜念的古玲娣吗？她怎么会在这儿呢？

楚天成进一步证实：“是古玲娣！原来她跑到航天基地来了，古玲娣万岁！”不禁欢呼起来。

肖越望着古玲娣，发现她此时异常的光彩。

他们帮着古玲娣卸下骆驼上的铁皮筒和布袋。

古玲娣招呼着大家，然后说道：“这是水，这是汽油……这是烙饼、酱菜……你们一夜没回来，可把基地上的同志急坏了！快吃吧！”

楚天成：“小古同志，你怎么找到我们的？”

古玲娣：“我们接到北京的电话，才知道你们来到基地，可为什么不见踪影呢？全基地的人都出来了，不过我想，肯定我会先找到你们！”

他们狼吞虎咽起来，古玲娣在一旁甜甜地望着他们。

肖越感觉到什么，回过头，见古玲娣正凝视着自己，一紧张，噎住了。古玲娣忙为他捶背。

她想起什么，居然从袋子里掏出了个泡菜罐来放到他们面前。

楚天成朝肖越眨了眨眼睛，说：“牛郎见到织女了！”

肖越的注意力全集中在古玲娣身上，没有听清楚楚天成的话，忙问：“什么？你说什么？”

楚天成凑到他耳旁，说道：“可以请我们参加婚礼了。”

于是，在这次发射任务结束后，他们双双回到北京，组建了他们的小家庭。过了一年，他们的爱情结晶——肖一平诞生了，给这对夫妇增添了许多欢乐。

× × ×

那位已经成为作家的苏云湖，自从在荧屏上得知肖越的情况后，便渴望着与这位设计师见面。她希望通过对肖越的采访，能够写出一部反映航天人风貌的小说，她想用这种方式来弥补他与她未能结合的遗憾。

趁着肖越返回上海的机会，她来到了长征航天公司，开始踏进这神秘的领域了。新神州机器厂坐落在上海，为了就近指挥，长征公司已在一年前迁来上海。

这次采访，是从公司领导开始的。

她凭介绍信来到公司的办公室，指名道姓要见总经理楚天成。当办公室的一名秘书把她的来意报告给楚总时，他有些踌躇，因为他已约请了一位工程师谈心，便回说："我现在没有时间。"

这位办公室的同志告诉他："这位女作家好像认识你。"

楚天成问他："她叫什么名字？"

"苏云湖。"

楚天成努力回忆着，但实在想不出这位苏云湖是何许人也，不由说道："苏云湖？我不认识呀？"

没有想到的是，楚天成办公室的门却被人推开，苏云湖闯了进来，说："楚总，我只要两分钟时间。"

楚天成合上办公桌上的文件，打量着这位女作家。

苏云湖把那份介绍信递给了楚天成，自我介绍说：“我叫苏云湖。”

楚天成接过介绍信念道：“作家协会，专业作家……”然后问，“苏云湖同志，你想采访什么？”

苏云湖却没有立刻答复，只是默默地看着他，其实她心中有无数的话语要喷射出来，但却强忍住了。

楚天成有点奇怪了：“你怎么啦？哦，听办公室同志说你认识我，可是我认识的人中，没有一个是当作家的呀！”

苏云湖仍然没有回答，只是不置可否地一笑。

楚天成好像明白她没有正面回答问题的原因了，以谅解的语气说：“作家同志，我佩服你采访的技巧。不错，在很多人眼里，航天系统是个十分神秘的领域，越是神秘越能引起人们的好奇。”他想说作家也不会例外，但没有说出口。

苏云湖虽然觉得这位楚总会错了意，仍然不作声地听他说下去。

楚天成没有兜圈子，直接发话了：“你想了解什么？我想，可以让宣传处的同志详细介绍，你一定想接触一些为航天事业做了杰出贡献的英雄人物，这没问题……”说罢，便拎起了电话机。

不料，苏云湖却打破了沉默：“楚总，我想问一句，为航天事业做出贡献的人中，是不是了包括那些二十多年前，为了这个目标，而不得不离开你们的人？”

楚天成一边放下电话机，一边仔细地打量起这位女作家。他站起身来，离开了写字台，踱到苏云湖面前："难道，我们见过面？"

苏云湖："岂止是见过面……你，对我真的没有印象了？"

楚天成拼命从记忆中搜索，但仍然想不起与苏云湖见过面、谈过心，只有抱歉地说："实在对不起……"

苏云湖告诉他："二十多年前，有一位叫楚天成的同志来找我，他对我说，我对国家做出的牺牲，他永远不会忘记。可今天，我很遗憾！"

楚天成猛然停住脚步，盯着苏云湖。

苏云湖那张印上了岁月沧桑但仍然美丽的脸，在他的盯视下幻化成一张充满青春活力、十分美丽的脸。他想起来了，想起了他曾经以党组织的名义对苏云湖说的那番话。

当时，支部收到了肖越的结婚报告，便立即派人了解苏云湖的情况，但外调的结果让楚天成皱起了眉头。为了不影响肖越的情绪，为了保证肖越手头的重大任务不受干扰，他不得不用毅然决然的方式来彻底解决这个问题了。

他对苏云湖说："苏云湖同志，听说你是一位顾全大局的人，我不能不遗憾地告诉你……"他不得不停顿下来，选择刺激性较弱的语句，但一时又想不出怎样说才能使苏云湖受到的刺激小一些。于是，他接着说："……肖越同志不能跟你结婚……他从事的是我们国家头号绝密科学研究工作……而你有个舅舅在台湾……如果你们一定要结婚，那么，肖越必须离开研究所，离开他的事业……你们两个必须要有一个牺牲自己！"

苏云湖痛苦地说："不……不……"她怎么能为了维护他俩的爱情，让肖越舍弃他的理想，离开可以为之献身的事业呢？"不！决不！"她下了牺牲自己的决心。

这就是苏云湖不辞而别的原因，她不能向肖越透露一丁点儿真相，为了"肖越们"的伟大目标，她不得不选择了离开。

这一点，楚天成通过苏云湖的神态完全看清楚了，他内心中涌出了感激之情，而且掺杂着浓浓的歉疚之意，对她说："苏云湖同志，我感到非常抱歉。你请坐。"忙倒了一杯水递过去。

苏云湖接过茶杯，坐到楚天成对面的椅子上，楚天成也坐了下来。

苏云湖看了下隔着写字台的楚天成："二十年多年过去了，还道什么歉呢？"显得十分宽容。

楚天成："这迟来的道歉，不仅代表我个人……"

苏云湖说："我理解，多少往事空回首……毕竟过去二十多年了，我不是来算旧账的……他，好吗？"

楚天成："谁？"

苏云湖："你说我还会问谁？"

楚天成明白了，歉意地笑了笑："他很好，为了给新型火箭的制造筹集资金——你知道，国家的改革开放刚迈开步伐，下拨的资金一时没有到位——我们正在筹建一家附属的冰箱厂，他正在忙着这事儿哩！"

苏云湖问："可以安排我采访他吗？写这部小说，总设计师可是个关键性人物。"

楚天成答道："当然可以，需要我安排吗？"

苏云湖："由您来安排，那是求之不得的。"说着，站起身来："打扰你的时间远远超过了两分钟，我得告辞了。如果定下采访时间，请通知我，我住在招待所233房间。"与楚天成握了握手，苏云湖翩然而去了。

× × ×

此时的肖越，已被卷进创办"三产"的热潮中。

改革开放不久，为筹集计划外的资金来弥补财政拨款的不足，几乎所有的单位，都在筹划兴办"第三产业"，长征公司准备开发的产品，是市场上货源紧缺的电冰箱，这件大事，由新神州机器厂负责。肖越自然要负设计方面的总责，他的助手除了号称"三剑客"的刘家骏、庄云贵、欧阳纯三位工程师外，行政上由厂长杜之彬负责。机器厂的上级主管、长征航天公司的楚天成，则是这个项目的"始作俑者"，当然十分关心这个项目的进展情况，有什么问题，是要立即向他汇报的。

经公司批准，机器厂从美国定购了冰箱生产流水线的全套设备，三个月前就已委托航运公司的麦哲伦号货船承运，不久就可到达上海了。新神州机器厂也清理出一个已报废的厂房进行了改造与装修，作为安置这条流水线的电冰箱生产车间，真的是"万事俱备，只欠东风"了。

进入8月，台风多发，楚天成每天数次观看气象节目，计算着麦哲伦号在太平洋上的位置，有时，因台风与麦哲伦号碰不上头而极其高兴；有时，因台风中心经过的路线，正好和麦哲伦号的行进路线十分接近而忧虑万分；有时，得知台风中心与麦哲伦号擦肩而过，货船安然无恙，总算把悬着的一颗心放了下来。当家人嘛，他对这条与航天事业的发展有紧密关联的货轮能否顺利而安全地抵达上海港当然十分关切了。

冠名“灵芝”的十一号台风将通过台湾海峡后折向东方，经太平洋而北上，受“灵芝”的影响，大暴雨席卷了这座城市。

已经是晚上十一点半了，躺在床上的楚天成辗转反侧、难以入梦，他索性坐了起来踱到窗前。

窗外，灯光昏暗，大雨如注，那几棵大树被“灵芝”刮得东倒西歪，啊！那一棵云杉怎么啦？居然拦腰被台风折断了。他的思绪马上飞到太平洋上的麦哲伦号上，天呀！船上装载着冰箱流水线的八十个集装箱，会不会受到损害呢？

是的，这艘麦哲伦号，正在经受着“灵芝”带给它的严峻考验。这艘万吨级货轮在惊涛骇浪中被抛上抛下。

船长发出“SOS！ SOS！”的求救信号，告知各方：麦哲伦号在太平洋海域遭到台风袭击……

大雨凶猛地冲刷舷楼，甲板上的集装箱在“嘎嘎”的响声中倾斜。

又一排巨浪掠过船头，巨浪的威力居然击断了粗大的钢缆，那根绷断的钢缆突然飞起，货轮在巨浪中左右摇摆，剧烈倾斜。

不少集装箱在暴雨中滑动，麦哲伦号处在十分危急的状态。

一种不祥的感觉缠绕着楚天成，他回到床上再次进入半躺半卧、半睡半醒的状态，这八十个集装箱怎么样了？流水线会遇到危险吗？这念头翻来覆去地在他心头翻滚。突然，床头的电话铃声响了起来，他顺手拿起话筒，见闹钟指针指着两点十分。

话筒里传过来办公室值班人员的声音："楚总吗？刚刚接到一份加急电报。"

楚天成心中一惊："什么，加急电报？我就来……"忙找了条长裤和一件衬衫穿上。

他的老伴儿已经习惯了这种夜半来电的情况，只是咕哝了一声："公司又有什么事？"

楚天成安慰地说："我去去就来，你睡吧，才两点二十。"急匆匆地出了门，走下楼梯，来到宿舍的门口，只见狂风肆虐，大雨如注。8月的夜晚，凉得如同深秋，他感到一件衬衫已抵制不了台风带来的凉意，想回去加件衣服，但公司派来接他的车子，已经穿过风雨，在他宿舍门前来了个急刹车，不前不后地将车门对准了宿舍的门口。

秘书打开车门，楚天成忙钻了进去，慌忙间，连伞也没有拿，免不了把上衣也淋湿了。

司机知道事急，马上发动了车子，小轿车就像脱缰的野马，在柏油路上飞驶，惹得地面上的积水高高溅起，打在车身上，把窗玻璃也溅得一塌糊涂。

轿车驶进公司大门，楚天成急匆匆地走上楼梯，走进办公室。值班的工作人员迎了过来，交给他那份加急电报。

楚天成拆开电报，大吃一惊："什么？麦哲伦号已经沉没了？"

那位工作人员心情沉重地说："根据现在得到的消息，二十一个集装箱，全部沉入了海底。"又补充了一句，"都是关键部位的设备。"

楚天成的拳头重重地落在办公桌上。但他没觉得疼痛，他的全身似乎已经麻木了……

他转脸对秘书说："上班以后，召开一个紧急会议，请大家来商讨一下善后。"

秘书没有答话，默默地点了下头，他的心头分明也感到了压力，有些沉重。

× × ×

肖越现在是新神州机器厂的总设计师，又兼着航天研究所的工作，这一天，他来到研究所上班。

他上楼以后，沿着走廊推开一间设计室的门，见空无一人，心想："都哪儿去啦？！"

不料，再打开另一间设计室的门，还是空无一人。

他又走到另一间设计室，推门，也是空无一人。

他感到意外，到底是怎么回事，不禁皱起眉头。

这时，会计走来："肖总，正要找你！领奖金！"

肖越："什么奖金？"

会计：“长征号运载火箭荣获国家科技进步特等奖，奖金五万元！发奖标准分一、二、三三个等级。肖总是总设计师，绝对一等奖。”取出一个信封，“100元。你点一点，签个名。”

肖越没点数就签了名，嘀咕了一句：“人都跑哪儿去了？”

会计有点奇怪：“怎么？你还不知道？”

肖越不解地说：“知道什么？”

会计：“麦哲伦号呀！”

肖越有点急了：“麦哲伦号怎么了？”

会计：“沉啦！冰箱流水线泡汤啦！他们都去机器厂了。”

肖越头也不回地奔下楼去，他要到新神州机器厂去了解真实情况。

机器厂的会议室里，杂乱地坐着一屋子的人，欧阳纯、刘家骏、庄云贵这形影不离的“三剑客”坐在一起。

杜厂长哭丧着脸先发了一圈烟，然后语气沉重地说：“八十箱设备沉了二十一箱，虽然保险公司会理赔，可是十赔九不足啊！唉，全是关键设备和图纸，等于整个生产线全部泡汤！这么多钱买回一堆废铁！怎么能不叫人心疼！这关系到工厂的命运！整个公司的前途……”

他深深叹了一口气，再也说不下去了。

没有人说话，一个个垂着脑袋，闷头抽烟，似乎空气也凝结起来了。

当肖越赶到这里时，会议已散，他从杜之彬那里了解了整个情况，和杜厂长一样，心疼到了极点。

他们肩上的责任，让他们摒弃了沉痛的心情。他们清醒地知道，新型火箭的研制已经到了攻关阶段，可不能把沮丧的情绪带给研究所和机器厂的人，而是要在遇到挫折时展示自己的沉着应对，带动所有的员工去夺取新的成果。于是，肖越觉得必须将研究所和机器厂的精兵强将集中在一起，讨论新型火箭的设计和制造。

但进展并不顺利，星期一的早晨，肖越把欧阳找到自己办公室，了解新型火箭研制讨论会的筹备情况时问："讨论会能在周末举行吗？"

欧阳摇头："恐怕不行。"

肖越有些不解了，忙问："怎么回事？"

欧阳叹了口气："没心思……冰箱流水线沉了，大家心里乱哄哄的……"

肖越有些不满了："心情可以理解，但不能妨碍工作。"停顿了下，他继续说："大家应该知道，相比之下，火箭更重要！"

欧阳："是的，可是……"

肖越断然地说："不存在什么可是！冰箱的问题，由搞民品的同志负责解决，火箭决不能受任何干扰！"

欧阳搬救兵了："可楚总说，大家都要为抢救冰箱流水线出把力，他准备召开一个抢救流水线的论证会，指名要我们几个参加……"

肖越一听："原来是这样，我这就去找他。"意识到楚总和自己想法不一样，他觉得需要沟通，便急匆匆地走了。

他来到了楚天成的办公室。

楚天成见肖越进来，乐了："嗬！老兄，你来得真巧，刚才一位老战友来看我，留下一包好烟。”把一包云烟扔过去。

肖越往沙发上一坐，抽出一支烟，点着以后，便顺手把香烟塞进自己口袋。他们是老搭档了，从来都是烟酒不分家的。

楚天成倒着茶：“这儿还有点今年刚摘的碧螺春，你尝尝。”把茶杯放在肖越前面，“要觉得好，等会儿包一半去。”

肖越揶揄地说：“你这样盛情款待，我倒是消受不起了。老伙计，别跟我兜圈子了，有什么事就爽快地说。”

楚天成笑了：“是吗？好！知我者，肖越也！”拖了一把椅子，在肖越对面坐下，贴心贴肺地对他说，“老兄，麦哲伦号搞得我们措手不及。不把这个事情及早解决掉，整个公司人心浮动，资金搁死，今后的发展，像造职工住宅、改造设计大楼，都无从谈起。没法子，我只好向你借兵。趁新型号火箭还没正式上马，先抽几个大将过来。我想，凭我们航天技术的优势，是可以把沉掉的设备分段搞出来的。”

本来，肖越来找楚天成，是想和他争明白火箭与冰箱谁重要的，可自己的话还没说出口，反倒让楚天成说了这么一大套，自己显得有些被动了。也好，就以借人为题，将被动转为主动吧。于是，他有些愤愤然地说：“还要借人，你的胃口也忒大了吧？我的人，不是已经被你挖走了吗？怎么还要借人？”

楚天成听话听音，为了防止肖越说出难听的话来，便打断他说：“老兄，别意气用事……”

肖越正色地说：“谁跟你意气用事了？我把话说清楚了，新型火箭就要上马，要动我的人，不行！”

楚天成：“这次是特殊情况！”语调柔和，有些求情的味道。

肖越寸步不让：“全国、全世界都瞪大眼睛等着看中国的新型火箭，看我们怎样同时把我国研制的气象卫星和两颗外国的卫星送上天，这是开天辟地以来第一次发射一箭数星呀！这个时候还能借人？”

楚天成：“短时间抽几个人出来，并不影响火箭研制。”

肖越态度很坚决：“不行！不行就是不行！”

楚天成默默地踱了几步，停住脚步问：“这么说，你是坚决不肯借人了？”

肖越没有回答，他觉得，话已说得如此清楚明白，还有重复的必要吗？

楚天成：“老兄，别怪我不打招呼，如果我们的意见不能统一，我只能召开党委会，请党委委员们集体做出决议。”

肖越站起来：“你是党委书记、总经理，你有权这么做。可是，任何人也无权拖延新型火箭上马！”他向门口走了几步，从口袋里掏出云烟，扔在楚天成的桌上，头也不回地朝门外走去，大有与楚天成决绝的意思。

说来也巧，他的妻子古玲娣正在找他，他们在走廊上迎头碰上了。

古玲娣指指手上捧着的资料告诉肖越：“这当中有国外许多专家对我们新型火箭的评价和分析。”

肖越没有停步，他俩并肩走着。肖越说：“都盯着我们的火箭哩！

哎，你上次提起的航天论文集，帮我找出来，等会儿给我送来。”

“是那本 *Word Space Technique 1975* 年出版的《世界空间技术》吗？”

“对！就是那一本。”肖越说。

古玲娣停了一下：“这两天，送来不少冰箱流水线的资料，都急着要翻译。”

肖越：“又是冰箱。”

古玲娣：“没办法，上上下下急得像热锅上的蚂蚁，心思都在这上头。听说，冰箱流水线上不了，基地职工的住宅、老厂改造都没钱去搞，还有，看着人家单位奖金一笔一笔地发，大伙就是嘴上不说，这心里也鼓不起劲来，现在，不是从前了……”

肖越闷头走着。

古玲娣显然在做他的思想工作，她说：“我看，火箭和冰箱，手心手背都是肉，我们现在是在改革呀！”

肖越抬眼望了妻子一眼，心想：“连古玲娣也这么想。”

这时，办公室的秘书追了过来，一边叫：“肖总，肖总！”

他们只好停下脚步，肖越问：“又有什么事？”

气喘吁吁的秘书说：“楚总请你回到他那里去，说漏掉一件重要的事，想当面跟你说。”

肖越只好随着办公室秘书回到楚天成的办公室，刚进门，肖越就问：“又有什么事？”

“有位作家要见你。”楚天成说。

肖越不情愿地说：“你是知道的，我历来不接受采访。”

楚天成只好说：“我已经答应了人家。”

肖越：“你搞什么鬼！”推门而出。

苏云湖正好按照跟楚天成约定的时间，从门外进来。

这下让肖越吃惊了。

苏云湖分明已听到了肖越的话，问：“怎么，不欢迎？”

肖越期期艾艾说不出话来，他应该怎样回答呢？只好说：“那我们约个时间吧……”

× × ×

相隔了二十年后，他们在一家叫“往事”的咖啡厅里见面了。

这里的环境很幽雅，二十年前，这家咖啡厅名叫“星星”，他们曾多次在这里相会，互相吐露心声。二十年来，咖啡馆数易主人，也数度更名，如今叫作“往事”了。难不成，这就是他们回忆往事的最好场所吗？

两人坐定，点了咖啡后，肖越开了腔，他说：“真没想到，二十年后，我们又在这里见面……”

苏云湖：“我年初刚调到这个城市，和舅妈住在一起。”

肖越点了下头：“你现在是个作家？”

苏云湖解释：“七年前，我偶然写了篇小说，不料，得到杂志社的青睐！经他们推荐去参加了评奖竞赛，拿了个二等奖，从此一发不可收。

你也许看过我写的东西。”

肖越实事求是地说：“对不起，我基本上不看小说……”

苏云湖真诚地说：“我倒是一直注意着你的行踪，每隔一两年，报上会有一则消息，说我国又在某地发射了一枚火箭或卫星，我就想，你大概就在那儿。”

肖越想起了那次在基地接过的一个无言的电话，他不禁问道：“你给我打过电话？长途！”

苏云湖端起咖啡，又放下：“是的。”

肖越想问个明白：“为什么不说话就挂了？”

苏云湖：“说什么呢？”

肖越仍不解：“你为什么要给我打那个电话，为什么现在又来找我？”当然语气中带有些许怨愤。

苏云湖：“你现在是个重要人物，难道不允许我一个小小的作家来采访你吗？”

肖越咄咄逼人：“你想采访什么？”

苏云湖：“你的事业，你的家庭，所有我感兴趣的一切……”

肖越心想：既然如此关心我的事业，你那时为何不辞而别呢？当然没有说出来，但心中却有一个不甚明了的问题，于是进一步说道：“我想知道，你究竟以什么身份采访？”

苏云湖答得很巧妙：“对于你来说，难道我还有其他身份吗？”

肖越真切地说：“我从来拒绝作家采访。”

苏云湖："是吗？你不觉得，我们的第一次采访已经开始了吗？"

肖越："那么，什么时候结束呢？"

苏云湖意识到他们的话不投机，略一停顿："现在。再见。"她站起身来伸出手去。

肖越没握她伸过来的手，由此可见他对苏云湖的"耿耿于怀"了。

苏云湖似乎并不介意，并且对肖越说："我还会来找你的。"

她走了，肖越还坐在那里，居然没有理睬她。

晚间，心烦意乱的肖越回到家中，一来是苏云湖的来访，打乱了他内心的平静；二来是儿子肖一平学校的班主任顾老师特地到单位来找了他，开门见山地说："你是肖一平的爸爸吧，你可从来没到学校参加过家长会。"

儿子的老师找到单位来了，而且有点兴师问罪的样子，怎能怠慢？他忙请顾老师坐下来，并倒了一杯水，然后问道："顾老师，一平的表现怎么样？"

顾老师直道其详："我今天正想来和你谈谈这个事情。肖一平是个很聪明的孩子，可是……这是肖一平这学期功课的成绩……"

说着从挎包里掏出一份成绩单。

肖越接了过来，看完后连连摇头。

顾老师停顿了一下，问肖越："除了外语，其他各门成绩都不理想。你们是否打算送他出国，所以只要他学好外语就行了？现在很多做家长的都在为子女赶出国浪潮！"

肖越否认："不，我们没这个打算，一平的母亲是资料员，她平常能辅导一平的外语。"

顾老师快人快语地说："噢，原来是这么回事！"但转念一想，"那就更不对了！你是科学家，数理化程度没的说了，为什么不能抓紧一下儿子的学习啊？"

肖越有些狼狈："我很抱歉，工作实在太忙。"

顾老师批评地："这不是理由！爱因斯坦还常常辅导邻居小女孩的初等数学呢。我看问题的关键在于你这个当爸爸的是不是重视小孩的教育，从根本上说，是不是有颗爱心。"

肖越恭恭敬敬地听着她的教训，只好连连承认："是的，是的……"

肖越回到家里后，回味着顾老师的那番话，不禁气从丹田一涌而上，他打开儿子的房门，入内一看，在整洁而舒适的小卧室里，床头贴满了一张张男女影星、歌星、体育明星的相片。肖越从书架上抽出几本书，都是武侠小说；抽出一盒录音带，塞进录音机，传出来一阵阵外国流行歌曲、音乐的声音。

他"啪"地关掉，摇摇头。

这时，肖一平进了屋，正看到父亲在自己小房间内，便问："爸爸，你怎么在这儿？"

"你总算回来了！"肖越挥手在屋内指了一圈，"把这个、这个、这个……统统都给我撕掉！扔掉！处理掉！"

儿子莫名其妙："爸，你怎么了？"

肖越："怎么了？正要问你呢！你这书怎么读的？你在动什么脑筋？撕掉！统统撕掉！"

肖越指着书架上的书和录音带继续对一平说："从今往后，不准看这种无聊的书！少听这种歌！把精力用在读书上。"他将武侠小说、流行歌曲录音带扔在地上。

从超市买东西回来的古玲娣闻声进屋，问："老肖，怎么了？"

肖越："你问你儿子！"气呼呼地走出屋。

古玲娣："一平，你又惹你爸爸生气了！"

儿子感到委屈，一边撕画片，一边落眼泪。

古玲娣来到客厅："老肖，一平怎么了？"

肖越自嘲地说："他在学校里胡天胡地，我倒在单位里代他吃批评！老实说，连部长都没有这样训过我！"

古玲娣从桌上拿起成绩单："顾老师来过了？"看罢，叹了口气，走进小屋："一平，不怪你爸爸生气，你是太不像话了！"

儿子不服，嘟嘟囔囔地说："我功课不好，他也有份！人家做父亲的都从小教儿子做功课，他一年到头在外面，现在倒一本正经管起我来了，我跟得上吗？我能读上高中就算不错的了！"

古玲娣："爸爸教育你，也是为你好。快把东西收拾了，好好复习功课！"

白天，他与苏云湖闹了个不欢而散，还受到顾老师的训斥，回到家，又跟儿子发生了不愉快，真的是"不如意事常八九"。他心烦意乱，沉着个脸，坐在沙发上一动不动。

古玲娣见状，忙劝慰地说：“快别生气了。”她以为肖越在生儿子的气哩，便体贴地说，“弄两口老酒吃吃吧。”便到厨房里把肖越爱吃的百叶结烧肉和清蒸鱼回了下锅，热气腾腾地端上桌来，又拿了酒盅，抱了瓶花雕放在肖越座前。

肖越是“何以解忧，唯有杜康”，对“一醉解千愁”这句话，也有深切的体会,因此,古玲娣的这些动作让他心存感激:“知我者,玲娣也！”

他突然想到，那天的100元奖金还没有给夫人哩，还未端酒杯，就从衣袋里把钱掏出来给了古玲娣：“科技进步奖奖金，给一平买双运动鞋吧，他脚下那一双早已破得不能穿了。一平呢？来吃饭呀！”

刚挨过训的一平，听了父亲这番话，便走过来坐下，刚才的委屈也一扫而光了。

古玲娣见此情况，禁不住“哧”地笑出了声来，这位严父一下子又变成慈父了，平时惯儿子的古玲娣也不得不说上一句了：“爸爸这是爱护你，以后用点功就不会惹你爸生气了！”

肖越三杯酒下肚了，古玲娣见他有些醉意，便劝说：“行了，别喝了！”

肖越听着这亲切的声音，望着坐在对面的古玲娣，她见他那么专注地看着自己，不禁又说了一句：“再喝就过量了。”

肖越眯缝着两眼，仍然目不转睛地看着她，怎么回事呀，恍惚中，古玲娣竟成了苏云湖，再一看，仍然是古玲娣，他知道，自己虽然倾心地爱着他的妻子,但苏云湖嵌在他心中的倩影,恐怕是难以消逝的了——尽管直到现在,他还没弄清楚她为何在结婚前夕不辞而别,但那段初恋时的如糖似蜜的感情,绝不会从他心中抹掉的。

在他的脑海中挥之不去的这个人,现在又活生生地站立在他的眼前了,这是第二天的上午,苏云湖又一次来到他的办公室。

当他听到有人敲门时,忙说道:“请进!”

苏云湖推门进来,肖越一下子呆住了:“是你,又要采访吗?我们没有约定呀!”

苏云湖:“不,除了采访,就不能在你这儿坐一会儿吗?”

肖越忙说:“当然可以,请原谅我的时间紧,请坐。”

苏云湖在沙发上坐下。

肖越则在屋内踱步。看来,他有些不知所措了。

苏云湖看着他:“你有心事?又是在为你的‘大爆竹’操心?”

肖越很快就摆脱了他的尴尬,而且苏云湖又提到了他的‘大爆竹’,倒给他以启发了。旁观者清嘛,也许可以和她讨论一下,于是他说:“你是作家,见多识广,有个问题我想请教你。”苏云湖注视着他,他停了一下,说出了问题,“当你觉得自己不合时宜的时候,你会怎么办?”

苏云湖想了一下,说:“我?我就改变自己,使自己变得合时宜。”

肖越:“如此……能举个例子吗?”

苏云湖接着说:“比如,我过去写纯文学的作品,现在有时也写通俗小说。”

肖越问："这对你很容易？"

苏云湖摇了下头："不，生活告诉我一个卑微的、但又是严酷的道理，你必须面对你的现实、你的环境。"

肖越对她有点另眼相看了，因此说："你好像变了很多。"

苏云湖马上接了茬儿，说："因为世界在变，我们就应该跟着变。"

肖越站起身，思索着，半天没有说话。

他脑海中的两件事让他十分纠结，一件是他认为最为重要的头等大事——让新型火箭早日升空；另一件却是近来闹得沸沸扬扬的，将沉在海底的冰箱生产设备设计并制造出来，让流水线快速上马，在他看来，这件事远不如研究火箭重要呀！

在艰难的思考过程中，他十分困惑，然而苏云湖有关通俗小说的宏论，让他受到了启发，如果把火箭比作严肃文学，那么冰箱生产线就是通俗小说。"对！通俗小说！"他不禁说出声来——他从纠结中得到了解脱。

晚上，回到了家，见古玲娣正在小书房内就着台灯工作呢。

肖越问："又有什么急需的东西，要加班加点地翻译呀！"

古玲娣知道肖越是不赞成流水线上马的，所以便解释说："欧阳他们请我务必帮个忙，我不好意思推！"

肖越猜到了："是写通俗小说？"他引用了苏云湖的话。

古玲娣不解："什么乱七八糟的，我什么时候写过小说？实话告诉你，是冰箱流水线的资料，还有一点就翻译好了。"

“把翻译好的给我看看。”说着，他拿起写字台上已译好的资料，还自言自语地说，“我的通俗小说呀！”坐到沙发上看起来。

古玲娣十分奇怪，丈夫今天怎么了？看了一眼正在认真读资料的肖越，又低头翻译起来。她没有想到，肖越已经把电冰箱流水线看作他的第二件大事了，而且要把两件大事“同时并举”了。

× × ×

为了“同时并举”，杜厂长正在召集工程技术骨干们开会，刘家骏、庄云贵、欧阳纯“三剑客”作为骨干中的骨干当然也在座。来到公司采访的苏云湖也参加了。

刘家骏在发言：“……关键性的图纸和机器，都随着集装箱沉入海底了，如果我们能够从美国廉价地搞到这部分设备，冰箱生产流水线就可以重新上马，所以……”他想说“要请公司派专人去美国盯着，如果有了这种线索，得马上下手买”，但被庄云贵打断了。

庄云贵说：“想得美，除非又有一家老板破了产，拍卖他的冰箱生产线，那要等到猴年马月呀！”

杜厂长：“就是出现这个情况，我们也没有钱去买呀！麦哲伦号一沉，没有一家银行肯贷款给我们了！”

肖越知道了开会的事也赶来了，但坐在门外靠背椅上没有进去，听着里面的讨论，他想抽支香烟，不料铝制烟盒中空空如也，只好作罢。

这时，他的身旁坐下一个人，原来是楚天成。

楚天成从口袋里掏出一包中华烟，抽出一根递给他，两人不发一言地坐在那里。

会议室里谈得更为热烈了，欧阳纯发言说："我们能不能不再花钱，而是依靠自己的技术力量解决设备问题……"

"这只是个良好的愿望。如果能依靠自己的技术力量解决问题，那么当初就不必花费那么多外汇去引进流水线了。"刘家骏觉得欧阳的想法不现实。

大家又议论纷纷起来。

会议室门开了，楚天成和肖越走了进来，大家为他们让出座位。

一位工程师说："请肖总说两句。"

肖越："我可是自投罗网啊。"

这句话，引起了哈哈大笑。

"大家都在谈冰箱。在座的各位，家里有冰箱的怕不多吧？我家里倒有一台，冰得最多的，是隔夜剩菜，还有泡饭。"肖越继续说。

笑声更响，在笑声中，会场气氛更热烈、更欢快了。

肖越郑重地说："至于造冰箱，我这辈子怕是干不了喽！我们是搞运载火箭的，我有点儿纳闷，难道冰箱这玩意儿要比火箭还复杂？这冰箱能有多少高科技？我现在点个名，在座的主任设计师请举手。"

七个人举手。

肖越："研究员请举手。"

十二个人举手。

肖越：“高级工程师请举手。”

许多人举手。

肖越：“在座的同志们，我们今天参加的可是全世界科研级别最高的冰箱流水线的论证会啊！”

大家交头接耳，在低声评论肖总这句话的真实含义，情绪十分活跃。

庄云贵受到肖越的鼓舞，说道：“我觉得，依靠我们自己的技术力量解决设备问题，是有可能的。困难的是图纸，图纸已连同设备一起沉入了大海……”

杜厂长回忆起一件事：“图纸是由几个人分头验收的。”

庄云贵沉吟了一下：“能不能凭他们的记忆恢复？”

一位工程师说：“凭记忆只能恢复百分之五六十，要恢复原样是不可能的。”

“能恢复多少就恢复多少！”欧阳纯提议。

刘家骏心中不踏实：“不能恢复的部分怎么办？”

欧阳：“我们可以重新设计，但这是一件十分费劲的事。”

会场气氛更加活跃。有人说：“这是条出路。”有人说：“死马当活马医。”也有人说：“能行吗？科学的东西凭记忆？”

老张师傅站起来：“我说两句。”他是全厂有名的老技工，曾经因在技术革新中，提出许多“小改小革”的办法，大大地提高了劳动生产率，被评为革新能手，成了市级劳模，很受人器重和尊敬。这时全场静了下来，只听他说道：“……这冰箱流水线的图纸，我这里还有一份。”

大家惊讶地望着他。不少人心中想：怎么会呢？

老张师傅不慌不忙地说：“是这么回事，我的任务是在法国拆机器，在中国装机器。在拆之前，我就从头到脚把流水线都画下来了，不过，我画的只有我自己看得懂……”

他从人造革拎包里掏出一本硬面练习本，摊开来递过去，上面画着不规则的线条和图形。

“三剑客”和杜厂长等挤在一起细看，显得有些兴奋。

杜厂长：“请肖总再看看。”

他们朝肖越的位置望去，已不见他人影。

走廊，肖越独自走着，神情悠然。他从左边衣袋里掏出那个铝制烟盒，还没打开就意识到空了，再往右边衣袋一摸，还有一个香烟壳哩。掏出来一看，还是前两天楚天成给他的那包烟，一捏也是空的，便把这空烟壳揉成团，瞄准远处的废纸篓，“啪”地扔了个准。他不无得意地笑了。

他的笑，是从内心深处涌出来的那种轻松，他知道，冰箱生产线可以研制成功了，他可以从“同时并举”中抽出精力，去对付那个“大爆竹”了。

这时，苏云湖来到他身边，没有说话，但肖越似乎听她在问：“这个会开得如何？”

肖越对她说：“妙极了，一部通俗小说开始写了，而且一定写得很出色。”

苏云湖会意地笑了。在肖越看来，她笑得竟然那么灿烂，和年轻时差不多。

× × ×

过了一天，肖越的合作伙伴，另一个关心这部“通俗小说”的楚天成，来到职工宿舍的三楼，见刘家骏的妻子张美丽和庄云贵的妻子杨萍正在刘家骏家门口走廊里的煤球炉上炒菜，老远就闻到一股香味，便走过来和杨萍握手，说：“来探亲了？”杨萍向楚天成点了点头，叫了声“楚总”。楚天成又问张美丽：“什么好菜呀？这么香！”

张美丽说：“楚总的鼻子尖，在炒螺蛳呢！”

楚天成伸出两根指头，从锅里拎出一只螺蛳往嘴里一送，连说：“鲜、鲜，请客呀？有人来？”

张美丽说：“这不，杨萍来看庄云贵，难得织女见牛郎，我们三家聚一聚，欢迎她来上海探亲呀！”

楚天成说：“好呀！来得好。”转身对杨萍说：“有什么事，尽管跟公司说。”又问，“家骏呢？”

张美丽：“在云贵屋里面翻译资料，我去叫他们……”

楚天成：“你忙你的，我去找他们。”

他走进庄云贵家，刘家骏、庄云贵忙起身迎接。

楚天成让他们坐下，说：“哟，‘三剑客’缺了一位，欧阳呢？”

庄云贵："参观科技成果展览会去了，就要回来了。"

楚天成关心地说："云贵呀，你爱人来上海一趟不容易，你抽一点时间陪陪她。"

庄云贵感激地说："谢谢楚总关心。"

楚天成又问："欧阳的个人问题有进展吗？"

刘家骏说："这个书呆子呀，在这方面太缺乏主动性，加上他心里放不下宛如，事情就更难办了。"

楚天成的确十分关心这件事，对他俩说："不是说'三剑客'吗？你们这两位'剑客'可要多帮帮忙哟！"

让楚天成关心的这位欧阳纯，此时已走进科学会堂的大门，参观科技成果展览会。

在展厅的一角，欧阳纯看到一位三十多岁的女子，她像要饭似的摆着地摊，地上放着图纸，旁边的白纸写着："救救一个乡办企业！"她叫尹阿珍，看上去是一位质朴而精干的上海郊区人，欧阳从她身旁走过去，但又被那张白纸上写的话所吸引，便折回身看了看地上的图纸。

尹阿珍发现欧阳似乎很关心，便请求地说："帮帮我们的忙吧！外国人要我们的产品，可我们解决不了工艺上的问题……"

欧阳问："你是？"

尹阿珍说："我是这个厂的厂长。全厂百十口人等着发工资，真把人急死了。"

欧阳动了恻隐之心，仔细研究着图纸："这个工艺问题不难解决，我可以帮你们动动脑筋……”

尹阿珍说：“那太谢谢你了！搞成功了，我们给你回扣！”显得十分激动。

欧阳摇摇头：“那倒不必。”

尹阿珍问：“你是什么单位的？”

欧阳：“航天部，航天研究所。”

尹阿珍一把抓起地上的图纸，对欧阳说：“同志，你等一等，不要走。”不等欧阳答应，拉着他的手就往外走，来到马路上。

欧阳说：“不行，我还有事……”

尹阿珍招招手，一辆出租车停在他们面前。

尹阿珍：“就一会儿，就一会儿！”她把欧阳推进轿车，简直是霸王请客，不由你不去。

轿车开动了，欧阳纯简直一头雾水。

× × ×

在庄云贵的宿舍里。

刘家骏对楚天成说：“楚总，你跟我们一块聚聚吧。”

楚天成幽默地说：“那不成‘四剑客’啦？改天吧。国际 IAF 空间发展公司下月来我们公司考察，肖总要你们，还有欧阳，一起参加接待。”

庄云贵、刘家骏：“好呀！”

楚天成又想起了庄云贵夫妇分居两地的事，问道："对了，云贵，你和爱人长期分居，怎么不见你打报告？"

刘家骏就这个话题，帮了一下庄云贵，说："杨萍是学医的，公司医院正需要医生。"

庄云贵显得没有信心："顶用吗？所里打报告的人不少，可批下来的不多。"

楚天成："叫你打你就打，别的你少操心。"

庄云贵还是有点顾虑："听说市里有新规定，调进一个人，单位要付一万元城市建设费……"这个老实人，关心着公司的开支，却没有为自己设想。

张美丽端着螺蛳进屋："啊哟，又不要你掏腰包，这冰箱流水线上了马，还在乎这一万元？"

楚天成："这话说到点子上去了。"

庄云贵夸张地说："只要党的阳光照到咱们家，我庄云贵誓与中国的航天事业同生死、共存亡！"

× × ×

这时，欧阳却被尹阿珍带到了市郊嘉定的一个小镇上了。在乡办企业简陋的厂长办公室里，尹阿珍拉着欧阳不撒手："你这位师傅，忙了半天，怎么能不吃饭就走！"

欧阳："我真的有事！"

尹阿珍："再大的事，饭总要吃的，就吃二两面，行不行？"

欧阳只好点点头同意。但刘家骏、庄云贵等却等苦了。

桌子上，摆了满满一桌子菜，不但有几个炒菜，还有几只冷盘和红烧肉以及一砂锅的鸡汤。

万事俱备，只欠东风——欧阳纯的到来了。

庄云贵、杨萍、刘家骏、张美丽坐在桌前，楚天成却因另有要事没留下来吃饭。

庄云贵等得有点不耐烦了："这小子，不像话！不等了，咱们先吃！"

"再等一会儿吧，咱们三人可是有福同享、有难同当的'三剑客'，缺一不宴，先抽支烟吧。"刘家骏递烟给庄云贵。

庄云贵连连摆手，向刘家骏眨眨眼睛："烟可不是好东西，十个生癌的九个抽烟，是不是，杨萍？"

刘家骏故意地说："要是十个抽烟的九个生癌，我就戒烟。云贵，今天是不是"气管炎"发作了？"

庄云贵自我揶揄："我这叫坚决贯彻'四条原则'：不抽烟，少喝酒，听老婆的话，跟党走。"

众人哈哈大笑。

杨萍挖苦地说："抽就抽吧，瞧你这点出息。"

庄云贵继续出自己的洋相说："谢夫人开恩。"急不可待地从刘家骏手中夺过一支烟来，点了火，便吞云吐雾起来。

欧阳纯并没有挨饿，他在尹阿珍的乡办企业里正边吃边谈哩，只见欧阳赞叹地说：“你一个乡村女教师，要挑起这么个工厂的担子，也真够累的。”

尹阿珍：“现在想想，自己也奇怪，胆子怎么就这样大，说站就站出来了！我们乡下也实在太苦，我当教师那会儿，小学生三天两头地逃学，不为别的，就为了下河摸鱼捉蟹，给家里赚几个补贴钱。上门家访，乡亲们苦着个脸，只会唉声叹气……这书，反正也教不好了，我一狠心，就出来承包了这个厂。”

欧阳吃完面条：“那小学呢？”

尹阿珍收着碗：“我想等我们厂赚到第一笔钱，就划一半给学校翻造校舍，给教师加补贴。我总想，等到这些孩子长大的时候，他们的生活会比我们富裕得多，也精彩得多。这样，我们尽管活得很累，还算值得。”

欧阳一看表，跳了起来：“不行，我得走了。”说着就出了门。尹阿珍也跟过来：“等一等，我叫辆车子！”

× × ×

庄云贵家。

面对着一桌子菜，大家都没有动筷子，还在干坐着。

庄云贵说：“这么晚了，我们不等了。欧阳肯定有什么事拖住了。”

刘家骏感到奇怪：“欧阳从来不迟到，今天有点反常啊！”

张美丽为大家倒酒："我们边吃边等吧。"

杨萍："你们还不催催欧阳，宛如走了这么多年了，他也该有个家了。"

张美丽叹了口气："我给他说过几次了，可他就是一个劲儿地摇头。他心里只有他的宛如。"

刘家骏："都快五年了吧？唉……"

大家顿时神情黯然，空气一下子跌到冰点。

但欧阳此时却来到了宿舍门口。

当出租车停下时，只见尹阿珍钻出车门，很快地绕过去给欧阳打开车门。

欧阳出来。出租车开走了。

尹阿珍拉着他的双手，真诚地说："谢谢，谢谢，以后有事，我还要来求你帮忙，我送你上楼吧。"

欧阳忙说："不用，不用。"他抬头一看，窗口伸出庄云贵、杨萍、刘家骏、张美丽的头，其他窗户也有人望着。他们都在心里高兴地说："有苗头了！""这人真不错。""欧阳总算熬到头了。"但门外的欧阳却很不自然了，他生怕大家误会自己，忙连连点头，便三步并作两步地跨梯上楼，来到庄家。一桌子人静静地望着他。

欧阳："对不起，我迟到了。"

庄云贵瞄了他一眼，又与大家交换了一下眼色，示意大家别让欧阳"滑过去"："对不起？就这么轻飘飘一句话？要罚酒三杯！"

欧阳："该罚、该罚！"他伸手捧起一杯酒。

庄云贵再进一步：“慢，先坦白交代，刚才那位坐的士送你回来的女士是什么人？”

刘家骏大声呼应：“对，说清楚了再喝。”

欧阳老老实实地回答:“她叫尹……尹阿珍,一家乡办厂的厂长……”

张美丽似乎窥见其中的门道了：“怪不得，我介绍的一个都看不中……”

欧阳竭力辩解：“真的是刚认识的，今天，我去参观科技成果展览会……”

庄云贵:“好了，好了，不用解释了。好事情嘛，来，我们为欧阳的好事干一杯。”

欧阳涨红了脸，认真地说：“真的是刚认识的。”

刘家骏：“我看欧阳说的是实话，这位女士，怎么能跟宛如比？”

提到妻子的名字，欧阳的神色马上变了，不仅有点凝重，而且显得神伤!

张美丽捅捅丈夫的肩膀，转移话题：“你们还让不让人喘口气了，欧阳一定饿坏了。”

刘家骏举起酒杯：“来，喝酒，喝酒！”

庄云贵：“总得来两句祝酒词，家骏先说！”

刘家骏：“为冰箱生产流水线起死回生！”

欧阳：“为新型号火箭早日上马！”

庄云贵搂住妻子的肩膀：“让世界充满爱！”

大家都把酒杯高高举起。

从不同的祝酒词中，可以发现“三剑客”中的每个人都有自己关注的重点，并且各不相同。

× × ×

刘家骏在吃饭时提到的金宛如，是欧阳心中难以抚平的创伤，她是献身给航天事业的一位杰出女性。

吃完饭后，欧阳回到自己的宿舍，打开台灯拿着图纸摊在桌上，在一张纸上画设计图，画着画着画不下去了。刘家骏的话，又一次勾起他对金宛如的思念，让他定不下心来，十分烦恼地将图纸撕掉，扔在地上，起身走到金宛如的照片前。窗外的路灯光照着墙上的金宛如的照片。

他凝望着照片，视线渐渐模糊，那些难以忘怀的往事蓦地袭上心头。他似乎看到，在铺满白雪的戈壁滩上，一个姑娘飘忽着奔来……

欧阳一见，忙大声叫道：“宛如。”

金宛如也一边奔向他，一边大声应道：“欧阳。”

欧阳见金宛如来到他面前，两人紧紧地相拥，一个念头从欧阳纯的脑海里奔涌而出：“宛如，我们结婚吧！”

金宛如：“结婚，不谈恋爱了？”

欧阳说：“没时间谈恋爱了！我们要把一切时间和精力投到工作中去！”

金宛如深情地说：“那我们就举行一个世界上最简单的婚礼！”

欧阳：“行！我们实在没有时间‘复杂’，一切就听你的！”

宛如：“我们应该像居里和他的夫人玛丽亚·斯克沃多夫斯卡一样生活。”

欧阳十分赞同：“对！将来有一天，我们也许会获得斯大林奖。”

宛如纠正他：“不，到了那时候，我们国家会有自己的‘毛泽东奖’‘刘少奇奖’。”

欧阳进入遐想之中：“会有的……”

宛如：“生活是多么美好！”不禁大声唱起来：“我们走在大路上。”

欧阳跟着唱：“意气风发，斗志昂扬。”

宛如接了过去：“毛主席领导革命队伍。”

欧阳：“披荆斩棘奔向前方！”

宛如充满激情地说：“我们一齐奔向前方！”

欧阳说：“是的，一齐！”

宛如：“你答应我，你永远要像爱火箭一样爱我。”

欧阳像在发誓：“我答应你！永远永远爱你！”

宛如：“我也永远爱你！”

× × ×

他们结婚了。

戈壁滩上的一座帐篷内。木桌上点着汽油灯，摆着罐头、馒头和几只苹果。桌前站着欧阳纯和金宛如，他们胸前佩戴着红纸花。

刘家骏打开一瓶酒，往瓷缸里倒酒。

庄云贵神情庄严，手握筷子，俨然一个交响乐指挥的派头："现在我宣布，欧阳纯同志和金宛如同志正式结成终身革命伴侣。"他和刘家骏轻轻哼起了《解放军进行曲》。

欧阳纯和金宛如幸福地凝视对方，慢慢举起酒杯，勾起手臂，在饮交杯酒。

庄云贵朗诵般地说："这是世界上最简朴的婚礼……"

突然，一束束灯光从帐篷窗口射进，几辆军用吉普车急驶而来，围着帐篷戛然刹车，车喇叭声此起彼伏，雪亮的车灯光束将帐篷照得通体透亮。

欧阳他们不知发生什么事，都慌忙跑出门去。

吉普车上跳下一群人，为首的是这次发射的总指挥平将军和王零实总师，身后尾随着一群中将、少将和大校，一个个双手倒背，神色严肃，迎面走来。平将军嘴里吐出了一句话："不像话呀！"

金宛如担心地询问："平将总、王总……"她不知出了什么大事，不敢将下面的话问出口。

欧阳纯等人惊呆了，不敢出声。

平将军打破了哑谜："不像话！怎么能这样偷偷摸摸办事！你们是新中国自己培养的第一代航天科学家，是我们的希望、我们的未来，怎么能背着我们举行婚礼呢？”

金宛如、欧阳纯结结巴巴地说：“我们……我们……”

“哈哈哈。”平将军亮出身后的一束野花，递给金宛如，深情地说：“祝贺你们！”

王零实递上一瓶茅台：“也算我凑个份，恭贺新婚之喜！”

一位将军突然扯起嗓子唱起来：“干妹子，你好来，实呀嘛实在好……”

将军们附和着：“……走起路来水上漂……”

将军们一个个递上手中的纪念品。

金宛如抚摸着胸前的野花，她万分激动，幸福得不能自制了，眼眶里闪耀着泪花。

车喇叭声随着将军们唱歌的节拍此起彼伏，在戈壁滩上，组成一支快乐的交响乐。

有一位将军突然感觉有一股异味，他走出帐篷一看，发现不远处试车台的方向飘来白雾。瞬间，又听到那边响起了警铃声，叫了声：“不好！”

也来到帐篷外的庄云贵见状大惊，说：“不好，氧化剂泄漏了！”奔向试车台的控制室。

欧阳纯也紧跟过去，冲向扩音器对着话筒大叫：“停止加注！停止加注！”人们都冲了过来。

阀门被关闭了，但操作人员报告：“氧化剂的箱压继续下降……”

庄云贵和欧阳纯都感到了事态的严重性，两人不约而同地问对方：“怎么办？”

欧阳剖析事故恶化的后果，十分担忧地说：“如果共底结构破坏，两种推进剂混合，就会产生爆炸。”

庄云贵下了决心说：“那，只有去关闭箭上的手动阀！”

欧阳：“好，我去！”

庄云贵：“应该我去！”

欧阳迈步要走：“我是技术负责人，熟悉情况。”

庄云贵忙制止他：“全局指挥离不开你……”

欧阳：“不要争了……”

操作人员：“有人上去了！”

他们扑向观察窗口，只见金宛如朝试车台奔去……

雾状气体大量从试车台飘出……透过烟雾，人们可以看到这位新娘胸前的那朵红纸花，她义无反顾地向试车台奔去了……

大家都被金宛如的行动感动了，但同时也极其担心她的安全，但不幸还是发生了。

“轰”的一声巨响，试车台那边爆炸起火了。

火苗染红了半边天，大家似乎从火光中看到了金宛如的英姿。为了火箭，这个刚刚做新娘，还没有享受过婚姻生活的杰出女性，就离开她心爱的祖国、心爱的航天事业、心爱的新郎而去了，什么也没有留下，只留下了一张结婚照片，挂在欧阳纯宿舍墙上，微笑着看着欧阳纯。

苏云湖的采访仍在继续。这天，她来到情报资料室。

资料室内空荡荡的，有几个人坐在小方桌前查阅资料。

苏云湖走进来："同志，请问有没有有关肖总的工作归档材料？"

书架后面的古玲娣闻声走出来："有。您是——"

苏云湖递上介绍信。

古玲娣看罢介绍信，热情地说："原来是作家同志，收集创作素材？我们这里大多是些技术方面的资料，还有一些有关航天的通讯报道，有用处吗？"

苏云湖："谢谢，这些材料对我当然有用处，但我更需要有关肖总个人方面的材料，如报道、通讯、报告文学什么的，不知道这里有没有……"

古玲娣说："我们资料室不做这方面的归类。不过，我可以帮你找到一部分，是我自己收集的……但东西不在这里。"

"你是——古玲娣同志？！"她目光炯炯地盯着对方。

古玲娣："是的。"

苏云湖对她很感兴趣，因为从她那里，可以从一个侧面来深入地了解肖越，这对她未来的创作会有很大的帮助，于是她问："我可以采访你吗？"

古玲娣感到很奇怪："采访我？我有什么好采访的？更何况我实在没有时间呀！"

苏云湖紧追不舍："不要紧，你什么时候有空呢？"没等古玲娣回答又说，"等你有空的时候我再来看你，哪怕一次谈个十分钟也行。"未等古玲娣回答，她就告辞了。

下班以后回到家中，见肖越坐在客厅中看报，忙给他泡了一杯茶，然后告诉他说："老肖，听说了吗？公司来了个作家，女的。下午，她来情报资料室借阅你的资料，听说我是你爱人，她还要采访我哩！"

肖越有点意外："她采访你了？"

古玲娣摇头："工作时间，哪有空？你说，我要不要接受她的采访？"

肖越想了一下，说："拒绝采访，不礼貌；过分主动，也没那个必要。你就来个以礼相待，有礼有节，不冷不热，不卑不亢。"

古玲娣笑了起来："又不是接待尼克松，还有礼有节，不卑不亢哩！"转念又问，"老肖，她会问我些什么？"

肖越："谁知道呢，作家都爱刨根问底。"

古玲娣又问："那我说些什么？"

"你想说什么就说什么，想怎么说就怎么说。作家是人，你也是人；她是个女人，你也是个女人……"肖越答道。

古玲娣想了下："这倒也是。"

儿子从小屋里出来："妈，什么时候给我买鞋啊？"

古玲娣说："明天吧，明天星期天，自己买去……"

肖越："我跟一平一块去。"

母子俩有点惊讶，不由对望了一眼。

果然，在第二天上午，肖越带着一平到了淮海路。

父子俩由东到西想到陕西路口的中百二店去买球鞋，逛呀逛地来到新华书店门口，肖越走不动了，他生平最爱书，见书店不逛，不仅说不过去，而且他还希望能找几本苏云湖的小说呢。因此，他对儿子说："去看看，买几本书。"

他跑到放置文艺书籍的柜台前。

肖越问营业员："同志，请问有没有苏云湖的小说？"

营业员："苏云湖？有，有。"他找出几本书来，"老师傅也喜欢苏云湖的作品？苏云湖的小说蛮畅销的……"他拨算盘，"一共是十六块八角五分……"

肖越从斜挎包内取出了二十元钱，营业员找了零钱。

他们又来到中百二店的鞋柜，这里称得上是鞋的世界，各式各样的鞋子，琳琅满目。

肖越对儿子说："一平，喜欢什么，就买什么，挑一双好一点的。"

儿子高兴地说："哎！"他指了指柜台里，"这一双，耐克！"

营业员："280元。"

肖越吃了一惊："什么？280元？什么鞋这么贵？"

营业员有点不耐烦："贵？现在什么东西不贵？"

肖越："对不起，我们走。"

父子俩离开了柜台。

他们来到襄阳路，那儿有个集中了很多摊位的市场，东西比较实惠，价钱比较公道。于是他俩从淮海路转了个弯，来到了这个市场，只见各式小摊，形成了许多小弄，卖服装的、卖箱包的、卖鞋子的比比皆是，人头攒动。

父子俩来到了一个鞋摊前，肖越扫视了一遍摊位上的各式运动鞋、旅游鞋，挑了一双，问："多少钱？"

摊主："耐克，120元。"

肖越对儿子说："你看，一样的牌子。"言下之意：货比三家不吃亏呀!

摊主："薄利多销，一双鞋子只赚你一包香烟钱。"

儿子拉拉父亲的衣角，父子俩离开了几步。

一平说："爸，那是大兴货，假冒商品。"

肖越问："你怎么知道的？"

摊主朝着他们喊："老师傅，存心买，可以便宜一些。"

肖越有点动心，回过头去问："便宜一点，便宜多少？"

摊主："115元！"

肖越随口说了声："100元！"他包里那个奖金还没动哩！正好是100元。

摊主好像很委屈，很不情愿地说："师傅，你这是放我血啊！"深深地叹了一口气，"100就100！"

肖越："一平，试试看。"

儿子脱下旧鞋，套上新鞋，踩在一张报纸上，左试右试。

肖越见这双鞋子很合儿子的脚："挺神气的，就买这双吧。"他毫不犹豫地付了钱。

付了钱的肖越感到一种莫名的轻松，这奖金可派了大用场了。这时，忽听耳畔有人叫"肖越"，分明是苏云湖的声音，往叫声传过来处望去，真的是苏云湖，便也叫了声"云湖"。

苏云湖有些奇怪，这位书呆子，从来不跑市场的呀，便脱口而出："你怎么在这里？"

肖越："给儿子买鞋。这位是苏阿姨，著名作家。"

一平忙叫："苏阿姨。"

苏云湖："这就是你儿子啊？你好，我叫苏云湖。"

儿子："我叫肖一平。"

苏云湖由衷赞道："小伙子长得挺帅的。"

肖越："你怎么在这儿？买东西？"

"我舅妈家就住在附近。"她指了指不远处一排旧式洋房，"那儿。"

肖越："那好，就到你那儿坐一坐。""一平，你先回家吧。"

走不多远，就到了苏云湖的舅妈家，却巧老人串门去了，他们走到厅内，小厅除了两张单人沙发外，还有几个书橱与书架。

肖越在书架前翻阅，苏云湖端着两杯茶过来。

肖越说："知道吗？我买了你的书。"

苏云湖有点意外："是吗？你开始看小说了？"

肖越有些感慨地说："想了解一个多年失去联系又突然出现的人。"

苏云湖指着书架："那些没有买到的书，你可以免费在这儿补齐。"

肖越点了下头："说说你的生活吧，我现在对你一无所知。"

苏云湖说："曾经有过一个丈夫，至于孩子，从来没有过。"说得很自然。

肖越颇觉意外："那你现在……"

苏云湖保持着她的自然："一个快乐的女性单身汉。"

肖越低下头，似乎在咀嚼她的话，然后又喝了一口茶。

苏云湖接着说下去："知道一个单身女人有多么自由吗？你不能体会。有人说过，'婚姻就像鞋子，舒服不舒服只有脚指头知道'。"

肖越单刀直入："我想问的是，当初，我的鞋子为什么突然离我而去？"

苏云湖感到惊讶："你不知道？"

肖越看着她。

肖越有点激动："云湖，我不明白，当年，你为什么突然来那么一下！你的生活原本不该是现在这个样子的！我到处找你，这些年来，我一直想着你……"

苏云湖掩饰内心的激动："行了，行了！儿子都这么大了……"

肖越："就我内心深处而言，想你是因为恨你。"

苏云湖出乎意料地睁大了眼睛："恨我？你说你恨我？"略带讥讽地说，"坐在我家里，喝着我泡的茶，却对我说：'我恨你！'"她哈哈地笑起来。

肖越："我不明白，你为什么突然消失了，又突然出现了！"

苏云湖似乎有点相信了他的话："你当真什么也不知道？"

肖越一字一句地说："是的！我想知道真实的答案。无论在工作中和生活中，我都不能容忍不明不白的谜语，何况……当初，你为什么要抛弃我？"

苏云湖沉默了许久，终于想出比较适合的词儿："不是'抛弃'，是'离别'。"

肖越猛打穷追："两者有什么区别？"

苏云湖看着他，喝着茶，少顷，放下杯子："我曾经这样对自己说：也许，命运喜欢捉弄人，不让一个人十全十美，不让一件事十全十美。"

大家都沉默了，回想起他们曾经经历过的事，喝到嘴里的茶，似乎也比刚才喝的苦得多。

× × ×

说来也巧，肖越的夫人古玲娣，几乎同时发现了他们的"曾经"。

她在书橱里找资料，抽出几本杂志，不留神，将几册书带落到地板上，一册书页里掉出那只旧信封。

她弯腰捡起，从信封里倒出一张苏云湖年轻时的照片。

古玲娣吃惊了，感到十分疑惑。因为，她从来没有听肖越说起过这件事，而肖越是从来不隐瞒他年轻时的大大小小的各种事情的。

儿子从外面进来："妈。"

古玲娣收起照片："回来了？你爸呢？"

儿子："我爸没回来。爸碰见了一位阿姨，是个作家，叫苏云湖，爸到她家去了……"

古玲娣心头一震，眉毛微微一扬，自语地说："到她家去了？"

儿子将书包摆在书桌上："这位阿姨挺有风度的，这都是她写的小说，爸爸买的……"

儿子走进盥洗室洗脸。

古玲娣翻了翻几本小说，又捧起照片，沉浸在思索中了，心中还不住地问："这是为什么？为什么？"

几个钟头以后，肖越回来了，打断了她的思索，她习惯地给他泡了杯茶。

肖越喝了一口，便忙不迭地从包中拿出苏云湖写的小说来看。

古玲娣见他那么专注地看着，便跑过去问："什么资料，让你看得那么专注？"

肖越把书一抬，露出书的封面，封面上印着"我的第一个家""苏云湖著"等字样。

古玲娣一见，心中不由得嘀咕："又是她！"心中有点不是滋味……

× × ×

冰箱生产流水线建设成功了，车间门口悬挂了一条"冰箱生产流水线剪彩典礼”的横幅，显得喜气洋洋。

楚天成也正为这事忙个不停，他亲自拨了好几个电话，邀请那些有关人物一定要参加，现在他正在给肖越打电话：“老肖，明天上午九点，冰箱生产流水线正式开工。部里、市里的不少领导同志要来参加剪彩典礼，你可别忘了出席！”

电话那一头的肖越推辞说：“不行啊，我没空。”

楚天成问：“你在忙什么？”

肖越告诉他：“我正在研究火箭的资料，一大堆，理不出个头绪。”说毕，便挂断了电话。

显然，他对这事并不关心，也没有去参加冰箱流水线的剪彩典礼。

× × ×

这天晚上，在职工宿舍，刘家骏家里，家骏母亲睡在里头一张大床上，张美丽在帮女儿脱衣服，刘家骏则在搭铺一张折叠床。

这时有人敲门，刘家骏去开门，一看，来了位不速之客——一个港式打扮的中年人。

中年人带着广东口音的普通话说：“请问，这里是不是刘家骏先生的府上？”

刘家骏有点诧异：“是。你是？”

“我是从广东来的，我姓陈，是一家公司的经理。”这位中年人说。

刘家骏曾接过一位同事来信，说这位陈经理出差来上海，可能会拜访他，便热情地说："啊，是陈经理，请进，快请进，这儿坐。"

陈经理跨进房门，打量了一下房间，又充满疑惑地退回："你是刘家骏先生？"

刘家骏有点莫名其妙了："是啊！"

陈经理还未除疑："航天公司造火箭的？"

刘家骏："没错。"

陈经理十分感慨："不亲自来，我真的不敢相信啦。"他进了屋子。

刘家骏说："条件差，请别见笑。"

陈经理真心地说："不，不，我只敬佩的啦。"坐了下来。

刘家骏顺手在两张床之间拉起一道布帘。

陈经理打趣地说："刘先生拉起的是一道'柏林墙'啊。"

刘家骏实事求是地说："家里地方实在太小。"

陈经理指着布帘的那一半："那里面还是'文化大革命'的革命委员会啦。"

刘家骏听不懂："什么？"

陈经理语带调侃："老中青三结合啦。"

刘家骏哭笑不得："陈先生真会说笑话。"

陈经理递上一张名片："这是我的名片。"

刘家骏："我的老同志已经给我来过信了，说陈经理要来……"

陈经理一本正经地说："上次，通过刘先生老同学的介绍，刘先生为我们公司设计的产品已经投产了，公司经理一定要我登门拜访刘先生，以表示诚挚的谢意。这是刘先生的劳务费。”说着，递上一只信封。

刘家骏：“这怎么好意思。”

陈经理将信封放在桌上：“按劳取酬，这是社会主义的原则嘛。”

刘家骏：“那我谢谢陈经理了。”

陈经理说：“不客气。”指着室内的家具，“这些东西，都是可以扔掉的啦。”

刘家骏有些难堪地说：“我们是工薪阶层，只能一步步来。”

陈经理抛出了鱼钩：“那到我们公司来好啦，凭你的技术，每月至少一千元，还有红利。我们公司正要开发空调产品，如果刘先生愿意来，我们公司求之不得啊！”

“陈经理好意我领了，不过，我们厂火箭刚上马，我走不开啊。如果贵公司开发空调产品需要帮忙，我一定尽力而为。”刘家骏说得很实在。

陈经理十分高兴：“一言为定。不过，刘先生只能业余时间帮忙，我们开发产品是要讲效率的啦。”

刘家骏忙说：“这好办，我有两个好朋友，可以请他们一起帮忙。”

陈经理问：“他们水平怎么样？”

刘家骏：“只在我之上，不在我之下。”

陈经理见已达到目的，忙说：“刘先生这么热情，谢谢啦，我们约个时间，请三位先生吃生猛海鲜。”与刘家骏握了握手，告辞了。

刘家骏送他出门。

张美丽见人家走了，忙抓起信封，抽出钞票点数。

刘家骏回家，张美丽惊喜地说："嗨，一千块！家骏，要是你真去了他们公司，那我们家不是发了吗！"

刘家骏斩钉截铁："不去！要搞只能搞业余的。"

× × ×

古玲娣答应了苏云湖的来访，时间定在星期天，这天，肖越要加班，她可以在家里接待苏云湖。

前两天，古玲娣曾经看到肖越正在读苏云湖写的一本名叫《我的第一个家》的小说，为了对苏云湖增加一些了解，以便在采访时多一点谈话内容，便从书架上取下这部小说，戴上老花镜翻看起来。

不看则已，一看就丢不下了，她对书中主人公的遭遇产生了同情，甚至为她坎坷的命运流下了眼泪。

小说的开头，描写"我"是如何去到沟壑纵横的黄土高原，在龙岗县第二小学任教的。

一位比她大两岁的青年教师担任着这学校的校长，他戴着深度近视眼镜，瘦削而又憔悴，对她的到来表现出无限的热情。

他们在十分艰苦的条件下，为三十几个孩子带来了知识，不仅从孩子们的成长中获得了乐趣并产生了幸福感，而且由于他对她无微不至的关心与爱护，在互帮互助中，他俩的心底深处开出了爱情的花朵，一年后，他们结婚了。

但幸福的日子并不长久，他因为过分劳累和缺乏营养，竟染上了肺结核，在那个缺医少药的西北农村，他不久便离开了“我”而不幸辞世了。

失去爱人的“我”，在完成支教任务后，调回北京，只留下一个小坟堆，藏在“我”的心底深处……

古玲娣合上这本小说，摘下老花镜，掏出手绢抹去眼角的泪珠，她一看墙上的钟已是深夜二时。肖越仍没有回来，儿子早已入梦。小说的情节仍旧留在脑海中，她心中涌出了撕心裂肺的伤感和万分的同情。如果这个“我”就是苏云湖，就很不幸了。

到了星期天，她把家里收拾得干干净净，专等苏云湖的到来。上午十点，是约好的时间，门铃准时响了起来，她开门一看，果然是苏云湖，忙说：“作家同志，快请进。”

苏云湖进门说：“叫我苏云湖吧。”

她环顾室内：“能参观一下吗？”

“请。”古玲娣一边倒水泡茶，一边介绍，“这是儿子的房间，这是我们老夫妻俩的，这是老肖的书房……”

苏云湖明知故问：“老肖呢？”

古玲娣解释：“昨晚没回来。只要一上火箭，他就这样。”

苏云湖又问：“你儿子呢？”

古玲娣：“上同学家复习功课去了。你请坐。”

苏云湖应声坐下,真诚地赞美:“你把你们的家收拾得干净又舒服。”

古玲娣:“老肖喜欢有个舒服的家。我读了你的小说《我的第一个家》,我非常喜欢,你受了很多很多的苦……”

苏云湖打断她的话:“那不是我。”

古玲娣颇觉意外,两人对望一眼。

苏云湖从包里摸出一个记事本:“古玲娣同志,对不起,为了写好我的作品,我要向你采访几个问题。”

古玲娣十分坦然:“行,随便问吧。”

苏云湖:“听说过这样一种说法吧!一个成功的男人后面往往站着一个无私奉献的女人,你对此有何看法?”

“女人愿做奉献,不是因为男人的成功,而是那个男人值得她奉献。”古玲娣回答。

苏云湖进一步发问:“这也是一种说法,我冒昧提一个问题,你们夫妻感情如何?”

古玲娣尽可能说得平淡一些:“也就是那么一回事吧。”

苏云湖似乎有点咄咄逼人:“怎么一回事?你能不能说得具体一点?”

古玲娣:“既然是夫妻,就得互敬互爱,也有闹矛盾的时候,吵几句,一天两天不说话,过去也就过去了。作家同志也是过来人,夫妻间吵嘴斗气,就跟烧菜放油盐酱醋胡椒面似的,没有不行,多了不行,少了也不行。”她说得很实在。

苏云湖喝了口茶：“能跟我介绍一下你们的恋爱史吗？”

古玲娣笑了：“老都老了，还说这些干什么？”

苏云湖：“我很感兴趣，如果不牵涉到个人秘密的话？”

古玲娣问：“你想知道什么？”

苏云湖单刀直入：“你和他，谁追谁？”

古玲娣没有想到她会这样问，但只迟疑了一下，便说道：“谁追谁？他追我！”

苏云湖惊讶地说：“他追你？”

古玲娣的脸上露出幸福的笑容：“真的，现在回想起来还跟做梦似的……”接着，她便把如何因为借阅资料而认识了肖越，又怎样在“文化大革命”中肖越被迫害和诬陷时，对他产生了同情，又如何在同情的基础上产生了对肖越的关心，但没有想到的是，肖越竟然为此而对她产生好感，并大胆地向她流露出爱意，进而表示了对她的爱，等等，一股脑儿地告诉了苏云湖。

苏云湖听着听着，仿佛自己也进入到古玲娣所叙述的那些经历中，跟随着他们时而开心，时而伤感，并且流下了激动与同情的泪水。古玲娣当然不知道，苏云湖的回忆是与肖越两人的感情世界。

古玲娣说完了，但两人仍旧沉浸在对那些往事的追忆中，半天都没有说话。

古玲娣望着她，发现苏云湖两眼含满泪水，有些不解：“你怎么了？”

苏云湖不好意思地用手绢抹去泪水：“我最听不得这种故事了。”

她站起身来，分明是为了掩饰自己，说道："对不起，我得走了。以后再来拜访你。"她匆匆地走出门去。

她几乎是奔跑着走下楼去，还不时抹擦着眼眶中的泪水。

× × ×

星期天，肖越之所以不在家中，是因为有一个重要的接待任务——接待 IAF 空间发展公司的考察团。

在小会议室中，他陪着客人们观看介绍各种型号火箭的升空录像片。当录像放映完毕时，场上响起了热烈的鼓掌声。服务员拉开窗帘，阳光透进室内来。

考察团团长IAF空间发展公司的副总裁罗伯森对肖越等人说："长征号给我们留下了深刻的印象，我不得不承认，这是与美国大力神火箭、西欧阿丽安娜运载火箭齐名的大型运载工具。肖越先生，我们参观了你们的研究所和工厂，我想提一个问题：你们是不是把所有的设施和设备都让我们参观了？"

肖越回答说："当然，所有的设施和设备。"

罗伯森十分惊讶："真是不可思议。"

好几个考察团成员不由得耸了耸肩，他们心存疑问：这么简陋的设施，能够制造出这样的火箭吗？

肖越看出了他们的心思，便说："我可以给你们说个小故事：那还是我们火箭早创时期，有一次，我们设计了一种零件，它的精确度要求非常高，用我们的机械加工，完全达不到标准。我们试着改进了几次机械设备，选用了其他方法，还是没有成功，我们几乎丧失了信心。”

罗伯森的助手伊丽丝小姐迫不及待地问：“后来呢？”

肖越：“一个老工人用手工制作，一刀一刀像姑娘绣花一样，为了获得灵敏的感觉，他削去了手指上的老茧，嫩红的皮上还留着血丝，就这样，他用两只手给我们制作出合乎要求的零件。”

罗伯森：“要不是亲耳听见，真是不敢相信，中国工人能用古老的器械，创造出天堂里才能出现的奇迹，我们十分钦佩。”

他带头鼓起掌来。

罗伯森意犹未尽：“坦率地说，我们IAF空间发展公司的设施和设备要比你们先进得多，可是我们先后进行过七次试验，全部都失败了。所以，现在IAF空间发展公司只研制卫星，而不研制火箭。中国的火箭是一流的，相信我们之间的合作有着广阔的前景。”

他们一起鼓掌。

伊丽丝来到欧阳纯面前说：“我有些问题想请教，我们能单独谈谈吗？”

欧阳说：“当然。”与伊丽丝一同走到小会议室外的阳台上。

伊丽丝企图拉近与欧阳的关系，便借用了一个话题：“听罗伯森博士说，两年前，他在参加国际宇航会议时，认识了欧阳先生。”

欧阳：“是的。我们谈到不少有趣的话题。”

伊丽丝见有了进一步的机会，便借题发挥：“罗伯森先生非常赞赏欧阳先生在宇航会议上宣读的论文，他称赞你是一位天才。”

“罗伯森先生过奖了，像我这样的人，在中国有许许多多，我也许是其中比较差的一个。”他答得很有分寸。

伊丽丝笑了：“这是很幽默的回答。你知道吗，IAF 公司的设施和设备是世界一流的，可是缺乏一流的火箭专家，他们非常非常需要像欧阳先生这样的高级火箭专家……您明白我的意思吗？”

欧阳当然听出了话外之音，便坦率地说：“明白。”

伊丽丝又进了一步：“如果欧阳先生愿意的话，IAF 公司将会为您的参加而感到骄傲……您可以提出您想要的一切条件。”

欧阳不卑不亢：“谢谢伊丽丝小姐的关照。”

伊丽丝高兴地向他伸出手来：“太谢谢您了！”

欧阳：“可惜的是，伊丽丝小姐，您迟了一步……”

伊丽丝：“怎么？”

欧阳说：“几年前，我参加国际宇航会议时，已经有人跟我做过类似的私人谈话……”

伊丽丝有点尴尬：“是吗？欧阳先生，我感到非常遗憾，我们刚才的谈话……”

欧阳一笑：“伊丽丝小姐不妨把它当作朋友之间的一次闲聊……”

伊丽丝不得不换了话题：“……欧阳先生，认识您真的非常高兴……”

欧阳坦然地说：“我也是，伊丽丝小姐。”

伊丽丝十分老练，用微笑来掩饰她的失望。

欧阳拒绝了一个美国女子的诱惑，但却全身心地投入对一个中国女性的支持中，这位中国女子就是乡村企业家、教师出身的尹阿珍。

这时，尹阿珍正坐在宿舍的楼梯口，专注地望着楼外的行人，期待着欧阳纯的出现。

一辆轿车停在门口，欧阳钻出车子，与坐在里面的肖越打了个招呼，然后十分潇洒地向门口走来。

尹阿珍一眼就看到了欧阳，十分惊讶，慢慢地站起身子。

轿车启动了，坐在车里的肖越看见一个女子迎向欧阳，不由得回头望了一眼，心中想：莫非欧阳在这方面有所行动了？这是值得大伙高兴的事呀！已经这么多年了，他应该从那个不幸事件的阴影中解脱出来。

欧阳难得地西装革履，洁白的衣衫系着一根显眼的领带，显得十分潇洒、年轻。

他见尹阿珍的目光久久地盯着自己，显得奇怪："怎么啦，尹厂长，厂里又出什么问题了？"

尹阿珍："你说到哪儿去了，你帮我们改进的工艺，把质量一下子提高了不知多少倍，许多人羡慕我找了水平这么高的一个专家。"

欧阳："走，到家里去坐坐。"说着，在前面引着尹阿珍，两人一前一后地上楼。

尹阿珍赞叹地说："你今天穿得真漂亮。"

欧阳解释："刚接待了一批外宾。"

来到门口，欧阳掏出钥匙开了门。尹阿珍放眼四望，室内到处丢着东西，显得十分凌乱。

欧阳不好意思地说："太乱了，太乱了，一个人住，习惯了。"他拿开堆在椅子上的衣服放在床上，"你请坐。"

尹阿珍："欧阳同志，这种天气，你还铺棉花胎，盖厚棉被，不怕捂出痱子来？"

欧阳自我解嘲地说："我是'耐温将军'。"他顺手用被单裹起羽绒衫、羊毛衫等衣物，又将写字桌上的锅碗搬开。

尹阿珍看见墙上的金宛如相片，心中想，大概他爱人不在身边，才把这个家弄得这么乱，便随口问道："你没有和你爱人一起住？"

欧阳不得不回答："她不在了。"

尹阿珍愣了一下："对不起。"觉得自己太唐突了。

欧阳开门见山："你找我有什么事吗？"

尹阿珍拿出一个信封："厂里产品已有好几家订货了，这是给你的一点谢意。"

欧阳真心地说："不，不用。"

尹阿珍："有规定的，这是技术咨询费！"

欧阳认真地说："不过是举手之劳，哪有什么咨询？如果这样，以后我再也不帮忙了。"

尹阿珍看着他，想了一想："那也好，你不肯收，就答应再帮我一个忙。"

欧阳："没问题，说吧。"

尹阿珍不好意思地说："我肚子饿了。"

欧阳呆了呆："噢！"手忙脚乱地翻东西，从一堆书籍中找出一袋方便面。

欧阳懊丧地说："太少了，没准备……"

尹阿珍见他这么实在，"扑哧"一声笑出来："到外面去吃吧……"

他们来到一家名叫"兴旺"的餐厅，装修十分豪华，灯火辉煌，人气很旺。

他们选了一个安静的角落入座。侍者拿来菜单，欧阳问："你喜欢吃什么尽管说。"

尹阿珍说："随你点什么，我都喜欢。"

欧阳只好点起菜来，不多一会儿桌上就放满丰盛的酒菜，冷盘、热炒俱全。尹阿珍从来没有进过这样的餐厅，她好奇地打量着面前的餐具。

欧阳说："既然什么都喜欢，那就动筷子呀！"

尹阿珍应了一声，便夹了一块白斩鸡放入嘴中，连说："味道不错，味道不错。"

用完了餐，一名侍者走来，把一张结账单放在桌上："总共123元。"

欧阳掏出皮夹子数着钱，面有难色——钱不够呀。他擦了擦额头上的汗，分明十分尴尬。

尹阿珍笑了："谁要你付钱了！"拿出两张百元大钞，往桌上一放，"今天是我请客。"

欧阳尴尬地说："那下次我付。"

不料，欧阳与尹阿珍的交往，却引起了一场风波。

这一天，楚天成正在办公室看文件，秘书进来，对他说："楚总，市纪委有两位同志要见你。"

楚天成说："让他们跟政治部或是组织处联系。"

秘书告诉他："他们一定要见你。"

楚天成："好吧，请他们进来。"

秘书出去后不久，就领进一中年男子和一青年男子，待他们坐下后，秘书关上门离开办公室。

那位中年男子递上了介绍信，说："我叫林明义，他是李书华。"

楚天成打量着两位来客："你们有什么事吗？"

林明义说："纪委收到几封匿名的群众来信，揭发了公司某些业务领导违法乱纪的行为。"李书华从公文包里取出几封信件，递给楚天成。

楚天成拆信，一看，大吃一惊："怎么是欧阳？"

林明义："欧阳同志主要是接受乡办企业贿赂的问题，还有与乡办企业的女厂长关系不正常。"

楚天成看信，紧皱眉头。欧阳，这位他认为很有前途的工程师，为人又是那么质朴与敦厚，怎么会做出这种事来呢？不可能呀。但检举信又言之凿凿，连时间、地点都写得很清楚，不由你不信呀！他处在将信将疑之中了。

有人检举欧阳，楚天成马上告诉了肖越，肖越与楚天成一样，也十分器重欧阳，他怎么会呢？但一想，在商品经济大潮卷来的时候，这种可能性是存在的，肖越也处在将信将疑之中。此时，肖越来到了设计室。

欧阳、刘家骏、庄云贵等五六个人挤在一间房里，都在紧张地工作，因而十分安静。

肖越敲敲设计板：“我说几句话。”

大家停下工作。

然后肖越说：“我听到有人反映，最近有些科技人员在外面捞外快，我不想说出这位同志的姓名，但下不为例，请不要再发生类似的情况，把心思集中到工作上来。好了，我的话说完了，继续工作吧。”

刘家骏皱起眉头。

庄云贵回头看看，欧阳低下头，刘家骏把笔往设计板上猛敲了一下，分明有些情绪。

下班后，刘家骏回到家中，坐在桌边闷头抽烟。

张美丽不放心：“又发生什么事了？”

刘家骏：“今天，老头子不点名地批评，说有人在外面捞外快，好像就是说我！”

张美丽很不满：“自己发不出奖金，还不允许堤内损失堤外补。”

刘家骏有点紧张：“以后不能再帮南华公司干了。”

张美丽挨着刘家骏坐下：“现在我们什么都能忍受，就是不能忍受贫穷了。我看，陈经理三番五次劝你到他们公司去干，什么都可以帮助我们解决。我看你就去！水往低处流，人往高处走嘛。”

刘家骏内心十分矛盾，没有搭腔。

× × ×

已经下班了，设计室内只有庄云贵和肖越二人，庄云贵一边收拾东西一边问："肖总，上午，你是不是在讲欧阳？"

肖越点点头。

庄云贵帮欧阳解释："这事我知道，欧阳是偶然被拉去帮了个忙。再说，那个女厂长是个大龄女青年，还没结婚，好像对欧阳有点意思哩。我看，这事要真是成了，还有利于安定团结呢。"

肖越摆脱了将信将疑："是吗？我不了解情况，所以我也没多说，只是原则性地提醒了两句。我们的时间非常宝贵，不能再浪费在鸡毛蒜皮的事情上了。"

几乎是庄云贵与肖越谈话的同一时间，刘家骏却漫无目的地走在淮海路上。他心情烦躁，希望在这五光十色的马路上消除他内心的矛盾。

他来到中百二店的橱窗前，在明亮的灯光下，那些电冰箱、洗衣机、录放机等家用电器吸引着人们的眼球，可自己家里却一件也没有呀！

他又逗留在一家西服店的橱窗前，那套藏青色的西服多么挺括，配上一根红色的领带，那才叫神气哩！可自己囊中羞涩呀！

他问自己："这个电话打不打？这条路子走得走不得？"然而，物质上的需要让他下了决心，他来到一个烟纸店前，用公用电话拨通了一个电话，对话筒那边接电话的人说："希尔登吗？请帮我接 1104 房间陈先生……”

那边的陈先生，是南华公司的一位经理，他是专程到上海来“挖人”的，他已经和刘家骏接过头，要把他请到南方去。优厚的待遇让刘家骏动了心，但他认为不能对不起“三剑客”中的另外两位兄弟，自己独享这桩好事，但他又知道他们俩的脾气——甘于清贫而不会放弃自己的志向，于是企图用陈经理那张三寸不烂之舌和他们三人的铁杆关系来动之以情、晓之以理，以达到“三剑客”行动一致的目的。

于是，他精心设计了一台戏。

他将自己的设想告诉了陈经理，获得赞同后便积极行动了。他告诉庄云贵和欧阳自己有重要事与他们相商，请他们晚上出去一趟。庄云贵和欧阳没半点迟疑便答应了。于是，刘家骏拦了一部出租车，与他们来到了一个海鲜酒家。

庄云贵钻出车子，一头雾水地问：“家骏，你到底想干什么？”

刘家骏没有正面回答，拉着他们进了门，说：“好事，待会儿你们就知道了。”在服务员的引领下，他们进了酒家一间包厢里。

陈经理早已守候在那里了。刘家骏介绍说：“这位是南华公司的陈经理，这位是欧阳纯同志，这位是庄云贵同志。”

在互相握手致意后，大家入座。

圆桌上摆着丰盛的酒菜，中间是一只热气腾腾的火锅。

陈经理：“久闻欧阳先生、庄先生大名。”他端起酒杯，“为我们初次见面干杯！”

刘家骏对庄云贵和欧阳说："我已经决定到南华公司工作。我刘家骏今后要单枪匹马闯荡社会，不知是祸是福，今天，我是求你们帮个忙，这个公司有许多项目要上，有些大项目，到时还得请你们一起合作，有福一起享，有事一块干。"

欧阳毫不含糊："家骏，我的想法你是知道的。"

刘家骏："我知道，可我相信，你迟早会改变主意的，因为我也改变了。我们把青春献给了火箭，可火箭给了我们什么？世界上哪一个国家的航天工程师像我们这样生活？不怕你们笑话，我现在连跟老婆亲热的劲头都提不起来！"

陈经理："可以理解的啦，我到过刘先生的家，真正是很清苦的啦！要是在国外，你们这样的科技人员，一人一幢别墅是起码的啦！俗话说，'树挪窝死，人挪窝活'，到了你们这种年纪，挪一挪窝是有好处的啦。"

庄云贵十分感慨："我跑了两趟国外，深有体会，中国和外国的差距实在是大，差距最大的是知识分子的价格！"

陈经理毕竟喝的墨水少，有时说话不太有分寸，只听他说道："你们知识分子是价廉物美，经久不耐用啊！"简直是满口生意经，他停顿了一下，又说，"航天系统知识分子一抓一大把，人人是专家，人人是精英，可人多了就不值钱啦！航天公司一棵草，到了外面就是宝！我们把刘先生请到南华公司来，也是帮助党和政府落实知识分子政策啦！"

刘家骏一肚子牢骚："就那么百十来块奖金，发多了还要上税，你想脱贫致富？等到猴年马月呀！看看肖总吧，献了青春献终身，献了终身献子孙！”对欧阳说，“你呀！你比他还要惨……”

“别说了！”欧阳有点震怒了。

陈经理咳了一声：“对不起，我有点事去打个电话，马上回来，吃菜，大家吃菜。”他站起身离席。

刘家骏对欧阳生气有点不以为然：“对不起，我们是好朋友，我才跟你们说这些……”

欧阳十分严肃：“我不知道别人怎么想，可对于我，活着不是为了钱，也不是为了别墅！家骏，你也太小看自己了！”他起身，转向庄云贵：“你走不走？”

庄云贵：“我？我还想再坐一会儿。”

欧阳却自顾离去，称得上“一点面子也不给了”。

陈经理回到包房内：“怎么？欧阳先生走了？”

刘家骏：“死脑筋！将来哭都来不及！”

庄云贵打圆场：“他就是有时候不那么想得开。”

陈经理：“还是庄先生开放，来，为我们的合作干杯！”

庄云贵看了看菜：“这就是‘生猛海鲜’？”

陈经理招呼服务员，不一会儿，一盘螃蟹端了上来。

庄云贵高兴地说：“啊，螃蟹，久违了！自打实行开放以来，这螃蟹没跟我‘开放’过！”他揭开蟹背，津津有味地吃了起来。

陈经理见状忙说：“只要庄先生愿意，这种机会是很多的啦！”

庄云贵落落大方："现在的人讲什么？两个字：'实惠'。一两二两咪咪，三步四步跳跳，五筒六筒摸摸，七搭八搭搭搭。"

刘家骏知道他说的不是真话，便说："我们的境界可没这么低。"

陈经理："是啊，我也不是为了赚钱，我这个人好义气，想结识你们两位好汉，来个桃园结义，在这个商品世界上闯一番事业。"

庄云贵："不，赚钱是个好事，有钱的男人像个宝，没钱的男人像棵草。"

陈经理："庄先生真是爽快人！来，干杯！"

三个人碰杯，开怀畅饮起来。

都酒足饭饱，陈经理用餐巾纸擦干净双手，从公文包里取出两只鼓鼓的信封："刘先生，庄先生，一点见面礼，不好意思啦。"

庄云贵不接他的信封："陈经理，谢谢你的生猛海鲜，我还有点事，先走一步了。"站起身来就要走。

陈经理一愣："庄先生，你这是？"

庄云贵语带讥讽："不是说吃顿便饭？家骏，还是一起走吧！"

刘家骏一把揪住他："庄云贵，你要我！"他恼羞成怒，朝着庄云贵的脸就是一拳。这一拳打得很重，鲜血从庄云贵的鼻子和嘴角淌出来。

庄云贵抹了把鼻子和嘴，看了看手掌上的血迹，伸出手指点了点刘家骏："我不还手！别以为我是阿 Q，让人打了，就说是儿子打老子！不！我让你欠我，你这辈子甭想还清这笔债！"他几乎是微笑着说这番话的，然后头也不回地走出门去。

刘家骏怒气未消，举起一杯酒，仰脖喝尽。陈经理见状，一句话也说不出口了。

欧阳和庄云贵觉得这事非同小可，必须向领导报告，便双双来到总师办公室。欧阳、庄云贵站在肖越和楚天成跟前。

肖越听了他们的叙述，简直怒不可遏："这个浑蛋，把他给我叫来！"

欧阳痛心地说："怕没有用，他这回是吃了秤砣铁了心了！"

肖越发了狠："我不批准！"

庄云贵提醒他："现在还要什么批准不批准，拍拍屁股就走人了！"

肖越不死心："我找他去！"

楚天成怕肖越见了刘家骏气不打一处来，弄得下不了台，便说："我去吧。"

他走进职工宿舍，已经是晚上十一点多了。他来到刘家骏家门口，敲门。

屋内刘家骏问："谁？"

楚天成答道："我。"

屋内，刘家骏明知故问："你找谁？"

楚天成："家骏，是我，我是楚天成。"

刘家骏知道自己理亏，见了楚天成，少不了挨他骂，便决心拒绝与楚天成谈话，说："我……我已经睡了。"

楚天成还想挽回局面："你出来，我们谈谈。"

刘家骏咬咬牙："我已经不是研究所的人了。"

楚天成提高了声音："我们不会让你走的！你开门呀！你真的不再造火箭了？难道你真的要丢弃你的事业？我想你不会这样做的！"

刘家骏真的铁了心："不，我会的！我请求你们，不要把我看作一个无情无义的人！我毕竟是和新中国的火箭一起长大的，我热爱我的事业……我知道，我这一走，也许一辈子内心都不得安宁，可是，火箭给我带来什么了？"他的这番话给自己壮了胆，他觉得理在自己一边了，还怕什么，便前去将门"砰"的一声打开了。在楚天成的眼前，是一个拥挤、凌乱的家。两张床，挤得连转身的地方都没有。大床上，老中青三个女性，默然地望着他……

刘家骏："我母亲快八十了……我不过是想过正常一点、宽裕一点的生活，让老人家有个舒心的晚年……我不明白，我错在哪里了！以前有后台的子弟都往航天领域里钻，现在他们都到哪里去了？不都走了？你们，你们……"他想说"你们为什么不拦住他们"，但没有说出口。

楚天成的眼睛也湿润了，刘家骏的话刺痛了他的心，他想说什么，却什么也没说出来，紧咬着嘴唇，掉头默默地离去。

他拖着沉重的双腿，扶着楼梯扶手，一步一步下楼，走出大门。他摸出烟盒，想划火柴，手直打颤，怎么也划不着……

一只拿着打火机的手伸过来，他抬起头，是庄云贵，还有欧阳，他们无言地望着他。他摇摇头，叹了口气："天要下雨，娘要嫁人，随他去吧！"说完走了。

他没有回家，他知道肖越一定还在等着他，得不到确切的消息，肖越不会回去的，便回到总师办公室。果然，肖越还在等着哩！他身旁的香烟缸内，已经堆了十几只烟头。看样子，他在等待时，是一支连着一支地抽烟，企图摆脱心中的烦恼了。

当楚天成把自己的决定告诉肖越时，他沉不住气了，几乎是责问地说："你怎么能同意放人！"

楚天成十分无奈："现在提倡人才流动，他执意要走，留得住人，留不住心呀！我们这里的生活待遇确实不如外面一些单位，虽说改革开放，也得一步步来，他不愿和我们一起奋斗，要择木而栖，要走就让他走呗。"

肖越叹了口气："过去，生活再艰苦，工作再不如意，也没有人想离开这个事业，可现在……他这样一走，怎么对得起老一代专家。王总要是还在世，不知他会说什么？"他们说的王总就是王零实。

楚天成说："王总一走已是二十年了，我好久没去看他的夫人了，不知她近来身体好吗？"

肖越对楚天成说："过两天我去看望她老人家。"

× × ×

两天后的一个下午，肖越来到王家，老太太在客厅里会见了他。

肖越坐在沙发里，看着墙上挂着王零实的遗像。

老太太端来一杯茶："每次发射火箭，你都要来告诉我。"老太太说得没有错，自从王零实去世后，他经手发射火箭已经有许多次了，每次他总觉得应该把这消息告诉逝世了的王总以及支持王总工作的极其关心航天事业的王夫人，让他们分享这些新的成果。

听了老太太的话，肖越有些激动："这次发射的是我国自己设计制造的气象卫星。"

老太太关心地说："小肖，又够你忙上一阵子了，当心身体。你儿子要考大学了吧？"

肖越很感动："师母记性真好。"

她走到王零实的遗像前，喃喃地说："又要发射新的火箭了……"

肖越凝望着王零实的遗像，思绪不禁回到"文革"的年代。那时候公司的长长的走廊的两侧，贴满了大字报，身穿白大褂工作服的肖越沿长廊走来。

他来到男厕所前，站住身子，前后张望一下，见确实无人，便推门入内。

小便池前，蹲着戴老花镜的王零实，他正专心致志地用刮刀铲池壁的污垢。

肖越低低地叫了声："王总。"

王零实抬起头："是小肖啊。"

肖越扶他站起，从怀里掏出一件羊毛开衫："师母让我送来的，天气凉了，你现在就穿上吧。"肖越帮他脱去外套穿上毛衣，"师母让我告诉你，家里一切都好，让你放心。"

王零实显得很高兴，边扣衣扣子边说：“还是老婆好啊，知冷知热。小肖，你也该成个家了，要想有成就，必须有个好妻子，这可是个至理名言。”

肖越触景生情地说：“等哪天，我也进了劳改队，谁给我送毛衣，我就跟谁结婚。”

王零实一听急了：“你可不能进来，你如今是当家的设计师，火箭离不开你。”

肖越从口袋里摸出一份图纸：“王总，我把图纸带来了。你看，这图纸有什么问题？”

两人走进马桶间，关上门，把图纸摊在马桶上。王零实戴上老花镜，细看起来。

王零实突然叫了起来：“不行，这设计有缺陷，你马上去告诉他们，立即停止生产。”

肖越有点为难：“现在谁听我们的话！”

王零实：“你不去我去！”

肖越急了：“你不能去！你正在受审查，你如果一出去，他们会当作阶级斗争新动向来批斗你！”

王零实：“那也不能封住我的嘴不让我说。你应该知道，科学上的事，不管你是上帝还是魔鬼，一切以数据说话，行就行，不行就不行。你不用担心，他们应该尊重科学。”

作为一个已经被打成“走资派”的人，只能规规矩矩地待着，绝不允许“乱说乱动”的。如今，他要对造反派“抓革命促生产”的成果，在“三结合”班子领导下设计制造火箭这一“新生事物”泼冷水，这不是要到“老虎头上拍苍蝇”吗？但支持以科学态度对待航天事业的王老总，怎么能容忍这些人胡搞呢？他挺身而出了。

他找到那个“造反派”头头，指出了他们设计上的缺陷，如果他们固执己见，就一定会造成严重的后果。

“造反派”们怒不可遏了，他们马上召开了现场批斗会，力图说明这是“走资派还在走”的“阶级斗争新动向”，把王零实曾在美国留学的经历，说成是“接受美帝国主义特务训练”，因而是个“被美国派回来搞破坏的美帝特务”，必须“批倒批臭”。而肖越呢？因为与王零实“同声相应，同气相投”，加上曾在苏联获得博士的头衔，便被污蔑成为“苏修特务”，和王零实一样挂起大牌子、戴上高帽子，接受所谓“革命群众”的批斗。

然而，在批斗会上，面对“造反派”的威胁，王零实与肖越坚持了一个“科学家的良心”，决不向邪恶低下他们那高贵的头。

当“造反派”头头一再追问他们“三结合”班子设计的火箭“到底能不能上马”时，王零实明明白白地大声回答：“不能。”

“造反派”们又将进攻的矛头转向肖越：“肖越，你说！”

肖越用响亮的声音，毫不含糊地说：“我同意王总的意见，设计是有问题的。”

造反派急了，使出他们的撒手锏：“你们妄想以技术为资本，压制革命群众积极性，破坏无产阶级司令部的伟大战略部署！”

乱哄哄的口号声突然响起：“打倒王零实！”“打倒肖越！”

造反派一声令下：“把王零实和肖越押下去。”于是，他们师徒被押回了“牛棚”。

当他们坐定以后，“牛棚”内的“难友”们便拥上前来给他们以精神上的安慰，当“难友”们向他俩问批斗会上的详情时，肖越愤愤地说：“我们把什么都献给了火箭，可火箭给了我什么？我再也不造火箭了！不造了，不造了！”

王零实不以为然：“你会忘记你说过的这些话，你还会为火箭献出一切……记得那一天，周总理来到我们中间，对我们说了一段十分亲切的话，让我永生难忘。当时，他说：‘在座的都是我国最优秀的科学家，你们即将投入的是一项对祖国和人民都举足轻重的事业。从此，你们的名字将从各自的科学技术领域中消失，你们不能参加各种学术会议，不能公开发表论文，不能展示你们的研究成果，不能和亲人分享自己成功的喜悦和失败的痛苦。谁不愿意从事这项工作，可以自由退出，党和政府绝对尊重你们的个人选择。但是，共产党员除外，党的纪律不允许！’”

王零实接着说：“听了总理的话，我举起手，对他说：‘我不是党员，可是我决心留下来……我不后悔，我要伸出一双手，把祖国的火箭托举上天……’”

王零实的语调越来越激动，越来越高兴，但说到最后，身体却突然倾斜，他再也支撑不住，一头栽倒在地上……

“王总！王总……”肖越扑过去扶他……

但王零实从此就没能起身，辞别了自己心爱的航天事业……

正在大家为自己心爱的老师辞世而万分悲怆的时候，肖越却被造反派押进了地下室，宣布对他实行“隔离审查”。

于是就有了古玲娣冒险探视肖越那件事，有了古玲娣送毛衣给他，从而成就了一个好姻缘的情节。

这次探访王老的遗孀，让肖越回想起那些不堪回首的往事，不禁对着王零实的遗像说：“先生，这一切都过去了，我们终于可以甩开膀子大干一场，把我国自行设计的新型卫星托举上天了。”

× × ×

长征航天公司、新神州机器厂和研究所的全体员工一个不漏地卷进了研制新型火箭的热潮。

公司大楼顶上，一条长长的横幅从楼顶荡下来，在晨风中飘动着。上面写着：“奋斗！奋斗！创造中国航天新纪元！”

在研究所走廊里，肖越走向设计室，一个女科研人员追上来，叫道：“肖总！肖总！”她把一叠材料给他，这是一份刚打印好的《火箭设计纲要（草案）》。肖越看了看，取出笔签了字，说：“可以发给各有关部门征求意见。”

楼梯上，四五个主任设计师快步走了过来。

一位设计师迎头碰上这位女科研人员，便问：“方工，看见肖总了吗？”

这位方工说：“他刚上楼。”

人们涌进了他的办公室。主任设计师们围着肖越，纷纷递上他们制订的报告。肖越十分高兴：“才不到一个星期，你们的方案就都完成了！”

他的办公室，正对着一个建筑工地，只见塔式起重机的长臂转动着，一个工人吹着哨子，用手势指挥起重机。他的身后，驶过一辆辆满载建筑材料的卡车。

工地的一角，楚天成在察看图纸。

工程队队长满怀信心地说：“楚总，你就一百二十个放心，俺们队虽然是个县办企业，可建筑水平没得说，一流！俺给你立军令状了，保证按期交房！”

楚天成抬起头来：“你得保证质量。这可是咱们公司头一次盖这么多职工住宅，资金都是一台台冰箱、一台台电视机、一台台洗衣机换来的。施工队千万得把质量放在第一。”

队长满口应承：“那是，那是，您就只管放心吧！”

一辆小面包车朝这里驶来，跳下一群主任设计师，朝楚天成走来。他们围住楚天成，送去请款报告，请他批准。

楚天成接过他们的报告，一张张细看：“要钱……要钱……十万……五万……”

主任设计师们说起了各自要钱的理由。

楚天成："……造火箭嘛，哪能不给钱……"

设计师们高兴了，有位女设计师说："还是楚总了解我们，刚才跟肖总扯了半天皮，也没扯出一分钱来。"

"你们找肖总扯皮了？咱们有言在先，从今往后，凡有扯皮的事，一律捅到我这儿来，我来和你们扯，一定要保证肖总所有的时间和精力都投到火箭上去，他这个人比我们金贵！"楚天成完全理解，肖越正处在发射前的关键时刻，可不能让他分心。

主任设计师们都十分理解楚天成的意见，纷纷点头。

新型火箭的设计进入了攻坚阶段后，肖越索性连家也不回去了。他从家中搬来一张小铁床和全套被褥、枕头，晚上就住在总师办公室中。

这天上午，他正坐在办公桌前阅看欧阳纯制订的总体方案。欧阳纯现在已经提升为副总设计师了，肖越对这个方案寄予很大的希望。

但是，肖越把这份方案拿在手上，才翻了几页就皱起了眉头，再往下看就感到失望了。他越看越生气："这个欧阳，怎么会做出这种方案来呢？"

他把方案摔在写字台上，抓起了电话："我是肖越，给我接欧阳。"

但欧阳不在设计室，肖越只好搁下电话，自言自语地说："总体方案评审会下午就要举行了，看这个欧阳怎么在会上做汇报。"

参加评审会的除了总师外，所有的主任设计师和主管设计师都出席了，这是一次特别重要的会议，能否让方案获得通过就在此举了。要不然，就还要兴师动众发动所有设计人员"攻关"，形成一个最完美、最理想的总体方案。

在会议室里，参会人员在长桌前纷纷就座。

肖越用目光巡视了一下，说：“欧阳，准备好了吗？”

欧阳应声将手中一卷图纸钉在大黑板上，手执教棒，指着图纸开始汇报了。

当欧阳汇报完毕，放下教棒，坐到会议桌前时。

肖越神色严峻：“刚才，欧阳介绍了总体方案，不知大家听了有什么感受？”

没人发言，有的喝茶，有的窃窃私语。欧阳则有些忐忑不安。

肖越严肃地说：“我有一点不明白：三个月前的方案可行性论证会上，大家提出的那些新方案，为什么在今天介绍的总体方案中没有得到采纳？我们的火箭需要更大推力的发动机，也需要采用世界上最先进的技术，许多设计方案我们当时都交换过意见，临到最后，你怎么搞出这样一个保守的方案？”

欧阳想解释：“是的，我知道……可是……”

肖越咄咄逼人：“可是什么？”

欧阳说：“这个方案足够把卫星送入轨道。”

肖越很不满：“要把眼光放远一点。我们不是单单发射一颗气象卫星就完事了。气象卫星两年打一颗，可我们这次设计的新型号运载火箭的要求是要有更大的适应性，并争取在国内任何一个发射场发射不同轨道的卫星，所以在设计方案上，一定要采用最新技术。”

“我知道。”欧阳回应说。

肖越更不满了：“既然知道，共底贮箱设计方案为什么不上？”

庄云贵想给欧阳解围：“肖总，共底贮箱方案很危险，我们有过惨重教训。”

肖越说：“是的，教训惨重！但是我们不能因失败就止步不前！如果这个方案运用得好，可以提高新型号火箭的运载能力！”

欧阳说出了他的顾虑：“是的，不过，共底贮箱在使用上仍有不安全因素，如果回流推进剂后，增压程序稍有差错，就会引起爆炸。”

肖越进一步强调：“只要设计合理，增压程序是不会发生差错的，你怕什么！”

欧阳吞吞吐吐：“万一……”

肖越大声地说：“那么，在加注时，我就站在工作台上，要炸就炸死我。”

欧阳不敢顶嘴，沉默着没说话。

肖越语调缓和了，说：“你是不是有什么顾虑？”欧阳犹豫地摇了摇头。肖越接着说：“我们搞了这么多年火箭，应该相信自己的实力！”

欧阳点点头：“我知道。”

肖越是十分器重欧阳的，他把手放在他肩上：“欧阳，你具有作为一个火箭总师所必需的才华，但是做一个火箭总师还需要更大的魄力和承担风险的勇气！”

欧阳打消了顾虑，有总师的支持，他还犹豫什么呢？“我重新搞一个方案。”

肖越高兴了：“这就对了。我的话可能重了，但希望欧阳你作为一位副总师，和其他系统的主任设计师在方案设计中，一定要显示出我们的实力！大家还有什么意见？”

大家纷纷地说：“没有。”

肖越宣布：“今天的评审会就开到这儿。”

大家离去，但肖越还坐在原位置上，下意识地用铅笔轻轻地敲着桌面，心中在想：“要是刘家骏还在这儿，就可以帮我一把了。”他意识到刘家骏已经离去，竟骂了一句：“这个浑蛋！”他有些愤愤然了。

× × ×

欧阳走出研究所，上了人行道，树后突然跳出尹阿珍，把他拦住了。只听她说：“我在这儿等了你一个小时。”

欧阳问：“有什么事？”

尹阿珍说：“没事就不能来看看你？如果你不欢迎，我走了。”

欧阳慌忙地拦住：“你别走啊。”

尹阿珍：“我们刚和外商签订了一个合同，他们订购了我们全年的产品，我特意来告诉你这个好消息，让你也高兴高兴。”

欧阳一听，笑了：“是吗？我真高兴，祝贺你！”

尹阿珍有些撒娇地说：“不要这样一本正经的嘛。你看，这件衣服我穿合适吗？”

欧阳退后一步，像个行家似的打量着尹阿珍，她身上的衣衫用料讲究，做工时髦。

欧阳：“嗯，相当不错，只是有点……有点太艳，反而将你本人掩盖了。”

尹阿珍有点扫兴，一脸怅然：“这可是我挑了整整一个下午……”

欧阳安慰她：“不过，也相当不错……”

尹阿珍高兴起来：“是吗？”

欧阳肯定地说：“当然。”

尹阿珍高兴极了：“你也该轻松轻松了，咱们出去走走，好吗？”

欧阳响应她：“好呀！”

夜幕下，树影婆娑，他们漫步在林荫道上。

尹阿珍伸出手感受着夜风：“今晚真快乐！你说呢？”

欧阳说：“我有十几年没有这样在马路上逛了。”

尹阿珍若有所思：“是吗？欧阳，你觉得我这个人怎么样？”她简直是“单刀直入”了。

欧阳没有任何犹豫：“很好啊！”

尹阿珍穷追猛打：“怎么好法？”

欧阳真诚地说：“质朴、善良，能为乡亲们挑起一个厂的重担，真不容易。”

尹阿珍突然说：“我不想当厂长了。”

欧阳不解："为什么？"

尹阿珍欲言又止，有点羞涩。

欧阳关切地说："遇到什么难题了？"

尹阿珍说出了她内心的想法："我想急流勇退。"

欧阳问："一个乡办企业就是'急流'？"

尹阿珍敞开心扉说："我今年已经三十二岁了，家里的人都劝我快点解决个人问题，我也这样想。"她终于艰难地说完了这些话，抬起头，盯着欧阳。

欧阳心不在焉："哦，那很好。"

尹阿珍看着他，感到有些失望："你今天怎么了？工作上不顺心？"

欧阳沉重地点了点头。

街心花园，有一家露天咖啡馆，彩灯闪烁，飘来一缕轻柔的音乐。

欧阳听出来了："是海顿的 F 大调《小夜曲》。"

尹阿珍说："你既然喜欢这曲子，那我们就坐下来听听。"

欧阳说："好呀！"

两人在一顶太阳伞下坐下，要了两杯咖啡。

尹阿珍说："我过去认为搞科研的人，都是和陈景润差不多，对生活一窍不通，可你……"

欧阳说明了他的动机："有时候，工作太累，我就搞点别的轻松轻松。"

尹阿珍问："你这样热爱生活，为什么不再结婚？"

欧阳太爱他的妻子宛如了，但却难以向尹阿珍说清楚这份情，便想避开这个话题：“你刚才说，你不想当厂长，那去干什么？”

尹阿珍喝了一口咖啡：“当保姆，好不好？”

欧阳惊讶地说：“保姆？在哪儿当？”

尹阿珍抬眼看着他：“给你当呀！你工作忙，屋里这么乱，又没人给你洗衣做饭。”

欧阳老实地说：“那不行，我经常出差，再说，工资也不高……”

尹阿珍“扑哧”笑出声来：“谁要你付钱了？你呀，真傻！”

欧阳端起咖啡喝着。他回味着她的话，有些不安。

尹阿珍担心地说：“你生气了？”

欧阳放下杯子：“哪里……这咖啡，太甜了。”

尹阿珍：“是吗？我倒觉得有点苦。”

大家都说了双关语，于是相互笑了笑。他们的感情在相互一笑中升华了。

欧阳与尹阿珍的交往，已经有人举报到市纪委，而且市里已经派专人找了楚天成。为了进一步弄清事宜，他们在初步调查的基础上，进一步请求楚总安排他们与肖越进行一次交谈，他们已经知道，最了解欧阳纯的莫过于肖越了。他们相信，如果欧阳真的有问题，一定会在肖越那里露出蛛丝马迹的。

这天早晨，市纪委林明义和他的助手应约来到公司，楚天成也已通知了肖越上午来他的办公室。

林明义只等了五分钟不到，就见到肖越过来了。

楚天成给他们介绍：“这位就是我们的肖总——肖越。这位是市纪律检查委员会的林明义同志和他的助手。”

肖越一时没有转过弯来，心中想：“纪委来找我干什么？”

林明义把检举材料递给了肖越，他认真看了起来，看完了之后，他抬起头问林明义：“你们相信这些？”

林明义回答说：“信不信要看调查的结果，根据以往的调查结果来看，不少匿名信揭发的都是事实。”

肖越对这封检举信存疑，他说：“如果举报人手中掌握真理，为什么不敢光明正大地署上自己的名字！”

林明义解释说：“原因很简单，怕报复。有些科技人员，凭借手中的技术，在外面违法乱纪，这种现象是有的。”

肖越肯定地说：“我了解欧阳，他不是这种人！”

“所以，我们才来找你，了解一些情况，希望能得到你的帮助。”林明义说。

肖越将信还给了他们：“你们要问什么？”接着又咕哝了两句，“其实，这种非技术性的毁誉，我们根本不在乎。”

肖越向林明义介绍了欧阳的情况，不用说，都是些溢美之词了。

同一天的晚上，肖越走进了欧阳的设计室，欧阳正在灯光下审核设计图。

肖越进来：“这么晚了，还在工作？”

欧阳抬起头来："我想把新方案的关键数据再核算一下。肖总有事？"

肖越："唔，没什么事，听说，有一个乡办企业的女厂长经常来找你？"

欧阳一听，有些不好意思："噢！那只是……"

肖越："你别紧张，我的意思是，如果确实不错，你也不妨考虑考虑，你还年轻，不能老是一个人过日子。"

欧阳内心十分感谢肖越对他的关怀，他这个老实人，说不出客套话，只是说："肖总，我……"又什么也说不出口了。

肖越："你对宛如的感情我能理解，我是过来之人……你知道我这个人从不过问别人的私生活，不过，你还是考虑一下我的意见……好人应该得到好报。"

说完，他拍拍欧阳的肩膀，就什么也不说了。"尽在不言中"嘛！欧阳懂得的。

× × ×

他回到总师办公室时，夜已深了。拉开抽屉，里面是满满的一抽屉方便面。他取出一袋，拆开，将面块塞进茶缸里，走去倒开水突然发现，那里放着一只泡菜坛子。他知道，古玲娣又来过了，不禁对着泡菜坛子说："你呀，你跟我们的家庭、我们的事业紧密相连。"说着，他似乎从这泡菜坛子上看到了古玲娣的笑脸；看到了在戈壁滩上，古玲娣抱着泡菜坛子寻找他的身影；看到了古玲娣如何在地下室中将泡菜坛子递给正在隔离审查的他，让他从暗无天日的地下室中看到了光明……

然而，此时的古玲娣却在痛苦中挣扎着——她的心脏病发作了。

当时，一平正在复习功课，他突然听到隔壁什么东西落在地上跌碎，他赶忙跑去看个究竟。

他打开灯，只见母亲趴在床沿喘粗气；地上，一只破碎的瓷杯，满地是水。他赶紧取了硝酸甘油，塞进古玲娣嘴中，让她含下。

一平："妈，你怎么样？"

古玲娣怕儿子担心，回答说："没什么，只是胸口有点闷。"

一平还是有点紧张："我送你去医院。"

古玲娣摇摇头："睡一觉就好了。"

一平端来簸箕，扫去地上碎片。

古玲娣安慰他："我没事，你也早点睡吧。"

一平说："那有什么事，你叫我一声。"他轻轻地关了灯，走出门去。

他来到自己屋中，拿了枕头被子出来，放在小客厅的沙发上，熄了灯，蹑手蹑脚走到妈妈的卧室门前倾听了一会儿，然后回到沙发前才躺下。别看这孩子平时粗心大意，在妈妈身子不适的时候，倒显得十分细致和体贴。

好像真的有什么心灵感应一样，此时的肖越，也有点心神不宁。他拿起电话往家里打，但才拨了两个号就又停了下来，心想，不如回去看看吧，便起身离开办公室下了楼。

他在楼梯旁找到了自行车，开了锁，便骑往家中。

当他来到自家的楼前，抬头望了望自己家的窗口，见灭灯熄火的，便自言自语道："睡了，都睡了！"心想：别吵醒这娘儿俩吧，就掉转车头，回办公室了。

× × ×

苏云湖应邀来到楚天成的办公室，打算对他进行深入的采访。

楚天成正在专心地读着一本书，并没有感觉到有人进来，直到苏云湖来到他办公桌前，才抬起了眼："啊！是你呀！"他想起了，是自己约了苏云湖的，忙说，"请坐，请坐。"

苏云湖在他对面的椅子上坐了下来，问："看的什么书呀？看得这么专注。"

楚天成合了书，将封面对着苏云湖，她看了下书名，说道："《现代管理心理学》，当代最时髦的理论呀！"

楚天成对"时髦"二字并不以为然，便说道："本文的理论并不一定适合我国国情。马斯洛说人的需求是逐级递增的，可在我国的文化背景中，人的需求是混合的，甚至是交叉的，即使是在人的生存需求没有十分满足的情况下，也有最高的理想追求。"

苏云湖抓住了话题，进一步问他："能说说你现在的追求吗？"

楚天成看了她一眼，心想：她的采访技巧倒也很高明，竟有些像记者呢！便认真地回答道："只能说，有一些想法。中国人勤劳、勇敢，比外国人辛苦。可是，人均劳动生产力却只有人家的十分之一、几十分之一。要让中国人民富裕起来，只有大力发展高新技术产业。在这方面，我们航天部门完全可以大有作为！应该大有作为……"他看到苏云湖那么专注地看着他，眼光中却出现了异样的表情，便停顿了一下，问道，"我说得不对吗？"

苏云湖连忙解释："你现在给我的印象跟从前大不一样。作为新时期的领导和思想工作者，你相当有魅力。"

楚天成接过话茬儿："有魅力的是我们的事业。这个事业，从一张白纸到现在这个规模，应该有许多事可以写。当你深入他们生活中时，会发现他们特有的追求和困惑。"

苏云湖又一次抓住了话题："你是否可以谈谈你目前的困惑？"

楚天成坦诚地说："说实话，我有很多牢骚，也有许多想不通，可光发牢骚有什么用？还得有什么困难就解决什么困难。你呢？有什么困难需要我帮助解决？只要不是写作上的事。"

苏云湖说出了想说的话，她有些沉重地说："我确实有一件事……肖越至今还在问我，当年我为什么要离开他……"

楚天成意识到不能回避这个问题了，但又从何说起呢？他默默无语地站起身来，沉吟着……

苏云湖："这个问题留到今天了，是不是让我来叙述完这段故事？"

楚天成想也没想，便说道："这么久了，这个句号，还是应该由我来画。”他认为，自己应该担起这个责任。

苏云湖看着楚天成，心想：他怎样来画上这个句号呢?

楚天成发现了苏云湖眼睛里的问号，便说：“后天是星期天，请你在中午十二点以前到留芳阁酒家来，我请客。”

苏云湖用带有些许怀疑的眼神看着他，不知他这葫芦里卖的是什么药。

楚天成没有解释，只是说：“到时务必要光临。”

苏云湖答应了。

星期天到了，楚天成早早地来到了留芳阁，他订了一个小包间，坐下不久，肖越也应约而来。楚天成一看表，才十一点一刻。

肖越坐下一看，桌上放了三副碗筷，便问：“怎么，还有一个人？”

楚天成笑而不语。

肖越见状又问：“请谁呀?‘三剑客’当中的哪一位?”

楚天成说：“你就别猜了，到时候你就知道了。”

肖越打趣地说：“打起哑谜来了？为了吃你这顿饭，我早饭都没吃饱就赶过来了。”

楚天成说：“那就再饿一下吧……”

这时，服务员领进一个人来，肖越转脸一看，原来是苏云湖。

楚天成一见，忙站起来：“啊，大作家来了，请坐！”

肖越狐疑地看着苏云湖入座，心中在想，这位楚老总想干什么?

苏云湖望望他们俩：“是不是有什么重要新闻发布？”在她看来，

公司老总找来了总设计师，一定是为了她的采访需要。

楚天成替两人斟满酒，举起酒杯："今天这酒，是我请两位的，有件事想画上句号。这杯酒，为的是赎罪。二十年前，是我乱棒打鸳鸯，拆散了你们这对恋人！云湖，你不会忘记，是我楚天成跑到你的学校，对你说，你不能和肖越结合，因为你在台湾有个舅舅……"

这番话出乎肖越的意料，他感到万分惊愕，不由得看了看苏云湖，而苏云湖当然不会感到意外，只是没有想到楚天成会这么单刀直入地画句号。

楚天成内疚地说："我是以组织的名义，去找苏云湖同志的……我愧对你们俩，让你们喝了二十年的苦酒……不，这苦酒一辈子也喝不完……我向你们赔罪了！"

他朝他们深深一鞠躬。

苏云湖强颜欢笑："……都已经是过去的事了，还提它干啥……我现不是很好……"但泪水却夺眶而出，以致抑制不住地抽泣起来。

肖越仿佛不认识似的看着楚天成，心情极为复杂。此时此刻，他能说什么呢？他能责怪楚天成吗？楚天成是在履行他的职责呀！更何况他是在"左"的路线支配下，不能不这么做呢！苏云湖的不辞而别，现在清楚了，但她也是无奈之举呀，怎么说都是受害者呀！是命运捉弄人吗？命运，又是那么一个虚无缥缈的东西，扯得上它吗？

一时间，现场的空气凝结住了。然而，苏云湖的低声抽泣却未能停止，谁也说不出一句安慰的话。也许，让她哭出声来，把这心中的委屈痛快淋漓地发泄出来更好些，所以谁也不愿说一句安慰她的话……

这三个当事人，谁都不知道自己是怎么离开这留芳阁的……二十年前留下的伤痛，还能抚平吗？

× × ×

火箭的装配，正在总装车间紧张地进行，很快就要试车了。肖越是吃在车间、睡在车间，一天二十四小时连轴转，只是在极度疲乏时，才打上一个盹。

在这个关键的时刻，北京的领导同志们，尤其是处在第一线的航天工业部，几乎每天都有电话来询问总装的进度，以及出现的问题和解决方案，今天也不例外，但电话的内容却与往常不同，所以楚天成刚接到部长来电，就匆匆来到车间，将首都的来电告知肖越。

他跑进车间，远远见到了他，便大声叫道："老肖！"到了肖越身旁，他把肖越拉到一边说，"老肖，北京刚才来电话。"

肖越一听，便说："我知道说什么，肯定又在关照我们，必须万无一失……"

楚天成："不，恰恰相反，这次部长说，全箭热试车，要允许失败，不怕失败。"

肖越转过身来："老兄，你怎么还不明白，部长这句话比'万无一失'还要厉害。他在用激将法，我一清二楚。"

楚天成一听，笑了："什么都瞒不过你！"

“此话差矣！应该说是什么都瞒不过他，他知道怎样给人施加压力，既不让你压得透不过气来，又不让你有丝毫松懈的余地。”肖越摸透了部长的脾气，便这样告诉楚天成。

楚天成纠正地说：“那不叫压力，是动力！”

肖越反过来纠正：“这动力可是他压出来的！”

两人相视而笑，他们想到一块去了。

然而，这次试车却失败了，用肖越的说法，是“放了个哑炮”。

欧阳纯与庄云贵查到了原因，据他俩在察看现场后分析，由于动密封的失效导致滑轮泵漏火，火势扩大以后，烧毁了发动机的氧化机泵。

但动密封为什么会失效呢？

欧阳找了庄云贵和他商量这个问题，便对他说：“云贵，今天晚上我们干他个通宵，一定要把动密封失效的原因找出来。”

但他没有想到庄云贵却当头给他淋了一盆冷水，说：“没胃口。”其实这并不是真话，他觉得需要冷静一下，然后去认真地思考，才会有实效，像欧阳这样急于求成，也许会欲速而不达。

欧阳用了激将法：“没胃口？你想蒙头睡大觉，你睡得着吗？”

庄云贵：“干吗要睡觉？我要上电影院看通宵电影。怎么样，一起去？”

欧阳回敬了一句：“我才没那个闲工夫呢！”别过头来走了。想到附近小花园走一走，顺便梳理一下思路。不料，刚出门，就看见一辆卡车停着，刘家骏正与一家人忙着搬家。

欧阳："家骏，搬家了？"显然是明知故问。

刘家骏有些尴尬地说："嗯。"

刘家骏的女儿看到跟着欧阳出来的庄云贵，高兴地告诉他："庄叔叔，我们要搬到市中心新造的大楼，三室一厅……地方可大了，爸爸还单独给我一个小房间哩！"

欧阳走到刘家骏面前，两人无言地握手，一旁的庄云贵习惯性地伸出手去，半空中又犹豫地缩回。

刘家骏对他们点下头，说："我走了。"

他跳上卡车，卡车启动了。欧阳和云贵看着远去的卡车，内心很不平静，"三剑客"现在缺了一员大将，还能叫"三剑客"吗？心中当然不是滋味。

× × ×

肖越回到家中，准备对"放哑炮"的问题进行深入的剖析。

肖越回家后的第一件事，就是将一张字条贴在书房门扉，上书："未经预约，来访者概不接待。"时间对于他来说太宝贵了，他必须利用有限的时间来找到问题的症结所在。

古玲娣经过那次发病，显得消瘦了一些，精神也有些萎靡，但在老肖面前，她总是显得生气勃勃，她不能让肖越分心呀。此刻，她边扎着围裙边问："老肖，你一点空也抽不出来吗？"

肖越问：“什么事？”

古玲娣：“一平明天就要高考了，趁你在家，抽空给他讲讲……”

肖越：“明天？”他犹豫了一下，转头望去，书房桌子上，堆满了图纸资料，“明天高考，那我现在给他讲也没用了。”

儿子从小屋出来，手中拿着书：“妈，没事，我会考好的。”

肖越：“好好考。”此时此刻，儿子的确需要做爸爸的帮他一下，但他能占用十分有限的时间吗？不能。他虽迟疑了一下，但仍轻轻关上门。

时间飞快地过去，古玲娣的杰作也出现在肖家的饭桌上。知道丈夫很辛苦，她特地做了他最爱吃的红烧猪蹄、八宝辣酱、蘑菇菜心、炒猪肝和一盘下酒的笋豆，当然，一瓶花雕也放在桌上。多少年的夫妻了，她十分清楚老肖就好这花雕就笋豆。

但老肖迟迟没有从书房中出来，儿子却等不及了。

他放下手中的书：“妈，我饿坏了，咱们先吃吧。”

古玲娣：“你爸爸今天刚回来，试验没成功，他心里不好受，咱们等等他。”话刚说完，只听“叮——咚”，门铃响了。

儿子前去开门，进来的是苏云湖。

苏云湖一见他们就问：“一平，古玲娣，听说老肖回来了？”

古玲娣反问：“他知道你来？”

苏云湖：“不知道。”

古玲娣指了指书房门扉上的字条。

苏云湖读出了声：“未经预约，来访者概不接待。”

古玲娣解释说：“老肖正忙着。”未等她说完，苏云湖便接过话头说：“我从楚总那里听说了，让他忙，我在这里等着。”

古玲娣：“一起吃点饭吧？”

“我吃过了，你们吃吧。”苏云湖说。

古玲娣真诚地说：“老肖一直想请你来家吃顿便饭。”

苏云湖：“谢谢。知道吗？我要走了。”

古玲娣不觉一愣，忙问：“去哪儿？”

苏云湖：“美国。我是来和他告别的。”

古玲娣望着她，心想，不能让她久等，便走到书房门前，轻轻敲门。里面似乎没有听到声音，她又敲，这次声音大了许多。

门“哗”地拉开，肖越满脸怒火地出现在门口：“我不是关照过了，概不会客！”显然是思路被打乱而十分不快。

古玲娣用眼神指了指苏云湖。

肖越：“是你……”

苏云湖说：“是我。我有事找你。”

肖越：“不能明天说吗？”

苏云湖只好把话明说了：“能明天说，今天就不来找你了。”

肖越稍一犹豫：“那么……请进。”

苏云湖进了书房，两人站在桌边。

肖越心想，苏云湖到底要说什么，便脱口而出地说：“什么重要事，必须现在说？我很忙，只能给你十分钟。”

苏云湖从手提袋里取出一张机票："后天上午飞旧金山的机票。我那在美国的舅舅一定要我去他那儿。"

肖越有点不解："没想到，你这把年纪了，也赶出国浪潮。"

苏云湖对他的话十分反感："你这样说，我很伤心。舅舅在台湾又结了婚，后来去了美国。人老了，容易良心发现，他觉得自己对不起被他抛弃的舅妈，还连累了我，一定要我和舅妈上他那儿去。舅妈不能原谅他的喜新厌旧，所以，只能我一个人去了。"

肖越这才明白了她的来意，语带歉意地说："对不起。坐着说吧。"

两人隔着桌子坐下。

苏云湖："我这一去，得在那儿待一段日子。"

肖越问："不写你的小说了？我可是你书中的主角啊！"

苏云湖感慨万分地说："这些年来，我写了不少东西，几乎每年都要出两个集子。可是，有一天，我突然意识到，这些年来，我只是在不断地重复自己……我沮丧极了，一股从未有过的疲乏感袭上心头。我感到无聊，没意思透了，于是我想起了你，心头有一个欲望，想看看你生活得怎么样……"说完这些，苏云湖感到轻松了许多。

但是，听了这番话，肖越的心头却沉重起来，半天说不出一句话。

苏云湖见状，又看了下表，下决心地说："我该走了！"说着便站起身来。

肖越拦住她："我送你一样东西。"他从书架上翻出一本书，翻到一页，里面夹着那把系着红飘带的钥匙。

苏云湖一见，眼圈红了：“你还留着它！”

肖越深情地说：“做个纪念吧。云湖，我也许不能为你送行了。对不起，祝你一路顺风！”将钥匙交给了苏云湖。

两双手紧紧相握在一起，久久没有分开。

苏云湖突然凑上去亲了他一下，便转身，开门走出。

苏云湖见古玲娣守在门外，向她点了点头，说道：“古玲娣同志，再见！打扰了！”走出门去，头也没有回。她怕古玲娣看到她泪水盈眶的样子。

肖越吃完了饭，趁着有一点酒意，又回到了他的小书房。他要抓紧时间弄清楚试车失败的原因。根据他的经验，处于“微醺”状态的他，思路反而会比平时活跃，许多死结往往是在这种情况下解开的，所以他要“趁热打铁”，于是又把自己关起来了。

这书房的门，直到夜晚了还没有开，连晚饭也是古玲娣送进去的。但是，直到深夜了，这结还没打开。

就在他“打铁”之际，欧阳纯家也来了客人——那位乡办企业家尹阿珍。她告诉欧阳说，已经找了他两天，希望欧阳帮他们解决一个新碰到的技术难题。

欧阳让尹阿珍把图纸在桌上摊开，俯着身子细细看了一遍以后说：“这个问题不难，我来想想办法，不过得花点时间。”便拿出计算机开始计算起来。

在欧阳埋头计算的时候，尹阿珍打量了一下他的家，见东一堆脏衣服、西一堆没有洗的碗筷，可以说是乱七八糟，不禁摇了摇头，自语道："这些单身的男子汉呀，日子过得这么马虎！"便轻手轻脚地整理起房间来。

沉浸在数据计算之中的欧阳，竟一点也没有发现。等到计算完毕，对尹阿珍说："行了，你再看看。"他把图纸递给尹阿珍时，才发现眼前的房间居然被整理得清清爽爽，几乎是一尘不染了，不禁"啊！"地叫出声来，连连说："谢谢！谢谢！"

尹阿珍接过图纸："你真是个快手，了不起的快手，应该说谢谢的是我。"把图纸卷了起来，说，"我该走了！"

欧阳忙说："没有什么，今后有什么问题，尽管来找我。"

尹阿珍点了点头，把图纸放在包里，关心地说："你早点休息吧，我走了。"她走到门口，看了下墙上的挂钟，指针指着十二点半，便犹豫了一下，又退了回来。

欧阳见状忙问："还有什么不清楚的地方吗？"

尹阿珍只好说："时间太晚了，末班车已经开掉了。"

欧阳一看钟："啊呀，都过了十二点了，那怎么办？"

尹阿珍转念一想："我去找一家旅馆。"

欧阳担心地说："要找不到呢？这样吧，今晚你就住在这儿。"

尹阿珍感到不方便，只说了一个"这……"就把话咽了下去。

欧阳怕她误会，忙说："你可以睡在我的床上。"

尹阿珍："那你呢？"

欧阳告诉她："我上云贵家去睡，他也是一个人过。我这就去跟他打个招呼。”他走出门去。

欧阳来到庄家门前，轻轻敲门，低声叫道：“云贵！云贵！”

里面没人应声，他又耳贴门扉静静听了一会儿，里面没有丝毫动静，他突然想起：云贵看电影去了！

留在欧阳家的尹阿珍，这时还未入睡，她坐在睡床上，双手托着下巴凝神望了一会儿挂在墙上的欧阳与金宛如的结婚照，不由得悲从中来。多么好的一对呀！为了神圣的航天事业，她壮烈地牺牲了，留下了欧阳独自面对着一切。他孤单吗？他真需要一个可以照料他的人呀！想到这里，她的心中涌出一丝柔情，但随即又斥责自己，胡想什么呢？便伸手拉开关，熄灯。

徘徊在自家楼外的欧阳，抬头望去，见家中窗户的灯光灭了，知道尹阿珍睡了，便漫无目的地沿小路走去。来到马路旁，他坐在路灯底下一张石凳上，从衣袋里掏出纸笔，又计算起来。

到电影院看通宵电影的庄云贵，连日欠觉，并没有被电影上的情节所吸引，反而打起瞌睡来。突然，因为电影中巨大的爆炸声，把他惊醒了。他怔怔地瞪着眼睛，像在回忆什么。

庄云贵突然拍了下前面的椅背：“有了！”忙起身朝外面挤出去。原来，他在被惊醒的那一刻，脑海中却出现了一个解决问题的办法。于是，他急急忙忙地离开电影院回家了，不料他来到自家门前，突然看见坐在路灯下的欧阳，忙下车。

庄云贵不解地问：“欧阳，你在这儿干什么？”

欧阳老老实实地告诉他："家里有客人。"

"那个女的？"庄云贵猜到了，"你这个马路天使，真够纯洁的！好人哪！现代的'柳下惠'呀！现在的好人也就是我们这些人了！"

欧阳打岔问："电影放完了？"

庄云贵："没有。我想出一条试车的安全措施！"

他们在路灯下讨论起来，这两人你一言我一句地互相补充着，终于形成了一个完整的方案。在成功之后，这被人们称为"路灯方案"，这是后话了。

到了清晨，欧阳才回到家。

他开门进屋，屋内已空无一人。他发现桌子上留着一张字条，上面写着："欧阳同志，我把被子拆了，把被夹里、被单带走了，还有羽绒衫、毛衣也一起带走了。下星期我再来看你。你真是个大好人……"

手中拿着这张纸条，看了一遍又一遍，这简单、朴素的话语，拨动着他的心弦。他感受到尹阿珍对他的那份情意，加上庄云贵那几句调侃他的话，都让他想到与尹阿珍的未来。但想到这里，他下意识地看了下金宛如的照片，又责备起自己来："小金才走了多少日子呀！你怎么动了这种心思呢！"但他从金宛如的遗像中，又仿佛听到她慢声细语地嘱咐："欧阳呀，该解决这个问题了！"于是他心神不定起来。

× × ×

又一个早晨光临人间，整个职工宿舍从宁静中苏醒了过来。这一天，对于肖一平来说，具有特别的意义，他要在高考中用成绩来证明自己。

古玲娣早早地烧好了早饭，儿子就着酱菜，稀里哗啦地把一大碗泡饭吃得个精光。从一旁观察着儿子的古玲娣心里热乎乎的——儿子的胃口好着哩！

一平放下饭碗，取毛巾抹了一下嘴，便背起书包，说："妈，我走了！"望了一眼肖越的卧室，懂事地说，"爸还在睡，我就不跟他说了。"

古玲娣拿着一盒清凉油："别忘了带上它。"她检查着一平的书包，"休息的时候，别忘了吃点心。还有，写完答卷，至少再检查两遍……"

儿子应声道："知道了！"便开门出去，一不小心，把放在门口的椅子撞翻了，发出了"砰"的一声。他把椅子扶起来，做了个道歉状，走了！

古玲娣嘀咕着："这孩子，毛手毛脚的！"

其实，肖越早就悄悄地出去了，他早已坐在总工办公室里，抽着烟，桌上是一只泡了半瓶茶叶的玻璃瓶，他正在等待欧阳和云贵的到来。

等待的时候总让人觉得时间过得太慢，其实才等了刻把钟，他已经有点急了："怎么还没到！"

欧阳、庄云贵终于来了，他们和肖越打过招呼后，各自拉了张椅子坐下。

肖越指着桌子上的热水瓶和茶叶盒，说："有水，有茶叶，要喝茶，自己动手。还有香烟。"他将一包烟扔在桌面上，"现在我们开全箭热试车技术分析会……"

会议讨论得十分热烈，由于大家在事先就已找到了动密封失效的原因，并且有了解决这个难题的办法，因而很快就达成了一致，形成了一个大家都满意的方案。这时的肖越，不禁从心中称赞起他的部下来。

带着形成文字的方案，肖越来到楚天成的办公室，他将这份方案摆在桌子上，对他的合作伙伴说："动密封失效的原因找出来了。我们采取了针对性的机械密封措施，不仅在理论上而且能在实践上解决动密封失效的问题！"

楚天成高兴地说："真有你的！"

肖越进一步说明他的想法："我准备进行第二次热试车。"

楚天成用十分肯定的语气说："好吧，什么时候试车？"

肖越："越快越好，经费……"

楚天成笑着说："试验的钱已经预备好了。"

肖越提出了要求："我们必须再添一台设备。"

楚天成问："多少钱？"

肖越："两百万。"见楚天成低头不语，便催促地说，"怎么样？"

楚天成为难地说："添设备的钱实在没有了。"

肖越以为事情很简单："找银行贷款嘛！"

楚天成叹了口气："前几天，财务处处长跑了趟银行，结果空手回来了。老的贷款没还，人家不肯再借。"

肖越觉得有点出乎意料，但又认为自己是师出有名，便对楚天成说："告诉他们，我们是干什么的！"

楚天成："没用。银行有银行的道理，正像现在你有你的道理，我有我的道理一样。"

肖越说："你还有你的道理？"

楚天成脑子一转，想出了一个办法："那你跟我走一趟，你会明白的！"

肖越疑惑不解："走一趟，到哪儿去？"

楚天成故意不把话说明白："到了你就知道了。"

于是，两人出了办公大楼，坐上了一辆车。司机已经得到办公室的通知，连问也不问就急驶而去。

汽车驶到一个建筑工地停了下来。工程队长也早已接到了通知，在工地大门口恭候两位老总哩！见汽车停下后忙帮他们打开车门，连连说："欢迎两位老总来工地视察……"一边掏出一包万宝路，抽出两支敬给他们。

楚天成和肖越连连摇手，说："谢谢！"没有接过香烟。

工程队长是河南人，操着河南腔的普通话说："俺是日夜加班连轴转，保证按时封顶。"

肖越知道楚天成的用意了，他是想说："工人宿舍的建造正在关键时刻，我们必须全力支持这个职工们切身利益的工程项目，否则，怎么进一步调动大家的积极性来完成火箭制造的任务呢！老肖呀，你那笔买设备的款子，缓一缓吧。"对，这老家伙就是这个用意，不睬他，于是肖越双手插在裤袋里，好像心不在焉地踢着一块石子，其实已打定了主意。

队长："就是建筑材料老跟不上，砖头、钢筋、水泥，都得通路子，四百万的预算，现在只用了一半……"

肖越一听，来了神，回过头来："噢，你那里还有两百万？"

队长笑着："不是俺有两百万，这钱，是楚总经理的。"

肖越看着楚天成，心想："你露馅了吧。"他有些得意了，脸上也渐渐露出了微笑。但楚天成却笑不起来了，他知道，肖越要动这笔钱的脑筋了。

大家往回走了，上车以后，屁股还没坐热，肖越就向他提出："两百万，正好可以买那台设备了。"

楚天成连连摇头："把两百万借去搞热试车？不行！不行！这是各个厂子开发民品赚下来的钱，你挪用了，职工住宅怎么办？全公司上上下下，等了多少年，每个人都红着眼盯着呢！"

肖越仍然不放弃，努力要说服楚天成，他十分委婉地说："什么事都有个轻重缓急，急事先用嘛。"

楚天成："不行，绝对不行！"

肖越沉下了脸："没商量余地了？"

楚天成不语，以沉默来对付肖越的攻势。

就在肖越与楚天成为了这两百万元争执不下的时候，苏云湖来到了浦东机场。肖越明明知道这一别，不知今后能否再见了，但为了火箭，他只好在心中对苏云湖道歉了。但他还是关照了古玲娣去送送她。

苏云湖来到机场，出租车停在候机大厅前。苏云湖下了车，司机从后座取出皮箱，苏云湖刚伸出手去拎，一只手抢了先，她抬起头一看，竟是古玲娣。

古玲娣："老肖让我来送送你。"

两个女人相对默立着。此刻，纵有千言万语，从哪儿说起呢？她们在沉默中尽情地交流着那些要说的话。不要说出口吧，尽在不言中了……

苏云湖伸出了手，两人紧紧相握，然后，苏云湖便别转了身子，进了候机厅。

古玲娣盯着她的背影，直到看不见为止。

× × ×

肖越又一次闯进楚天成的办公室。肖越刚进门，就风风火火地说："我想来想去，还得找你。"他解开衬衫扣子。

楚天成见他热得够呛，忙站起身来，给他打开电风扇。

肖越几乎是恳求地说："帮帮忙吧！看在火箭的分上，把钱借给我。"

楚天成还是不让步："你不能再等一等？到时候，部里的拨款就下来了。"

肖越："我等不及了，我得赶时间！因为，热试车还可能失败，试制还可能有其他问题。只要前面抓紧一点，时间富裕一些，我就没有后顾之忧！你得帮我一把！"

楚天成只好耐心地说："你听我解释，动用职工住宅的钱，我决定不了……突然下马，会扰乱军心……"

肖越急了："你就关心住呀、吃呀、奖金呀……难道你忘记了我们当年的追求？"

楚天成："老肖！你是条汉子！咬咬牙，排除前进路上的一切障碍，拼命向前冲！至于其他事情，你根本不放在心上！"后一句话，语气很重，在肖越听起来，竟有些责备的味道。

肖越不满地说："你这话是什么意思！你是说我不通人情？"

楚天成："不容否认！说穿了，你唯一关心的就是工作、工作、工作，火箭、火箭、火箭，难道不是这样吗？"

肖越激动起来："科技使人类进步，我们多牺牲一点，人类社会就多一份文明，这正是你平时的工作准则，我们如出一辙，但在具体问题上，你常常分不清轻重缓急……"

楚天成一步不让："分不清的是你！你坐到我这个位置上试试看！"

回答他的是"砰"的关门声。肖越走了。两位合作默契、感情深厚的老搭档、老朋友终于不欢而散。

只不过过了两个多钟头，楚天成又来找肖越了。他是一计不成，又施一计，想出了说服肖越的新办法。

他乘坐的车子走了没一会儿，天就下起了瓢泼大雨。还没有到肖越的家，司机眼睛就看到肖越撑着一把伞行走在大雨中，忙招呼楚天成："楚总，那不是肖总吗？"

楚天成一看，果然是肖越，忙对司机说："停车！"车在肖越旁边停下。楚天成伸出头来："上车吧！"

肖越憋了一肚子气，头也不回："我不坐你的车。"

楚天成又一次用了激将法："那钱呢？你也不想要了吗？"

肖越犹豫了一下，钻进车。

轿车在雨幕中行驶，开到一个棚户区的巷子口停下，他们下车打着伞走进巷子。肖越心中想，这个老家伙，又在打什么主意？

这时，大雨如注，万物都在疯狂的暴雨中颤抖着。地势低洼的住户，水已经漫进屋子。

楚天成和肖越走进一户人家，见床上、桌上摆着接雨的盆子。

机器厂的工人老张激动地说："啊哟，你们二位老总怎么来了？厂里有什么急事？"

楚天成："没事，我们顺路来看看。"

老张的妻子兴奋地搬椅子："来坐，来坐。领导亲自来看我们，我们就有盼头了。"

楚天成歉疚地说："老张师傅，这样的住房条件，真难为你们了！"

老张十分真诚地说："没事，我们能坚持。"

老张妻子不同意老头子的话："还要坚持？我们已经坚持了二十多年了！看看这房子，怎么住人啊？两位老总，这次分房，随便怎样，请你们领导照顾照顾，我给你们磕头了！"

她几乎要跪下了，肖越忙挡住她："别，别这样……"

老张不满地责怪妻子："你这是干什么！领导不是来了吗？房子不是在造吗？你着什么急？"

楚天成说：“对！不要着急，我们还要到别人家去看看。再见了，张师傅。”

老张千恩万谢地说：“谢谢老总们的关怀，谢谢了！”

肖越发自内心地说：“该感谢的是我们。”

雨幕中，轿车驶离巷子。

车厢中，两人默默抽着烟，谁也不说话。

轿车在肖越家门前停下。

司机：“肖总，您到家了。”

肖越掐灭烟头，打开车门，跨出一只脚，扔下一句话：“你那儿的钱，我不要了！”

他们到老张等人家访问后，突然传出了一个消息，说：“新住宅要停盖了。”闹得沸沸扬扬。

在冰箱流水线车间，一位工人师傅对另一位工人说：“听说了吗，新住宅就要停工了？”

“还没有决定呢！”这位师傅回答说。

那位师傅又说：“明天要开的职工代表大会，如若我们车间的代表老王举手赞成停工，下次选代表我就不选他。”

“我也是！”很多人表示同意。

工人们关心的职代会，当然也是楚天成关心的一件大事。他十分清楚，要说服代表们通过停建职工宿舍的决议，把工程款先借出去买设备，这是一件十分艰难的事情。虽然，肖越已经表示了不要这笔钱，但为大局计，为火箭和卫星上天计，他还是打了这笔钱的主意，企图说服职工代表同意把这笔钱借出去买设备。

打定了主意，他来到肖越家中。

古玲娣示意地指了指室内。门开着，肖越半躺在藤椅上。楚天成悄悄地在门口的一个椅子上坐了下来。

肖越仍然闭着眼：“是老楚？”他已经从脚步声中判断出来人是谁了。

楚天成：“嗯。明天职代会，你得准备一篇演说，要有巨大的说服力……”

肖越没有回头，仿佛自语：“我怎能以其昏昏，使人昭昭？许多事情我自己都还没有弄明白，我能说什么？我倒是真心希望你能像过去的老领导一样，从国际形势讲到国内形势，从远大理想谈到具体工作，什么都清清楚楚、明明白白！”

楚天成感慨万端地说：“说实话，有些事情我也搞不清楚，弄不明白。改革开放，摸着石头过河，千头万绪啊！顺的顺，乱的乱，一国两制，一厂也是两制，两种不同的管理目标，两种不同的管理方法。从前没有这么多事儿！”

肖越颇有同感：“想想20世纪50年代，我们在戈壁滩，萝卜干、酱油汤，那会儿，人心多齐……”

“那时候，一种价值，一个目标，现在是多元价值，全方位追求啦！”楚天成接着说。

肖越好像找到了问题的所在："是不是咱们这些不是老革命的也碰到了新问题？"

楚天成接过他的话茬儿："每一代人都会碰到新问题，每一代人都应做出与时代相匹配的贡献，咱们干得还算是不错的。从前吃皇粮，现在每年上交国家几千万，我就不信，我们这代人什么难关都闯过来了，现在条件比过去好多了，反倒闯不过这道关！你信不信，只要闯过这道关，我们的国家就神气了！"

肖越："但愿如此！我这就准备明天的演说……"

楚天成："其要求之高、难度之大，不亚于竞选美国总统。其他的事就交给我吧。"说完，走了。

留下了肖越，他花了一整天的工夫，在家中准备了那个难度极大的发言，直到深夜才在发言稿上写下最后一个字。

第二天上午九时，新神州机械厂的第三届职工代表大会如期召开了。议题很单一：讨论推迟住宅工程。下午复会的时候，小礼堂座无虚席。

工会主席敲敲桌子："静一静，静一静！上午，代表们就'要不要推迟职工住宅的建造'，充分发表了不同的意见，不少代表反对这样做，也有的代表说，应该以大局为重，腾出钱来拉火箭一把。现在，我们请肖越同志来谈一谈，他为什么要提出借款的方案。"

肖越起身，走向主席台。代表们的目光一齐向他投去。

他站在讲台前，沉默一会儿，然后说："这几天，我耳根发热，还老打喷嚏，我知道，有许多人在骂我。"

在平时，这段肯定会引起剧场效果的开场白，此时却激不起丝毫效应，人们静静地听着。

肖越没有拿演讲稿。上午他听了代表们的发言，产生了新的想法，便顺着自己的思路往下讲了，只听他说：“今天在这里，我就说说我想说的心里话。上星期，我到一个工人家里，外面瓢泼大雨，屋里水漫金山。房子，房子，多少人眼睛盯着房子。有的家庭三代同堂，挤在一间小屋里；有的小伙子，三十多岁了，结婚证明都打好了，没房子，女朋友要吹……我们的科技人员在大学时都是百里挑一的尖子，沙里淘金一样淘来的。我们的工人师傅都是从各个行业调来的技术骨干，干了二十多年，还是百十来元工资，十几平方米的住房……说实话，我心里不好受。这次好不容易有了一次改善生活条件的机会，用冰箱、彩电、洗衣机换来的钱可以盖新房子了，可是我肖越出了个馊主意，要把造房子的钱拿去买设备造火箭。难道今天还要我们靠降低生活水平来为社会做贡献吗？难道今天我们还不应该千方百计地解决生活困难，使我们的生活更加文明、更加幸福吗？”他突然感到自己无法让职代会理解他的坚持，他似乎丧失了信心，嘶哑着嗓子，“是啊，我也这样问自己，说老实话，我无法回答这些问题……”

他呆呆地站在台上。

代表们静静地看着他。

他定了定神，然后转了话题：“我给大家讲几个数字吧！这一次，我们研制的运载火箭发射的是我国的气象卫星。气象卫星对我国国民经济的发展起着非常重要的作用。我看过一个材料，美国使用了气象卫星，每年从一百二十亿美元的自然灾害损失中挽回五十亿美元；印度利用气象卫星，每年受益十五亿美元。我国是个农业大国，靠天吃饭，对气象灾害的敏感度最大，水、旱、雹、冻、风等天气灾害严重威胁了人民的生命和财产安全。我国的自然灾害每年造成约五万人死亡，造成约五百亿人民币的直接经济损失。据科学预测，今后的三十年中，我国要经历一个或两个以上的大旱、大震、大水为主的群灾丛生的时期。气象卫星早一天发射，国家就少一分损失……今天，我肖越没本事说服大家，可我代火箭向大家求情了！”

肖越眼眶中的泪水闪烁，他真的动了感情，再也说不下去了。但当他停下来时，却引起了会场上雷鸣般的掌声。这表明，他的话已经得到代表们的认同。他十分认真地向台下鞠了一躬……

与此同时，在礼堂外走廊中和大门口的小路上挤满了来打听消息的群众。

会议仍在继续。工会主席问：“还有要发言的吗？”

那位他们探视过的老张举手：“我想问肖总一个问题。我想知道，试验如果再失败，怎么办？”

肖越实事求是：“按科学规律，试验允许失败，可是我们失败不起，因为我们国家穷。”

老张说：“有你这句话，我就放心了。”

有人喊道：“那就把钱借给肖总吧！不要他付利息！”这句话引起

了会场上的笑声，只见另一位工人站起来大声说：“只要不把钱吃掉喝掉浪费掉，我们认了！”

又有人说：“表决吧！”

工会主席见火候已到，便宣布：“好，现在表决。同意推迟建造职工住宅的，请举手！”

绝大多数职工代表举起了手。

肖越热泪满眶地站了起来，对大家又是一躬到地，他心中在想：“多么好的工人群众呀！多么顾大局、识大体的工人同志呀！”

× × ×

用职代会同意的二百万元，把那台关键性的设备终于安装在车间里了，经过认真而细致的准备，火箭现在等待着的就是将它运往发射基地，把那颗气象卫星送上蓝天了。

为了壮大队伍，充实人才，迎接更为繁重的任务，公司通过了肖越提出的在应届毕业生中招收人才的计划，并且深入有关大学的校区，直接与招收对象接触，从众多大学生中挑选可用之才。

在这座大学校园里，彩旗飘扬，人来人往，喇叭里放着流行歌曲。

林荫道两旁放着一张张长桌，上面插着一块块标牌：“物理系”“数学系”“中文系”……

一群人正围成一圈，听一个学生的讲解。肖越挤了进去。

这位学生抒发着豪情壮志，肖越听他说道："……计算机的另一重大作用是它带动了科学技术的重大发展，从根本上改变了工业设计的方法，比如要设计飞机，完全可以做到用计算机来精确模拟各种不同条件下飞机的性能，这样就使设计的过程和过去完全不一样，大大减少了实验的时间和成本……"

听到这里，肖越从人群中挤出来。

楚天成问："怎么样？"

肖越不假思索地说："是个苗子，思路清晰，头头是道。现在的年轻人，要么不肯读书，要么就好得出奇。"

这个学生和另一些学生从人群中走出。

肖越上去拦住了他们。

肖越："请问你是这届毕业生吗？"

学生："对。"

肖越递上本子和笔："能不能留个姓名？"

这位学生的回答却出乎他的意料，只听他说："噢，对不起，我是帮助我们整个班推销，不光推销自己。你要计算机系的学生，可以到那里联系。"指指那排长桌。

肖越说："我就要你，请留个名。"

他竟然拒绝了："噢，不！我不能……"

肖越不解："为什么？"

一个女学生告诉肖越："他是我们系的尖子，谁要他，就必须再搭几个其他学生。”

这位学生问肖越：“你们是哪个单位的？”

楚天成介绍说：“他是火箭总设计师。”

“航天的？太好了，我从小就很羡慕一切会飞的东西。”这位学生抢过肖越的笔记本，“我叫高强，高兴强大的意思。”爽快地在本子上写了自己的名字，还不忘补充说，“我十分愿意到你们那里去。”然后礼貌地鞠了一躬，走了。他要把这个消息告诉他的女友，便急步来到女生宿舍。

高强三步并作两步跨上楼梯，敲响一个宿舍门，同时叫道：“岚岚，岚岚。”

岚岚伸出头，看到了高强，便开了门，让高强入内。

极为高兴的高强说：“今天我守株待兔，撞上了一个好单位。”

岚岚问：“什么单位？”

高强：“航天，搞火箭。”

岚岚说：“国有的？”

高强：“航天难道还有私营的？”

岚岚指了指墙：“我的目标是进宾馆和三资企业。”高强看到墙上贴满了各种宾馆和外资企业招聘的广告，有静安希尔顿、银星假日酒店和贵都宾馆的广告，都用红笔画了圈。

年轻人嘛，各自有着人生的目标，有着体现自我价值的设想，这是很自然的。而这位满怀着在蓝天上飞翔梦想的高强，果然如愿地被吸收进新神州机器厂，并且被分配到火箭设计的第一线。

高强来到厂人事处后，人事干事就告诉他："肖总已经通知我们，由欧阳副总设计师带你。"便把他送到总装车间，欧阳纯正在那儿指挥火箭的分段起吊呢。

多么庞大的车间呀，看得高强都有些惊讶了。是的，没有这个大体量的场所，怎么能把分段制造的火箭拼装成一个整体呢？

人事干部领着高强来到欧阳面前："欧阳总，这是新来的大学生，给你当助手的。"又对高强说："欧阳同志，副总设计师。"

这里，需要说明一下，经肖越提议，厂党委研究，报航天工业部批准，欧阳与庄云贵都已被提升为厂的副总设计师了。

高强颇有些现代派头，他伸出手："我叫高强，今后咱们就在一起合作了，请多关照。"

庄云贵转过头来："合作？小伙子，拜师傅要先吃三年萝卜干饭，这儿的名堂，你学都学不完呢。"

高强一听，有点窘迫。

欧阳为他解围："高才生，欢迎你！"与他握手。

从这天开始，这两个名师和高徒之间，便建立起了十分默契的关系。欧阳听肖越介绍过这个年轻人，从一开始就以极其信任的态度来对待高强，当然也使高强心情舒畅，干劲倍增了。

下班了，欧阳和庄云贵骑车回到宿舍，将车搁在车棚里。

庄云贵突然问欧阳纯："欧阳，你看那位女厂长怎么样？"

欧阳一时没有会过意来："什么怎么样？"

庄云贵有些揶揄地说："别假正经了，你有情，她有意……"

欧阳一本正经地说："我们是谈工作上的事。"

庄云贵："对，一切都是可以从谈工作开始的。"

欧阳觉得他误会了："别瞎说，你知道宛如在我心中的地位。"

庄云贵开导他："你别老用旧坐标参照系数来对待生活，应该为将来想想。"

他们走进宿舍楼，来到自己家门前。

一个邻居对庄云贵说："你们可回来了。云贵，你家来人了，等了好久啦。"

一个女人从屋里出来，不出云贵所料，竟是妻子杨萍。忙随杨萍进了屋，连招呼也没跟欧阳打，惹得欧阳"扑哧"地笑出声来。

杨萍指着室内，大摇其头。

庄云贵腾出地方："我不知道你要来，夫人请坐。你怎么来了？"

杨萍："出差。你就不问问我怎么样？"

庄云贵忙问："你怎么样，我的夫人？"

杨萍白了他一眼，说："应付差事。"然后又说，"想你，你想我吗？"

庄云贵将妻子搂在怀里，一边说："想你，想你，想死你了！"

正在云贵一边与杨萍互相诉说着相思之苦的时候，欧阳被尹阿珍叫了出来。此刻，他们俩正坐在树荫下的石凳上说着悄悄话哩！他俩的感情不断升温，如今已进入了热恋阶段，但欧阳心中却有一个去不掉的疙瘖，迟迟下不了与尹阿珍结合的决心。尽管如此，他还是被尹阿珍真诚而热烈的追求打动了。此刻，尹阿珍扑在欧阳的怀里，欧阳则轻轻地抚摸着她的面颊和她的长发。

尹阿珍转身拥抱欧阳，但欧阳却慢慢松开手。

尹阿珍仰着头对他说："抱紧我……"

欧阳温柔地将她推开："不，我不能……"

尹阿珍不解："为什么不能？我爱你，你也爱我，我看得出来。"欧阳重复了一次："我不能……"

这一次的"我不能"却引起了尹阿珍连珠炮似的话语："难道你怀疑我的真诚？怀疑我另有目的？不，我不会妨碍你的事业，我不会再用自己厂里的事来打扰你，我会创造一切条件使你能投身你的事业，我不在乎你忙，不在乎你待遇低。"她动了情。

欧阳受到她的感染，真诚地说："你是个好姑娘，我很明白。可是……我实在没有办法把我死去的妻子从心里抹掉。你不知道，那是一种刻骨铭心的爱，甜蜜与痛苦，奉献与忏悔，紧紧地交织在一起，时时刻刻鞭打着我……"

尹阿珍抬头，茫然地看着江面。好几条船舶闪着灯火，缓缓航行。远处传来微弱的汽笛声，似乎在呻吟，这气氛让尹阿珍感到了压抑。

尹阿珍转过脸来，眼中泪光盈盈："你就永远生活在过去当中吗？"

欧阳："我不知道怎么告诉你才好……那种感情，我是永生永世，永生永世也改变不了的。"

尹阿珍看着他，大滴的泪珠夺眶而出。欧阳对宛如的爱，令她对欧阳的爱又增加了几分。她知道，解开欧阳的心结需要时间，她决心用时间来换取他对她的爱，于是对他说："我要回去了。"他送她来到轮渡码头。

当渡轮靠上码头，尹阿珍向渡轮走去时，突然转过身来，对欧阳说："我要等你，一直等着你！"

她跳上渡轮，渡轮离岸。

江上，声声汽笛，让欧阳心烦意乱。

欧阳回到家，心里仍然乱糟糟的。

他躺在床上，凝望着墙上的照片，金宛如那张充满青春活力的脸，竟然变成了尹阿珍的形象。

他翻过身去，少顷又回头来，照片上的金宛如在向他微笑，笑得那么灿烂。

他该怎么办?

今晚，肖越家中也不平静。

傍晚，肖越拎着网袋和一瓶酒，兴冲冲地回到家里，进门就喊："玲娣，看，我买什么回来了，八珍烤鸡！晚上，你再炒几个好菜，我们乐一乐！"今天，高考发榜，他要为儿子考进大学而"乐一乐"的。

不料，进屋后发现，古玲娣呆呆地坐在沙发上。

肖越关心地问："你怎么了？又犯病了？"

古玲娣摇摇头。

肖越走到她前面，摸摸她的额头，又把手放在自己的额头上试了试。

古玲娣告诉他："一平他，大学没考上。"

如同一盆冷水浇在头上，肖越闷在那里，一句话也说不出来了。晚上，一家人闷声不响地吃了顿晚饭。

儿子低着头只顾扒饭。

古玲娣看了他一眼，怜爱地夹起一块鸡肉放到他碗里。

儿子将鸡夹回盘里，站起身来："爸，妈，我出去一会儿。"

古玲娣嘱咐他："早点回来。"

儿子走出门去。肖越却吃不下去，把碗一推，便坐在沙发上，闷头抽起烟来。他只好用抽烟来排遣自己内心的烦恼了。

街头，霓虹灯五光十色地闪耀着。肖一平漫无目的地走着，此刻的他，内心也充满了烦恼。

身后，响起一片铃声，十来位男女青年骑着自行车，背着吉他，飞快地驰来。

一个男青年看到了肖一平，便大声叫道："肖一平，还在为没考上大学伤心呢？真没出息！"

另一个男青年："考上大学又怎么样？我哥哥大学读到三年级，没毕业就去日本，进分大大的！"

又一男青年对一平说："你还玩什么深沉？你爸爸是火箭总工，世界上总统有一百多个，可总工有几个？让你爸爸给你找个好工作，决不要降低标准！"

一女青年：“肖一平，跟我们去玩歌吧！”

肖一平跳上一辆自行车后座，两只脚晃动着，脚上是一双裂了口的耐克鞋，就是他爸用奖金买的那双“大兴耐克”。

这群年轻人来到一处刚造好的新工房前。

他们走进黑黝黝的门洞，在没有灯光的楼梯上摸索着往上走。

火柴“哧”的一声点亮了这个房间，他们纷纷将事先备好的蜡烛点亮。于是，屋子四周的地上，窗台上都亮起了蜡烛。

一位女青年用力弹了一下吉他，有个男青年便随着吉他奏出的音符，在地板上翻了几个跟斗，充满遐想地说：“太棒了！中国的甲壳虫乐队，将要诞生在这儿！”

青年们纷纷弹起吉他。

他们边扭着身体，边声嘶力竭地唱着当时的流行歌曲，当然，都是些来自欧美和港台的流行歌曲。歌声中，烛光晃动着，墙上投下迅速变幻的黑影。

这些年轻人的脸上，淌着汗水，简直如痴如狂了。

夜已深了，不知谁说了一句：“大家都疲倦了，今天就到此为止吧。”有人吹灭了身边的蜡烛，向楼下走去。他们的“狂欢”终于结束了。

他们这支自行车队驶过几条马路，来到肖家附近。他们边骑边唱着流行歌曲，声音在寂静的街上显得格外响亮。

肖越闻声走到阳台上，往下看去。只见大楼前肖一平跳下自行车向大家招手，说：“拜拜！”

这些年轻人几乎齐声招呼肖一平:“明天再来啊!”按着铃呼啸而去。

肖一平回到家，蹑手蹑脚来到自己房前，开门，却发现桌前坐着肖越。一平叫了一声：“爸爸。”

肖越语气十分严厉：“回来了？知道现在是什么时候吗？”

一平说：“深夜一点。”

肖越：“上哪儿去了？在干什么？”

一平理直气壮：“唱歌。”

肖越生气了：“还唱歌哩！这就是鬼混！”

一平顶起嘴来：“我们是人，怎么是鬼混？”

肖越：“你还犟嘴！”

古玲娣出现在门口：“你们父子俩又怎么了？”

肖越将妻子推出门去：“你去睡觉，我来处理。”

肖越关上门，压了压火：“爸爸明天下午……不，今天下午就要出发了，我有话对你说……过去的追不回来，我也不说了，今后，你打算怎么办，考虑过吗？”

一平老老实实回答：“我……不知道。”

“不知道？”他耐心地说“考不考上大学，这不要紧，历史上的伟大人才，不都是从大学里走出来的。可是，你应该对自己的前途有个明确的考虑，十七八岁的人了，能靠父母养下去？将来干什么，一点没想过吗？”

一平：“想什么？”

肖越耐心地说：“你没想，我可为你想过了，你可以在家复习功课，一年之后再考大学；你也可以踏入社会，找个工作；也可以白天工作，晚上到文化补习学校读书。不过，我有言在先，找工作，不能找航天公司的。”

一平不解，心中想，不少航天系统的父母都想着法儿让自己的孩子到航天公司所属单位工作哩！为什么自己不行，便脱口而出地问爸爸：“为什么？”

肖越毫不含糊地告诉他：“你必须靠自己的力量走进社会，我们不能永远做你的拐杖。”

一平撇了下嘴：“我才不稀罕进你们公司，一天到晚工作，可钱呢？钱没几个。”

肖越有几分狼狈：“你只知道钱、钱、钱，一个人钻进了钱眼，今后还能成什么事业？”

门外，古玲娣已经站在那儿半天了，她在倾听父子俩的对话。

肖越刚说完，就见一平说道：“我不要什么事业！”

肖越听了一平的回答，觉得很意外：“不要事业？”他站起来，走动着，感到伤心。“我这人，这辈子不能算成功，在我们家里，出不了火箭人的后代……”他站住，本想说“倒也算不了什么”，但没有说出口，就改口说，“可也不能出一个没出息的。”

一平顶了他一句：“我要是没出息，也是你培养的！”

肖越有点上火了：“你说什么？”

一平咬咬嘴唇，决心抗争一下："我长这么大，你管过我吗？你心里只有火箭，我考不上大学，你难道就没有责任？你心里只有火箭！你这个总工有什么了不起，连一双耐克鞋也只能买大兴货！"

肖越气得直哆嗦，仿佛看一个陌生人似的看着儿子。"好，好……"他的怒火终于爆发了出来，"你把你脚上的这双鞋给我脱下来！这是我用火箭的奖金买的，你不配穿！"

古玲娣撞进门来："老肖，你干吗？好好说嘛！"

肖越："你不要管！我一生最恨稀里糊涂过日子的人！你给我脱下来，脱！"

一平愣了一下，哭出声来。他呜咽着蹲下身子，飞快地把鞋脱掉，光着脚奔了出去。

古玲娣叫着"一平！一平！"追了出去。

肖越气得浑身发抖，追不上一平的古玲娣回来了，她倚在门口，无助地看着肖越。

肖越内心痛苦极了。"不知道怎么的，我总和他说不到一个点子上，一谈就吵，一说就崩。说他大了，可他什么也不懂。说他小，可嘴巴一套一套的。叫他好好学习，他说你不懂生活，唉！"他重重地叹了口气，"什么才是有意义的生活呀！他不懂！"他心情沉重地坐在椅子上，再也不说什么了。

古玲娣也跟着叹了口气——这父子俩碰在一起就像仇人似的，夹在中间的她也是无计可施呀。

但在庄云贵家，却是另一番景象，虽然已经是深夜了，小两口却有着说不完的话。

夫妻俩躺在床上，却一点睡意也没有。

庄云贵说："……明天我又要出差去了，这一去起码两个月，不能在家陪你了。"

杨萍："明天我还有工作，怕不能去为你送行了。"其实，她并没有说真话，她要给庄云贵一个意外的惊喜。

庄云贵没有在意，充满遐想地说："没事，等我把你和儿子都调来，我们就永远在一起了。"

杨萍把脸贴在丈夫胸前，两人入睡了。

× × ×

又是一个清晨。

运载火箭的总装已经完成，现在，它正躺卧在整装待发的专列上，就要奔赴它从地球上飞往太空的出发点——发射基地了。保卫专列的武装警察也早早就位，他们站立在专列的四周，一双双警惕的眼睛注视着周围的一切。他们将随车出发，将火箭安全送到基地。

站台上，聚集了许多人，他们散布在站台上形成一个又一个人堆，互相握手话别，气氛十分热烈。

欧阳站在人堆里东张西望，高强也在等什么人。

庄云贵提着旅行袋走来与欧阳打招呼，见状问："欧阳，等人呢！"

欧阳岔开话题："杨萍呢？怎么没来送你？"

庄云贵一语中的："你是不是想女厂长了？"

欧阳没有答话。

不远处，岚岚奔来，朝这里呼喊："高强！"

"哎，岚岚！"高强奔过去，"我还怕你不来呢！"

"我给你买这个去了！"岚岚从小挎包里取出一只微型录音机，"把你的感受录下来，寄给我！"

高强接过来，揿下录音机，对着话筒："岚岚，我爱你！"他把岚岚拉到月台的一根水泥柱后面，拥抱着岚岚亲吻，随后又说起了永远说不完的情话。

庄云贵提着行李来到车厢里，他嘴里叼着香烟，按着乘车证号码找到自己的铺位，一个穿白大褂的女医生背着脸坐在他的铺位上。

庄云贵对她说："同志，这是我的铺位……"

女医生转过了脸，竟是杨萍！

庄云贵一愣，下意识慌忙掐灭烟头："你，你怎么在这里？"

杨萍瞪了他一眼："我是试验队的随队医生。"

庄云贵简直不敢相信自己的耳朵："你？"

杨萍说："现在是借调，等完成这次发射任务，我就正式调到公司来了。"

庄云贵恍然大悟："原来你——你干吗要瞒着我呢？"

杨萍夺过他手中的烟头："还'四项原则'呢！哼！"

庄云贵狼狈不堪了，放了行李，找了个借口："欧阳怎么还没有来哩！我去看看！"便走到车门口张望着。

欧阳来了，就在距这节车车门不远处，正在和尹阿珍说着什么哩！

尹阿珍把手中的一个旅行袋递给欧阳："那边气候和上海差很多，可别忘了随着气温的降低把绒线衣穿上，这可是我花了三个晚上织的呢！"

"知道了！"欧阳看了下手表说，"我该上车了！"两人握了握手，欧阳就朝车厢走来。

云贵叫道："欧阳，这儿，这儿！"又大声喊道："尹厂长，放心吧，到了那边，我会督促欧阳给你打电话的……"

欧阳打了他一拳："喊什么！"上了车，回身向尹阿珍招手。

肖越看到了这一幕，心中想："欧阳应该成个家了。"但家，能够给人带来欢快吗？自从自己家中多了一个儿子，欢快却变成了烦恼呀！虽然离家前给儿子留了一封信，但父子之间的裂痕可以弥补吗？

肖越想着与儿子的关系，儿子呢？

肖一平从外面回到家，来到自己的小房间，书桌上摆着那双耐克鞋，刷得干干净净的，下面压着一张纸条。

他拿起纸条，读了起来。

一平，作为父亲，没有给你带来更多的快乐，我非常内疚，以后再弥补吧。等火箭上天后，爸爸拿奖金给你买一双真正的世界名牌。你现在是个男子汉了，妈妈托付给你了。儿子，我爱你……

读完了信，一平受到了感动。从父亲亲切的话语中，他体会到父亲对他的爱，是爱得那么深沉。他流泪了，泪水滴落在纸面上，把纸条打湿了……

他忽然想起爸爸就要奔赴基地，连忙下了楼，往车站飞跑。他应该送送父亲，最好能向父亲说一说自己读信的感受。然而，当他奔到车站时，已听到专列鸣响汽笛，慢慢启动离站，台上台下的人互相挥手道别。

那个给高强送行的岚岚不断地往车上抛飞吻。

这时，车厢中的肖越突然看见儿子奔进车站，他倏地站起，往车厢后面走去。他从车窗中看到肖一平跟着列车奔跑。

肖越急速地走过一节又一节车厢，来到列车末端。

沿着铁轨奔跑的肖一平的身影渐渐远去，但在肖越眼中，他变成一二岁时蹒跚学步的儿子，变成六七岁时哭喊着的肖一平，再眨一下眼睛，又成了长大成人的肖一平，他不禁自嘲地说："老眼昏花了！"

列车加快了速度，肖一平渐渐落在后头……

他站住，朝着远去的列车大声呼喊："爸——爸——，爸——爸——"

呼唤声在天地间回荡，在肖越的耳畔久久没有散去……

父子间的疙瘩，在这惊天动地的呼喊中冰消雪融了。

列车经过长途跋涉，终于到达了卫星发射中心的车站。

宽敞的月台两边，站立着站岗的士兵。一辆辆小轿车和北京吉普车风驰电掣般驶进月台，跳下一个个将军和校官。

高强手持微型录音机，头伸出窗外，为他的小爱人录下这庄严的时刻，他十分激动地说：“岚岚，亲爱的，现在我在中国卫星发射中心向你做实况报道。我们的专列已经进站，两旁站满了持枪的士兵！校官云集，在三位少将的率领下，向列车走来……”

旁边一位工程师向他介绍道：“那位是基地的赵司令……”

高强：“为首的是基地赵司令……现在专列已经停了下来，试验队的领导们正在下车，他们与基地首长们亲切握手。”

肖越下了车，赵司令向他走了过来，他们在此前的发射现场就见过面，现在已是老朋友了。

赵司令向肖越伸出了手：“欢迎你，肖总！”

肖越伸出手与他紧紧相握：“又惊动了你，谢谢，谢谢了！”每次，赵司令都要亲临车站来欢迎发射人员，这让肖越很感动。他深知，作为发射基地的最高领导，他身上的担子有多重，他亲自来车站迎接大家，表明了他对这支队伍的尊重，而不是一种礼节。

赵司令松开握着肖越的手，又迎了过去，与头戴印有“中国航天”字样、在月台上排着整齐队伍的发射队员们一一握手致意，他的身后，跟着一长串基地的高、中层领导，也都对队员们表示热忱的欢迎。

这一切，当然也被高强录入了他的录音机，并配上了他的现场解说。

× × ×

送走了火箭，楚天成迎来了难得的“浮生半日闲”的日子。这一天，他在逛街时，突然发现一座三层楼建筑铝合金大门的玻璃上写着“南华实业公司”的字样。他心想，这不是刘家骏开的公司吗？便推门进去——他想拜托刘家骏一件事。

一位浓妆艳抹的小姐迎过来，招呼他：“先生，欢迎你来我们南华实业公司，有什么事需要帮忙吗？”

楚天成说：“没有什么特别需要，刘家骏先生在吗？”

这位小姐说：“在，在经理办公室。”做了一个邀请的手势，“请随我走！”便引着楚天成上了楼，来到经理室。

室内摆设豪华，铝合金门窗、地毯、空调、冰箱、转角沙发等一应俱全。头发乌亮、西装笔挺的刘家骏正埋头于一堆图纸中。

楚天成踱了进来。刘家骏听到脚步声抬起头，“哎哟，是楚总！”他忙起身：“您坐，您坐，喝点什么？”

“汽水吧。”楚天成打量了一下四周，“你这儿真气派！如果我们研究所有你这样一半的条件，就谢天谢地了……”

刘家骏打开冰箱，开了一瓶汽水递给他：“楚总找我有什么事吗？”

楚天成开门见山地说：“还真有一件事想请你帮个忙，不知道行不行……”

刘家骏爽快地说：“什么事？只要我能够办到的。”

楚天成说：“公司有几位高级工程师，他们的子女今年没能考上大学，你能不能帮忙解决几个，在你这儿落个户？”

刘家骏有些不解：“楚总不是跟我开玩笑吧？你是国家大老板，还不能安置几个待业青年？”

楚天成叹了口气：“大有大的难处，小有小的灵活。”

刘家骏：“谁家的孩子？”

楚天成告诉他：“肖总。”

刘家骏很爽快：“我可以帮忙。”

楚天成说：“还有黄工、张工的女儿。”

刘家骏有些扛不住了：“等一等，我们公司是承包单位，进什么人出什么人，都得讲究个经济效益。”

楚天成：“所以，我才找你来开后门嘛！”

刘家骏驳不了楚天成的面子，答应了下来，楚天成也告辞了，刘家骏把他送下楼，一直送到公司大门外。

楚天成伸出手去，和刘家骏相握：“好，家骏，留步吧。谢谢你了。”

刘家骏：“再见……楚总……他们好吗？”

楚天成知道他问谁：“试验队已经出发去航天城了，发射气象卫星，还有两颗外星。新的宿舍楼也造好了，正在搞分配方案……我后天坐飞机去试验队，要我带什么话给大家吗？大家挺想你的。”

刘家骏有点尴尬：“没有。再见，楚总。”伸出手去与楚天成握别。

楚天成礼貌地说：“再见。”然后走了。刘家骏却一直站在那儿，望着他远去的背影，一股惆怅的情绪袭上心头。自己的公司虽然办得很成功，但提到了试验队，他的心里还是有一种失落感……

× × ×

火箭与卫星，经过接车部队的吊运，已经安全地运送到发射基地。

这是我国新建的卫星发射基地之一，在被群山环抱着的发射场内，发射架高高地耸立着。火箭背负着卫星已经被发射架拥抱着矗立在它的怀抱中。

一切都准备好了，这个携带着三颗卫星——除了我国自行研制的气象卫星外，还搭载了IAF空间发展公司的两颗实验卫星的火箭，就要进行令万人瞩目，不，令全世界瞩目的在宇宙空间的长征了。

白云飞过蓝天，把发射架衬托得更加威武雄壮，在距发射架以北一千米左右的高高的山头上，有一座石头垒成的烽火台，站在烽火台前的高强，被眼前的景色所震撼，他十分兴奋地对着录音机说："岚岚，你知道我看见了什么？烽火台！宋朝的！唐朝的！也许更早，汉朝秦朝的！这里离长城不远了，我脚踩的这片土地曾经是一片古战场……岚岚，一边是古老的烽火台，一边是现代科学技术的结晶——即就将飞赴宇宙空间的人造卫星，这两者互为辉映，是多么奇妙的人间奇景呀！我真的激动了。不由得叫人梦也悠悠，魂也悠悠；思也悠悠，情也悠悠。同时，我还感觉到作为一个现代人的自豪……岚岚，我突然萌发出一个小小的野心来，我要成为中国最年轻的火箭总工！"

他热爱着的岚岚，也正在为自己的追求奔走在上海的几个宾馆之间，居然被一家五星级的酒店聘用。

这天，上班不久的岚岚，被外籍经理传唤到他的办公室。她推门进去，就见外籍经理气冲冲地站在窗前，桌旁坐着一个年轻的中国女服务员，正在掩面而泣。岚岚不明究竟，便问道："经理先生，你找我？"

经理："是的！这位是南茜小姐，我已经把她开除了，而她还待在这里不走。现在，我把她交给你们人事部处理。"原来岚岚现在的岗位是人事部职员。

这个名叫南茜的姑娘说："我没偷，真的没偷，你们不能冤枉我啊！"

岚岚："怎么回事？"

南茜抽泣着："上午，1028号套房的女客人说丢了一条钻石项链，我连见都没见到，就硬赖在我身上，说是我偷的，把我给开除了……"

岚岚对经理说："先生，有没有证据，证明是她拿的？"

经理生硬地说："唔？我倒想问，你有没有证据，证明不是她偷的？1028号套房是她负责清扫，丢了项链，难道不应该找她？"

南茜恳求地说："曼丽小姐，你可要为我申冤啊！"岚岚来到宾馆，按照这里的规矩，每个员工都要有一个英文名字，她的名字就叫曼丽。

岚岚慢慢转过身来："南茜小姐，你已经不是饭店的人了，请你马上离开这里。"

南茜捂着脸，大声哭着奔出。

经理很满意："很好。"

岚岚收拾东西，正离开人事部办公室准备下班。

一位中年妇人推门进来，她是洗衣房的工作人员，进屋后，便忙不迭地说："曼丽小姐，你看这些外国人怪不怪，几万几十万的东西就这么随便乱扔！"她把一个纸包放在桌上，"这是我们洗衣房在1028号套房客人送洗的衣服里发现的。"

岚岚疑惑地打开纸包，一看，原来是那条报失的钻石项链。在第二天的早晨，岚岚来到一间客房门口，见南茜正在用吸尘器清扫。

岚岚歉意地说："南茜，那天的事，真对不住你……"

"我还得谢谢你呢！瞧。"南茜笑着从口袋里拿出一张美钞，"总经理刚才亲自来看我，给了我一百元美钞，说这是赔给我的精神损失费！外国人，就是懂礼貌……"

岚岚愣住了，呆呆地站在那里，没有再说什么。她心中想：这个外国人，不但做到了实事求是，还懂得知错必改哩！

× × ×

回过头来再说楚天成。

这一天，他很早就来到办公室，大家都还没有上班，他想趁清晨无人打扰，可以把秘书写的月度工作总结再理一理，将那些还没有说透的问题补写几段。但他没有想到的是，有个人比他还早，已坐在办公室外走廊的椅子上等他了。这个人就是纪委的林明义。

林明义见楚天成走来，忙站起身打招呼，并伸出手来与他紧紧相握。然后从公文包里取出一份报告：“楚总，这是我写的调查报告，请你过目。根据调查结果，欧阳同志利用业余时间为乡办企业开发产品，使该企业在近两年创造利润六百万元，但没有拿过一分钱的报酬。这在物欲横流的情况下，确实难能可贵。欧阳是个好同志。”

楚天成听了很感动，内心对纪委的工作产生敬佩之情，由衷地说：“你们纪委做了大量工作，澄清了是非，很不容易，谢谢你们。”

林明义：“我们有一个建议，希望能对这样一位好同志加以表扬。”

楚天成：“表扬？恐怕不行，我们这里有许许多多的科技人员，为研制火箭献出了一切，我们都不能一一加以表扬。”

林明义对这种说法有些不敢苟同，于是说：“这好像有点不讲情理。”

楚天成明白无误地告诉他：“这也许是我们这个领域的工作特点，我们的人只能做个默默无闻的无名英雄。没办法，我们只能这样。”

秘书走进来，见林明义在座，便没有说话。林明义见此情况，便起身告辞，楚天成将他送出办公室，握手而别，转身便问秘书：“今天的日程安排，有哪些是重点？”

秘书手拿笔记报告：“美国 IAF 公司的代表罗伯森先生和伊丽丝小姐今天抵达，原计划是由楚总亲自去机场接机的。”

楚天成说：“当然要去接，他们的飞机什么时候到？”

秘书告诉他：“原来是上午九时，但飞机因故晚点，得十一点才能到港。”

楚天成说："要给客人准备午餐，我陪他们用餐。"

秘书："下午那个碰头会，原定是两点开的，就改到三点行不行？"

楚天成说："也只好推迟了。"他看了下表，"那就调车子吧，我这就去机场。"

飞机果然晚了点，直到十一点半才到达，待到取行李、出关，已是十二点半了。

在招待所等待客人的肖越和欧阳、云贵等了一个多小时，才看到接客的车子驶入招待所大门。

车子停下后，楚天成和罗伯森、伊丽丝下了车，他忙向客人介绍了他的搭档，当然首先介绍了肖越。罗伯森和伊丽丝早已听说过肖越的鼎鼎大名，当面见到他，不由得肃然起敬了。

陪客人用过午餐后，请客人们在招待所休息，大家就散了。

从室内来到招待所楼前的小广场，欧阳对着阳光仰起脸。

庄云贵走来，关切地问："怎么了？"

欧阳自己也很意外："我怎么看不清楚了？"

庄云贵打趣他："怎么？又得夜盲症了？"

欧阳反击："你才夜盲症呢。"

庄云贵沉浸在回忆里："记得那时，在戈壁滩，没蔬菜吃，营养不良，我们都得了夜盲症。基地司令平将军知道了，开着吉普车去打黄羊，打着了黄羊，把肝挖出来，给我们熬汤喝，一人一大碗，不放盐，那腥味真叫人受不了。别担心，这儿有农贸市场，我给你买几个羊肝来熬汤。"

欧阳说得很认真："我才不喝呢。我找你老婆。"

庄云贵："对，她那药柜子里，维生素 ABCDE 要啥有啥。"

× × ×

肖越离开招待所后回到了家，在卧室里，他戴着老花镜翻阅一叠数据。

他"啪"地扔下数据，自言自语道："不对头呀！"便摘下眼镜，点上一根香烟，刚吸了一口，又掐灭了香烟。提笔在几个数据下面画了两道红杠杠，拿起数据去找欧阳了。

肖越将数据摊在欧阳的桌面上："你看看，这里有几个数据不对头，是抄错了，还是出了故障？"

欧阳看数据："数据是有些不对头，我正在查。"

在一旁的高强伸过头看数据："我也在查这个数据，好像是不对头。"

肖越不满意了："什么是好像！"

高强："可能是我抄错了。"

肖越生气地说："可能抄错？"转向欧阳说："没弄清情况之前那你怎么签字了？你这个副总工是怎么当的！"他恼怒地拍了一下桌子。

原定下午两点举行的碰头会，推迟到三点半才开始。

楚总嘴里的"碰头会"，其实是个数据分析会。这时，会场的大屏幕上，正在放映着历次（包括美国）发射失败的纪录片。只见一枚火箭飞向天空，炸得粉碎。

又一枚火箭发射时爆炸了……

“啪”的一声，屏幕上图像消失。

肖越站在屏幕前讲话：“一个橡胶圈出了毛病、一块碎布留在舱里，一个数据出了问题，全是一些看起来微不足道的小纰漏，就造成如此轰轰烈烈的悲壮场面，难道我们也想来一次？我这个人表扬不足，批评倒念念不忘。现在我要骂你们了，干了这么多年，怎么吸取教训的？数据记录错了，居然成了漏网之鱼，跑到我的办公桌上来了！造火箭，不是放鞭炮，十年磨一“箭”，多少人力、物力、财力，如果由于我们的过失，最后轰隆一响，造成箭毁星亡，谁负得起这个责任！这不仅仅是错误，是犯罪啊！”

欧阳真诚地说：“这事的责任在我，我请求处分。”

高强站了出来：“数据是我记录的，是我的错。”

庄云贵：“我也有责任……”

肖越鼻孔里哼了一声：“风格倒是蛮高，有了错误，大家集体承担，大公无私。可惜在我们这里，没有这种大锅饭，谁的问题就由谁负责。我不管具体的责任是谁，我是总工，哪个部门出问题我就抓主管！如果发射失败，我就辞职。当然，你欧阳也要辞职，主要职责是你，我是陪斗。老楚你这个指挥官还当不当下去？我看当下去，也没味道。”

楚天成跑到大屏幕前说：“我看，出了问题不仅要追究责任，更要吸取教训。用肖总平时的话来说，产品要是掉下来，这比死了爹娘还难过。美国‘挑战者’号失事之后，他们的报告上第一句话是：有损国威……所以周总理生前一再叮嘱我们，一定要做到‘严肃认真、周到细致、稳妥可靠、万无一失’！”

肖越补充说：“在这一点上，我和楚总有共同语言。我肖越没有胆量，敢拿火箭和卫星来开玩笑，敢愧对国家和人民。我再说一次，对产品质量，我六亲不认、心狠手辣，绝对不客气！”

这番话说得在场的人心服口服，尤其是第一次见到这场面的高强。

已经夜深了，欧阳和庄云贵仍在工作室中伏案核对数据。

高强进来：“欧阳老师，我想找你说一件事。”

欧阳回过身：“你说吧！”

高强吞吞吐吐：“我想，我想……那个数据……我可能没有记录错。”

欧阳和庄云贵交换了一下眼色。

高强：“好像有个印象，什么时候出现过那个数据。”

庄云贵：“那么就对了。”

高强：“什么？对了？！”

庄云贵：“这两天，我和欧阳查了你过去的记录……”

“过去的记录？”高强吃惊地指着桌上所有他的记录本，“你们都查了？”

欧阳搓揉着眼睛：“我之所以怀疑，是因为你以前从来没有粗心的习惯。”

庄云贵进一步说明：“这样，就有另一种可能，是数据本身起了变化……”

高强不解地说：“可是前二十多次，也是这种情况，数据是完全一致的。”

“完全可能，二十八次都是，可第二十九次不是。问题是既然有了变化，就要找出变化的原因来，不能让火箭带着隐患上天。”庄云贵语气很肯定。

欧阳下了决心：“我们得再做一次测试。”

高强：“马上要进行交接前总测试了！这时间……”

欧阳斩钉截铁地说：“所以，要抓紧时间，今天晚上就开始。”

果然，当晚，他们就来到车间进行测试。大家坐定以后，高强看了一眼欧阳，发现他明显瘦了，不但眼窝凹陷了下去，脸上也是胡子拉碴，十分憔悴。

欧阳看着台子上的资料，突然感到眼前清晰的字渐渐朦胧。

桌上的台灯显得特亮，白晃晃地刺人眼睛，他什么也看不清。

忽然，他的眼前变得漆黑，而且，在黑暗中桌上的资料缓缓飘起。

欧阳说：“停电啦。”明明是他的眼睛出了问题，他却误以为停电了。

高强：“没有啊，灯不是开着吗？”

欧阳在幻觉中，眼前又变成一片刺眼的光亮，那些资料缓缓飘起，他想去抓住飘落的纸片，却撞翻了椅子。

高强着急了：“怎么了？欧阳老师，你怎么了？”

云贵与高强扶着欧阳来到医务室。正好是杨萍值班，她为欧阳仔细地做了检查。

庄云贵有些着急，问："怎么样？"

杨萍心情有些沉重："视网膜严重剥离。"

欧阳没有把病情看得那么严重，只是问："不是夜盲症？"

杨萍："不是。从现在起，你必须立即卧床休息，否则，就可能双目失明。"她用纱布包扎起他的双眼。

欧阳："有那么严重吗？必须住院吗？可是……"

杨萍说："你一定要住院，没有什么可是！"

楚天成和肖越也听到了消息，马上赶到了医务室。在问明情况后，决定将他送到五官科医院诊治。当他们来到医务室门口，见到杨萍、庄云贵扶着眼部缠绷带的欧阳出来，便也跟了过去，刚要上车，高强从楼里奔了出来。

高强激动地说："欧阳老师，原因找出来了。果然不出你的所料，数据发生变化是外界干扰因素造成的。现在，故障已经排除，数据恢复了原状。"

欧阳高兴地说："太好了。来，拿质量报告单来，我来签字。"

高强递上报告单，欧阳庄重提笔，庄云贵见状，将他的手指放在"批准"一栏上。

欧阳流利地写上："一切正常，欧阳。"

欧阳不放心，问："我没有写错吧？"

高强眼含泪花："没有。"

欧阳在杨萍、庄云贵的陪伴下登上面包车。

望着驶离的面包车，高强忍不住要掉眼泪，他怕别人看到，头一扭，掉转身跑回楼去。

× × ×

进了医院的第四天，医院就派了最好的医生为他动了手术。

又过了几天，眼缠绷带的欧阳坐在草坪长椅上，仰脸朝天。

一个六七岁的小女孩走来，手里拿着一把野花坐在他身边。

女孩问欧阳：“伯伯，你知道这种花吗？这银白色是土豆花，天蓝色是胡麻花，铅灰色是莜麦花，妈妈认识好多好多这样的花……”

欧阳说：“伯伯的眼睛不好，看不到你手里美丽的花了。”

女孩：“伯伯，你们那儿有花吗？”

欧阳说：“有，公园里全是花，有各种颜色的花。”

女孩不解：“什么叫公园啊？”

欧阳告诉她：“所有的城市都有公园，你没去过城市？”

女孩：“没有，爸爸妈妈在我很小很小的时候就从城里搬到这里来了。爸爸说，他以后再也不走了，将来就睡在山坡那面，鲜花最多的地方……”

孩子的话掀起欧阳心中的波澜，他动情地说：“伯伯有个阿姨，她就睡在那里。”

女孩天真地问：“你想去看看她吗？”

欧阳：“想，可是伯伯看不见。”

小女孩："我带你去，我做你的眼睛……"

小女孩搀扶着欧阳来到烈士陵园，这里有一层小松林，松林虽然不大，但长得郁郁葱葱，一簇簇针叶像火一样伸向蔚蓝的天空。

欧阳的一双手哆哆嗦嗦地摸索着，摘下一枝枝雪白如梅的干枝花。

陵园边上，有一个用木板钉成的简陋的门框，上面写着"幸福村"，已经褪了色。

手捧野花的小女孩领着欧阳往里面走。欧阳指着方向，说："右边第三排。"

小女孩："一……二……三，伯伯，第三排到了。"他们走进墓前小道，在一块墓碑前停下。

欧阳去摸石碑，石碑上镌刻着"金宛如烈士之墓"。他把碑前一束枯萎的野花拿开，又摆上一束盛开的野花。

欧阳深情地说："宛如，我又来看你了。"

他肩靠着石碑坐下，仰起脸。

耳畔好像出现了金宛如的声音，她问："你在看什么？"

欧阳在心里告诉她："我在看星星。"

金宛如说："我知道，你现在看不到星星。"

欧阳的心声："可我能感觉得到它的存在。"

金宛如在问："你喜欢看星星吗？我怎么不知道？"

欧阳的心声："是的，星星常使人感到渺小寂寞，甚至绝望，却又使人振奋，叫人充满探索的激情和欲望。小时候我常想，天到底有多大？

天有没有边？如果有边，天外边又是什么？彼得拉克有句名言：谁要是走了一整天，傍晚走到了，就该满足了。可我们搞航天的，哪里是我们的天边？哪里是我们的尽头？太遥远了。光年，那千百万光年的星体，人类也许永远永远也不会到达……”

这时候，晚霞如火，天空一片流光溢彩。

金宛如又在他心中说：“26262 年后，旅行者 2 号将进入奥特星云，彗星的发源地，我们太阳系真正的边缘，那时，人类将进入另一个太阳系。”

欧阳在心中说：“那时，我们已经不在这个世界上了……”

金宛如似乎在回答他：“还会有别人在继续走，人类永远也不会停下脚步……”

欧阳喃喃地说：“永远，永远……”

他站起，面对西沉的太阳。

在落日的余晖中，小女孩在墓碑林立的草地上，一跳一跃地采着各种野花。欧阳纯感觉到了……

× × ×

此次卫星发射已到了倒计时，装载着三颗卫星的火箭，已经被发射架紧紧地拥抱在怀中。

用录音机记录了准备工作全过程的高强，这时充满激情地为他的实况录音做解说：“……矗立在发射基地的用红漆描成的‘中国航天’四个大字，让人们心潮澎湃。在招待所的大楼里住满了许多北京来的首长和专家。老队员们说：‘火箭已经睁开了眼，要飞了！’”

这录音带，很快就送达岚岚手中，她待不住了，做出了一个异常大胆的决定。

岚岚旁若无人似的经过大厅，向经理室走去。

她敲了敲经理室的门，听到回应，便走了进去。

那位外籍经理说：“曼丽小姐，你今天上班迟到，我希望你的迟到原因很充分，能让我谅解。”

岚岚毫不含糊地说：“我昨天晚上睡得很晚，早上睡过头了。”

岚岚从包里取出一封信递给经理。

经理疑惑不解：“什么！你要辞职？”

岚岚十分轻松地说：“我昨天想了一个晚上，最后决定了，于是就睡着了。”

经理：“小姐，我想知道你离开这里的真正原因。要知道，我们的宾馆在这个城市里是第一流的，许多中国名牌大学的毕业生、硕士研究生都十分羡慕你们现在的职业。我实在不明白，还有什么诱惑能使你炒我经理的鱿鱼？”

岚岚说：“因为我男朋友是搞火箭的，我要去找他。”她指了指文化衫，胸前印有高强站在发射塔前与火箭合影的照片。经理耸耸肩膀：“中国的事情真叫人搞不明白，花大代价请我们来管宾馆，自己却在造火箭，火箭可不是容易造的。”还摊开了双手，一脸困惑与无奈。

× × ×

正当肖越在基地忙于卫星发射的时候，远在上海的古玲娣却又一次病倒了。

这天上午，儿子肖一平照妈妈的吩咐，去粮店买回二十斤大米，当他扛米袋进门的时候，发现古玲娣躺在地上。

就在肖一平出门不久，古玲娣扫完了地，用拖把拖地板时，突然感到心脏像被人用针刺了几十下似的，痛得她满头大汗，手中拖把也拿不住了，接着就倒在地上，连水桶也打翻了。

肖一平见妈妈躺在地板上一动也不动，慌了。他叫了几声“妈”，见古玲娣没有回应，便想起了打电话叫急救车。

只过了十分钟，急救人员就来到楼上，经医生临时处理后，把她抬上担架，送医院抢救了。

经过医生的初步检查，又做了 CT 与核磁共振后，确认古玲娣有处动脉血管出现了大面积阻滞，这当然是一种十分危险的症状，便问肖一平：“你家里还有什么人吗？”

肖一平回答说：“爸爸远在火箭发射基地，一时……”他想说“一时赶不回来”，但没有说完，便问，“我妈危险吗？”

医生告诉他：“病危通知书马上就发出，你赶快通知你父亲。”

肖一平连忙骑车去公司，找到办公室秘书，把病危通知书交给了他。

秘书一看，也急了，说：“你先别急，我马上给基地打电话，向楚总报告。”

在发射基地的队长办公室里，肖越坐在沙发上看图纸。这时，电话铃响了，楚天成拿起了电话机，只听那头问：“楚总在吗？”

楚天成答道：“我是楚天成。”

打电话来的是总经理办公室的秘书，他说：“……肖总爱人心脏病突发，现在正在医院抢救……”

楚天成听着听着，神色严峻起来：“……嗯……嗯……这件事就交给你处理了，只许办好，不许办坏。”他搁下电话，望了一眼沙发上的肖越，思考着要不要马上把这个消息告诉他，如肖越因此情绪受到影响，对这次发射任务会产生什么样的后果呢？“肖越是个以国家利益为重的人，在这样一个事关大局的时刻，先瞒着他，他会理解我这种处置的。”楚天成想到这里，刚才十分混乱的思绪，终于平稳了下来。

然而，仍然沉浸在自己思索中的肖越，怎么也不会想到楚天成经历了一个难以抉择的过程呀！

× × ×

这时的古玲娣病情并没有缓解，躺在病床上的她，面戴氧气罩，床边那台监视仪中，信号在不断变更，表明她的心脏跳动时所显示的病情变化。

经过一天一夜的抢救，她现在已经醒了过来。

坐在床边的肖一平一见，忙问："妈，你感觉怎么样？"

古玲娣有气无力地说："我病得很重吧？"

邻床病友热情地说："你的病跟我一样，不要有思想负担，要想得开，你看我现在不是蛮好的，会好起来的。"

古玲娣笑了笑，对儿子："你不去上班，要紧吗？"

一平："我已经请过假了。"

古玲娣对儿子说："我不要紧的。你刚上班，能不请假就不要请假，不要给单位留下个坏印象。"

病友："你放心去上班好了，医院有医生、护士，真要忙起来，我也可以帮个手……"

古玲娣转过脸去说："谢谢你。"又对儿子说："别告诉你爸爸……"

× × ×

几乎是同一时间，肖越跨上招待所大楼的台阶，正碰上罗伯森先生背着旅行包从里面出来。

罗伯森向他打招呼："Hello！"

肖越问："罗伯森先生，您上哪儿去？"

罗伯森："香港，我和妻子约好，她昨天从巴黎乘飞机到香港，我们一起度周末。后天见。"一边扬起手，一边钻进小轿车。

肖越很有感触：外国的这些专家过的是一种什么日子呀！他们工作没几天，可休息、游玩倒占了很多时间，我们呢？我们中国的知识分子们太伟大了，他们不知道什么叫疲劳，什么叫休息，什么叫游乐。他们知道的是忘我的劳动和无私的奉献，这样的中国人，是一定能站在科学技术的前沿阵地上，取得世界瞩目的成就的。想到这里，他回头看见门口贴着一张海报："最新录像——《航天情》。"便踱了进去。

果然，会议室里，一排排椅子已坐满了试验队的队员，一个个脸上喜洋洋的。

工会主席站在电视屏幕前："同志们，同志们，请安静一下。下面大家将要看到的是一部最新录制的电视剧——《航天情》，主要演员大家都很熟悉，不是刘晓庆，不是陈冲、斯琴高娃，也不是巩俐、李媛媛，那么是谁呢？都是我们在座各位最最亲密的战友……"

大家哄笑起来。

工会主席接着说："我不说大家都已经知道了吧？好，各位把眼睛睁得大大的，你们的太太就要在镜头里出现了，一个个给我睁大眼睛，可别错了良机呀！"

场内有人大声问："工会主席的夫人也在里面吗？"有人热烈鼓掌，有人大声地笑了起来，气氛十分热烈。这时，工会主席启动录像机，电视屏幕上出现片名："航天情"。

工会主席："不是吹的，在镜头里，她们个个比刘晓庆漂亮十倍！"

屏幕上首先出现的是工会主席的形象，有人揶揄主席："你的确比刘晓庆漂亮。”又是一阵哄笑。

电视屏幕上，工会主席说：“火箭试验队的全体同志，你们好。首先告诉大家一个好消息，咱们的新住宅已经分配完了！”

电视屏幕上出现了一片崭新的职工住房。

接着，是一户两居室。

大家议论纷纷：“这是谁的家？”“好漂亮呀！”“谁有福气住这房子？”

镜头上出现一个三十出头的女人。

有人问：“这是谁的老婆？”

阿炳起立，向大家散烟，等于告诉大家，他的老婆出现了。

果然，屏幕上的妇女证实了阿炳的“小动作”：“我是姜阿炳的妻子。”摄像师的声音：“对阿炳说几句话。”“对阿炳讲几句话？噢，阿炳呀，你晓得吗？我们家搬进新工房了，房子你都看见了吧，两间朝南。爸爸妈妈都来过了，他们都非常高兴。爸爸妈妈说，叫你发射完火箭早点回来。”摄像师提醒她：“你自己也给阿炳说几句。”“阿炳，家里一切都好，你放心……你有胃病，别忘了吃药，还有，晚上睡觉，别忘了洗脚……”

听了这话，有人对阿炳做鬼脸，更多的人笑起来。

肖越在座位上问：“有我家的镜头吗？什么时候能轮到我家？”

工会主席抱歉地说：“你爱人不在家，我们没有拍到，对不起。”

肖越很淡定：“没关系，反正再过几天就回家了。”

这时，屏幕上，工会主席敲开一家门，开门的是老张的妻子。

众人："老张家！老张家！发香烟！发香烟！"

老张应声向大家发烟。

屏幕上，老张妻子说："我呢，也没有什么好说的，只要孩子他爸身体健康，不生病就好。香烟嘛少抽两根。我们家分在底层，样样称心。门口有个院子，我养了两只鸡……"

不知谁笑着叫了一声："城市不准养鸡鸭！"

老张妻子："我晓得城市不准养鸡鸭，等孩子他爸回来就杀，给他补补身体。请你告诉孩子他爹，打不好火箭，不要回来！"

众人起哄："呵，老张，打不好火箭，你老婆要跟你打离婚了！"

老张一本正经："你们没听懂她的话，她是鼓励我，一定要发射好火箭！"

屏幕上又出现了一位抱着婴儿的少妇，还拍了个婴儿脸部的特写。

在座的一个年轻人激动地站起来："看，我的儿子！我走的时候，他还没出生呢！"

有人说："你儿子真像你，一个模子里刻出来的。"

这个青年说："不像我像谁？"

不料，婴儿对着镜头撒了一泡尿。

不知道谁说道："这也像他老子！"

这一次，简直是哄堂大笑了。

在笑声中，楚天成把工会主席悄悄地拉到会议室外的走廊里。

楚天成和他商议："古玲娣同志的病情严重，我还没告诉老肖，你看这事怎么办？"

工会主席有点意外："怎么？他还不知道？"

楚天成为难地说："不敢分他的心啊！"

工会主席："要是有个万一，他要骂死我们的！"

楚天成下了决心："要骂，就让他骂我吧！"

《航天情》仍在继续放映，现在的屏幕画面上，幼儿园里，一群孩子在跳舞。镜头对准了一个活泼天真的小女孩。

一个年轻的女工边看边抹眼泪，显然是这个女孩的妈妈。

镜头又移向一间新婚房间，门上和梳妆台玻璃上还贴着喜字，屏幕上出现了一位含羞的新娘，摄像师的声音说："请你对你亲爱的说几句话。"

新娘："我不会呀，说什么呢？"

"那你就唱一支歌吧，就唱那天婚礼上唱的。"

新娘点了点头，清了清嗓子，唱了起来：

出山哟，只见树缠藤；

入山哟，只见藤缠树。

树死藤生缠到死哟，

藤死树生死也缠。

这歌声，在静静的夜晚传得很远，连在火箭发射架那边工作的部队同志和试验队员也能隐隐约约地听到几句。他们都身穿静电防化衣，正在紧张地给火箭加注燃料。

此时的肖越正端坐在招待所房内的沙发上，将发射前的所有准备默想了一遍又一遍。全身心都融入火箭体内的肖越，哪里知道他爱人体内病灶的进一步发展呢？

睡着了的古玲娣突然被一种紧张急促的声音惊醒，只见几个夜班医生护士，正在抬临床的病友去进行抢救。

到了第二天上午，一位护士过来把空病床床头的病号卡摘了，把床头柜的东西都放进一个网袋里拎了出去。

正在喂母亲吃粥的肖一平，发现他妈妈表情有些异样并停止了用餐，忙问："妈，怎么不吃了？"

古玲娣望了一眼空病床，那位前几天还十分乐观的病人显然没有救过来。

一平知道了他妈妈的心思："妈，别胡思乱想，那个阿姨的病跟你的不一样……"

古玲娣又吃了一口粥，慢慢咽下："一平，妈有话对你说。"

一平："你说吧，我听着。"

古玲娣："你帮妈打个长途电话。"

一平说："好的，打给谁？"

古玲娣主意已定："打给苏云湖阿姨。"

一平有些诧异："苏阿姨？苏阿姨在美国没回来。"

古玲娣："我知道。你告诉她，我想见她。"这时，她心中已酝酿了一个计划。

一平有点为难："妈，这……"

古玲娣有点生气了："你不打，我自己打。"

一平忙阻拦："别，别，我这就去打。"

苏云湖能回来吗？

× × ×

在发射基地，欧阳的助手高强，又在给岚岚做现场录音了，他已得到她的来电，告诉他已乘上北上的列车，一定可以在卫星发射前赶到现场。此时的高强，以一种异乎寻常的情感告诉她："……岚岚，亲爱的，一个庄严而神圣的日子就要来临。明天早上，我们的长征号火箭，将呼啸于九天，把三颗人造卫星送到宇宙空间……"

岚岚在列车上奔赴西北，而接到电话的苏云湖则从美国跨越大洋来到上海。当肖一平在机场出口处看到苏云湖时，便奔跑过去，一边叫着苏阿姨，一边抢着帮她拎行李。他知道，时间对于自己的母亲已不是以天计而是以小时计了。他要用最快的时间把苏阿姨送到妈妈面前，来满足她的愿望。

他们对出租车司机说明了原委，这位好心的驾驶员以最快的速度奔向医院，然后他们快步进了电梯，奔向病房。

苏云湖说了几句问候和安慰的话，便从箱子里取出几盒药："你试试这些药，在美国，这些是治疗心脏病的特效药。"

古玲娣点了点头："一平，我有话想跟苏阿姨单独谈一谈，你去上班吧。"

儿子望了望母亲，走了出去，并且带上门。

古玲娣掏心掏肺地说："我过去一直在害怕，害怕老肖的身体。他老是这样忙，火箭离不开他，我们这个家也离不开他，他是我们这个家的顶梁柱。虽然他不经常在家里，可是只要他在，整个家就有了生气，生活就有了奔头。"她歇了一下，又接着说，"我一直担心，如果他走在我之前，这往后的日子真不知怎么过；现在我轻松了，我能走在他前面了。"

苏云湖劝慰她："你不该瞎想，你知道，老肖也离不开你。"

古玲娣旧话重提："可我知道，他有年轻时过一个的情人。"

苏云湖感慨万端地："那已是过去的故事，已经结束了。"

古玲娣似乎在自语："到了一定年纪，什么事都能忘掉，可忘不了年轻时的事。"

苏云湖低声说道："……是的，事情已经过了这么多年，我还没忘了这段年轻时代的情意。可是，我上次来找老肖，完全不是续那段情，是真心实意地要写一写他们的献身精神。说实话，这几年看到社会上种种腐败现象，我生活得不踏实，总想寻求什么才是生活的真谛，想了解我们过去为国家做出的牺牲是不是值得。我找老肖，就是想证实一种精神的价值。我见到了你，见到了老肖，见到了那么多的航天人，我明白了，在任何时候，人们都不会失去对美德的尊敬和追求。我感谢你们给了我新的生活力量。”

古玲娣受到了感染，与她一同追忆起和苏云湖的邂逅，她说：“第一次见面，我就看你是那样聪明，像老肖一样，你们知道该从什么地方上车，到哪儿下车。只是你看来生活得并不幸福，而我非常满足，能找到一个真正的男人做丈夫。那次见到你后，我心里一直有种内疚。我想临走之前，能放下这个内疚。”

苏云湖完全懂得她的意思，于是说：“你千万不要有这个念头，当初所有的事情，都是我自己心甘情愿的选择，这与你毫无关系。”

古玲娣真心地说：“谢谢你能体谅我。”

苏云湖进一步安慰她：“你安心养病吧，我一定会尽我的力帮助你，为我自己，为你，也为老肖吧。”

古玲娣把话说得更加透了，她说：“如果为了我，也为老肖，你能不能再选择一次。我放心不下，老肖他在生活上是个孩子。一平这个孩子，也够他操心的，把他们托付给你，我就可以安心地走了……”说着，两行泪水“唰”地淌了下来，“答应我，啊？”

苏云湖也止不住热泪涟涟，古玲娣的话再一次地拨动了她的心弦，她伸出手去，两个女人的手紧握在一起了。

× × ×

岚岚终于在火箭发射前赶到了基地，这时，天蒙蒙亮，她精疲力竭地爬上了一座山头，却踏松了一块岩石，差点摔了下去。

执勤的解放军战士忙伸出手抓住了她。

岚岚向他解释："我对象在发射基地，我想看火箭发射。"

战士告诉她："前面不能通行。"

岚岚着急地说："那我看不到发射了？"

战士："等火箭一升空，这儿到处都能看到。"

在发射场指挥中心里，工作人员们早已就座，现场出现了如同狂风骤雨来临前的瞬间的静谧。各种仪器跳动的数字，令空气分外紧张，人们利用这个短暂的间隙轻声细语地交换意见。

只听指令长一声令下："两小时准备！"此时，时钟指着5：30。

设在发射场区大门外的中央电视台的实况转播车，这时响起了播音员激动的声音："中央电视台，中央电视台，亲爱的观众同志们，我是张浩，在中国卫星发射中心向大家做现场直播。"

播音员接着说："……耸立在我们面前的长征号运载火箭，将把一颗由我国自行设计、研制的气象卫星送入预定轨道，同时发射的还有国际IAF空间发展公司的两颗科学实验卫星。据气象台预报，今天的发射场天气晴朗，风速在每秒五米以下；发射时间预定在7：30至8：30，那是最佳的发射窗口……现在已进入两小时准备。"

医院的病房中，苏云湖和衣睡在一旁的折叠躺椅上。

古玲娣将耳机塞在耳朵里，调频，传出了中央人民广播电台的直播。

在南华实业公司，小会客室里肖一平和他的同伴们在看电视。

屏幕上正在做发射的实况转播。

时间在分分秒秒地向前，在指挥控制大厅里，跟踪显示屏、指示灯、显示器闪烁着。宽大的彩色电视屏幕上，发射塔工作平台护拥着箭体。

肖越、楚天成、罗伯森等在前排就座。

只听指令长发出又一次指令："一小时准备！"

控制大厅内，几十双眼睛，齐刷刷地盯视着大屏幕。

那巨型的发射架张开了她的翅膀，火箭便露出了她巨大的身躯，那"中国航天"四个鲜红的大字则格外醒目，让人看了心潮澎湃，人们为我们的国家拥有了这巨型火箭而感到自豪与骄傲。

此刻晨曦微露，群山静谧。

发射塔耸立山前，像母亲拥抱儿子一般怀抱着乳白色的火箭。

一群又一群的人登上发射场四周的山坡。

高强和伙伴们搀扶着眼缠绷带的欧阳走来。

岚岚随几个当地的乡民登上另一处山坡。

……

在招待所大楼前，一辆面包车驶来，尹阿珍从车上跳下，正碰上庄云贵走出招待所。

庄云贵招呼她："你来了！"

尹阿珍说："欧阳给我打了电话，让我一定不要错过这次发射的机会。"云贵一听，忙邀请她一起登上吉普车，车子飞快驰去。

吉普车驶向一处山头，尹阿珍远远就看到欧阳坐在一块石头上，吉普车停下后，庄云贵与尹阿珍下了车，向欧阳走过来。

尹阿珍走到欧阳身边，蹲下去，握住他的手，欧阳突然一怔，马上意识到是他的心上人来了，便叫了一声："阿珍！"

一缕阳光照在欧阳的脸上，他感受到温暖的阳光渗透到他的心田，他对阿珍说："太阳出来了！"此时，东方的群山之巅，一轮旭日喷薄而出。

发射塔沐浴在霞光之中。

在指挥中心内，指令长果断地发出了命令："十分钟准备！"

经过了多少次发射的肖越，在这个时刻，突然感到有些紧张了。这可是花了那么多人的心血和几亿元财富，才换来的神箭呀！四十多米长的箭体，上万个的零部件，谁能拍着胸脯说万无一失呢？然而，国家要的就是这万无一失呀！

他的耳朵听到了指令长威严的声音："五分钟准备！"

屏幕上跳动着各种数据和线条。传话器传出各系统的报告："10号正常，20号正常，30号正常……"

突然，传话器传出："报告，火箭上部有异常情况！"

显示屏上，火箭上部冒出缕缕白烟。

一位总工判断："是不是燃料箱泄漏？"

所有的人一下子停止了呼吸。

倒数计时的数字在迅速跳动："22，21，20……"

另一位总工见状，大声地问："怎么办？"

那位总工做了决断："赶快中止发射程序！"

五大系统总工转过头，望着肖越。

肖越俯身对着话筒问："地面温度多少？"

传话器中的声音："零摄氏度左右！"

肖越脑子像计算机那样迅速运转，他直起身来："我认为，微量气体泄漏是正常现象，由于地面温度低，泄漏气体结露后显得特别清晰，但泄漏没有超过极限。我请求，按原程序，发射！"

五大系统总工向身边的人耳语了一下，转脸向指令长点了点头。

指令长在倒数计时的数字出现"1"时，果断地发出指令："点火！"

发射场上，长征号乳白色的箭体裸露在霞光之中。

山坡上，排成一行的警卫战士面对火箭。"唰"的一下，向点火后发出轰鸣的火箭立正，行了军礼！

火箭尾部喷射出耀眼的橘红色火焰，箭体徐徐上升。

同时，直播的中央电视台和中央人民广播电台把振奋人心的消息散布到四面八方，人们听到："……这是一个令人难忘的时刻，北京时间7：30，长征火箭点火升空，17秒后开始转弯，推着卫星风驰电掣地飞向太空……"

这广播，也传到古玲娣的病房里，但当她从微型收音机中听到播音员说到“火箭点火升空”时，她的手突然无力地垂下，手中那台小型收音机也跌落在地下。

在肖越取得新的飞越时，她似乎也完成了历史性的使命，她可以放心地走了！当苏云湖在睡梦中因收音机跌落的声音被惊醒时，她来到病床前，发现古玲娣已停止了呼吸。这位总设计师的妻子，以对航天情报资料的了解，从本职工作岗位上支持着肖越，让一支支新型火箭从这位总设计师手中脱颖而出，应该说，她是为了新中国的航天事业做出卓越贡献，但又默默无闻的杰出女性。

远在发射基地的肖越，虽然带着满意的心情，在现场看到火箭的升空，事后，他独自站在发射塔前，心中却有些许惆怅，甚至若有所失，难道，他有什么预感吗？

远处，楚天成向他走来，楚天成已知道了古玲娣逝世的噩耗，但怎样把这个消息告诉肖越呢……

2015 年 10 月 12 日晚 10 时